KB239190

염소의 축제 1

LA FIESTA DEL CHIVO
by Mario Vargas Llosa

이 도서의 국립중앙도서관 출판시도서목록(CIP)은 서지정보유통지원시스템 홈페이지(http://seoji.nl.go.kr)와
국가자료공동목록시스템(http://www.nl.go.kr/kolisnet)에서 이용하실 수 있습니다.
(CIP제어번호: CIP2010004091)

세계문학전집
0 5 1

Mario Vargas Llosa : La Fiesta del Chivo

염소의 축제 1

마리오 바르가스 요사 장편소설

송병선 옮김

문학동네

루르데스와 호세 이스라엘 쿠에요,
그리고 수많은 도미니카 친구들에게

차례 ▮

염소의 축제 1   11

2권

염소의 축제 2

해설 | 처녀성의 비밀을 통해 드러나는 독재정치와 그 정신적 상처
마리오 바르가스 요사 연보

사람들은 열광적으로
5월 30일에
염소의 축제를 기념한다.

― 도미니카의 메렝게, 〈염소를 죽였네〉

1

우라니아. 그녀는 부모에게서 아무런 도움도 받지 못했다. 그녀의 이름은 어느 행성 혹은 광석을 생각나게 한다. 하지만 거울 속에 비친 그녀는 반짝이는 피부에 검고 다소 슬퍼 보이는 큰 눈을 지닌 가냘프고 세련된 모습이다. 우라니아! 이름과 얼마나 다른 모습인가. 다행스러운 것은 이제 아무도 그녀를 그렇게 부르지 않는다는 것이다. 대신 우리, 미스 카브랄, 카브랄 부인 혹은 카브랄 박사라고 불렸다. 그녀가 기억하는 한 산토도밍고(아니 트루히요 시라고 하는 편이 옳을 것이다. 그녀가 떠났을 때 아직 그 수도는 옛 이름을 되찾지 못한 상태였다)를 떠난 이후, 에이드리언이나 보스턴 혹은 워싱턴 D.C.나 뉴욕에서는 그 누구도 그녀를 우라니아라고 부르지 않았다. 하지만 그전에, 그러니까 고향이나 산토도밍고 학교에서 그녀의 이름은 우라니아였다. 그곳에서 수녀들과 학교 친구들은 그녀가 태어날 때 붙여진 이 황당한 이름을 아주 정확하게 발음했다. 그런데 그 이름을 생각해낸 것은 아버지였을까? 아니면 어머니였을까? 얘야, 그걸 확인해보기에는 너무 늦었단다. 네 어머니는 하늘나라에 계시고, 네 아버지는 살아 있지만 이미 죽은 몸이나 다름없잖니. 넌 결코 그걸 알 수 없을 거야. 우라니아! 그건 산토도밍고 데 구스만을 트루히요 시라고 부르면서 욕보이는 것처럼 황당한 일이다. 그런데 그것도 그녀 아버지의 생각은 아니었을까?

그녀는 하라과 호텔의 9층에 있는 객실 창문으로 바다가 모습을 드러내길 기다리고 있다. 그리고 마침내 바다를 본다. 어둠이 몇 초도 안 되어 물러나고, 수평선으로 반짝이는 푸른빛이 빠르게 늘어난다. 그녀는 진정제를 먹지 말라는 의사의 경고를 무시하고 알약을 먹었지만, 새벽 네시에 눈을 뜨고 말았다. 그때부터 그녀가 기다리던 멋진 광경이 펼쳐진다. 머나먼 수평선에는 거품으로 얼룩진 감청색 바다가 납빛 하늘이 있는 곳까지 이어진다. 해변에서는 파도가 요란한 소리와 거품을 내며 말레콘 방파제에 부딪친다. 그녀의 시선은 방파제에서 야자수와 아몬드 나무가 줄지어 있는 넓은 도로의 일부로 옮겨간다. 과거에 하라과 호텔은 말레콘을 정면으로 바라보았지만, 이제는 옆쪽을 바라보고 있다. 그녀는 어떤 모습—그날의 모습일까?—을 떠올린다. 아버지의 손을 잡고 둘이서 점심을 먹기 위해 호텔 식당으로 들어가는 모습이다. 그들은 창가 테이블에 앉았고, 얇은 레이스 커튼 사이로 우라니아는 넓은 정원과 다이빙대와 수영하는 사람들을 볼 수 있었다. 푸른색 타일과 카네이션 화분으로 둘러싸인 '파티오 에스파

놀'에서는 오케스트라가 메렝게를 연주하고 있었다. 그날이었을까? 아니야, 라고 그녀는 큰 소리로 말한다. 당시의 하라과 호텔은 철거되었고, 그곳에 이 거대하고 망측한 핑크빛 건물이 들어섰다. 그녀는 사흘 전에 산토도밍고에 도착했을 때 이 건물을 보고 소스라치게 놀랐다.

돌아온 게 잘한 일일까? 우라니아, 넌 후회하게 될 거야. 일주일의 휴가를 헛되이 낭비하는 거라고. 넌 수많은 도시들과 지역과 나라들을 그토록 가보고 싶어 했지만 그럴 시간이 없었어. 가령 넌 알래스카의 산맥과 눈 덮인 호수를 보고 싶어 했지. 그런데 다시는 발을 딛지 않겠다고 맹세했던 이 조그만 섬으로 돌아왔어. 이건 네가 늙어가고 있다는 징후일까? 아니면 노년의 감상주의? 이건 단지 호기심에 불과할 뿐이야. 이제는 너의 도시가 아닌 이 도시를, 슬픔과 향수와 증오와 괴로움과 분노를 느끼지 않은 채 이 타인의 국가를 걸어다닐 수 있는지 확인해보고 싶었던 거야. 아니면 가련한 노인네로 전락해버린 아버지를 만나려고 온 거니? 그래, 오랜 세월이 지난 후에 그를 만나면 네가 어떤 인상을 받을지 확인하기 위해서 온 것이지. 그런 생각이 들자 그녀는 머리끝에서 발끝까지 온몸이 오싹하며 몸서리나는 것을 느낀다. 우라니아, 우라니아! 이 모든 세월이 흐른 후, 너의 단호하고 규칙적이고 결코 실망할 줄 모르는 불굴의 정신 뒤에, 남들이 갈망하고 부러워하는 너의 성채 뒤에 숨은 너는 부드럽고 수줍어하고 상처 입고 감상적인 마음의 소유자라는 사실이 알려진다면 어떨까? 그녀는 웃음을 터뜨린다. 이제 그런 어리석은 생각일랑 그만해야지.

그녀는 바지를 입고 캐주얼한 블라우스를 입고 스니커즈를 신는다.

그리고 머리카락이 흐트러지지 않도록 헤어네트를 한다. 그녀는 차가운 물 한 잔을 마시고 CNN을 보려고 텔레비전을 켜려다 곧 마음을 바꾼다. 대신 창문 옆에 머물러 바다와 말레콘을 쳐다본다. 고개를 돌리자 지붕과 탑과 둥근 지붕, 그리고 종루와 나무 우듬지로 가득한 도시의 숲이 눈에 들어온다. 너무나 많이 커졌어! 네가 떠났던 1961년, 이 도시에는 불과 30만 명의 영혼만 살고 있었어. 하지만 지금은 100만이 넘는 인구가 살고 있지. 주택들이 밀집한 동네와 가로수 길과 공원들, 호텔들로 북적거리는 도시가 되었어. 전날 밤 그녀는 렌터카로 베야비스타의 우아한 고급 아파트 지역과 센트럴파크처럼 수많은 사람들이 조깅하고 있는 거대한 엘미라도르 공원을 드라이브하면서 자신이 이방인이 된 듯 느꼈다. 어렸을 때 이 도시는 엘엠바하도르 호텔에서 끝났고, 그 너머로는 별장과 들판만이 있었다. 그녀가 일요일마다 아버지를 따라 수영장에 갔을 때 그곳 컨트리클럽은 텅 빈 개활지로 둘러싸여 있었지만, 지금은 아스팔트와 주택과 가로등으로 에워싸여 있다.

그러나 식민지 도시는 근대화되지 않았고, 그녀가 살았던 동네 가스쿠에도 마찬가지였다. 그녀는 자기 집이 그대로 있을 거라고 확신한다. 오래된 망고 나무도 그대로 서 있을 거고, 가족들이 주말마다 점심을 먹던 테라스 위로 빨간 꽃을 한껏 자랑하던 구부러진 플람보얀 나무가 있는 작은 정원도, 물매진 지붕과 사촌 루신다와 마놀리타를 기다리던 그녀의 침실 외부에 딸린 조그만 발코니도 그대로 있을 것이다. 그 조그만 발코니는 마지막 해였던 1961년에 그녀에게 말을 걸지도 못한 채 흘끗 쳐다보면서 자전거를 타고 지나가던 소년을 기다리던 곳이기도 했다. 그런데 집 내부도 그대로일까? 시간을 알려주던 오스트리아제 시계는 아직도 고딕체의 숫자와 사냥 장면을 그대로 간직하고 있을까? 그럼 네 아버지도 똑같을까? 아니야. 너는 몇 달마다 혹은 몇 년마다 아델리나 고모와 이제는 기억도 희미한 친척들이 보내준 사진에서 그가 늙어가는 모습을 보았어. 너는 결코 답장을 하지 않았지만 그들은 계속해서 편지를 보내왔어.

그녀는 안락의자에 풀썩 주저앉는다. 새벽의 태양이 도시 중심부로 파고든다. 대통령궁의 둥근 천장과 엷은 황토색 벽이 파란 곡선 아래서 부드럽게 반짝인다. 태양이 높게 떠오르면 더위는 참을 수 없을 지경이 될 것이다. 그녀는 눈을 감는다. 그녀에게서 좀처럼 찾아볼 수 없는 무기력증이 그녀를 짓누른다. 그녀는 항상 활동적이고, 도미니카 땅을 다시 밟은 순간부터 지금까지 밤낮으로 사로잡혀 있던 것, 즉 기억 따위에 시간을 허비하지 않는 사람이었다. "내 딸아이는 공부벌레야. 잠을 자는 동안에도 배운 걸 복습한다니까." 상원의원 아구스틴 카브랄, 카브랄 장관, 지식인 카브랄은 친구들 앞에서 이렇게 말하면서, 상이란 상은 모두 휩쓸었던 딸아이를 자랑했지. 수녀들이 가장 모범적인 학생으로 여기던 딸이었지. 그런데 그는 수령님에게도 우라니타*가 얼마나 공부를 잘하는 아이였는지 자랑했을까? "각하, 그 아이를 꼭 만나주십시오. 산토도밍고 학교에 입학한 이후 한 번도 최고 우등상을 놓치지 않았습니다. 각하를 만나고 각하의 손을 잡으면, 그 아이는 더없이 기뻐할 겁니다. 우라니타는 매일 밤마다 하느님께서 각

---

* 우라니아의 애칭.

하의 강철 같은 건강을 지켜주시길 기도합니다. 또한 각하의 어머니인 훌리아 부인과 영부인 마리아를 위해서도 기도합니다. 그러니 저희에게 그런 영광을 베풀어주십시오. 각하의 충실한 종이 이렇게 부탁하고 청원하며 애원합니다. 제발 제 청원을 거절하지 말아주십시오. 그 아이를 만나주십시오. 각하!"

넌 그를 혐오하니? 그를 증오해? 아직도? '이제 그렇지 않아'라고 그녀는 큰 소리로 중얼거린다. 분노가 계속 불타오르고, 상처에서 아직도 피가 나며, 끊임없는 실망감이 널 뭉그러뜨리면서 네게 독이 되었다면 넌 돌아오지 않았을 것이다. 책에 파묻히고 일만 하는 게 그 어떤 것도 기억하지 않기 위한 강박적인 수단이 되었던 그때처럼 말이다. 그래, 그때는 그를 미워했다. 너는 온몸으로 그리고 네가 가질 수 있는 모든 생각과 감정을 다 바쳐 그를 미워했다. 넌 그가 불행해지기를, 병에 걸리거나 사고를 당하기를 간절히 바랐다. 그리고 하느님은 네 소원을 들어주셨어, 우라니아. 아니 악마라고 하는 편이 낫겠지. 그가 뇌출혈로 쓰러져 숨만 붙어 있을 뿐 죽은 몸이나 다름없다는 사실로 이제 충분하지 않아? 그가 걷지도 못하고 말하지도 못하는 상태로 휠체어에서 10년을 보내고 있다는 사실이야말로 너의 달콤한 복수가 아닐까? 간호사의 도움 없이는 먹지도 못하고 눕지도 못하며, 옷을 입지도 못하고 벗지도 못하며, 손톱도 깎지 못하고 면도도 하지 못하며, 오줌도 싸지 못하고 똥도 누지 못해. 그렇게 사는 게 너의 달콤한 복수가 아닐까? 이제 복수했다고 생각하니? '아니.'

그녀는 두 잔째 물을 마시고서 객실을 나간다. 아침 일곱시다. 하라과 호텔 1층에서 그녀는 온갖 소음의 공습을 받는다. 목소리들과 모터사이클 소리, 볼륨을 한껏 올린 라디오 소리, 메렝게, 살사, 단손, 볼레로 혹은 록과 랩, 이 모든 게 뒤섞인 분위기는 이제 낯설지 않다. 그런 소리들이 서로 공격해대고, 시끄럽게 아우성치면서 그녀를 공습한다. 활기찬 혼돈이다. 생각하지도 않고, 아마 아무것도 느끼지 않기 위해서 그들은 스스로 마취될 필요가 있는 거야. 우라니아, 그게 바로 네 나라의 사람들이었어. 또한 그건 근대화의 조류에도 끄떡없는 야성적인 생명력의 폭발 같은 것이야. 도미니카 사람들에게는 비이성적이고 마술적인 무언가가 들러붙어 있어. 그게 바로 시끄러운 소리를 내고 싶다는 욕망이야. ('음악을 위해서가 아니라 소음 자체를 위한 욕망이지.')

그녀가 어린 소녀였고 산토도밍고가 트루히요 시라고 불렸을 때도 거리에 이런 흥분과 동요가 있었을까? 그녀는 기억하지 못한다. 아마도 없었을 것이다. 35년 전 이 도시가 지금의 3분의 1, 혹은 4분의 1에 불과했을 때, 시골티가 줄줄 흐르는 고립된 곳이었을 때, 두려움과 노예근성으로 혼수상태에 빠져 있을 때, 그리고 수령이자 총통, 자선가이자 새로운 조국의 아버지이며 고명하신 각하인 라파엘 레오니다스 트루히요 몰리나 박사에게 끔찍스러운 존경의 인사를 하면서 가슴을 졸이던 시절에는 훨씬 조용했고, 덜 광란적이었다. 오늘날 삶의 소란스러운 소리—자동차 엔진, 카세트, 음반, 라디오, 자동차 경적, 개 짖는 소리, 으르렁거림, 사람 목소리—는 제각각 최대 볼륨으로 울려 퍼지는 것 같다. 그렇게 사람 목소리, 기계 소리, 디지털 계기 소리, 혹은 동물 소리(개들은 전보다 더 크게 짖고, 새들은 더욱 열심히 노래한다)는 최대 용량으로 거리에 흘러넘친다. 그런데 뉴욕이야말로 시끄러운 도시로 유명하지 않은가! 아니다, 결코 그렇지 않다. 그녀는 맨해튼에서 10년을 살았지만, 지난 사흘 동안 들었던 이런 사납고 귀에 거슬리는 교향악 같은 것은 결코 들어보지 못했다.

태양은 높이 솟은 은빛 야자수의 우듬지와 마치 폭탄을 맞은 것처럼 구멍이 송송 패어 있는 망가진 보도, 그리고 수북이 쌓인 쓰레기 더미를 뜨겁게 달군다. 머리에 스카프를 쓴 여자 몇이 쓰레기를 쓸면서 부적당한 봉지에 담는다. '아이티 여자들이야'라고 그녀는 생각한다. 지금 그들은 입 다물고 있지만, 어제만 해도 크리올 말로 자기들끼리 속삭이고 있었다. 조금 더 앞쪽에는 맨발에다 웃통을 벗은 두 명의 아이티 남자가 보인다. 그들은 건물 벽에 강렬한 색깔로 그려진 수십 개의 그림 아래에 놓인 상자에 우두커니 앉아 있다. 이 도시, 아니 이 나라가 아이티 사람들로 가득 찼다는 말은 사실이다. 그때는 그렇지 않았다. 아구스틴 카브랄 상원의원은 이렇게 말하곤 했다. "네가 수령님에 대해 무슨 말을 해도 괜찮아. 적어도 역사는 그가 근대국가를 건설했고, 아이티 사람들을 있어야 할 곳에 있게 했다는 걸 인정할 거야. 중병에는 훌륭한 처방이 필요한 법이야!" 수령님은 조그만 나라가 당파와 지방 세력들 간의 다툼으로 야만스럽게 되었다는 것을 알았다. 법과 질서도 없고 가난해졌으며, 정체성을 잃어가고 있었고 굶주렸으며, 사나운 이웃들에게 침략을 받고 있었다. 아이티 사람들은 마사크레 강을 건넜고, 물건과 가축과 집을 약탈하기 위해 도미니카로 들어왔으며, 우리 농민들의 일자리를 빼앗았고, 사악한 마법을 이용해 우리의 가톨릭 종교를 엉망으로 만들었으며, 우리의 여자들을 강간했고, 우리의 문화와 우리의 언어와 서양적이며 스페인적인 습관을 망쳐놓으면서 그들의 관습, 즉 야만적인 아프리카의 풍습을 우리에게 강요했다. 마침내 수령님은 비상수단을 써서 문제를 해결하기로 했다. '이제 그만!' 중병에는 훌륭한 처방을! 수령님은 1937년의 아이티인 대학살*을 정당화했을 뿐만 아니라, 그것을 체제의 혁혁한 업적이라고 여겼다. 그가 약탈적인 이웃의 손에 도미니카가 또다시 파괴되는 것을 막지 않았는가? 모든 국민을 구해야 하는 문제 앞에서 5천 명, 만 명, 2만 명의 아이티인이 죽는다고 무슨 상관이 있는가?

　그녀는 급히 걸으면서 안내 표지들을 알아본다. 나이트클럽으로 바뀐 구이비아 카지노와 하수구 악취를 내뿜는 해수욕장 안내 표지다. 조금만 더 가면 말레콘과 막시모 고메스 가로수 길이 만나는 모퉁이가 나올 것이다. 그곳은 수령이 저녁마다 산책했던 구간이다. 의사들은 그에게 걷는 게 심장에 좋다고 충고했다. 그 후 그는 라드아메스 영지에서부터 막시모 고메스 가로수 길을 향해 걸었고, 도중에 '숭고하신 대비마마'인 훌리아 부인의 집에 들렀다. 우라니타가 언젠가 거의 아무 말도 못하고 나온 곳이었다. 그런 다음 그는 이 조지 워싱턴 방파제로 내려왔고, 길모퉁이를 돌아 오벨리스크까지 기운차게 계속 걸어갔다. 워싱턴의 오벨리스크를 본떠 만든 곳이었다. 각료들, 자문위원들, 장군들, 부관들이 그를 수행했다. 그들은 거리를 두고서 정신을 바짝 차린 눈으로, 그리고 기대감에 들뜬 가슴으로 수령님의 제스처를 기다렸다. 비록 비난이나 질책을 받을지라도, 그것은 수령님에게 다가가 그의 말을 듣고 대화할 자격이 있다는 표현이었다. 멀리 떨

* 1937년 10월에 트루히요 정부가 아이티 출신의 흑인들을 학살한 사건. 이후 도미니카 공화국은 탄압정치 아래 놓이게 된다.

어져 있는 것, 즉 수령님에게 잊힌 사람들의 지옥에 묻히는 것만 아니라면, 그들은 어떤 말을 들어도 상관없었다. '아빠, 그들과 함께 얼마나 자주 산책했어요? 얼마나 자주 수령님과 말할 기회를 가졌어요? 수령님의 부름을 받지 못해서 이제는 선택된 자들의 그룹에서 떨려났거나 손가락질 받는 존재로 전락했을지도 모른다고 두려워하면서 침통한 표정으로 집으로 돌아온 게 몇 번인가요? 아버지는 안셀모 파울리노*의 불행이 당신에게도 일어날 수 있다는 두려움에 사로잡혀 살았어요. 그리고 실제로 그런 일이 일어났어요, 아빠.'

우라니아는 혼자 미소 짓는다. 반대 방향으로 걸어가는 짧은 바지 차림의 연인이 자기들을 보고 웃는 줄 알고 '좋은 아침이에요'라고 인사한다. 방금 그녀는 매일 아침 하인들과 함께 이곳 말레콘까지 조깅하던 아구스틴 카브랄 상원의원의 모습을 떠올리며 웃은 것이었다. 그는 따스한 산들바람이나 바닷소리, 갈매기의 묘기나 카리브해의 반짝이는 별에는 관심도 없었다. 수령님이 언제 그를 부를지 모르기 때문에 온 신경이 그의 손과 눈과 제스처에 쏠려 있었다. 그렇게 그는 수령님한테 충성했다. 그녀는 어느새 농업은행 앞에 이르렀다. 아직도 외무부가 자리 잡고 있는 람피스 영지와 이스파니올라 호텔이 곧 나타날 것이다. 그곳이 반환점이었다.

갈반 거리와 세사르 니콜라스 펜손 거리가 만나는 모퉁이를 그녀는 생각한다. 옛날 집 따위는 쳐다보지도 말고 뉴욕으로 돌아갈까? 하지만 너는 들어갈 것이고, 간호사에게 병자에 관해 묻고 침실로 올

---

* 도미니카의 정치인이자 군인. 트루히요 체제에서 2인자로 간주되었다. 아이티와의 문제를 해결한 주인공이지만 1954년에 실각하면서 비운의 삶을 살게 된다.

라갈 것이고, 그가 낮잠을 자는 테라스에도 가볼 것이다. 플람보안의 꽃으로 붉게 변하곤 했던 그 테라스로 말이다. '안녕, 아빠. 잘 지냈어요, 아빠? 날 알아보겠어요? 우라니아예요. 하긴 어떻게 날 알아보겠어요. 아빠가 마지막으로 봤을 때 열네 살이었던 아이가 지금은 마흔아홉 살이나 먹었으니까요. 너무 많은 세월이 흘렀어요, 아빠. 내가 이곳을 떠나 에이드리언에 갔던 날, 아빠가 그 나이 아니었던가요? 그래요, 아빠는 마흔아홉 살이었어요. 중년이었지요. 이제 아빠는 여든네 살이 다 되어가고 있어요. 너무 늙었어요, 아빠.' 만일 그가 정신은 또렷한 상태라면, 수년에 걸쳐 자기의 기나긴 삶을 평가할 수 있었을 것이다. 그는 배은망덕하기 그지없는 딸에 대해서도 생각했을 것이다. 그 딸은 지난 35년 동안 그에게 한 통의 편지도 쓰지 않았고, 한 장의 사진도 보내지 않았으며, 생일 축하 엽서나 크리스마스 카드나 신년 카드도 보내지 않았다. 심지어 그가 뇌출혈로 쓰러졌을 때, 그러니까 그녀의 고모와 고모부, 사촌들이 네 아버지는 가망없다고 했을 때에도 그 아이는 오지 않았고, 상태가 어떠냐고 묻지도 않았다. 정말 못된 딸이지 않아요, 아빠?

갈반 거리와 세사르 니콜라스 펜손 거리가 만나는 모퉁이의 작은 집은 더 이상 현관홀에서 손님을 맞는 일이 없을 것이다. 그곳에는 알타그라시아 성모의 모습이 걸려 있었고, 그 아래에는 '이 집에서 트루히요는 수령님이다'라는 자랑스러운 청동 명판이 걸려 있었다. 아니면 충성심의 증거로 그것들을 보관하고 있었던 것일까? 아니다. 수많은 도미니카 사람들은 수령에 대한 충성을 의심받지 않도록 그 명판을 사다가 집 안의 가장 잘 보이는 장소에 걸어놓았다. 하지만 마법이

풀리자 그들은 자신들의 비겁함과 수치심의 흔적인 그 명판을 없애버렸다. 다른 사람들처럼 그도 그것을 바다에 던져버렸을 것이다. 난 아빠도 그 명판을 없애버렸을 거라고 믿어요.

그녀는 이스파니올라 호텔에 도착했다. 땀을 흘리고 있고, 심장이 빠르게 고동치고 있다. 자가용들과 밴과 트럭들이 두 줄을 지어 조지 워싱턴 가로수 길을 지나고 있다. 모든 자동차들이 라디오를 틀고 있으며, 그 소리가 고막을 찢어버릴 것 같다고 느낀다. 어떤 남자가 차창 밖으로 머리를 내밀고, 그녀의 가슴과 다리 혹은 엉덩이를 쳐다보다가 그녀의 눈과 마주친다. 그런 시선들이다. 그녀는 길을 건너기 위해 차량이 끊어지기를 기다리고, 어제와 그제도 그랬듯이 이곳은 도미니카 땅이라고 다시 한 번 되뇐다. 뉴욕에서는 그 누구도 그토록 대담하게 여자를 쳐다보지 않는다. 하지만 도미니카 남자들은 그녀의 치수를 재거나 무게를 달며, 유방과 허벅지 사이즈를 측정하고 음모가 얼마나 풍성한지 그리고 엉덩이의 곡선은 얼마나 부드러운지를 마음속으로 그린다. 그녀는 가벼운 현기증을 느껴 눈을 감는다. 뉴욕에서는 도미니카 사람이건, 콜롬비아 사람이건, 과테말라 사람이건, 그 어떤 라티노도 그렇게 대놓고 쳐다보지 않는다. 그들은 수캐가 암캐를 쳐다보거나, 수말이 암말을, 수퇘지가 암퇘지를 쳐다보는 것처럼 여자들을 쳐다봐서는 안 된다는 것을 알고 있고, 자신들의 행동을 자제하는 법을 배웠다.

자동차 사이에 간격이 생기자, 그녀는 성급히 뛰어서 도로를 건넌다. 하지만 뒤로 돌아 하라과 호텔로 가지는 않는다. 의지와 상관없이 그녀의 발걸음은 이스파니올라 호텔 주변으로 향하고 인데펜덴시아

거리를 따라 되돌아온다. 그녀의 기억이 맞다면, 그 거리는 잎이 울창한 월계수가 길 양쪽으로 늘어서 있고, 양쪽 나무들의 윗부분이 도로 위에서 서로 만나면서 그 도로를 감싸 시원한 그늘을 만들어준다. 그렇게 나아가다가 그 도로는 두 갈래로 갈라지고 식민지풍의 도시 한가운데서 사라진다. 너는 아버지 손을 잡고 인데펜덴시아 거리의 월계수 나뭇잎들이 속삭이는 그늘 아래를 걷곤 했지. 세사르 니콜라스 펜손에서 이 거리까지 내려와서 인데펜덴시아 공원까지 걸어갔고, 엘 콘데 거리가 시작되는 곳의 오른쪽에 있던 이탈리아 아이스크림 가게에서 코코넛이나 망고 혹은 구아바 아이스크림을 먹곤 했어. 그때 너는 그 신사, 그러니까 상원의원 아구스틴 카브랄이자 카브랄 장관의 손을 잡고 얼마나 자랑스러워했는지 알아? 사람들이 알아보고 그에게 다가와 손을 내밀었으며, 모자를 벗고 예의 바르게 인사했다. 군인이나 경찰들은 그가 지나가는 것을 보면 구두 굽을 탁 붙이면서 경례를 했다. 아빠는 아마도 당신이 그토록 중요한 사람이었던 시절을 무척 그리워했겠지요? 특히 아빠가 가련한 악마로 전락했을 때에는 얼마나 그게 그리웠겠어요! 그들은 '여론광장'에서 아빠를 모욕하는 것으로 그쳤을 뿐 안셀모 파울리노처럼 감옥에 보내지는 않았어요. 그게 아빠가 가장 두려워하던 것이었지요? 어느 날 수령님이 '이 지식인을 감옥으로!'라는 명령을 내릴 수도 있었지요. 그러니 아빠는 그나마 운이 좋은 사람이었어요.

그렇게 45분을 보냈지만, 아직도 호텔까지는 상당한 거리가 남아 있다. 돈을 가지고 나왔다면, 그녀는 아무 카페테리아나 들어가 아침을 먹고 잠시 숨을 돌렸을 것이다. 그녀는 쉴 새 없이 얼굴의 땀을 닦는다. 나이 때문이야, 우라니아. 마흔아홉 살은 젊은 나이가 아니거든. 아무리 네가 나이보다 젊게 보인다고 해도 말이야. 하지만 왼쪽과 오른쪽에서 네 얼굴과 몸을 훑어보는 알랑거리고 탐욕스러우며 뻔뻔스럽고 무례한 시선, 그러니까 지나가는 여자들만 보면 벗기는 데 익숙한 남자들의 시선으로 판단하건대, 넌 아직도 낡은 집기처럼 길거리에 마구 버려질 정도는 아니야. "네가 정말로 마흔아홉 살이 되었단 말이야, 우리!" 뉴욕 사무실 동료이며 친구인 딕 리트니는 그녀의 생일날 그렇게 말했었다. 그날 밤 딕은 두세 잔의 위스키를 마시고 감히 그런 소리를 했다. 불쌍한 딕. 우라니아가 지난 35년에 걸쳐 남자들이나 종종 몇몇 여자들이 던지는 정중하거나 매력적인 말, 갑작스러운 음탕한 농담, 재담, 암시적인 말, 혹은 달갑지 않은 바보 같은 짓에 맞서기 위해 사용했던 노려보는 시선으로 그를 옴짝달싹 못하게 만들자, 그는 얼굴이 새빨개지면서 어쩔 줄 몰라 했다.

그녀는 숨을 고르기 위해 발걸음을 멈춘다. 심장이 마구 뛰고 있으며, 가슴이 오르내리는 것을 느낀다. 그녀는 인데펜덴시아 거리와 막시모 고메스 거리가 만나는 교차점에서, 수십 명의 인파 속에 섞여 길을 건너가기 위해 기다린다. 그녀의 코는 끝없이 다양한 소음을 흡수하는 귀처럼 너무나 많은 냄새를 맡는다. 가령 버스 엔진에서 연소되어 배기관으로 나오는 기름 냄새, 이내 흩어지거나 보행자들 위로 떠다니는 날름거리는 연기 냄새, 두 개의 프라이팬이 부글부글 기름 소리를 내면서 먹을 것과 마실 것을 파는 어느 가게의 기름과 튀김 냄새, 뭐라고 딱 꼬집어 말할 수 없는 진한 열대의 냄새, 그러니까 썩어가는 수지와 관목 냄새, 땀 흘리는 육체의 냄새, 햇빛의 보호를 받아

쉽게 용해되거나 소실되지 않는 동물과 식물과 인간의 향수를 가득 머금은 공기 냄새 등이 그것이었다. 그것은 은밀한 기억의 섬유조직을 건드리는 냄새다. 어린 시절과, 지붕이며 발코니에 걸린 다채로운 야생 고사리류 식물들과, 이 막시모 고메스 가로수 길을 떠올리게 만드는 후텁지근한 냄새. 어머니의 날! 물론 그날도 기억한다. 5월의 화사한 태양, 엄청난 폭우, 그리고 더위가 기억난다. 또한 자선가의 어머니이자 도미니카 어머니들의 상징인 최고의 여성 마마 훌리아에게 꽃을 바칠 사람으로 뽑힌 산토도밍고 학교의 여학생들도 기억난다. 여학생들은 청순하고 순결한 흰색 교복을 입고 스쿨버스를 타고 왔으며, 교장 수녀와 메리 수녀가 동행했다. 넌 호기심과 자만심과 애정과 존경으로 뜨겁게 끓고 있었다. 넌 여학생 대표로 대비마마 훌리아의 집에 들어가 네가 쓴 시 「어머니와 선생님, 최고의 여성」을 낭독하기로 했다. 넌 그 시를 거울 앞에서, 친구들 앞에서, 그리고 루신다와 마놀리타 앞에서, 아빠 앞에서, 수녀들 앞에서 수십 번 외웠고, 단 한 글자도 까먹지 않도록 머릿속으로 반복했다. 그런데 대비마마 훌리아의 커다란 붉은 집에서 영광의 순간이 나가오자, 넌 군인들과 귀부인들과 부관들, 정원과 방과 복도를 가득 채운 외교사절들에 놀란 나머지 몹시 긴장했다. 너는 한 발짝 앞으로 내디뎠고, 흔들의자에 앉아 네게 다정한 미소를 지으며 방금 교장 수녀가 선물한 꽃바구니를 들고 있던 노파에게서 1미터도 떨어져 있지 않게 되자, 갑자기 목이 메어 아무 말도 못했고, 머릿속은 하얘져 아무 생각도 나지 않았나. 닌 결국 울음을 터뜨리고 말았다. 대비마마 훌리아를 에워싼 신사 숙녀들이 웃음을 터뜨렸고 너에게 격려의 말을 했다. 최고의 여성은 미소를 지으면서 네게 가까이 오라고 손짓으로 불렀다. 우라니타는 겨우 마음을 진정시키고서 눈물을 닦고는 똑바로 섰다. 그리고 적절한 억양은 아니었지만 단호하고 빠르게 한 번도 머뭇거리지 않고 「어머니와 선생님, 최고의 여성」이라는 시를 읊었다. 그러자 박수가 터져 나왔다. 대비마마 훌리아는 우라니타의 머리카락을 쓰다듬어주었고, 짜글짜글 잔주름이 진 입으로 키스를 해주었다.

마침내 신호등이 바뀐다. 우라니아는 막시모 고메스 거리의 나무 그림자 아래로 햇볕을 피하면서 계속 길을 걷는다. 걷기 시작한 지 한 시간이 된다. 월계수 아래를 걸으며, '고춧가루' 혹은 '그리스도의 피'라고 불리는 빨간 꽃과 황금빛 암술의 나무를 보는 건 즐거운 일이다. 그녀는 생각에 흠뻑 빠진 채, 무질서한 목소리들과 음악 소리의 속삭임을 들으면서도 울퉁불퉁한 곳과 웅덩이, 함몰된 곳, 보도의 요철 부분에 정신을 바짝 차린다. 사실 그녀는 보도를 걸으면서 계속해서 무언가에 부딪혀 넘어질 뻔했고 길 잃은 개들이 주둥이로 헤집는 쓰레기 더미를 밟을 뻔했다. 그런데 그때 너는 행복했을까? 산토도밍고 학교의 여학생들과 함께 어머니의 날에 최고의 여성에게 꽃을 바치고 시를 낭독하러 갔을 때만 해도 너는 행복했다. 그녀의 어린 시절을 지켜주었던 아름다운 어머니가 세사르 니콜라스 펜손 가의 작은 집에서 자취를 감춘 뒤로 아마도 행복이라는 개념 역시 우라니아의 삶에서 사라졌을지 모를 일이었다. 그러나 네 아버지와 친척들—특히 아델리나 고모와 아니발 고모부, 그리고 사촌 루신디타*와 마놀리타—과

---

* 루신다의 애칭.

옛 친구들은 네 어머니의 부재를 애정과 치렛말로 메워주려고 있는 힘을 다했고, 그래서 넌 외롭거나 불행하다고 느끼지 않았다. 그때 네 아버지는 아버지이자 어머니였다. 그래서 넌 아버지를 그토록 사랑한 것이었다. 그래서 네 마음이 그토록 아팠던 거야, 우라니아.

그녀는 하라과 호텔의 뒷문에 도착한다. 자동차들과 사환들, 그리고 요리사들과 객실 담당 메이드들, 문지기들이 드나드는 널찍한 문에는 빗장이 걸려 있다. 그녀는 멈추지 않는다. 그런데 어디로 가는 거니? 그녀는 아무런 결정도 하지 않았다. 그녀는 어린 시절과 학창 시절, 아델리나 고모와 사촌들과 함께 매주 일요일 점심때 '엘리테' 영화관에 갔던 일을 떠올리느라 호텔에 들어가서 샤워를 하고 아침을 먹어야겠다는 생각은 할 수도 없었다. 그녀는 그저 계속 걸을 뿐이었다. 마치 목적지가 있는 사람처럼 주저하지 않고 보행자들과 신호등이 바뀌기를 초조하게 기다리는 자동차들 사이를 걸어간다. 그런데 어디로 가고 있는지 아는 거야, 우라니아? 이제 넌 후회할지라도 그곳으로 가야 한다는 사실을 알고 있다.

그녀는 세르반테스 거리에서 왼쪽으로 돌아 볼리바르 거리를 향해 걸어가면서, 마치 꿈을 꾸는 것처럼 울타리와 정원, 그리고 훤히 드러난 테라스와 차고가 딸린 1층 혹은 2층짜리 샬레를 알아본다. 그것들은 그녀에게 친숙한 감정, 그러니까 잘 보존되었지만 어느 정도 낡았고, 약간 퇴색했으며, 점점 희미해져가는 이미지를 일깨운다. 또한 결혼했지만 자립할 능력이 없어서 집으로 들어와 빌붙어 살면서도 디 많은 공간을 요구하는 자손들을 수용하기 위해 옥상에 만든 조그만 옥탑방들이나 정원 한가운데 또는 집 측면에 방들을 증축하거나 덧붙여 추하게 변해버린 이미지이기도 하다. 그녀는 세탁소, 약국, 꽃집, 카페테리아, 치과의사와 일반의사, 회계사와 변호사의 명판들도 지나간다. 볼리바르 거리에서 그녀는 마치 누군가를 따라잡으려는 것처럼 거의 뛰다시피 걸어간다. 심장이 밖으로 튀어나올 듯 숨이 차다. 너는 어느 순간 주저앉을지 모른다. 로사 두아르테 거리에 이르자, 그녀는 왼쪽으로 돌아 마구 뛰어간다. 그러나 너무 숨이 찬 나머지 다시 걷는다. 이번에는 더욱 천천히, 어느 집의 희끄무레한 벽에 거의 붙다시피 해서 걸어간다. 다시 현기증이 일면, 숨을 고를 때까지 기대기 위해서다. 우스꽝스러울 정도로 좁은 4층짜리 건물, 그러니까 그녀의 편도선 수술을 했던 에스타니슬라스 박사가 살았던 그 건물을 제외하곤 아무것도 바뀌지 않았다. 심지어 그녀는 정원과 집 앞쪽을 청소하던 하녀들이 '안녕, 우라니타. 잘 지내? 정말 많이 컸구나. 맙소사, 그런데 어디를 그리 급하게 가는 거야?'라고 인사를 건넬 것 같다고 느낀다.

집 역시 그리 많이 바뀌지 않았다. 다만 진한 회색으로 기억하고 있던 벽은 이제 낡고 더러워지고 군데군데 칠이 벗겨져 있다. 정원은 잡초와 죽은 잎사귀, 그리고 시든 풀들로 뒤덮여 있다. 오래전부터 아무도 물을 뿌려주지 않았고, 가지치기도 하지 않은 게 분명했다. 저쪽에 망고 나무가 있다. 그런데 그게 플람보얀 나무일까? 나뭇잎과 꽃이 있었을 때는 틀림없이 그랬다. 그러나 이제는 횅뎅그렁하고 구부정한 나뭇가지만 지닌 몸통에 불과하다.

그녀는 정원을 향해 열려 있는 대문에 기댄다. 쇠로 만든 대문이다. 판석이 깔린 틈새에는 풀이 솟아나 있고, 곰팡이가 껴 있다. 테라스로 통하는 현관에는 한쪽 다리가 부러진 망가진 의자가 놓여 있다. 노란

크레톤사라사가 덮여 있던 가구들은 모두 사라지고 없다. 테라스를 밝혀주었고, 낮에는 나방들을 유인했고 밤에는 벌레들이 윙윙거렸던 길모퉁이의 조그맣고 세련된 가로등도 찾아볼 수 없다. 그녀 침실에 붙어 있던 작은 발코니는 더 이상 자줏빛 오랑캐꽃으로 덮여 있지 않다. 이제 그것은 녹과 얼룩이 진 시멘트 돌기에 불과할 뿐이다.

테라스 안쪽으로 긴 신음 소리를 내면서 문이 열린다. 하얀 제복을 입은 여자가 궁금하다는 듯 그녀를 쳐다본다.

"누구를 찾고 있나요?"

우라니아는 말할 수 없다. 그녀는 너무나 흥분하고 동요되어 있고 놀란 상태다. 그래서 처음 보는 그 여자를 쳐다보면서 말없이 멍하니 있다.

"무슨 일로 온 거죠?" 여자가 묻는다.

"난 우라니아예요." 마침내 그녀가 말한다. "아구스틴 카브랄의 딸."

2

그는 재앙이 닥쳤다는 느낌을 받으며 온몸이 마비된 채 눈을 떴다. 꼼짝하지 않은 채 그는 어둠 속에서 눈을 깜빡거렸다. 마치 거미줄에 갇혀 많은 눈이 달린 북슬북슬한 벌레에게 잡아먹힐 찰나에 있는 것 같았다. 간신히 그는 나이트테이블로 손을 뻗었다. 그곳에는 권총과 총알이 장전된 반자동 소총이 보관되어 있었다. 그러나 무기 대신 자명종을 집었다. 세시 오십분이었다. 그는 안도의 한숨을 내쉬었다. 잠은 완전히 달아났다. 또다시 악몽이었을까? 아직도 몇 분이 남아 있었다. 그는 네시 이전에는 절대로 침대에서 일어나지 않았다. 시간을 철저하게 지켜야 한다는 강박관념 때문이었다. 그는 네시에서 1분도 빠르지 않고 1분도 늦지 않게 정확하게 일어났다.

'이게 모두 그때 받은 훈련과 규율 때문이야'라고 그는 생각했다.

규율과 훈련은 그의 인생의 지도 원리였다. 그것은 미국 해병대로부터 교육받은 결과였다. 그는 눈을 감았다. 양키들이 주둔 3년째에 창설하기로 결정했던 도미니카 국립경찰에 들어가기 위해 그는 산페드로 데 마코리스에서 입학시험을 치렀다. 그 어렵다는 시험을 그는 가볍게 통과했다. 훈련을 받는 과정에서 후보자들의 반이 탈락했지만, 그는 민첩성 훈련과 대담성 훈련, 혹은 체력 훈련을 모두 즐겁게 소화했다. 심지어 완전군장을 하고서 진흙탕으로 뛰어들거나 자기 오줌을 먹고 나무줄기를 베어 먹거나 풀 혹은 메뚜기를 씹어 먹으면서 산에서 살아남는 지옥훈련을 받았고, 상관에 대한 복종심을 시험하는 모질고 잔인한 훈련도 이겨냈다. 하사 지틀맨은 그에게 가장 높은 성적을 주면서 "넌 성공할 거야, 트루히요"라고 말했다. 그는 미 해병대에서 배운, 영웅과 신비주의자가 지닌 무자비한 규율 덕택에 그렇게 되었던 것이다. 그는 호의적인 마음으로 사이먼 지틀맨을 생각했다. 그는 구두쇠와 흡혈귀와 철면피들로 가득한 그 나라에서 사심 없이 조국에 충성을 다한 미국인이었다. 그건 그렇고 최근 31년 동안 미국이 트루히요보다 더 성실하고 충실한 친구를 가져본 적이 있을까? 유엔에서 도미니카 정부보다 미국을 더 적극적으로 지원한 나라가 있을까? 독일과 일본에 가장 먼저 전쟁을 선포한 나라가 어디였는가? 미국의 하원의원, 상원의원, 주지사, 시장, 변호사 그리고 기자들에게 아낌없이 뇌물을 주었던 나라가 어디였는가? 그런데 그에 대한 보답은 미주기구(OAS)의 경제 제재 조치였다. 그것은 검둥이 뇌물로 베탕쿠르*를 행복하게 해주고, 그가 계속해서 베네수엘라의 석유를 빨아먹도록 하기 위함이었다. 만일 조니 아베스가 일을 잘 처리해, 폭탄으로 그 동성애자 같은 로물로의 머리통을 날려버렸다면, 제재도 없었을 것이고, 그 약아빠진 미국 놈들이 이제 와서 주권이니 민주주의니 인권이니 하고 들먹이면서 그를 괴롭히거나 못살게 굴지 않았을 것이다. 2억의 멍청이들이 사는 그 나라에 사이먼 지틀맨과 같은 친구가 있다는 사실은 뜻밖이었다. 지틀맨은 해병대에서 퇴직한 후 애리조나의 피닉스에서 개인 사업을 하며 살고 있었지만 도미니카 공화국을 지키기 위해 개인적으로 캠페인을 벌일 수 있는 능력을 지닌 사람이었다. 그것도 돈 한 푼 요구하지 않고 말이다! 해병대원 중에는 아직도 그런 사나이들이 있었다. 아무것도 요구하지 않고 아무런 대가도 받지 않은 채! 이것이야말로 그가 이미 오랫동안 먹여 살려온 미국의 상원과 하원의 거머리들이 배워야 할 교훈이었다. 그들은 언제나 더 많은 돈을 요구했고, 더 많은 것을 양도해달라고 졸랐으며, 더 많은 칙령과 더 많은 세금 면제 조항을 선포할 것을 요구했다. 그러나 그가 그들을 필요로 하는 지금, 그들은 마치 그를 전혀 모르는 사람들처럼 굴고 있었다.

그는 시계를 쳐다보았다. 아직도 4분이 남아 있었다. 사이먼 지틀맨, 그는 정말로 훌륭한 미국인이었다! 진정한 해병대였다. 백악관과 베네수엘라, 그리고 미주기구가 트루히요에 대한 공세를 강화하자, 분노한 나머지 애리조나의 가게를 그만두고 편지를 보내 미국 언론을 마구 폭격하면서, 트루히요 재임 동안 도미니카 공화국은 반공주의의 보루였으며, 서반구에서 미국의 최고 우방이었다는 사실을 상기시켰

---

* 1945년부터 1948년까지 베네수엘라의 임시 대통령을 역임했고, 1959년부터 1964년까지 제헌 대통령이 되었다.

다. 그것으로도 만족하지 않고, 그는 자기 돈으로 도미니카 지원위원회를 설립했고 관련 글들을 출판했으며, 강연회를 조직했다. 그리고 본보기를 보여주기 위해, 가족을 데리고 트루히요 시로 와서 말레콘에 있는 어느 집을 임대했다. 오늘 정오에 사이먼과 도로시는 대통령궁에서 그와 함께 점심을 먹기로 했으며, 전 해병대원은 도미니카 최고 훈장인 후안 파블로 두아르테 공훈훈장을 받을 예정이었다. 그는 진정한 해병이었던 것이다!

네시 정각. 이제는 시간이 되었다. 그는 나이트테이블의 램프를 켜고서 슬리퍼를 신고 자리에서 일어났다. 그러나 과거의 민첩성은 엿볼 수 없었다. 온몸의 뼈가 아렸고, 다리와 등의 근육에서 통증을 느꼈다. 며칠 전에 '마호가니의 집'에서 뻣뻣하게 굴었던 계집애와 함께 보낸 그 빌어먹을 밤에 느꼈던 통증과 똑같았다. 그는 화가 치밀어 이를 갈았다. 그는 신포로소가 땀복과 운동화를 놓아둔 의자를 향해 걸어갔다. 그런데 갑자기 이상한 느낌이 들어 걸음을 멈추었다. 그는 침대시트를 꼼꼼히 살폈다. 꼴사나운 우중충한 얼룩이 하얀 리넨을 더럽히고 있었다. 또다시 새어 나온 것이었다. 그러자 분노가 치밀어 '마호가니의 집'에서 있었던 씁쓸하고 불쾌한 기억마저 밀어냈다. 빌어먹을! 제기랄! 이것은 그가 수년에 걸쳐 맞서 싸우거나, 아니면 매수하거나 위협하거나 혹은 죽이면서 이겨낸 적들과 달랐다. 이건 바로 그의 내부에, 그의 살 속과 그의 핏속에 살고 있었다. 그 어느 때보다도 건강과 기운이 필요한 이때, 바로 그를 파괴시키고 있었다. 그 비쩍 마른 계집애가 그에게 불행을 가져왔던 것이다.

국부보호구, 운동 팬츠, 속셔츠가 깨끗이 세탁되고 다림질되어 운동화와 함께 놓여 있었다. 그는 힘들게 옷을 입었다. 그는 많은 잠을 필요로 하지 않았다. 산크리스토발에서 보냈던 젊은 시절에도 그랬고, 보카치카 사탕수수 농장의 시골 수비대 책임자였을 때에도 잠은 네댓 시간으로 족했다. 술을 마시고 새벽까지 사랑을 했을 때에도 마찬가지였다. 그는 최소한의 잠만 자도 회복되는 대단한 체력을 과시했으며, 그것은 우월감의 근거가 되었다. 그러나 이제는 그렇지 않았다. 피로에 지쳐 잠에서 깼으며, 네 시간도 잘 수 없었다. 많이 자봐야 두세 시간이었으며, 그마저도 악몽에 시달리기 일쑤였다.

지난밤 그는 어둠 속에서 잠을 이루지 못한 채 누워 있었다. 창문으로 그는 몇몇 나무의 우듬지와 별들이 촘촘히 박힌 하늘을 보았다. 맑은 밤에는 가끔씩 말 많은 노파들의 수다가 그의 침실까지 들려오곤 했다. 그 여자들은 밤을 새우며 후안 데 디오스 페사*와 아마도 네르보**, 그리고 루벤 다리오***의 시(루벤 다리오의 시를 듣고 그는 다리오의 시를 달달 외우고 있는 '걸어 다니는 오물'****도 여자들 사이에 끼어 있을지 모른다고 생각했다), 파블로 네루다의 「스무 개의 사랑의 시」와 후안 안토니오 알릭스*****의 외설스러운 시를 낭송했다. 물론 도미니카 공화국의 여류 작가이며 도덕주의자인 마리아 부인의 시도 빠지지 않았다. 그는 페달 밟기 운동기구에 올라가 페달을 밟으면서 큰 소리로 웃음을 터뜨렸다. 그의 아내는 도덕적인 시를 열렬히

* 멕시코의 시인이자 정치가.
** 멕시코의 시인.
*** 니카라과의 대표 시인.
**** 이 작품에 등장하는 허구적 인물인 헨리 치리노스를 가리킨다.
***** 도미니카 공화국의 시인.

좋아했으며, 라드아메스 영지에 있는 스케이트장에서 정기적으로 문학의 밤을 열었다. 그때마다 여자 성우들이 불려와서 형편없는 시들을 낭송하곤 했다. 자칭 시인이라고 떠들고 다니는 상원의원 헨리 치리노스는 문학의 밤의 단골손님이었으며, 그렇게 공공기금을 사용한 덕택에 그의 간경변증은 악화되었다. 마리아 마르티네스의 비위를 맞추기 위해, 치리노스 못지않게 뻔뻔스럽고 간사한 그 여자들은 『도덕적 명상』이나 그녀의 희곡 『거짓 우정』의 대사를 줄줄 외웠다. 누군가가 그것을 낭송하면 여자들은 박수를 쳤다. 그의 아내—뚱뚱하고 바보 같은 노파가 자비로우신 영부인이었다—는 도덕적인 여류 작가의 시를 너무나 진지하게 받아들였다. 하긴 그렇게 하지 말아야 할 이유라도 있을까? 신문과 라디오, 그리고 텔레비전에서도 그렇게 말하지 않았던가? 『도덕적 명상』은 멕시코의 작가 호세 바스콘셀로스가 서문을 썼으며, 중고등학생의 필독서이고, 그래서 두 달에 한 번씩 재판을 찍지 않았던가? 『거짓 우정』은 31년간의 트루히요 시기에 가장 성공을 거둔 극작품이 아니었던가? 비평가들과 기자들, 대학교수들과 성식사들, 그리고 지식인들이 그녀의 작품을 입이 마르도록 칭찬하지 않았던가? 그들이 트루히요 연구소에서 그녀 작품에 관한 세미나까지 개최하지 않았던가? 주교들, 그러니까 그의 지갑 덕택에 풍족하게 살았으면서도 이제 와서는 양키들처럼 인권을 주장하는 그 빌어먹을 배신자들이 그녀의 생각을 이구동성으로 찬양하지 않았던가? 자비로우신 영부인은 작가이며 도덕주의자였다. 그것은 그녀의 자질이 뛰어나서가 아니라 트루히요의 권력 덕분이었다. 30년 전부터 이 나라에서 일어나는 모든 일은 그랬다. 트루히요가 마음만 먹으면 못할 일이 없었다. 그는 능히 물을 포도주로 만들고, 빵을 수없이 늘릴 수 있는 사람이었다. 그는 마지막 싸움에서 그걸 상기시켜주었다. "그런 엉터리 시를 네가 쓴 게 아니라는 걸 잊지 마. 넌 문법적 오류를 범하지 않고는 네 이름 석 자도 못 쓰는 사람이야. 갈리시아의 배신자 호세 알모이나*가 내 돈을 받아먹고 써준 거잖아. 사람들이 뭐라고 쑥덕대는지 알아? 『거짓 우정*Falsa Amistad*』의 이니셜 F와 A는 '알모이나였어(Fue Almoina)'라는 의미래." 그는 다시 통쾌하게 웃었다. 그러자 그의 번민과 괴로움이 사라졌다. 마리아는 울음을 터뜨렸다. "어떻게 나한테 그렇게 창피를 줄 수 있어요?" 그러면서 그녀는 대비마마 훌리아에게 다 일러바치겠다고 별렀다. 아흔여섯 살 먹은 노친네가 자기 편을 들어줄 거라고 생각하는 모양이었다. 그의 형제나 자매들처럼, 그의 아내는 항상 '숭고하신 노부인'에게 달려가 징징 짰다. 그러면 그는 가정의 평화를 위해 그녀에게 푸짐한 선물을 안겨야만 했다. 사실 도미니카 공화국 사람들은 여성 작가이자 도덕주의자는 정말 짜증나는 욕심쟁이라고 속삭였고, 사실이 그랬다. 두 사람이 연애하던 시절에도 그랬다. 그녀는 젊었을 때, 도미니카 국립경찰의 제복을 세탁할 특수 세탁소를 떠올렸고, 그것으로 많은 돈을 벌었다. 페달을 밟으니 온몸이 따스해졌다. 몸이 한결 가뿐해진 것 같았다. 15분이면 충분했다. 이번에는 하루의 전투를 시작하기 전에 15분간 노 젓기 운동을 할 차례였다.

노 젓기 기구는 운동기구로 가득한 조그만 부속실에 있었다. 그가

---

* 스페인의 작가. 1939년에 프랑코 장군 체제를 벗어나 도미니카 공화국으로 이주했다. 1960년 5월 4일에 멕시코시티에서 살해되었다.

노 젓기 운동을 시작했을 때, 히힝 하는 말의 울음소리가 새벽의 적막을 깼다. 마치 인생을 기쁘게 찬양하는 소리처럼 길고 음악적으로 울렸다. 마지막으로 그 기계에 올라탄 게 벌써 몇 달은 된 것 같았다. 50년이 지났지만, 그는 그 기구를 결코 지겨워하지 않았다. 스페인의 브랜디 '카를로스 1세'를 첫 모금 마셨을 때나 아니면 그가 원하는 여자의 하얗고 풍만한 벌거벗은 몸을 처음으로 보았을 때처럼, 그 운동기구는 아직도 그의 마음을 설레게 했다. 그러나 곧 흥이 깨졌다. 그 빌어먹을 자식이 그의 침대로 들게 했던 빼빼 마른 여자아이가 떠올랐던 것이다. 그자가 일부러 그를 엿먹이기 위해 그런 짓을 꾸민 건 아니었을까? 아니다. 그자는 그럴 만큼 간이 큰 작자가 못 되었다. 그 아이는 아마도 그자에게 그 일을 털어놓았을 것이고, 그자는 킥킥대며 웃었을지도 모른다. 그랬다면 이미 엘콘데 거리에 줄지어 있는 카페에서 수다쟁이들의 입에 오르내리고 있을 것이 분명했다. 그는 한결같은 속도로 노를 저으면서 굴욕과 분노로 몸을 떨었다. 이제 그는 땀을 흘리고 있었다. 만일 사람들이 이런 모습을 볼 수 있다면 좋으련만! 사람들 사이에 '트루히요는 절대로 땀을 흘리지 않는다'는 것은 신화였다. 사람들은 말했다. "그는 가장 혹독한 여름철에도 모직 군복을 입고 벨벳으로 만든 삼각모자를 쓰고 장갑을 낀다. 그래도 그의 이마에서는 땀 한 방울 볼 수 없다." 그는 자기가 원하지 않을 때면 땀을 흘리지 않았다. 하지만 혼자 있을 때, 특히 운동을 하고 있을 때 그의 육체는 땀을 흘렸다. 그가 허락했기 때문이다. 최근에 그는 너무나 산적한 문제가 많아 어려움을 겪고 있었고 그래서 한동안 승마를 하지 않았다. 그러나 이번 주에는 산크리스토발에 갈 시간이 있는지 알아봐야겠다고 생각했다. 옛날처럼 나무 아래서 강을 따라 혼자 말을 타면 다시 젊어진 느낌이 들지도 몰랐다. '여자의 팔도 구렁말의 등처럼 다정하지는 못하다'는 속담도 있지 않은가.

그는 노 젓기를 그만두었다. 왼쪽 팔에서 경련을 느꼈기 때문이다. 그는 얼굴의 땀을 닦고서 바지, 특히 지퍼 쪽을 내려다보았다. 아무것도 묻어 있지 않았다. 밖은 아직도 어두웠다. 라드아메스 영지의 정원에 있는 나무들과 관목들은 깜빡거리는 불빛들이 가득한 맑은 하늘 아래서 시커먼 얼룩처럼 보였다. 도덕주의자의 수다쟁이 친구들이 애송했던 네루다의 시 제목이 「그리고 별들은 멀리서 시퍼렇게 떤다」가 아니었던가? 그 늙은 여자들은 어느 시인이 가려운 곳을 긁어주는 꿈을 꿀 때면 몸을 떨었다. 하지만 가까이 지내는 시인이라고는 치리노스, 즉 프랑켄슈타인이 유일했다. 또다시 그는 큰 소리로 웃었다. 그렇게 웃어보는 것도 오랜만이었다.

그는 옷을 벗고서 슬리퍼와 가운을 걸친 채 면도하러 욕실로 갔다. 라디오를 틀었다. 〈도미니카의 목소리〉와 〈카리브 라디오〉에서는 신문을 읽어주고 있었다. 몇 년 전까지만 해도 뉴스 방송은 다섯시에 시작했다. 그러나 〈도미니카의 목소리〉의 소유주인 그의 동생 페탄이 그가 일어나는 시각에 맞추어 네시로 뉴스를 앞당겼다. 그러자 나머지 방송국도 그대로 따랐다. 그들은 그가 면도를 하고 목욕을 하고 옷을 입으면서 라디오를 듣는다는 것을 알고 그렇게 지극 정성을 떨었던 것이다.

엘콘데 호텔 식당의 로고송이 울렸고, 가톤 교수의 지휘 아래 가수 조니 벤투라가 특별 출연하는 〈리듬의 거인들〉과 함께 열릴 댄스파티

광고가 나왔다. 그런 다음 〈도미니카의 목소리〉는 자식을 가장 많이 낳은 어머니에게 수여하는 트루히요의 홀어머니 훌리아 몰리나 상을 소개했다. 수상자는 스물한 명의 아이를 낳은 알레한드리나 프란시스코 부인이었다. 그녀는 '숭고하신 노부인'의 형상이 새겨진 메달을 받으면서 이렇게 밝혔다. "내 스물한 명의 아이들은 필요한 경우에 자선가를 위해 생명을 바칠 것입니다."

"난 그 말을 믿지 않아, 이 빌어먹을 것아."

그는 양치질을 끝내고 면도하고 있었다. 산크리스토발 빈민촌에 살 때도 그는 항상 세심하고 신중하게 면도했었다. 이제는 어머니의 날이 되면 국가 전체가 그의 어머니에게 경의를 표했고, 아나운서는 '사랑과 자비의 감정이 마르지 않는 원천이며 우리를 통치하시는 고명하신 분의 어머니'라고 칭송했다. 그는 심지어 불쌍한 어머니가 여덟 식구를 먹일 쌀과 콩을 마련해놓았는지보다 면도와 세수에 더 관심이 많았다. 청결과 육체와 의상에 대한 관심과 돌봄은 그가 의식을 치르듯이 행하는 유일한 종교였다.

'어머니의 날'을 맞아 경의를 표하기 위해 훌리아 노부인의 집을 방문한 인사들의 명단을 길게 나열한 다음(불쌍한 노인! 훌리아는 학교와 협회, 기관과 노동조합에서 찾아온 방문객들을 차분하고 평온하게 맞이하면서, 희미한 목소리로 그들이 가져온 꽃과 호의에 감사를 표해야만 했다), 레일리 주교와 파날 주교에 대한 공격이 시작됐다. 아나운서는 그들을 '우리의 태양 아래서 태어나지도 않았으며, 우리의 달 아래서 고통을 받지도 않은 사람들'('아주 멋진 표현이군' 하고 그는 생각했다)이면서도 '형법적 영역까지 참견하면서 우리의 시민적,

정치적 삶에 쓸데없이 간섭하는 사람들'이라고 비난을 퍼부었다. 조니 아베스는 산토도밍고 학교로 들어가 그 양키 주교를 끌어내지 못해 안달이었다. "수령님, 설마 무슨 일이 벌어지겠습니까? 물론 미국 놈들은 항의하겠지요. 이미 오래전부터 그들은 사사건건 따지고 항의하고 그래왔으니까요. 갈린데스 사건 때도 그랬고, 조종사 머피, 미라발 자매 사건, 그리고 베탕쿠르 암살 기도를 비롯해 수천 가지는 될 겁니다. 카라카스, 푸에르토리코, 워싱턴, 뉴욕, 아바나에서 아무리 짖어댄다고 해도 그게 무슨 상관 있습니까? 우리는 이곳에서 일어나는 일만 신경 쓰면 됩니다. 성직자의 옷을 입은 저 까마귀들은 단단히 혼나야만 반항을 하지 못할 겁니다." 아니었다. 아직 레일리와 묵은셈을 처리하고, 또 다른 후레자식이며 빌어먹을 놈인 스페인 출신의 파날 주교와도 쌓인 원한을 풀 때가 아니었다. 조만간 그 순간이 올 것이고, 그들은 대가를 치를 것이다. 그의 본능은 틀린 적이 없었다. 지금은 그 주교들의 머리카락 하나 건드리지 않을 작정이다. 그러나 그들은 계속해서 성가시게 굴 것이 분명했다. 그것은 벌써 1년 반 전인 1960년 1월 24일 일요일부터 계속된 행동이었다. 그날 가톨릭교회는 주교단의 교서*를 모든 미사에서 읽으면서 그의 체제에 반대하는 운동을 시작했다. 빌어먹을 놈들! 배신을 일삼는 까마귀들! 내시 같은 놈들! 바티칸에서 교황 피우스 12세로부터 성 그레고리우스 대십자가 교황 훈장을 받은 그에게 감히 그런 짓을 하다니! 〈도미니카의 목소리〉는 파이노 피차르도가 내무종교부 장관을 맡기 하루 전날 발표

---

* 주교가 교구민에게 보내는 편지.

한 대국민 담화를 인용했다. 정부가 가톨릭교회에 6천만 페소를 지원했는데, '그 사제들과 주교들은 이제 도미니카 공화국의 가톨릭 신자들에게 너무 많은 해를 끼치고 있다'는 것이었다. 그는 채널을 바꾸었다. 〈카리브 라디오〉는 수백 명의 노동자가 보낸 항의 서한을 읽고 있었다. '위대한 국민 성명서'에 그들의 서명이 포함되지 않은 것에 대한 항의였다. 그 성명서는 '하느님과 트루히요를 배신하고, 남자답게 행동하지 못한 토머스 레일리 주교의 불온한 책동에 반대하며, 산후안 델라 마구아나 교구의 레일리 주교가 마치 놀란 쥐새끼처럼 트루히요 시로 달려가 테러와 음모의 온상인 산토도밍고 학교의 미국 수녀들의 치마폭 속에 숨었다'라고 비난하고 있었다. '외국 수녀들이 산후안 델라 마구아나 교구의 주교와 라베가 교구의 주교가 정부에 반대하여 획책하는 테러리즘 책략과 공모하고 있기' 때문에 산토도밍고 학교의 공식 인가를 취소한다는 교육부 장관의 발표문이 흘러나오자, 그는 다시 〈도미니카의 목소리〉로 채널을 돌렸다. 이번에는 아나운서가 파리에서 경기 중인 도미니카 공화국 폴로 팀이 또다시 승리했다는 소식을 전했다. '파리의 아름다운 바가텔 경기장에서, 레퍼드 팀을 5 대 4로 격파하여 관중들을 놀라게 하면서 아페르튀르컵을 손에 넣었다'는 것이다. 박수를 가장 많이 받은 선수는 람피스와 라드아메스였다. 그러나 그것은 도미니카 사람들을 현혹시키기 위한 거짓말이었다. 또한 그를 속이기 위한 책략이기도 했다. 그는 명치에서 신물이 올라오는 것을 느꼈다. 그가 자기 아들들, 그들의 성공적인 실패들, 그들에 대한 실망감을 떠올릴 때마다 느끼는 일종의 발작 증세였다. 아버지는 평생에서 가장 힘든 전투를 벌이고 있는데, 자식들은 파리에서 폴로 경기나 하고 프랑스 계집애들을 끼고 놀다니!

　그는 얼굴을 닦았다. 자식들을 생각하면 그의 피는 식초가 되곤 했다. 맹세컨대, 그건 그의 잘못이 아니었다. 그의 유전자는 건강하며, 그는 순종을 재생하는 아버지였다. 증거도 있었다. 그의 정액이 다른 자궁에서 만들어낸 아이들이 그 증거였다. 멀리 갈 것도 없이 리나 로바톤의 배에서 나온 아이들은 건장하고 원기 왕성했다. 그 아이들은 오페라에 나오는 인물, 그것도 엑스트라의 이름이 붙여진 변변치 못한 자식들보다 국가를 통치할 능력이 수천 배는 뛰어났다. 그는 왜 아내가 아이들에게 〈아이다〉의 등장인물들, 그녀가 뉴욕에서 보았던 그 빌어먹을 오페라 등장인물들의 이름을 붙이도록 놔두었을까? 이름 탓인지 아들들은 진정한 남자로 사는 대신 희가극의 광대처럼 살고 있었다. 보헤미안들, 인격도 없고 야망도 없는 게으름뱅이들, 단지 먹고 마시고 노는 데에만 정신 팔린 망나니들. 아비를 닮기는커녕 하필이면 그의 형제들을 닮았다니! 그들은 그의 형제들처럼 사기꾼, 기생충, 낙오자이거나 패배자였으며, '검둥이'*나 페탄, 피피, 아니발처럼 아무짝에도 쓸모없는 인간들이었다. 그의 정력과 의지와 선견지명의 100만분의 1이라도 좇아올 아들이 하나 없었다. 그가 죽으면 도대체 이 나라는 어떻게 될까? 그는 람피스가 아첨꾼들이 전하는 것과 달리 침대에서도 별로 신통치 않을 거라고 확신하고 있었다. 킴 노박과 사랑을 나누었다고? 자 자 가보와도 동침했다고? 데브라 페이짓을 비롯해서 할리우드 여배우의 반도 넘는 숫자와 잠자리를 했다고? 하지만

---

* 트루히요의 동생이며 꼭두각시 대통령이었던 엑토르 비엔베니도 트루히요를 지칭한다.

그게 무슨 대단한 공적인가! 여자들에게 메르세데스 벤츠나 캐딜락 혹은 밍크코트를 선물하면서 환심을 샀다면, 미치광이 발레리아노조차도 미스 유니버스나 엘리자베스 테일러와 하룻밤 잘 수 있었을 것이다. 가련한 람피스. 그는 아들이 심지어 여자도 별로 좋아하지 않을지 모른다고 의심하고 있었다. 그는 자기 외모에만 신경 쓰는 사람이었다. 그는 이 나라에서 최고의 연인이라고, 심지어 포르피리오 루비로사보다도 더 훌륭한 연인이라는 말을 듣는 걸 좋아했다. 포르피리오 루비로사는 커다란 음경을 지니고 있으며 국제적 플레이보이로 명성이 자자한 도미니카 사람이었다. 그런데 그 대단한 섹스머신이 바가텔 경기장에서 그의 아들들과 폴로 경기를 했다고? 포르피리오가 경호부대에 들어왔을 때부터 그는 포르피리오를 좋게 보았다. 그의 첫째 딸 플로르 데 오로*와의 결혼에 실패했음에도, 포르피리오에 대한 좋은 감정은 지속되었다. 포르피리오는 야심이 있었고, 프랑스 여자인 다니엘 다리외부터 백만장자인 바버라 허턴에 이르기까지 수많은 여자들과 섹스를 했다. 게다가 그는 여자들에게 꽃 한 송이 주지 않았고, 오히려 그 여자들을 짜내 부자가 되었다.

그는 욕조를 소금과 거품으로 가득 채우고 깊은 만족감을 느끼면서 욕조 안으로 가라앉았다. 그는 포르피리오를 떠올렸다. 그 플레이보이는 항상 멋진 삶을 살았다. 바버라 허턴과의 결혼은 한 달 동안 지속되었고, 그것은 100만 달러의 현금 외에도 100만 달러 상당의 재산을 위자료로 받아내는 데 필요불가결한 시간이었다. 만일 람피스나

---

* 스페인어로 '황금 꽃'이라는 뜻.

라드아메스가 포르피리오 정도만 되어도 얼마나 좋을까! 그 '살아 있는 고추'에게서는 야심이 흘러넘쳤다. 모든 정복자가 그렇듯이 포르피리오에게는 적도 많았다. 적들은 이상한 소문을 가지고 그에게 와서, 루비로사의 스캔들이 국가 이미지에 오점이 되니 그의 외교관 직위를 박탈해야 한다고 조언했다. 그건 순전히 질투심 때문이었다. 하지만 그런 훌륭한 고추보다 도미니카 공화국을 더 잘 선전해줄 수 있는 게 어디 있겠는가! 포르피리오 루비로사가 그의 딸 플로르 데 오로와 결혼하자, 그의 적들은 수령의 딸을 유혹하여 수령님의 칭찬을 받게 된 깜둥이 오입쟁이를 참수해야 한다고 청했다. 그러나 그는 결코 그렇게 할 생각이 없었다. 그는 누가 반역자인지 잘 알고 있었고, 배신할 가능성이 있는 사람의 냄새를 귀신같이 맡았다. 그래서 아직도 그는 살아 있는 것이며, 수많은 유다들은 '라쿠아렌타', '라빅토리아', '베아타 섬'이나 상어의 배 속에서 썩어가거나 아니면 도미니카의 땅 밑에서 구더기들에게 파먹히고 있는 것이었다. 한심한 람피스, 멍청한 라드아메스. 그나마 강인한 성격의 딸 앙헬리타가 항상 그의 옆에 있다는 게 다행이었다.

그는 욕조에서 나와 서둘러 샤워를 했다. 뜨거운 물과 차가운 물을 오가자 기운이 솟아났다. 이제 그는 완전히 기력을 되찾았다. 데오도란트와 탤컴파우더를 바르는 동안 〈카리브 라디오〉에 귀를 기울였다. '사악한 지성'의 사상과 선전 문구가 흘러나오고 있었다. '사악한 지성'이란 그가 기분 좋을 때 사용하는 조니 아베스의 별명이었다.

아나운서는 '미라플로레스*의 쥐새끼', '베네수엘라의 인간쓰레기'라고 소리치며 공격하더니, 동성애자에 관해 말할 때 쓰는 말투로 로

44

물로 베탕쿠르 대통령은 베네수엘라 국민을 기아에 허덕이게 할 뿐만 아니라 베네수엘라에 불행을 가져왔다고 지적하면서, 베네수엘라 항공기가 충돌하여 예순두 명의 사망자가 발생하지 않았느냐고 물었다. 그 빌어먹을 놈은 결코 자기 목적을 이룰 수 없을 것이었다. 그 작자는 미주기구가 도미니카 공화국에 경제 제재를 가하도록 하는 데는 성공했지만, 어쨌거나 마지막에 웃는 사람이 승자가 될 터였다. '미라플로레스의 쥐새끼'건 '푸에르토리코의 마약범 무뇨스 마린'이건 '코스타리카의 강도단 피게레스'건 그는 아무것도 걱정하지 않았다. 그러나 교회는 만만하지 않았다. 후안 도밍고 페론은 트루히요 시를 떠나 스페인으로 향하면서 이렇게 경고하지 않았던가. "신부들을 조심하시오, 총통님. 날 무너뜨린 건 배불뚝이 지방 통치자도 아니고 군인들도 아니오. 그들은 바로 사제복을 입은 사람들이오. 그들과 협상을 하거나 아니면 당장에 제거해버리시오." 그러나 교회는 그를 귀찮게 굴거나 괴롭힐 수 있을지언정 무너뜨리지는 못할 것이었다. 그 암흑의 1960년 1월 24일, 그러니까 정확히 1년 4개월 전부터 그들은 하루도 쉬지 않고 그를 괴롭혔다. 서한이나 진정서, 미사나 구일기도 혹은 설교를 통해 공격했다. 성직자 옷을 입은 그 빌어먹을 작자들의 말과 행동이 해외에서 반향을 일으켰고, 신문과 라디오와 텔레비전은 '교회가 등을 돌린' 지금 트루히요 체제는 곧 몰락할 것이라고 전했다.

그는 신포로소가 전날 밤 접어놓은 팬티와 속셔츠를 입고 양말을 신었다. 그것들은 옷장 옆에, 더 정확하게 말하면 옷걸이 옆에 있었

---

* 베네수엘라 대통령궁의 이름.

다. 옷걸이에는 회색 정장, 흰 셔츠와 오늘 아침에 맬 하얀 반점이 새겨진 파란색 넥타이가 걸려 있었다. 레일리 주교는 산토도밍고 학교에서 밤낮으로 뭘하면서 지내고 있을까? 수녀들과 사랑놀이라도 하는 걸까? 하지만 수녀들은 너무나 무시무시했고, 몇 명은 얼굴에 털이 나 있기까지 했다. 그는 앙헬리타가 점잖은 사람들이 공부하는 그 학교에 다녔다는 사실을 떠올렸다. 손녀들도 그곳에서 공부했다. 수녀들은 그에게 알랑방귀를 뀌었고 심지어 주교의 교서도 그랬다. 어쩌면 조니 아베스의 충고를 받아들여 행동으로 옮길 시간인지도 몰랐다. 성명서, 기사들, 라디오와 텔레비전의 항의문들, 여러 기관과 국회의 항의서가 그들에게 아무런 교훈도 주지 못했다면 일격을 가할 수밖에 없었다. 그것이 국민들의 뜻이다! 외국인 주교를 보호한다는 명분으로 그곳에 많은 경비병을 배치하고 산토도밍고 학교와 라베가의 주교관에 난입하여, 미국인 주교 레일리와 스페인 주교 파날을 끌어내 린치를 가하자는 게 조니 아베스의 주장이었다. 그렇게 해서 국가를 모욕한 자를 응징하고자 했다. 그런 다음 바티칸으로, 즉 교황 요한 머저리라는 작자에게 유감과 변명의 서한을 보내자고 했다. 그런 편지를 쓰는 데는 발라게르가 적임자였다. 또한 일반 범죄자 몇 명을 골라 그들에게 책임을 덮어씌우고 본보기 삼아 처벌하자고 했다. 민중의 분노에 갈기갈기 찢긴 두 주교의 시체를 보면, 다른 성직자들은 교훈을 얻지 않을까? 아니, 아직 시기가 적절하지 않았다. 케네디가 침입 명령을 내려 베탕쿠르와 무뇨스 마린, 그리고 피게레스를 즐겁게 해줄 명분을 만들어주어서는 안 되었다. 해병대 출신답게 차가운 머리로 신중하게 처리해야만 했다.

그러나 이성은 그의 감정을 설득하지 못했다. 그는 분노에 눈이 멀어 옷을 못 입을 지경이었다. 분노가 온몸으로 물밀듯이 밀려들었고, 용암의 강이 머리까지 기어올랐고, 머리는 마치 탁탁거리며 불타는 것 같았다. 그는 눈을 감고 열까지 세었다. 분노는 통치하는 데뿐만 아니라 심장에도 나빴고, 까딱하다간 심근경색에 이를 수도 있었다. 지난밤에는 '마호가니의 집'에서 너무 분노가 치민 까닭에 미쳐버릴 뻔했다. 그는 곧 침착을 되찾기 시작했다. 그는 분노를 통제하는 한 가지 방법을 알고 있었다. 시치미를 떼고서 최악의 인간쓰레기들을 예의 바르고 다정하게 대하는 것이었다. 필요한 경우에는 배신자들의 아내나 아이들, 형제나 자매들에게도 그렇게 했다. 그것이 바로 그가 32년 동안 한 나라의 무게를 온통 어깨에 짊어진 채 다닐 수 있었던 비결이었다.

그는 양말을 대님으로 고정시키는 데 온 신경을 집중했다. 주름이 하나라도 생겨서는 안 되었다. 국가의 위험을 제거하고 쥐나 두더지나 하이에나 혹은 뱀들이 받아야 마땅한 것을 줄 수 있는 지금, 그는 분노를 마음대로 터뜨릴 수 있어서 얼마나 즐거운지 모른다. 상어의 배들은 그가 그런 기쁨을 거부하지 않았다는 사실을 입증해준다. 갈리시아의 배신자 호세 알모이나의 시체는 저곳 멕시코에서 썩고 있지 않은가? 먹이를 주는 손을 물어버린 뱀 같은 존재인 바스크인 헤수스 데 갈린데스의 시체는? 유명 작가랍시고 술값과 출판비와 창녀 몸값을 대주었더니 자기 마음대로 〈뉴욕 타임스〉에 정부에 반대하는 글을 쓸 수 있다고 생각했던 라몬 마레로 아리스티는? 그리고 공산주의의 영웅 행세를 했던 세 미라발 자매도 그곳에 있지 않은가? 그건 그가 분노를 터뜨리면 그 어떤 댐도 막을 수 없다는 것을 보여주는 증거가 아니겠는가? 심지어 엘콘데의 미치광이 커플인 발레리아노와 바라히타도 그 증인이었다.

그는 신발을 허공에 든 채 그 유명한 커플을 떠올렸다. 그들은 식민지풍 도시의 거리에서 살았던 진정한 명물이었다. 콜론 공원의 월계수 아래서, 그러니까 성당의 두 아치 아래서 살았고, 도미니카가 가장 풍요로웠던 시절에는 엘콘데 거리에 있는 고급 신발가게와 보석가게의 출입구에 나타나서 미친 짓을 하며, 사람들에게 동전이나 먹을 것을 구걸했다. 넝마를 걸치고 황당한 장식을 한 발레리아노와 바라히타를 그도 본 적이 있었다. 발레리아노는 자기가 그리스도라고 믿을 때에는 십자가를 끌었고, 나폴레옹이라고 생각할 때는 빗자루를 휘두르면서 큰 소리로 명령을 내리며 적을 향해 돌진했다. 어느 날 조니 아베스의 칼리에* 한 명이 미치광이 발레리아노가 수령님을 경찰관이라고 부르면서 놀리고 있다고 보고했다. 그러자 그는 호기심이 일었고, 자동차의 검은색 유리창 너머로 두 사람의 행동을 몰래 지켜보았다. 노인은 가슴에 작은 거울과 맥주병 마개를 가득 달고서 광대처럼 으스대며 걸었고, 웃어야 할지 아니면 피해야 할지 몰라 머뭇거리는 놀란 군중들에게 그의 메달을 자랑스럽게 보여주었다. 그러면 바라히타는 "경찰관에게 박수 쳐, 이 바보들아" 하고 외치면서 발레리아노의 번쩍이는 가슴을 가리켰다. 그것을 보고 그는 온몸이 시뻘겋게 달궈지는 느낌을 받았고, 그들의 무례한 행동을 벌줘야겠다고 생각했

---

* 도미니카 첩보부대원을 일컫는 말.

다. 그 자리에서 즉시 그의 명령이 떨어졌다. 그러나 다음 날 아침이 되자 그는 미친 사람들이 뭔지도 모르고 하는 짓이라는 생각이 들었고, 발레리아노를 벌주는 대신, 그 커플에게 그렇게 하라고 가르쳐준 희극배우들을 체포하기로 결심했다. 그는 그날처럼 어두운 새벽에 조니 아베스에게 명령했다. "미친놈들이 미친 짓을 하는 건 당연하다. 그러니 풀어주도록 하게." 첩보부대장은 얼굴을 찡그리면서 대답했다. "너무 늦었습니다, 각하. 그들은 어제 상어 밥이 되었습니다. 각하가 지시하신 대로 산 채로 던졌습니다."

그는 신발을 신고 자리에서 일어났다. 정치가는 자신의 결정을 후회하지 않는다. 그는 그 어떤 것에 대해서도 후회해본 적이 없었다. 두 명의 주교를 산 채로 상어에게 던져버릴 수도 있었다. 그는 오전 의식을 기쁜 마음으로 시작하면서, 어렸을 때 읽었던 소설 하나를 떠올렸다. 그가 항상 마음에 간직하고 있는 유일한 작품으로, 『쿠오바디스』였다. 로마인들과 기독교인들의 이야기였는데, 그는 세련되고 부유한 페트로니우스에게 강한 인상을 받았다. 우아한 심판관이라고 불리는 그는 매일 아침 마사지와 목욕재계를 하고 연고와 향유와 향수를 발랐으며, 여자 노예의 애무를 받아 기운을 회복하곤 했다. 그도 시간이 있었다면, 똑같이 했을 것이다. 그러니까 근육을 자극하고 심장을 작동시키는 운동을 한 다음, 마사지사와 발 치료사, 미조사(美爪師), 이발사, 목욕사의 손길에 몸을 맡긴 채 아침 시간을 보냈을 것이다. 하지만 그는 점심을 먹고 짧게 마사지를 받는 게 고작이었다. 일요일에는 긴급한 업무를 처리하고 두세 시간 정도 틈이 나면 좀 더 여유롭게 마사지를 즐겼다. 하지만 위대한 페트로니우스처럼 감각적 쾌감을 느끼면서 긴장을 풀 시간은 없었다. 마누엘 알폰소가 뉴욕에서 보내주는 향긋한 데오도란트 야들리를 발랐고 — 불쌍한 마누엘, 수술 후에 어떻게 지내고 있을까? — 부드러운 랑콤의 모이스처 크림 '비앵 페 뒤 마탱'을 피부에 발랐으며, 가벼운 풀밭 향내를 풍기는 야들리 오드콜로뉴를 가슴에 바르고 문지르며 보내는 그 짧은 10분에 만족해야 했다. 머리를 빗고, 20년 전부터 기르던 가는 붓과 같은 콧수염의 양쪽 끝을 매만진 다음, 얇고 희끄무레한 연무 아래로 아이티 흑인의 검은 피부가 감춰질 때까지 얼굴에 듬뿍 분을 발랐다. 그의 모계 조상은 아이티 흑인이었고, 그는 다른 사람의 피부이자 그의 피부인 검은색을 경멸했다.

그는 네시 오십오분에 정장을 입고 넥타이를 맸다. 마지막으로 복장을 점검하면서 결코 시간을 넘기지 않았다는 사실에 흡족해했다. 그는 만일 다섯시 정각에 집무실에 도착하지 못하면 그날 나쁜 일이 일어날 거라는 미신을 가지고 있었다.

그는 창문으로 다가갔다. 밖은 한밤중인 것처럼 캄캄했다. 그는 한 시간 전보다 드문드문해진 별들을 보았다. 별들은 겁을 집어먹은 채 깜박이고 있었다. 날은 곧 밝아올 것이고, 시간은 쏜살같이 흘러갈 것이다. 그는 지팡이를 짚고 방문으로 갔다. 문을 열자마자 두 경호원의 군화 소리가 들렸다.

"안녕하십니까, 각하."

"안녕하십니까, 각하."

그는 경호원들에게 약간 고개를 끄덕이면서 대답했다. 한눈에 보아도 그들이 정확하게 정복을 착용했다는 사실을 알 수 있었다. 그는 장교나 병사가 단정치 못한 옷차림을 하는 것을 용납하지 않았다. 특히 그를 보호할 책임을 맡고 있는 군 경호원들에게는 더욱 엄격했다. 단추 하나가 떨어졌거나, 바지나 전투복에 주름이 졌거나 얼룩이 묻었을 경우, 또는 군모를 삐딱하게 쓰는 것은 심각한 과실로 다루었다. 며칠간 엄격한 군기 속에서 생활하게 하거나, 심하게는 경호부대에서 축출하여 정규 부대로 돌려보내기도 했다.

가벼운 산들바람이 라드아메스 영지의 나뭇가지를 부드럽게 흔들었다. 그는 그곳을 지나가면서 나뭇잎의 속삭임을 들었고, 마구간에서는 말 한 마리가 히힝 우는 소리를 들었다. 조니 아베스, 캠페인 진행 보고, 산이시드로 공군 기지 방문, 치리노스의 보고, 노해병대원과의 점심, 서너 개의 알현, 내무종교부 장관과의 회담, 발라게르와의 만남, 도미니카 당 대표인 쿠초 알바레스 피나와의 만남, 대비마마 훌리아에게 안부 인사를 한 다음 말레콘 산책하기 등이 오늘의 일정이었다. 며칠 전의 씁쓰름한 맛을 떨쳐버리기 위해 오늘 밤에는 산크리스토발에서 잠을 잘까?

그는 대통령궁의 집무실로 늘어섰다. 그의 시계는 정확하게 다섯시를 가리키고 있었다. 그의 책상에는 두 개의 잔과 함께 아침이 준비되어 있었다. 과일주스, 버터를 바른 토스트, 갓 뽑은 커피였다. 그리고 자리에서 일어나자, 첩보부대장인 조니 아베스 가르시아 대령의 축 늘어진 모습이 보였다.

"안녕하십니까, 각하."

3

"오지 않을 것 같아." 살바도르가 갑자기 외쳤다. "오늘 밤도 헛수고야."

"아닙니다, 올 겁니다." 아마디토*는 초조한 빛을 감추지 못한 채 즉시 대답했다. "황록색 군복을 입었습니다. 군 경호원들은 하늘색 시보레 자동차를 준비하라는 명령을 받았습니다. 왜 내 말을 믿지 못하십니까? 올 겁니다."

살바도르와 아마디토는 말레콘 앞에 주차된 자동차의 뒷좌석에 타고 있었다. 그들은 30분 전부터 똑같은 대화를 반복하고 있었다. 운전석에 앉은 안토니오 임베르트와 조수석에서 팔꿈치를 차창 밖으로 내

---

* 아마도 가르시아의 애칭.

놓은 안토니오 델라 마사는 아무 말이 없었다. 네 사람은 트루히요 시에서 산크리스토발 쪽으로 가는 자동차들을 긴장된 눈빛으로 바라보았다. 차량은 적었고, 모두 노란 헤드라이트를 밝히면서 어둠 속을 관통하고 있었다. 그러나 그들이 기다리고 있는 유리창에 커튼이 달린 하늘색 1957년형 시보레 자동차는 한 대도 없었다.

그들은 가축 박람회장에서 몇백 미터 떨어진 곳에 있었다. 식당과 음악 소리가 울리는 술집이 몇 개 보였다. 가장 유명한 식당은 '엘포니'로 아마도 석쇠에 구운 쇠고기를 먹는 사람들로 가득 차 있을 것이다. 그러나 바람이 동쪽으로 불고 있어서, 식당과 술집의 소음은 들리지 않았다. 단지 야자수 사이로 멀리서 비치는 불빛만을 볼 수 있었다. 반면에 바위에 부딪치는 파도 소리와 해안에서 물러가는 바닷물 소리가 너무나 커서 그들은 목청을 높여야만 했다. 문이 닫히고 실내등이 꺼진 자동차는 언제라도 출발할 수 있도록 만반의 준비가 되어 있었다.

"우리가 칼리에들에게 감시당하고 있는지 걱정하지 않고, 말레콘으로 와서 시원한 산들바람을 즐기는 게 유행이었던 때를 기억해?" 안토니오 임베르트는 차창 밖으로 머리를 내밀고 밤공기를 실컷 들이마셨다. "바로 여기서 우리는 이 빌어먹을 문제에 대해 진지하게 말하기 시작했지."

누구도 즉시 대답하지 않았다. 기억을 더듬어보거나 아니면 그의 말에 주의를 기울이지 않는 것 같았다.

"그래, 약 6개월 전에 이곳 말레콘에서 그랬지." 잠시 후 살바도르 에스트레야 사드알라가 대답했다.

"이곳에 오기 시작한 건 더 전이었어." 안토니오 델라 마사는 고개를 돌리지 않은 채 중얼거렸다. "11월에 미라발 자매가 살해되었을 때, 우리는 이곳에서 그들이 저지른 범죄에 관해 말했어. 이건 자신 있게 말할 수 있어. 우리가 밤마다 말레콘으로 온 지 상당히 지났을 때였어."

"마치 꿈같아." 임베르트가 추억에 잠겨 말했다. "이제는 그 시절로 돌아가기 어렵고, 멀게만 느껴져. 우리가 어렸을 때 영웅이나 탐험가 혹은 영화계의 스타가 될 것을 꿈꾸었던 시절 같아. 제기랄, 아직도 난 오늘 밤 거사를 앞두고 있다는 게 믿어지지 않아."

"그가 올 경우에 그렇지." 살바도르가 불평하듯이 중얼댔다.

"이봐요, 터키인, 난 당신이 원하는 게 뭔지 내기 걸 수 있어요." 아마디토는 자신 있게 말했다.

"내가 의아하게 여기는 건 오늘이 화요일이라는 거야." 안토니오 델라 마사가 중얼댔다. "그는 수요일마다 산크리스토발에 가잖아. 넌 경호부대 요원이니까 누구보다도 잘 알겠지, 아마디토. 왜 요일을 바꾼 것일까?"

"나도 그 이유는 몰라요." 중위가 대답했다. "하지만 그곳으로 갈 겁니다. 황록색 군복을 입었습니다. 그리고 하늘색 시보레 자동차를 대기시키라고 명령했거든요. 틀림없이 갈 겁니다."

"마호가니의 집에서 멋진 엉덩이를 가진 여자가 기다리고 있는 모양이지." 안토니오 임베르트가 말했다. "열어보지도 않은 새것이 말이야."

"괜찮다면 다른 얘기를 하는 게 어떻겠어?" 살바도르가 대화를 잘랐다.

"아 참, 너 같은 성인 앞에서는 엉덩이나 계집애에 관해 말해선 안 된다는 걸 깜박했어." 운전석에 앉은 사람이 사과했다. "그냥 그가 산 크리스토발에서 멋진 밤을 계획하고 있다고 말해두자. 그럼 되겠어, 터키인? 그렇게 해도 사도와 같은 네 귀에는 거북한 건가?"

그러나 누구도 농담할 기분이 아니었다. 그건 임베르트도 마찬가지였다. 그는 기다림의 시간을 때우느라 그렇게 말했을 뿐이었다.

"정신 차려!" 델라 마사가 고개를 앞으로 쭉 빼면서 소리쳤다.

"트럭이야." 살바도르가 가까이 다가오는 노란 헤드라이트를 슬쩍 쳐다보면서 대답했다. "난 성인도 아니고 광신도도 아니야. 안토니오. 내 신앙을 위해 교회에 나가는 사람일 뿐이야. 작년 1월 24일 주교 교서 이후, 나는 가톨릭 신자라는 게 자랑스러워."

그때 트럭이 굉음을 내면서 지나갔고, 밧줄로 묶은 엄청난 양의 상자들이 흔들렸다. 트럭 소리는 점차 작아지더니 이내 사라졌다.

"가톨릭 신자는 엉덩이 얘긴 안 되지만, 사람을 죽이는 건 괜찮다는 거야, 터키인?" 임베르트가 일부러 그의 부아를 돋웠다. 그는 자주 그렇게 했다. 그와 살바도르 에스트레야 사드알라는 그 그룹에서 가장 친한 친구 사이였다. 두 사람은 항상 농담을 주고받았으며, 가끔 그게 너무 신랄하고 날카로워서, 옆에서 보면 저러다 주먹질이나 하지 않을지 조마조마할 정도였다. 그래도 싸움으로 번지는 일은 절대 없었고, 그들의 우정은 그 무엇으로도 끊을 수 없을 만큼 단단해 보였다. 그러나 오늘 밤 터키인은 농담하고 싶은 생각이 전혀 없는 것 같았다.

"아무나 죽이는 건 안 돼. 그러나 독재자를 제거하는 건 괜찮아. '독재자 죽이기'라는 말 들어봤어? 극단적인 경우에는 교회도 살인을 허락해. 성 토마스 아퀴나스가 그렇게 썼어. 내가 그걸 어떻게 알게 되었는지 말해줄까? '6월 14일 운동'* 멤버들을 돕기 시작했을 때, 나도 언젠가 방아쇠를 당겨야만 한다는 사실을 깨달았어. 그래서 고해신부인 포르틴 신부에게 조언을 구했어. 산티아고에 있는 캐나다 신부였어. 그는 내가 교황 대사인 몬시뇨르 리노 사니니를 만날 수 있도록 주선해주었어. '몬시뇨르, 신자가 트루히요를 죽이는 게 죄일까요?' 그러자 그는 눈을 감고 잠시 생각에 잠겼어. 난 그가 했던 말을 이탈리아 억양까지 하나도 틀리지 않게 그대로 옮길 수 있어. 그는 성 토마스의 『신학대전』에 적힌 한 대목을 보여주었어. 그 글을 읽지 않았다면, 아마도 오늘 밤 너희들과 함께 여기 있지 않았을 거야."

안토니오 델라 마사는 고개를 돌려 다시 그를 바라보았다.

"그럼 우리의 계획을 고해신부에게 모두 말했단 말이야?"

잔뜩 화난 목소리였다. 가르시아 게레로 중위는 그가 분노를 터뜨릴지 몰라 가슴을 죄었다. 델라 마사는 그의 동생 옥타비오가 몇 년 전 트루히요에 의해 살해된 이후 감정을 자제하지 못하고 갑자기 폭발시키곤 했다. 그 때문에 살바도르 에스트레야 사드알라와도 우정이 깨질 뻔했었다. 살바도르가 델라 마사의 분노를 잠재워주었다.

"안토니오, 아주 오래전 일이야. 내가 '6월 14일 운동' 멤버들을 돕기 시작했을 때였어. 넌 내가 이번처럼 중요한 일을 그 가련한 신부에

---

* 좌파 성향을 지닌 도미니카의 비밀 운동 조직으로 트루히요의 독재에 반대하는 운동을 펼쳤다.

게 털어놓을 정도로 멍청이라고 생각하는 거야?"

"터키인, 왜 너는 '좆같은 놈' 혹은 '씨팔 놈' 같은 단어 대신 '멍청이'라는 말을 쓰는 거지?" 임베르트가 두 사람 사이의 긴장을 풀어보려고 농담했다. "그런 더러운 단어가 하느님을 욕되게 하기 때문이야?"

"하느님은 말이 아니라 음탕한 생각 때문에 화를 내시는 거야." 터키인은 무슨 의도인지 눈치채고 대답했다. "멍청한 질문을 던지는 멍청한 놈들은 아마도 하느님을 욕되게 하지 않을지도 몰라. 하지만 무지하게 하느님을 지겹게 만들 게 분명해."

"오늘 아침에 하느님의 성체를 받아 모시고서 순수한 영혼으로 이 거사에 참여하는 거겠지?" 임베르트가 계속 집적거리면서 놀렸다.

"10년 전부터 나는 매일 미사에 참석해서 성체를 모셔." 살바도르가 인정했다. "난 내가 기독교인이 가져야 할 영혼을 갖고 있는지 잘 몰라. 단지 하느님만 아실 거야."

'당신은 가지고 있어요'라고 아마디토는 생각했다. 31년을 살아오면서 만났던 사람들 중에서 터키인은 그가 가상 존경하고 아끼는 사람이었다. 살바도르는 아마디토가 무척 좋아하는 그의 이모 우라니아 미에세스와 결혼했다. 앙헬리타 트루히요의 남편인 호세 레온 에스테베스(페치토)가 이끄는 라스 카레라스 전투 군사학교의 생도였을 때부터, 아마디토는 외박을 나가면 에스트레야 사드알라 가족의 집에서 보냈다. 살바도르는 그의 인생에서 아주 중요한 사람이 되었다. 그의 문제나 근심 혹은 꿈과 의심들을 살바도르에게 털어놓았고, 어떤 결정을 하기 전에는 꼭 그의 조언을 구했다. 에스트레야 사드알라 가족은 아마디토가 서른다섯 명의 임관 장교 중에서 단 한 명에게 주어지는 '명예의 칼'을 받자 파티를 열어주었고, 열한 명의 고모가 와서 축하해주었다. 그리고 몇 년 후 그가 육군의 가장 명예로운 부대인 총통의 개인 경호부대에 들어가게 되자 또 한 번 축하 파티를 열어주었다.

아마디토는 눈을 감고 활짝 열린 네 개의 자동차 창문으로 들어오는 소금기 밴 공기를 들이마셨다. 임베르트, 터키인, 그리고 안토니오 델라 마사는 입을 굳게 다물고 있었다. 그는 임베르트와 델라 마사를 마하트마 간디 가에 있는 집에서 알게 되었다. 그는 안토니오와 터키인의 싸움을 지켜본 증인이었다. 싸움이 어찌나 격렬했던지 서로 총이라도 쏘아댈 기세였다. 하지만 몇 달 후 안토니오와 살바도르는 '염소*'를 죽이겠다는 동일한 목적을 확인하고 서로 화해했다. 그 누구도 1959년의 그날에 대해서는 아마디토에게 말해줄 수 없었다. 우라니아와 살바도르가 그를 위해 파티를 열어주었고, 그날 그들은 셀 수도 없이 많은 럼주를 마셨다. 그로부터 2년이 채 안 된 1961년 5월 30일, 별이 빛나는 따스한 화요일 밤에 그들은 트루히요를 죽이기 위해 기다리고 있었다. 그날 이후 수많은 사건이 일어났다. 그날 밤 그는 마하트마 간디 거리에 있는 집에 밤 아홉시에 도착했고, 잠시 후 살바도르가 그의 팔을 잡고 심각한 표정을 지으며 정원 구석으로 데려갔다.

"말할 게 있어, 아마디토. 내가 널 좋아하고 믿기 때문에 말하는 거야. 우리 가족은 널 좋아하고 사랑한다는 걸 알아줘."

---

* '염소'는 이 작품에서 트루히요를 살해한 사람들이 그를 지칭하는 별명이다. 일반적으로 트루히요의 애칭은 '병마개'였는데, 이는 그가 무차별적으로 많은 훈장을 달고 다녔고, 아이들이 그것을 모방하기 위해 병마개를 사용한 데 기인한다.

그가 너무나 작은 목소리로 말했기에 아마디토는 고개를 앞으로 내밀어야만 했다.

"갑자기 그게 무슨 소리예요?"

"우리는 네 군인 경력에 해를 끼치고 싶지 않아. 네가 우리 집에 자주 드나드는 것이 알려지면, 네게 문제가 생길 수 있어."

"문제라니요?"

평소 늘 차분하던 터키인의 표정이 일그러졌다. 그의 눈에는 경계의 빛이 어려 있었다.

"난 '6월 14일 운동'의 청년들과 협력하고 있어. 만일 발각되기라도 하는 날에는 너도 무사하지 못할지 몰라. 네가 트루히요의 경호부대 장교라는 걸 생각해봐!"

당시 소위였던 아마디토는 살바도르가 비밀 음모자라는 걸 상상조차 못했다. 6월 14일은 수많은 인명이 희생된 콘스탄사, 마이몬 그리고 에스테로 온도가 군사 침략을 당했던 날이다. 살바도르는 그날 이후 트루히요와 싸우기로 결심했다. 아마디토는 터키인이 독재체제를 증오한다는 걸 알고 있었다. 살바도르와 그의 아내의 입에서는 종종 반정부적 표현이 튀어나왔다. 그때마다 그들은 얼른 입을 다물곤 했다. 아마디토가 정치에 관심이 없지만, 30년 전부터 도미니카 공화국의 운명과 도미니카 국민들의 삶과 죽음을 결정하고 이끌던 '새로운 조국의 아버지'이자 '자선가'이며 '최고 지도자'에게 충성을 맹세한 신분임을 알고 있었기 때문이다.

"살바도르, 더 말하지 마요. 이미 내게 말했고, 난 그 말을 들었어요. 그리고 내가 들은 것을 난 잊어버렸어요. 그러니까 앞으로도 이

집을 드나들 거예요. 이곳은 나의 집이에요."

살바도르는 맑고 솔직한 눈으로 그를 쳐다보았다. 아마디토를 기분 좋게 했던 바로 그 눈빛이었다.

"그럼 맥주 한잔 하러 가자. 그런 슬픈 표정은 짓지 말라고."

두말할 필요도 없이 그가 사랑에 빠져 결혼까지 생각하게 되자, 그는 가장 먼저 살바도르와 우라니아, 그리고 열한 명의 고모 중에서 그가 가장 좋아하는 메카 고모에게 애인을 소개했다. 루이시타* 힐! 그녀를 떠올릴 때마다, 그는 죄책감에 창자가 꼬이는 것 같았고 분노가 들끓었다. 그는 담배 한 개비를 꺼내 입에 물었다. 살바도르가 라이터로 담배에 불을 붙여주었다. 루이시타 힐, 까무잡잡한 아주 예쁜 아가씨였고 매력적이고 교태가 넘쳐흘렀다. 몇 가지 교묘한 계략을 짠 후, 그는 두 친구와 함께 라로마나로 돛단배를 타고 기분을 전환하러 갔다. 그리고 선착장에서 싱싱한 생선을 사고 있던 두 여자와 대화를 하다가 함께 시립교향악단 연주회에도 가게 되었다. 두 여자는 그들에게 결혼식에 함께 가자고 했으나 아마디토만 초대에 응했다. 그날 외박할 수 있는 사람은 아마디토뿐이었고, 다른 두 동료는 부대로 돌아가야만 했기 때문이다. 그는 가냘프고 재치 있는 조그맣고 까무잡잡한 여자아이에게 완전히 빠졌다. 그날 밤 불빛이 튀어나올 듯 반짝거리는 눈을 지닌 그 여자아이는 〈도미니카의 목소리〉 밴드에 맞춰 메렝게를 추었다. 물론 파트너는 그였다. 두번째 데이트를 할 때, 그들은 영화관과 나이트클럽에 갔고, 그는 그녀에게 키스를 하고 애무를

---

* 루이사의 애칭.

했다. 그는 그녀라면 인생을 함께할 수 있으며, 이후로 다른 여자와는 키스도 애무도 하지 않겠다고 생각했다. 아마디토는 잘생겼고 생도 시절부터 많은 여자들과 데이트를 했지만, 이번에는 진정한 짝을 만났다고 여겼다. 루이사는 그를 라로마나에 살고 있던 가족에게 인사시켰고, 그는 트루히요 시에 살고 있던 메카 고모의 집에서 점심을 먹자고 그녀를 초대했다. 일요일에는 에스트레야 사드알라의 집에서 즐거운 시간을 보냈다. 그가 그녀에게 청혼할 거라고 말하자, 다들 축하해주었다. 그녀는 정말 사랑스러운 여자였던 것이다. 아마디토는 정식으로 그녀의 부모에게 결혼을 허락해달라고 청했다. 그런 다음 규정에 따라 경호부대 장교들에게 결혼 승낙을 요청했다.

그것은 그가 처음으로 현실과 충돌하게 된 순간이었다. 그는 생도와 장교로서 최고의 성적과 경력을 자랑했지만, 현실을 전혀 모르고 있었던 것이다('대부분의 도미니카 사람들처럼 말이야'라고 그는 생각했다). 그의 요청에 대한 회신은 지연되고 있었다. 그 문제는 경호부대에서 첩보부대로 넘어갔다는 말을 들었다. 일주일이나 열흘 정도면 허락이 떨어질 것이라고 생각했다. 그러나 열흘이 지나고 보름이 지나고 20일이 지나도록 회신이 없었다. 21일째 되는 날, 그는 수령의 호출을 받았다. 공식 행사가 있을 때마다 가까운 곳에서 모셔왔지만, 직접 대면하기는 그때가 처음이었다. 매일 라드아메스 영지에서 보았던 그 사람은 아마디토를 뚫어지게 응시했다.

어렸을 때에는 가정과―특히 할아버지 에르모헤네스 가르시아 장군에게서―학교에서, 그리고 어른이 된 후에는 생도와 장교로서 익히 들었던 바로 그 시선이었다. 그의 예리하고 꿰뚫어보는 듯한 눈에서 발산되는 힘에 제압되어 그 누구도 시선을 내리지 않을 수 없다고 했다. 상대방의 가장 비밀스러운 생각이나 소망 혹은 숨겨진 갈망까지도 읽는 것 같은 시선 때문에 그의 앞에 있는 사람들은 마치 벌거벗은 느낌을 받았다. 그런 이야기를 듣고 아마디토는 웃었다. 수령님은 위대한 정치인이고, 그의 선견지명과 의지와 작업 능력이 도미니카 공화국을 위대한 나라로 만들었음을 믿어 의심치 않았지만 그는 신이 아니었다. 그의 시선은 죽어야만 하는 인간의 시선과 다르지 않을 거라고 생각했던 것이다.

아마디토는 집무실에 들어가 뒤꿈치를 소리 나게 맞붙이면서 그가 낼 수 있는 가장 크고 우렁찬 군인의 목소리로 출두했다는 사실을 알렸다. "가르시아 게레로 소위, 각하의 부름을 받고 대령했습니다." 그러면서 그는 감전된 것처럼 오싹한 느낌을 받았다. "들어오게." 날카로운 남자의 목소리가 들렸다. 그는 방 안의 한쪽 구석에 있는 붉은 가죽이 덮인 책상 앞에 앉아서 고개를 들지도 않은 채 뭔가를 쓰고 있었다. 젊은 소위는 앞으로 몇 발짝 나아가 부동자세를 취했다. 근육을 움직이거나 아무 생각도 하지 못한 채, 단정하게 빗은 희끗희끗한 머리카락과 완벽한 의상을 뚫어지게 쳐다보았다. 그는 파란 재킷과 조끼, 그리고 깨끗한 칼라의 흰색 셔츠를 입고 있었다. 셔츠의 소맷부리는 빳빳하게 풀 먹여져 있었고, 은색의 넥타이는 진주가 박힌 넥타이핀으로 고정되어 있었다. 그는 한쪽 손으로는 종이를 잡은 채 다른 손으로 파란색 잉크로 급히 무언가를 적고 있었다. 왼쪽 손가락에는 반짝이는 보석 반지를 끼고 있었다. 그것은 일종의 부적이었다. 그가 젊었을 때 경찰관으로 미국의 군사 점령에 반대해 반란을 일으킨 '도적

무리'들을 추적할 당시 아이티의 마법사가 준 반지였다. 마법사는 그 반지를 끼고 있으면 적들의 불사조가 될 것이라고 예언했다.

"훌륭한 병무 기록이군, 소위." 그가 말하는 소리가 들렸다.

"고맙습니다, 각하."

희끗희끗한 은빛의 머리가 움직이더니, 광채도 없고 표정도 없는 커다란 눈이 그의 눈을 쳐다보았다. "난 평생 뭔가를 두려워한 적이 없었어요." 나중에 그는 살바도르에게 그 일을 털어놓았다. "그런데 그의 시선이 나를 향하자 그렇지 않았죠, 터키인. 정말이에요. 정신이 희미해지는 것 같았어요." 긴 침묵이 흘렀다. 수령의 두 눈이 그의 군복과 허리띠, 단추, 넥타이, 군모를 살폈다. 아마디토는 식은땀을 흘리기 시작했다. 사소한 복장 불량이라도 발견될 경우 총통의 심기를 건드릴 것이고, 심한 질책을 당할 수 있다는 것을 잘 알았다.

"이 완벽한 병무 기록이 공산주의자 누나와의 결혼 때문에 얼룩지게 만들 수는 없네. 내 정부에서는 친구와 적이 함께할 수 없어."

그는 부드럽게 말했지만 무언가를 꿰뚫어보는 듯한 시선을 한시도 떼지 않았다. 아마디토는 언제 갑자기 가냘픈 고음의 목소리가 쨍그랑 소리를 낼지도 모른다고 생각했다.

"루이사 힐의 남동생은 '6월 14일 운동' 반란군 중 하나야. 알고 있었나?"

"아닙니다, 각하."

"그럼 이제는 알았겠군." 그는 헛기침을 하더니, 전혀 어조를 바꾸지 않고 덧붙였다. "이 나라에는 여자들이 쌔고 쌨어. 다른 여자를 찾게."

"알겠습니다, 각하."

수령이 고개를 끄덕였다. 이제 면담이 끝났다는 뜻이었다.

"그럼 이만 물러가겠습니다, 각하."

그는 뒤꿈치를 붙이면서 인사했다. 그는 괴로웠지만 내색하지 않고 군인다운 발걸음으로 그곳을 나왔다. 군인은 명령에 복종해야 했다. 비록 몇 분 만에 끝난 면담이었지만 자선가이자 새로운 조국의 아버지가 직접 내린 명령이라면 더욱 그래야 했다. 훌륭한 장교인 그에게 그렇게 명령했다면, 그것은 그의 앞날을 위한 것임이 분명했다. 복종해야만 했고, 그는 이를 악물고 그렇게 했다. 그가 루이사 힐에게 보낸 편지에는 단 한 마디도 거짓이 없었다. "괴롭고 슬픈 심정으로, 그로 인해 내가 고통을 받더라도, 나는 당신에 대한 사랑을 단념해야만 하오. 우리는 결혼할 수 없다고 비탄에 잠겨 말하오. 당신이 내게 숨겼던 당신 동생의 반체제 활동 때문에 상부에서 결혼을 허락하지 않았소. 당신이 왜 그랬는지는 충분히 이해할 수 있소. 그리고 바로 그런 이유로 당신 역시 내 힘든 결정을 이해해주기 바라오. 비록 나는 당신과의 사랑을 영원히 기억하겠지만, 우리는 다시 만날 수 없소. 당신에게 행운이 깃들길 바라오. 내게 분노나 원한을 갖지 않았으면 좋겠소."

라로마나에 사는 아름답고 발랄하며 날씬한 여자는 그를 용서했을까? 그는 두 번 다시 그녀와 만나지 않았지만 그녀를 잊지 못했다. 루이사는 푸에르토 플라타 출신의 부유한 농부와 결혼했다. 그녀는 그가 파혼한 것을 용서했을지도 모른다. 그러나 그가 자기 경력에 오점이 생기지 않도록 그렇게 했다는 사실을 알았다면, 그 점만은 결코 용서하지 않았을 것이다. 그리고 몇 분 후면 총탄으로 벌집이 될 염소의 시체가 그의 발밑에 누워 있더라도—그는 그 차가운 이구아나 같은 눈에 권총에 들어 있는 총탄을 모두 쏘아버리고 싶었다—그는 결코 염소를 용서하지 않을 것이었다. '루이사는 내가 염소를 죽일 거라는 사실을 꿈에도 모르겠지.' 그를 살해하기 위해 매복을 계획한 사람을 제외하고는 그녀뿐만 아니라 그 누구도 모를 것이었다.

물론 살바도르 에스트레야 사드알라는 알고 있었다. 증오와 술과 절망감에 사로잡혀 가르시아 게레로 소위는 그날 새벽 마하트마 간디 가의 21번지에 위치한 그의 집을 찾아갔다. 후아나 살티토파 거리의 꼭대기에 있는 푸차 비티니의 매음굴인 '푸치타 브라소반'에서 오는 길이었다. 조니 아베스 대령과 로베르토 피게로아 카리온 소령이 술 몇 잔과 멋진 엉덩이가 모든 걸 잊게 해줄 거라며 데려간 곳이었다. '불쾌함', '조국을 위한 희생', '의지력 시험', '수령님에게 바치는 피', 이런 말들을 늘어놓은 다음 그의 승진을 축하했다. 아마디토는 담배를 한 모금 빨고는 길가에 던져버렸다. 담배가 아스팔트에 떨어져 조그만 불똥이 튀었다. 그는 임베르트, 안토니오, 그리고 살바도르에게 눈물을 보이고 싶지 않았고, '다른 걸 생각하지 않으면, 넌 울고 말 거야'라고 되뇌었다. 아마도 그들은 그가 두려워하고 있다고 생각할지도 몰랐다. 그는 이를 악물었다. 너무나 세게 악물어 상처가 날 정도였다. 그는 적어도 한 가지 사실만은 분명해졌다고 믿었다. 염소가 살아 있는 한, 자기는 결코 살아갈 수 없을 것이라는 점, 그리고 1961년 1월의 그날 밤, 즉 그가 총부리를 입에 넣고 방아쇠를 당기는 대신에 마하트마 간디 가의 21번지로 달려가 살바도르에게 모든 것을 털어놓았던 그날 밤 이후로 자기는 방황하는 절망적 존재에 불과하다는 사실이었다. 그날 새벽 대문을 두드리는 소리에 잠이 깬 터키인과 그의 아내, 그리고 아이들은 침대에서 나왔다. 터키인이 문을 열었을 때 아마디토는 술 냄새를 잔뜩 풍기면서 주저앉았다. 아마디토는 말도 제대로 할 수 없는 지경이었다. 그는 팔을 벌리더니 살바도르를 껴안았다. "왜 그래, 아마디토? 누가 죽었어?" 그러면서 그를 침실로 데려가서 침대에 눕혔다. 그리고 그가 앞뒤도 맞지 않는 소리를 마음껏 중얼거리도록 내버려두었다. 우라니아 미에세스는 박하차를 만들어 와서 어린아이에게 하듯 그에게 한 숟가락씩 떠먹였다.

"나중에 후회할 얘기라면, 아무 말도 하지 마." 터키인이 아마디토의 횡설수설을 잘랐다.

그는 파자마 위에 상형문자가 새겨진 기모노를 입고 있었다. 그는 침대 구석에 걸터앉더니 다정한 눈길로 아마디토를 바라보았다.

"살바도르와 함께 있도록 해." 우라니아는 아마디토의 이마에 입을 맞추고 자리에서 일어났다. "그래야 네가 더 자유롭게 말할 수 있을 거야. 내게 말하기 힘든 것도 마음 놓고 말할 수 있을 거야."

아마디토는 고맙다고 말했다. 터키인은 천장에 매달린 불을 껐다. 나이트테이블의 전구가 빨개지면서 갓에 그림자를 그리고 있었다. 구름이었을까? 동물 모양이었을까? 소위는 만일 화재가 나더라도 자기는 한 발짝도 움직이지 않겠다고 생각했다.

"일단 자둬, 아마디토. 내일 해가 떠오르면 비참한 일도 아무렇지 않게 보일 거야."

"아니에요, 달라지지 않을 거예요, 터키인. 낮이건 밤이건 난 나 자신을 혐오할 거예요. 술을 마시지 않고는 견디기 힘들 거예요."

그 일은 그날 정오에 라드아메스 영지 근처에 있는 경호부대에서 시작되었다. 그는 보카치카에서 막 돌아온 참이었다. 합동참모본부 사령관이자 총통인 트루히요의 연락원이었던 로베르토 피게로아 카리온 소령이 그에게 봉인된 봉투를 주면서 도미니카 공군 기지의 람피스 트루히요 장군에게 전달하고 오라고 지시했던 것이다. 소위가 임무를 완수했다고 보고하기 위해 소령의 사무실로 갔을 때 피게로아 카리온 소령은 짓궂은 표정으로 그를 맞이했다. 그는 책상 위에 놓인 붉은색 파일을 가리켰다.

"이게 뭔지 아나?"

"해변에서 일주일 동안 휴가를 보내고 오라는 통지입니까, 소령님?"

"자네를 중위로 승진시킨다는 내용이야! 자네가 동기 중에서 가장 빠르군." 그의 상관은 파일을 건네주면서 기뻐했다.

"너무 뜻밖의 소식이라 나는 입을 다물지 못했어요." 살바도르는 움직이지 않았다. "승진 신청을 하려면 아직도 8개월이나 남아 있었거든요. 내 결혼 승낙을 거부한 것에 대한 위로였던 셈이죠."

살바도르는 침대 발치에서 몹시 불편한 듯 인상을 썼다.

"아마디토, 정말 눈치채지 못했어? 친구들이나 상관들이 그게 충성심 시험이라고 말해주지 않았어?"

"난 그게 거짓말일 거라고 생각했어요." 아마디토는 분노하면서 힘주어 말했다. "맹세할 수 있어요. 난 전혀 몰랐어요. 불시에 날 시험한 거예요."

그게 사실일까, 아마디토? 그건 또 다른 거짓말, 그가 군사학교에

들어갔을 때부터 그의 인생이 되었던 일련의 거짓말 중에서 아주 그럴듯한 거짓말이 아닐까? 그가 태어났을 때부터 그랬다. 그건 그가 트루히요 독재가 시작되었을 때와 거의 같은 시기에 태어났기 때문이다. 물론 넌 알아야만 했고 의심했어야만 했다. 산페드로 데 마코리스 요새에서는 물론이고, 넌 군 경호원들의 농담이나 허풍 혹은 호들갑이나 허세 속에서 중요한 임무를 부여받은 장교들은 승진하기 전에 트루히요에 대한 충성심 시험을 통과해야만 한다는 것을 이미 들었고 눈치챘으며 깨닫고 있었다. 넌 그런 게 있다는 걸 아주 잘 알고 있었다. 그러나 이제 가르시아 게레로는 자기가 어떤 시험을 받았는지 결코 떠올리고 싶지 않았다. 피게로아 카리온 소령은 그와 악수를 하며 그가 너무나 자주 들은 나머지 믿게 되어버린 말을 반복했다.

"자네는 훌륭한 경력을 쌓아가고 있어."

그는 저녁 여덟시에 집으로 자기를 데리러 오라고 지시했다. 그들은 그의 승진을 축하하고 조그만 일을 결정하기 위해 그날 밤 술을 마시러 나갈 예정이었다.

"지프를 가져가게." 그 말을 하고 소령은 그를 물러가게 했다.

여덟시에 아마디토는 상관의 집에 도착했지만 안으로 들어가지는 않았다. 지프에서 내리기도 전에 그가 대문 앞에 모습을 보였기 때문이다. 그는 창문을 통해 아마디토를 지켜보고 있었던 게 틀림없었다. 소령은 자동차에 펄쩍 뛰어올라타고서, 아마디토의 인사도 받지 않고 자연스러운 목소리를 가장하면서 지시했다.

"라쿠아렌타로, 아마디토."

"형무소 말입니까, 소령님?"

"그래, 라쿠아렌타였어요." 아마디토가 반복해서 말했다. "터키인, 거기서 누가 우릴 기다리고 있었는지 알아요?"

"조니 아베스겠지." 살바도르가 중얼거렸다.

"아베스 가르시아 대령이에요." 아마디토가 약간 비아냥거리듯이 바로잡아주었다. "첩보부대장이죠."

"정말로 내게 다 말할 작정이야, 아마디토?" 아마디토는 자기 무릎에서 살바도르의 손을 느꼈다. "나도 그걸 알고 있다는 이유로, 나중에 날 미워하지는 않을 거지?"

아마디토는 그를 본 적이 있었다. 그가 대통령궁의 복도를 그림자처럼 지나가거나, 방탄 캐딜락에서 내리거나 라드아메스 영지의 정원에서 그 차에 올라타는 것을 보았다. 수령님의 집무실로 들어가거나 그곳에서 나오는 것도 보았다. 아마도 자선가의 사저나 대통령궁에 밤이건 낮이건 아무 때나 드나들 수 있으며, 언제든지 접견이 허락된 사람은 조니 아베스가 유일할 것이었다. 육, 해, 공군의 동료들과 마찬가지로 아마디토는 대령 군복을 입은 축 늘어진 그의 모습을 보고 비밀스러운 전율을 느꼈다. 그는 군인이라면 마땅히 가져야 할 행동거지, 민첩성, 군인다운 풍채, 남성성, 힘과 우아함 따위와는 거리가 먼 인물이었다. 즉 수령님이 국경일이나 국군의 날에 병사들에게 강조하던 모습과는 전혀 딴판이었다. 살집이 많은 얼굴에선 생기를 찾아볼 수 없었고, 콧수염은 멕시코 배우 아르투로 데 코르도바나 카를로스 로페스 목테수마 스타일로 짧게 깎았으며, 거세당한 수탉처럼 군턱이 거북처럼 짧은 목 위에 매달려 있었다. 장교들은 술을 진탕 먹고 취하면 조니 아베스 가르시아를 험담했다. 그들이 보기에 그는 진정한 군인이 아니었다. 그는 다른 장교들처럼 군사학교를 졸업하지도 않았고 병영에서의 고된 생활도 겪지 않고 손쉽게 계급장을 손에 넣었다. 그는 더러운 봉사에 대한 대가로 승진했고, 첩보부대의 수장으로서 능력을 유감없이 발휘했다. 장교들은 그를 신임하지 않았다. 그의 업적이라고 하는 것들이 하나같이 소름 끼치는 일이었기 때문이다. 실종과 처형과 중상모략이 그의 특기였다. 게다가 최근에는 아구스틴 카브랄 상원의원을 하루아침에 밑바닥으로 끌어내리지 않았는가. 또한 매일 아침 〈엘카리베〉 신문에 실리는 '여론광장'이라는 칼럼에 등장하는 끔찍한 고발과 기소와 중상모략은 모두 그의 작품이었다. 그 칼럼은 정치인들의 운명을 좌우하면서 그들을 고통과 번민의 상태에서 어찌할 바 모르게 만드는 주범이었다. 심지어 정치와 무관한 사람들, 즉 평범한 시민들도 음모와 작전의 대상이 되었다. 조니 아베스와 도미니카 사회 곳곳에 퍼진 칼리에들로 이루어진 커다란 비밀부대가 펼쳐놓은 거대한 그물에 많은 사람들이 걸려들곤 했다. 수령님은 그를 전적으로 신뢰하고 있었지만, 가르시아 게레로를 비롯한 많은 장교들은 속으로 조니 아베스를 경멸했다. 정부 각료들과 람피스 트루히요조차 아베스 가르시아 대령이 공공연히 잔인한 짓을 저지르면서 체제의 명성을 해치고 있으며 체제 비판자들에게 명분을 제공하고 있다고 여겼다. 그러나 아마디토는 직속 상관인 피게로아 카리온 소령이 군 경호원들과 저녁을 먹으며 맥주를 실컷 마신 뒤 가진 토론에서 조니 아베스를 옹호했다는 사실을 떠올렸다. '대령은 악마일 수도 있어. 하지만 수령님에게는 유용한 존재야. 나쁜 일은 죄다 그가 뒤집어쓰고, 좋은 일은 모두 트루히요의 업적이 되거든. 그것보다 더 훌륭한 봉사가 무엇이겠어? 정권을 30년 이상 유지하기 위해서는 아무리 더러운 일이라도 마다하지 않는 조니 아베스 같은 사람이 필요해. 그런 사람의 몸과 머리가 필요한 법이야. 그는 모든 공격을 참고 견뎌내. 수령님은 그걸 잘 알고 있고, 그래서 옆에 두는 거야. 만일 대령의 그 같은 충성이 없다면, 베네수엘라의 페레스 히메네스*나 쿠바의 바티스타**, 그리고 아르헨티나의 페론에게 일어났던 일이 수령님에게도 일어났을지 몰라.'

"만나서 반갑네, 중위."

"만나뵙게 되어 반갑습니다, 대령님."

아마디토는 손을 모자 챙으로 가져가 군대식으로 인사했다. 그러나 아베스 가르시아는 그에게 손을 내밀었다. 스펀지처럼 부드럽고 땀에 젖어 축축한 손이었다. 그는 그의 어깨를 가볍게 쳤다.

"이리 들어오게."

대여섯 명이 바글거리는 초소 옆에, 그러니까 입구의 철조망을 지나자 조그만 방이 나왔다. 탁자 하나와 의자가 두 개 있는 것으로 보아 관리실인 듯했다. 모기가 잔뜩 붙어 있는 긴 끈의 끝에 전구 하나가 매달린 채 흔들리고 있었다. 방 안은 어둡고 칙칙했다. 수많은 벌레들이 전구 주변으로 윙윙거리며 날아다녔다. 대령은 문을 닫고 그들에게 의자를 가리켰다. 보초 한 명이 붉은 라벨이 붙은 조니 워커("내가 가장 좋아하는 브랜드야. 나랑 이름이 같은 '보행자 후안'이거

---

* 베네수엘라의 40번째 대통령으로 1952년부터 1958년까지 독재 통치를 했다.
** 미국의 지원을 등에 업고 1933~1944년, 1952~1959년까지 대통령으로 독재를 자행했으나, 1959년 쿠바 혁명으로 실각한 후 망명한다.

든"하고 대령은 농담했다) 한 병과 컵, 얼음 한 통과 여러 병의 미네랄워터를 가지고 들어왔다. 술을 따르는 동안 대령은 마치 피게로아 카리온 소령의 존재는 안중에도 없다는 듯 중위에게만 말을 걸었다.

"승진을 축하하네. 그리고 자네 병역 기록 말인데, 난 아주 잘 알고 있네. 우리 첩보부대가 자네의 승진을 건의했네. 자네가 훌륭하게 복무해왔고 시민으로서 뛰어난 자질을 가졌다고 평가한 거지. 이건 비밀인데 말일세, 자네는 결혼 문제에 대한 상부의 결정을 다시 한 번 재고해달라는 요청을 하지도 않고 순순히 복종한 몇 안 되는 장교 중의 하나라네. 그래서 수령님이 자네를 1년 앞당겨 승진시키면서 상을 내린 것이네. 자, '보행자 후안'으로 축배를 들게!"

아마디토는 아베스 가르시아 대령이 위스키로 거의 채우고 물은 조금만 넣은 술잔을 쭉 들이켰다. 술이 들어가자 그는 마치 뇌가 폭발하는 것 같은 느낌을 받았다.

"조니 아베스가 너에게 술을 부어주었던 그때까지도 무슨 일이 벌어질지 추측하지 못했어?" 살바도르가 조용한 목소리로 물었다. 아마디토는 친구의 말에 슬픔과 비탄이 배어 있다는 것을 알았다.

"아주 힘들고 꼴사나운 시간이 될 거라고 생각했어요, 터키인." 그는 떨면서 대답했다. "하지만 무슨 일이 벌어질지는 전혀 몰랐어요."

대령은 다시 잔에 술을 따랐다. 세 사람은 담배를 피우기 시작했고, 첩보부대장은 내부의 적이 고개를 들지 못하도록 그런 시도가 보이면 가차 없이 짓밟아야 한다고 말했다.

"내부의 적이 허약하고 분열되어 있는 한, 외국의 적은 전혀 걱정할 것 없네. 미국이 투덜대건, 미주기구가 발목을 잡건, 베네수엘라와

코스타리카가 짖어대건, 그들은 우리에게 어떤 해도 끼칠 수 없네. 오히려 수령님의 단단한 주먹처럼 도미니카 사람들을 결집시키지."

그는 점잖을 빼며 천천히 말하면서 상대방의 시선을 피했다. 작고 검은 눈이 쉴 새 없이 빠르게 움직였다. 마치 사람들이 숨기고 있는 것이 무엇인지 간파하는 눈 같았다. 가끔씩 그는 큼직한 빨간 손수건으로 땀을 닦았다.

"특히 군인들은 말이야." 그는 잠시 말을 멈추고 담뱃재를 바닥에 떨었다. "무엇보다도 엘리트 군인은 말이네, 가르시아 게레로 중위. 자네는 이미 엘리트 군인에 속해 있네. 수령님은 이런 말을 자네에게 듣고 싶어 했네."

그는 다시 말을 멈추고는 담배를 깊이 빨아들인 다음, 위스키를 마셨다. 그때에야 비로소 피게로아 카리온 소령이 함께 있다는 사실을 깨달은 것 같았다.

"중위는 수령님이 무엇을 바라고 있는지 알고 있나?"

"그런 말을 해줄 필요는 없었습니다. 중위는 동기 중에서 가장 머리가 좋습니다." 소령은 술을 마시자 얼굴이 두꺼비처럼 부풀어 오르며 빨개졌다. 아마디토는 대화가 이미 짜인 각본과 같다는 인상을 받았다. "난 자네가 알 거라고 생각하네. 그렇지 않다면 새로운 계급장을 달 자격이 없지."

대령이 세번째로 그들의 잔을 채우는 동안 잠시 대화가 끊어졌다. 그는 손으로 얼음 덩어리를 집어 잔에 넣었다. "건배!" 그는 술을 마셨고, 다른 두 사람도 마셨다. 아마디토는 쓰디쓴 위스키보다는 코카콜라를 넣은 럼주가 천 배는 낫다고 생각했다. 그리고 문득 '보행자 후안'이 무슨 뜻인지 깨달았다. '멍청하게도 이제야 깨닫다니!' 그런데 대령의 빨간 손수건이야말로 정말로 이상하지 않은가! 흰색이나 파란색 혹은 회색 손수건은 많이 보았지만 빨간 손수건이라니? 그것은 정말 뜬금없어 보였다.

"자네는 앞으로 중요하고 큰 임무를 맡게 될 거야." 대령은 엄숙하게 말했다. "수령님은 자네가 충분히 해낼 거라고 믿고 싶어 하시네."

"제가 할 일이 뭡니까, 대령님?" 아마디토는 그들의 지루한 뜸들이기에 속이 탔다. "저는 항상 상관의 지시에 복종했습니다. 절대 수령님을 실망시키지 않겠습니다. 이건 충성심 시험입니까, 대령님?"

대령은 고개를 숙이고 탁자를 바라보았다. 이윽고 얼굴을 들었을 때 중위는 그의 교활한 눈에서 만족의 빛이 떠오르는 것을 보았다.

"사실이네. 불알 값을 하는 용감한 장교들에게, 골수까지 트루히요를 존경하는 장교들에게는 둘러댈 필요가 없지." 그는 자리에서 일어났다. "자네 말이 맞네, 중위. 이제 이런 멍청한 소리는 집어치우고, '푸치타 브라소반'에서 승진을 축하하도록 하지."

"그래서 어떻게 됐어?" 살바도르는 힘들게 말했다. 그의 목은 뜨끔뜨끔 쑤셨고, 얼굴은 침울해졌다.

"내 손으로 배신자를 죽이는 일이었어요. 그는 '손을 떨지 말고 해야 하네, 중위'라고 내게 말했어요."

그들이 라쿠아렌타 안마당으로 나왔을 때, 아마디토는 관자놀이가 파르르 떨리는 것을 느꼈다. 첩보부대의 감옥이자 고문실로 쓰이는 방갈로 옆에는 그들이 타고 왔던 지프 말고도 또 다른 지프가 서 있었다. 그 차의 전조등은 꺼져 있었다. 뒷좌석에는 손이 꽁꽁 묶이고 입에 재갈이 물린 남자가 있었는데, 소총을 든 초병 두 명이 그를 감시하고 있었다.

"자, 나와 함께 가세, 중위." 조니 아베스는 이렇게 말하면서 초병이 타고 있던 지프의 운전석에 앉았다. "우리를 따라오게, 로베르토 소령."

지프 두 대가 감옥에서 나와 해안도로에 들어서자 폭풍이 몰려왔고 천둥과 번개가 쳤다. 갑작스러운 폭우가 쏟아져 그들을 흠뻑 적셨다.

"우리가 젖더라도 비가 좀 와야 낫지." 대령이 말했다. "그래야 더위도 가라앉을 거야. 농민들은 비가 안 와서 아우성이라네."

그들을 태운 차가 얼마나 달렸는지는 정확하지 않지만 아주 오래는 아니었다. 후아나 살티토파 거리에 차를 세운 다음 '푸차 비티니'의 매음굴에 들어가면서 그는 입구에 걸린 벽시계가 밤 열시를 알렸다는 것을 기억했다. 그러니까 그 모든 일이 피게로아 카리온 소령을 데리러 간 시각에서 두 시간도 안 되는 동안에 일어났던 것이다. 아베스 가르시아가 도로에서 벗어나자 지프는 쿵 소리를 내며 덜컹거렸고 마구 흔들렸다. 그들은 긴 갈대와 돌들로 가득한 늪판을 지나고 있었고, 뒤에서 바짝 붙어 따라오던 소령의 지프차 전조등이 길을 밝혀주었다. 주위는 깜깜했지만 파도 소리가 너무나 커서 귀청이 떨어질 것 같았기 때문에 바닷가 근처라는 것을 알 수 있었다. 그는 이곳이 라칼레타의 작은 항구 근처일 것이라고 생각했다. 지프가 멈추자마자 비도 그쳤다. 대령은 차에서 펄쩍 뛰어내렸고, 아마디토도 그를 똑같이 따라했다. 두 초병은 이런 일에 익숙한 듯 명령을 기다리지도 않은 채 죄수를 밀어 차에서 내리게 했다. 번갯불 속에서 중위는 남자가 맨발이라는 것을 알았다. 그곳으로 오는 내내 그는 얌전히 있었지만, 자신에게 닥칠 일을 깨달은 듯 몸부림치며 소리를 질렀고, 밧줄과 재갈을 풀려고 애썼다. 아마디토는 그제야 머리를 필사적으로 흔들어대면서 무언가를 호소하려고 하는 그의 모습을 쳐다보았다. 아마도 자기를 불쌍히 여겨달라고 애원하거나, 아니면 욕설을 내뱉으려는 것 같았다. '내가 권총을 꺼내 대령과 소령과 두 초병에게 발사하고 그를 도망치게 하면 어떻게 될까?' 하는 생각이 스쳤다.

"그랬다면 그 바위에서 한 사람이 아닌 두 사람이 죽었겠지." 살바도르가 말했다.

"비가 그쳐 다행이군." 피게로아 카리온 소령이 차에서 내리면서 말했다. "빌어먹을, 옷이 흠뻑 젖어버렸잖아!"

"자네 무기를 갖고 있나?" 아베스 가르시아 대령이 물었다. "저 불쌍한 놈이 더 고통받지 않도록 해주게."

아마디토는 아무 말 없이 고개를 끄덕였다. 그는 두어 발짝 앞으로 나아가 죄수 옆에 섰다. 병사들이 남자를 풀어주고는 뒤로 물러났다. 아마디토는 죄수가 도망치기 시작할 것이라고 생각했지만, 죄수는 그렇게 하지 않았다. 두려움 때문에 그의 다리는 강풍이 몰아치는 그 들판의 진흙과 갈대 사이에서 옴짝달싹하지 못했던 것이다. 그는 대신 아래위로, 그리고 좌우로 고개를 흔들면서 재갈을 풀려고 버둥거렸다. 가르시아 게레로 중위는 재갈이 물려 숨 막힌 소리를 내며 포효하는 그의 관자놀이에 총구를 갖다 대고서 방아쇠를 당겼다. 총알이 그의 귀청을 터뜨렸고, 잠시 후 그의 눈을 감게 했다.

"확인 사살하게." 아베스 가르시아가 말했다. "정말 죽었는지 알 수 없는 법이거든."

아마디토는 몸을 숙여 바닥에 쓰러진 남자의 머리를 만졌다. "아무 소리도 없고 꼼짝하지 않습니다." 그러고는 다시 표적 거리에서 사격했다.

"이제 됐네." 대령은 이렇게 말하면서 그의 팔을 잡고 피게로아 카리온 소령의 지프 쪽으로 밀었다. "나머지는 초병들이 알아서 할 것이네. 우리는 푸치타의 집으로 가서 몸을 달구도록 하지."

로베르토가 운전하는 지프에서 가르시아 게레로 중위는 아무 말도 하지 않은 채 대령과 소령이 나누는 대화를 건성으로 들었다. 그는 두 사람이 말한 내용의 일부를 기억했다.

"초병들이 그곳에 묻을까요?"

"아마 바다에 던져버릴 걸세." 첩보부대장이 설명했다. "그게 이 바위들이 지닌 장점이네. 위는 칼처럼 날카롭고 아래에는 바다로 들어가는 입구가 있지. 마치 우물처럼 아주 깊네. 그 입구에는 먹이를 기다리는 상어들로 가득하지. 먹어치우는 데 몇 초도 안 걸릴 걸세. 정말 볼만한 광경이지. 상어들은 아무 흔적도 남기지 않네. 가장 확실하고 빠르고 게다가 아주 깨끗한 방법이지."

"그 바위를 알아볼 수 있을 것 같아?" 살바도르가 그에게 물었다.

아니었다. 그가 기억하는 것은 조그만 라칼레타 만을 지나왔다는 것뿐이었다. 라쿠아렌타부터 시작되는 노선을 온전히 재구성하기는 어려웠다.

"수면제 한 알 줄게." 살바도르는 자기 손을 다시 아마디토의 무릎 위에 올려놓았다. "여섯 시간에서 여덟 시간을 잘 수 있을 거야."

"아직 내 이야기는 끝나지 않았어요, 터키인. 조금만 더 참고 들어 줘요. 그런 다음에 내 얼굴에 침을 뱉고 이 집에서 날 쫓아내도 좋아 요."

그들은 푸치타 브라소반이라는 별칭을 가진 푸차 비티니의 매음굴로 갔다. 그곳은 발코니와 메마른 정원이 있는 낡은 집이었다. 칼리에 들과 정부나 첩보부대와 연관된 사람들이 자주 드나들었다. 입정 사납고 마음씨 착한 늙은 작부 푸차도 그 기관을 위해 일하는 여자라는 소문이 있었다. 그녀는 아주 어렸을 때부터 2번가에 있는 창녀촌에서 몸을 팔아 엄청난 돈을 벌었다. 나중에 그녀는 매음굴 관리자이자 매춘부 책임자의 위치에 올랐다. 그녀는 대문에서부터 그들을 영접했고, 오래된 친구인 양 조니 아베스와 피게로아 카리온 소령에게 인사했다. 그런 다음 아마디토의 턱을 잡고서 "아주 근사한 남자군!" 하고 평했다. 그들은 여자의 안내를 받으며 2층으로 올라갔고, 카운터 옆에 있는 테이블에 앉았다. 조니 아베스가 '보행자 후안'을 가져오라고 시켰다.

"그게 위스키인지 나중에야 알았습니다, 대령님." 아마디토가 고백했다. "조니 워커, 보행자 후안. 너무나 쉬운 건데 미처 몰랐습니다."

"이게 정신과 의사보다 낫네." 대령이 말했다. "내가 임무를 잘 수행하기 위해서는 정신적 안정이 가장 중요한데, 이 보행자 후안이 없었다면 애를 먹었을 것이네. 일을 잘 해내기 위해서는 침착성과 냉정함, 그리고 냉철한 용기가 필요하네. 감정이 이성과 뒤섞이면 안 되지."

손님이라고는 카운터에 앉아 맥주를 홀짝거리는 안경 쓴 대머리가 전부였다. 전축에서 토냐 라 네그라가 걸쭉한 목소리로 부르는 볼레로가 흘러나왔다. 피게로아 카리온 소령은 자리에서 일어나더니 리베르타드 라마르케와 티토 기사르의 모습이 그려진 멕시코 영화 포스터 아래의 한쪽 구석에서 재잘거리고 있던 여자들 중 한 명과 춤을 추었다.

"자네는 좀처럼 흔들리지 않는 감정을 가졌군." 아베스 가르시아 대령이 만족스러운 표정을 지으며 말했다. "모든 장교가 자네 같지는 않네. 아주 용감한 사람들이 결정적인 순간에는 몹시 동요하며 당황하는 걸 수없이 보았네. 그들이 두려움에 사로잡히는 걸 보았지. 아무도 내 말을 믿지 않겠지만, 사람을 죽이는 것은 죽는 것보다 더 용기와 배짱이 필요하네."

그는 다시 잔에 술을 붓고서 "건배!"를 외쳤다. 아마디토는 진탕 마셨다. 몇 잔이나 마셨을까? 세 잔, 다섯 잔, 잔을 거듭하는 동안 시간이 얼마나 흘렀는지, 자기가 어디에 있는지조차 잊어버리고 말았다. 술을 마셨을 뿐만 아니라, 원주민 아가씨와 춤을 추었고, 그녀를 애무했으며, 붉은 셀로판지가 덮인 선구로 조명이 된 작은 방으로 들어가 밝은 색 누비천이 덮인 침대 위에서 몸을 흔들었다. 하지만 여자와 섹스를 할 수는 없었다. "내가 너무 취해서 그래, 이 계집년아"라며 그는 사과했다. 사실 방금 전에 저질렀던 사건의 기억이 그를 무겁게 짓누르고 있었다. 마침내 그는 용기를 내서 술을 많이 마셔 몸이 안 좋으니 가야겠다고 소령과 대령에게 말했다.

세 사람이 대문으로 걸어갔다. 그곳에는 검은 캐딜락 방탄차와 운전사가 조니 아베스를 기다리고 있었다. 무장한 경호원이 탄 지프도

한 대 있었다. 대령은 그에게 손을 내밀었다.

"그 사람이 누구인지 궁금하지 않나?"

"알고 싶지 않습니다, 대령님."

아베스 가르시아의 축 늘어진 얼굴이 비아냥거리는 미소와 함께 다시 부풀어 올랐다. 그는 새빨간 불꽃 색깔의 손수건으로 얼굴의 땀을 닦았다.

"누구인지도 모른 채 그런 일을 할 수 있다면 사람 죽이는 게 얼마나 쉽겠나. 그런 말로 날 놀리지 말게. 물에 뛰어들면 물에 젖어야만 하는 법이야. 그 작자는 '6월 14일 운동' 일당 중 하나지. 자네 옛날 애인의 동생인 것 같네. 애인 이름이 루이사 힐이었지? 그래, 자네도 곧 알게 되겠지만 우리는 더 많은 일을 하게 될 거야. 내가 필요하다면 언제든지 날 만나러 오게."

중위는 다시 자기 무릎에서 터키인의 손을 느꼈다.

"그건 거짓말이야, 아마디토." 살바도르는 그를 위로하려고 애썼다. "다른 사람일 수도 있어. 그가 널 속인 거야. 널 망가뜨리기 위해, 너를 더욱 옴짝달싹 못하게 만들려고, 널 철저히 노예처럼 만들려고 그런 말을 한 거야. 그가 한 말은 잊어버려. 네가 했던 행동도 잊어버리라고."

아마디토는 고개를 끄덕였다. 그리고 아주 천천히 자기 허리띠에 있는 권총을 가리켰다.

"다음에 내가 총을 쏜다면, 그건 트루히요를 죽이기 위해서일 거예요, 터키인." 그가 말했다. "당신과 토니* 임베르트는 날 믿어야 해요. 이제는 내가 있어도 대화 주제를 바꾸지 않아도 돼요."

"조심해, 조심해. 저 차가 곧장 우리를 향해 오고 있어." 안토니오 델라 마사가 짧게 자른 총신을 들어 창가로 갖다 대면서 사격 준비를 했다.

아마디토와 에스트레야 사드알라 역시 무기를 잡았다. 안토니오 임베르트는 엔진에 시동을 걸었다. 그러나 그들을 향해 말레콘을 내려오던 자동차, 천천히 움직이면서 주변을 살피던 자동차는 시보레가 아니라 조그만 폴크스바겐이었다. 그 차의 운전자는 브레이크를 밟으면서 그들을 보았다. 그는 유턴을 하더니 그들이 있는 곳으로 차를 몰았고 그들 옆에 차를 멈췄다. 그 차의 전조등은 꺼져 있었다.

---

* 안토니오의 애칭.

4

"올라가서 만나지 않을 거예요?" 마침내 간호사가 말한다.

세사르 니콜라스 펜손 가의 집에 들어가자, 우라니아는 카브랄 씨가 있는 침실로 안내해달라고 부탁하지 않고 부엌으로 가서 커피를 준비했다. 그녀는 간호사가 심사숙고한 끝에 그 질문을 했다는 것을 알고 있다. 그녀는 10분째 커피를 음미하고 있다.

"우선 아침식사를 마쳐야겠어요." 그녀는 미소도 짓지 않고 대답한다. 그러자 간호사는 당황하여 시선을 아래로 떨어뜨린다. "기운을 차려야 계단을 올라갈 수 있으니까요."

"나도 당신과 카브랄 씨 사이가 소원했다는 걸 알고 있어요. 들은 게 있거든요." 여자는 그렇게 사과하면서, 자기 손을 어찌해야 할지 모르고 있다. "그냥 물어본 거예요. 카브랄 씨에게는 이미 아침을 갖다 주었고, 면도도 해드렸어요. 항상 일찍 일어나시거든요."

우라니아는 고개를 끄덕인다. 이제 마음이 가라앉았고 자신만만하다. 그녀는 다시 한 번 낡아가는 것들을 살펴본다. 벽에 걸린 그림과 식탁의 상판, 개수대와 찬장이 망가지고 있었다. 모든 게 과거보다 더 작아 보이고 정돈되지 않은 것처럼 보인다. 그게 과거에 사용했던 가구들일까? 그녀는 아무것도 알아보지 못한다.

"카브랄 씨를 찾아오는 사람이 있나요? 그러니까 가족 중에 그런 사람이 있느냐는 말이에요."

"아델리나 부인의 딸들인 루신다 부인과 마놀라 부인이 점심때마다 항상 와요." 키가 훤칠하게 크고 어느 정도 나이가 먹었으며 하얀 간호사복 아래로 바지를 입은 그 여자는 부엌 문지방에 서서 불편한 기색을 감추지 않는다. "당신 고모는 매일 찾아왔어요. 하지만 엉덩이 골절상을 입은 뒤로는 오지 않아요."

아델리나 고모는 그녀의 아버지보다 아래였고 기껏해야 일흔다섯 살 정도 되었을 것이다. 노인에게 골반 골절은 흔한 일이다. 당시 그녀는 매일 미사에 참석했는데, 아직도 독실한 신자일까?

"아버지는 침실에 있나요?" 우라니아는 마지막으로 커피를 마신다. "하기야 거기 아니면 어디에 있겠어요. 아니, 괜찮아요. 혼자 갈게요."

그녀는 색 바랜 난간의 계단을 올라간다. 그녀가 기억하듯 꽃으로 가득하던 화분은 걸려 있지 않다. 집이 쪼그라들었다는 느낌을 피할 수 없다. 2층에 올라가자 바닥 타일이 갈라져 있고, 어떤 것은 떨어져 나갔다는 것을 알아챈다. 현대식으로 지어진 안락한 이 집은 세련된 가구들을 갖추고 있었다. 하지만 고난의 시절을 겪었고, 전날 밤 베야비스타에서 보았던 주택과 아파트들에 비하면 초라하기 그지없다. 그녀는 첫번째 방문—아버지의 침실이었던 곳—앞에서 걸음을 멈추고, 두어 번 손가락 마디로 문을 두드린다.

활짝 열린 창문으로 들어온 강렬한 햇빛이 그녀를 맞이한다. 햇빛의 광채에 눈이 부시다. 잠시 후 회색 침대시트와 타원형 거울이 달린 낡은 옷장, 벽에 붙은 사진이 눈에 들어온다. 그런데 그녀의 하버드 대학 졸업 사진은 어떻게 구했을까? 마침내 널찍한 등과 팔걸이가 있는 낡은 가죽의자에 파란색 파자마를 입고 실내화를 신고 앉아 있는 노인이 보인다. 의자에 푹 파묻혀 있는 것 같다. 그는 주름이 오글쪼글했고, 집과 마찬가지로 더 작아져 있었다. 그녀는 자기 아버지의 발에 있는 하얀 물건에 눈길을 준다. 오줌이 반쯤 차 있는 조그만 세숫대야였다.

당시 그의 머리카락은 검은색이었다. 관자놀이에만 흰 머리카락이 몇 가닥 우아하게 나 있을 뿐이었다. 지금 그의 대머리에 나 있는 몇 개 안 되는 머리카락들은 누렇고 더럽다. 옛날에 그의 눈은 컸으며, 수령님 곁에 있을 때를 제외하고는 세상의 주인인 듯 자신감으로 가득 찼었다. 그러나 이제 그녀를 뚫어지게 바라보는 두 개의 틈새는 작고 반짝거리며 겁을 먹고 있다. 그의 치아는 빠진 게 없었지만 지금은 남아 있는 이가 거의 없다. 틀니를 뺀 게 분명하다(몇 년 전 그녀가 틀니 비용을 지불했기에 그가 틀니를 낀다는 것을 알고 있다). 그 때문에 그의 입술은 내려앉아 축 처졌고 뺨은 눈에 띄게 움푹 들어갔다. 그는 쪼그라들어 있었다. 그의 발은 바닥에 간신히 닿을락 말락 한다.

과거에 그녀는 그를 쳐다보려면 고개를 들어 목을 길게 빼야만 했다. 지금은 일어나도 그녀의 어깨 정도밖에 미치지 않을 것이다.

"우라니아예요." 그녀는 다가가면서 중얼거린다. 그리고 아버지에게서 1미터 정도 떨어진 침대에 앉는다. "아버지에게 딸이 있었다는 건 기억하세요?"

노인은 마음속으로 동요하고 있다. 뼈만 앙상한 창백한 손이 움직인다. 그의 무릎 위에 놓인 가냘픈 손가락들이 반응한다. 그러나 조그만 두 눈으로 우라니아를 뚫어지게 바라볼 뿐 아무런 표정도 짓지 않는다.

"나도 아버지를 알아보지 못하겠네요." 우라니아가 속삭인다. "내가 왜 이곳으로 왔는지 모르겠어요. 내가 여기서 뭘하고 있는지 모르겠어요."

노인은 머리를 위에서 아래로, 아래에서 위로 움직인다. 그의 목은 가엾고 애처로운 노랫가락처럼 길고 거칠며 억지로 참는 것 같은 신음 소리를 낸다. 그러나 잠시 후 그는 평정을 되찾는다. 그런 동안에도 그의 눈은 그녀에게서 한시도 떨어지지 않는다.

"집에는 책이 가득했어요." 우라니아는 휑뎅그렁한 벽을 흘낏 둘러본다. "그 책들은 모두 어떻게 되었어요? 물론 아빠는 이제 글을 읽지 못하겠지요. 그런데 그때는 책 읽을 시간이 있었나요? 아빠가 책 읽는 모습을 본 적이 있는지 전혀 기억이 안 나요. 아빠는 너무 바쁜 사람이었어요. 예전에 아빠가 그랬던 것처럼, 지금은 내가 눈코 뜰 새 없이 바쁜 사람이 되었어요. 열 시간 혹은 열두 시간씩 사무실에서 일하거나 고객을 만나러 다녀요. 그러나 난 매일 조금씩이라도 시간을 내서 책을 읽어요. 아침 일찍 맨해튼의 높은 건물 사이에서 해가 밝아 오는 걸 보면서, 아니면 밤에 유리 건물들의 불빛을 바라보면서 책을 읽어요. 난 책을 무척 좋아해요. 일요일에는 텔레비전에서 〈언론과의 대화〉를 본 다음 서너 시간 동안 책을 읽어요. 그게 결혼하지 않은 여자의 특권이에요, 아빠. 아빠는 알고 계셨죠? 아빠의 딸은 성모 옷을 입게 되었어요. 아빠는 그런 여자를 두고 항상 이렇게 말했죠. '정말이지 인생 최대의 실수야! 남편을 낚지 못했다니 말이야!' 아빠, 나도 남편을 낚지 못했어요. 아니, 낚으려고 하지 않았어요. 물론 청혼은 받았어요. 대학에서도 그랬고, 세계은행에서도 그랬고, 직장에서도 그랬어요. 지금이라도 애인이 갑자기 눈앞에 나타날 수도 있어요. 나이가 마흔아홉인데 말이에요! 하지만 나는 남편이나 아이들을 시중드는 대신, 책을 읽으며 시간을 보낼 수 있어요."

그는 그녀의 말을 알아듣는 것 같고, 관심을 보이는 것 같다. 그러나 그녀의 말을 방해하지 않기 위해 얼굴 근육 하나 움직이지 않는다. 그는 꼼짝하지 않는다. 단지 그의 작은 가슴만이 규칙적으로 오르내리고, 작은 눈으로 그녀의 입술을 바라보고 있을 뿐이다. 거리에서는 이따금 자동차가 지나가고, 발소리와 말소리, 그리고 단편적으로 들려오는 대화 소리가 가까이 다가와 올라갔다 내려가면서 저 멀리 사라진다.

"맨해튼에 있는 내 아파트는 책으로 가득해요." 우라니아가 다시 말한다. "내가 어렸을 때의 이 집처럼 말이에요. 법학과 경제학, 역사책이 가득해요. 그러나 내 침실에는 오로지 도미니카 관련 서적만 있지요. 증언들과 에세이, 회고록을 비롯해 수많은 역사책이 있어요. 어느 시대에 관한 책들인지 아세요? 트루히요 시절에 관한 것들이에요. 지난 500년 동안 우리에게 일어난 가장 중요한 사건이지요. 아빠는 자신 있게 그렇게 말했어요. 그건 맞는 말이었어요, 아빠. 그 31년 동안에 스페인 정복 이후 우리를 휩쓸었던 모든 악이 모습을 드러냈어요. 몇몇 책에는 아빠도 아주 중요한 인물로 등장해요. 외무부 장관, 상원의원, 도미니카 당의 당수. 난 트루히요 전문가가 되었어요. 브리지 게임이나 골프, 승마를 즐기거나 오페라에 가는 대신, 내 취미는 그 기간에 무슨 일이 일어났는지 밝혀내는 것이 되었어요. 아버지와 대화를 나눌 수 없는 것은 심히 유감이에요. 아빠는 수많은 일을 증언해줄 수 있는 사람이니까요. 아빠는 아빠가 충성을 바쳤던 수령님과 서로 팔짱을 낀 채 그 시기를 보냈지만, 수령님은 아빠의 충성심에 보답하기는커녕 이용만 했지요. 가령 나는 수령님이 우리 엄마와도 잠자리를 함께했는지 아빠가 말해주면 좋겠다고 생각해요."

그녀는 노인의 몸이 움찔 놀라는 것을 본다. 작고 허약하며 쪼그라든 몸이 의자에서 덜덜 떨기 시작한다. 우라니아는 머리를 가까이 가져가면서 그를 관찰한다. 그녀가 잘못 본 것일까? 그는 그녀의 말을 경청하고 그녀가 말하는 것을 이해하려고 애쓰는 것처럼 보인다.

"그걸 허락하셨어요? 그런 요청을 받아들이셨어요? 그걸 아빠의 출세를 위해 이용하셨어요?"

우라니아는 심호흡을 한다. 그리고 방을 살펴본다. 나이트테이블 위에 놓인 은으로 만든 액자 안에 두 장의 사진이 있다. 하나는 어머니가 죽은 해에 찍은 그녀의 첫 영성체 사진이다. 아마도 그 아름다운 드레스를 입은 딸아이, 천사 같은 딸아이의 모습을 간직한 채 이 세상을 떠났을 것이다. 또 하나는 그녀 어머니의 사진이다. 사진 속에서 그녀의 어머니는 젊고, 검은 머리카락을 두 갈래로 땋고 있다. 그녀의 눈썹은 족집게로 뽑아 깨끗하게 정돈되었고, 눈은 공상에 잠긴 듯하면서도 우수에 차 있다. 모서리에 금이 간 색 바랜 오래된 사진이다. 그녀는 나이트테이블에 가까이 가서 사진을 들어 입을 맞춘다.

그녀는 대문 앞에서 차가 멈추는 소리를 듣는다. 그러자 그녀의 가슴은 두근거린다. 그곳에서 한 발짝도 움직이지 않은 채, 커튼 틈새로 번쩍거리는 크롬 도금과 빛나는 차체, 그리고 고급 자동차의 화사한 광채를 본다. 이윽고 발소리에 이어 초인종이 두세 번 들린다. 마치 최면에 걸려 돌처럼 굳어버린 듯 꼼짝도 하지 않고 하녀가 현관문을 열어주는 소리를 듣는다. 그녀는 현관 계단 아래서 짧게 대화하는 소리를 듣지만, 무슨 내용인지는 알아들을 수 없다. 두근거리던 심장이 거의 터질 찰나, 침실 문을 두드리는 소리가 난다. 하녀 제복을 입은 원주민 소녀가 공포에 질린 얼굴로 문을 살며시 열고 들여다본다.

"사모님, 대통령 각하가 찾아왔어요! 수령님이에요, 사모님!"

"죄송하지만 맞이할 수 없다고 전해라. 카브랄 부인은 아구스틴 씨가 집에 없으면 손님을 맞이하지 않는다고. 자, 어서 가서 말해."

하녀가 겁을 먹은 채 난간이 있는 계단으로 엉거주춤 내려가는 소리가 들린다. 난간에는 제라늄으로 활활 타오르고 있는 화분들이 걸려 있다. 우라니아는 어머니의 사진을 내려놓고 침대 모서리로 간다. 그곳의 안락의자에 웅크리고 앉아 그녀 아버지는 그녀를 놀란 표정으로 쳐다본다.

"수령님은 정부 초기에 교육부 장관에게도 그렇게 했어요. 아빠는 그걸 잘 알고 있어요. 똑똑한 학자이며 세련되고 천재적인 페드로 엔리케스 우레냐에게도 말이에요. 페드로가 직장에 있을 때, 수령님은 그의 아내를 찾아왔어요. 그녀는 용기를 내서 하녀에게 남편이 집에 없으면 어떤 손님도 맞이하지 않는다고 말하도록 시켰지요. 그때는 트루히요 정권 초기였기 때문에 수령님을 거부할 수 있었어요. 그녀가 남편에게 그 일을 털어놓자 페드로 씨는 장관직을 사임하고는 이 나라를 떠나 다시는 돌아오지 않았어요. 그 덕택에 그는 멕시코와 아르헨티나, 그리고 스페인에서 교수이자 역사가이고 비평가이며 문헌학자로 그토록 유명해질 수 있었어요. 수령님이 그의 아내를 탐냈다는 사실이 그에게는 오히려 행운이 되었지요. 초기 시절만 하더라도 장관은 마음대로 사임할 수 있었고, 그래도 보복을 당하지 않았어요. 절벽에서 떨어지지도 않았고, 칼로 난자당하지도 않았고, 상어 밥이 되지도 않았어요. 그가 참으로 잘했다고 생각하지 않으세요, 아빠? 아빠는 그걸 거부하지 않아 이 지경이 되었지만, 그는 그렇게 행동해 목숨을 구했어요. 그런데 아빠도 똑같이 그렇게 했나요? 아니면 다른 곳으로 눈길을 돌렸나요? 아빠가 그토록 미워하던 좋은 친구이자, 아빠가 그토록 사랑하던 동료였던 우리의 이웃 프로일란 씨처럼 말이에요. 그 사람 기억나죠, 아빠?"

노인은 부들부들 떨기 시작하면서 신음 소리, 즉 죽음의 노래를 내뱉는다. 우라니아는 그가 진정할 때까지 기다린다. 프로일란 씨! 그는 거실에서, 테라스에서, 혹은 정원에서 그녀의 아버지와 내밀한 이야기를 나누었다. 그들이 트루히요 파벌의 대격전 속에서 같은 편이었던 시절에, 그는 하루에도 몇 번씩 그녀의 아버지를 만나러 왔다. 그

대격전은 바로 자선가가 그의 협력자들을 무력화시키기 위해 부추겼던 전투였다. 그 때문에 친구였으며 형제였고 동료였던 협력자들은 서로 적이 되었고, 적들의 비수로부터 목숨을 구하는 데 혈안이 되어야 했다. 프로일란 씨는 길 건너편에 살고 있었다. 기와가 얹힌 지붕에는 여섯 마리의 비둘기가 일렬횡대로 정렬해 있다. 우라니아는 창문으로 다가간다. 그 권력자의 집 역시 그다지 많이 바뀌지 않았다. 그 사람도 장관이었고 상원의원이었고 도지사였으며 대법관이었고 대사였다. 직책이란 직책은 모두 역임한 사람이었다. 1961년 5월에 굵직한 사건들이 발생했을 때에는 외무부 장관이었다.

집은 아직도 회색과 흰색으로 칠해져 있지만, 너무나도 초라하고 왜소하다. 거기에는 4미터나 5미터 길이의 부속 건물이 딸려 있다. 그 건물은 그녀가 등교할 때나 하교할 때 우아한 자태의 프로일란 씨 부인을 수없이 보았던 고딕 양식의 성채처럼 뾰족 튀어나온 대문과는 전혀 어울리지 않았다. 그 부인은 그녀를 만나면 이렇게 불렀다. "우라니타! 우라니타! 어서 이리 와. 좀 보자꾸나. 눈 좀 봐, 얼마나 예뻐! 네 엄마처럼 정말 예쁘구나, 우라니타." 그러면서 정성껏 매니큐어를 칠한 손으로 그녀의 머리카락을 어루만졌다. 새빨갛게 칠한 긴 손톱이었다. 우라니아는 그 손가락이 머리카락 사이로 미끄러지면서 머리를 어루만질 때면, 졸린 느낌을 받았다. 에우헤니아였나? 라우라였을까? 아니면 꽃에서 따온 이름이었던가? 마그놀리아였을까? 우라니아는 그 이름을 기억할 수 없다. 그러나 그녀의 얼굴, 눈처럼 흰 피부, 보드라운 눈, 여왕과 같은 모습은 아직 기억하고 있다. 그녀는 항상 파티용 드레스를 입고 있었던 것 같다. 우라니아는 그녀를 좋아했다. 아주 사랑스러웠고, 그녀에게 선물을 주었고, 컨트리클럽에 있는 수영장에도 데려가주었기 때문이다. 하지만 무엇보다도 그녀 어머니의 친구였기 때문이다. 만일 하늘나라로 가지만 않았다면, 자기 어머니도 프로일란 씨의 부인처럼 아름답고 귀족적이었을 것이라고 상상했다. 반면에 프로일란 씨는 매력적인 면이라고는 전혀 찾아볼 수 없었다. 땅딸막했고 대머리였으며 뚱뚱했다. 어떤 여자도 두 번 다시 쳐다보지 않을 그런 남자였다. 그와 결혼한 것은 남편을 급히 찾아야만 했기 때문이었을까? 아니면 그의 조건 때문이었을까?

부인이 그녀의 뺨에 키스하면서 준 반짝이는 종이로 포장된 초콜릿 상자를 열 때마다 그녀는 그것을 궁금하게 여겼다. 또한 그녀가 스쿨버스에서 내릴 때면 대문으로 나와서 "우라니타! 이리 와, 깜짝 선물이 있어!"라고 말할 때에도 그게 궁금했다. 프로일란 씨의 부인이 부르면, 그녀는 안으로 들어가 부인에게 입을 맞춘다. 그녀는 항상 푸른색이 감도는 튤 드레스를 입고, 하이힐을 신으며, 무도회에 가는 여자처럼 항상 화장하고, 진주목걸이를 걸며, 손에는 보석이 박힌 반지를 끼고 있다. 우라니아는 예쁜 포장지에 싸여 분홍색 리본이 달린 상자를 연다. 화려하고 근사한 초콜릿을 보면서 먹고 싶은 마음을 간신히 참는다. 그런데 그게 버릇없는 것일까? 바로 그때 자동차가 집에서 가까운 곳에 멈춘다. 그러면 부인은 깜짝 놀라면서 몸을 움찔한다. 그녀의 얼굴은 곧 창백해지고 목소리에는 조급함이 묻어난다. "얘야, 이젠 가야 해." 우라니아의 어깨 위에 다정히 놓여 있던 손이 떨리면서 그녀를 단단히 붙들고 현관으로 밀어낸다. 그녀가 순순히 책가방을 들고 나가려는 순간, 문이 활짝 열린다. 위엄 있는 신사가 그녀의 길을 가로막는다. 그는 검은 계통의 정장을 입고 있으며, 셔츠의 하얀 커프스는 풀을 먹여 단정하고, 삐죽이 튀어나온 황금 커프스 버튼을 달고 있다. 검은색 안경을 쓴 신사, 그는 그녀의 기억 속에 생생하다. 그녀는 놀라 발걸음을 멈춘 채 입을 벌리고 그를 쳐다보고 또 쳐다본다. 각하는 그녀를 안심시키는 미소를 짓는다.

"이 아이는 누구지?"

"우라니타예요. 아구스틴 카브랄의 딸이에요." 여주인이 대답한다. "이제 막 가려는 중이었어요."

우라니아는 인사도 하지 않고 종종걸음으로 떠난다. 겁이 났기 때문이다. 그녀는 길을 건너 집으로 들어와 계단을 올라간다. 그리고 자기 침실에서 커튼 사이로 몰래 살펴보면서, 각하가 앞집에서 나오기를 기다리고 또 기다린다.

"당신 딸은 너무나 순진해서 프로일란 씨가 없을 때 왜 '조국의 아버지'가 그 집에 왔는지 까맣게 몰랐지요." 이제 그녀의 아버지는 딸에게 눈을 떼지 않은 채 차분하게 그녀의 말을 듣는다. 아니, 듣는 것 같다. "난 순진하게도 아빠가 돌아오자마자 아빠에게 달려가 그 이야기를 했지요. 아빠, 각하를 봤어요! 아빠, 프로일란 씨의 부인을 방문하러 왔어요. 그때 아빠가 어떤 표정을 지었는지 알아요?"

그는 사랑하는 사람의 죽음 소식을 막 들은 것 같았다. 혹은 암 선고를 받은 것 같았다. 그는 얼굴이 빨개지고 창백해졌다가 또다시 불그레해졌다. 그의 눈은 아이의 얼굴을 보고 또 보았다. 어떻게 그걸 아이에게 설명할까? 그의 가족이 위험에 처할 수도 있다는 사실을 어떻게 그 아이에게 경고할까?

병자의 가느다란 눈이 크게 열리려고 한다. 둥글게 눈을 뜨려고 한다.

"얘야, 네가 알 수 없는 일들이 있단다. 세상에는 아직 네가 이해할 수 없는 일들이 있단다. 난 너를 위해, 너를 지켜주기 위해 네게 알려주는 거란다. 넌 이 세상에서 내가 가장 사랑하는 사람이야. 왜 각하가 왔느냐고 내게 묻지 마라. 그리고 얼른 잊어버리렴. 넌 그 집에 있지도 않았고, 그 부인도 보지 못한 거야. 네가 그토록 보고 싶어 했던 사람이 아니야. 절대 아니야. 이건 모두 너를 위해서란다. 그리고 나를 위해서이기도 하고. 절대로 그 말을 입 밖에 내지 마라. 누구에게도 하면 안 돼. 약속하지? 결코 말하지 않을 거지? 아무에게도 말하지 않을 거지? 내게 맹세하지?"

"그래요, 난 맹세했어요." 우라니아가 말한다. "그런 말을 들었어도 나는 아무것도 의심하지 않았어요. 심지어 아빠가 하인들에게 아이가 만들어낸 말을 옮기면 즉시 쫓겨나게 될 거라고 경고했을 때에도 그랬어요. 그렇게 나는 순진했어요. 내가 왜 각하가 각료들의 아내를 방문했는지를 알았을 때는 이미 장관들은 엔리케스 우레냐처럼 할 수 없었어요. 프로일란 씨처럼 그들은 오쟁이 진 남편이 되어야만 했어요. 다른 길이 없었기에, 그걸 이용하는 수밖에 없었지요. 아빠도 그랬나요? 수령님이 엄마도 찾아왔나요? 내가 태어나기 전의 일인가요? 아니면 내가 너무 어릴 때라 기억하지 못하는 건가요? 그는 각료들의 아내가 아름다우면 그렇게 했어요. 우리 엄마도 예뻤지요, 그렇죠? 난 그가 우리 집에도 왔는지 어쨌는지는 기억하지 못해요. 아마 내가 태어나기 전의 일일지도 몰라요. 우리 엄마는 어떻게 했죠? 체넘하고 그를 받아들였나요? 그걸 영광으로 생각하고 기뻐했나요? 그게 법칙이었지요, 그렇죠? 훌륭한 도미니카 여자들은 수령님이 사랑해주면 황송해하면서 감사했어요. 너무 저속하다고 생각하지 않아요? 그러나 그것이 바로 아빠가 사랑하던 수령님이 항상 하던 말이었어요."

그래, 그랬다. 우라니아는 그걸 알고 있다. 그녀는 그 시절에 관해 증언하는 책들로 빼곡한 드넓은 서재에서 그걸 읽었다. 밤이면 스페인의 브랜디 '카를로스 1세'를 여러 잔 마신 후, 신중하고 세련되며 우아한 말을 사용하는 트루히요―그렇게 하려고 마음만 먹으면 얼마든지 요술을 부릴 수 있는―는 갑자기 추잡한 말들을 내뱉고, 마치 사탕수수 농장에 있는 것처럼, 혹은 오사마 강에 있는 항구의 하역 인부들 속에 섞여 있는 것처럼, 혹은 운동장이나 창녀촌에 있는 것처럼 말했다. 또는 남자들이 남성성을 과시하고 싶을 때 으스대는 것처럼 말했다. 종종 수령님은 젊었을 때 산크리스토발에 있는 농장의 감독관이었을 때나 경찰대의 일원이었을 때 사용했던 거친 욕설을 반복하면서 야만스러울 정도로 저속하게 말할 수도 있었다. 그의 하수인들은 카브랄 상원의원이나 주정뱅이 입헌의원이 써주는 연설문에서 그랬듯이 열정적으로 그의 저속한 말을 찬양했다. 심지어 그는 '그가 먹어치운 계집년'들에 관해 자랑스럽게 떠들었고, 관리들은 자비로우신 영부인 마리아 마르티네스 부인의 적이 될 수도 있고, 자신들의 아내나 누이 혹은 딸들이 그런 계집년들이 될 수도 있었음에도 불구하고, 그의 능력을 기리고 경축했다. 이것은 장점과 단점을 마구 부각시키고 실제 이야기를 상상의 작품으로 미화시킬 수 있는 도미니카 사람들이 과열된 환상으로 과장한 말이 아니었다. 몇몇 이야기들은 도미니카 사람들의 이런 맹렬한 소명의식에 의해 만들어지고 추가되었으며 색깔이 입혀졌다. 그러나 바라오나에서 일어난 이야기는 사실임이 분명했다. 우라니아는 그 이야기를 직접 읽지는 못했지만, 자선가의 최측근이었던 사람이 말하는 걸 직접 들었고, 구역질을 느꼈다.

"그래요, 주정뱅이 입헌의원이었지요, 아빠. 헨리 치리노스 상원의원, 아빠를 배신했던 유다였지요. 나는 그의 더럽고 추잡한 입에서 그 이야기를 직접 들었어요. 내가 그 사람을 만났다는 사실이 충격적인가요? 세계은행의 관리로서 나는 그와의 만남을 피할 수 없었어요. 은행장이 도미니카 대사가 주최한 환영 만찬에 대신 가달라고 부탁했기 때문이지요. 그러니까 발라게르 대통령의 대사였어요. 발라게르 대통령의 민주적인 시민 정부의 대사였어요. 아빠, 치리노스는 아빠가 했던 것보다 훨씬 잘 해냈어요. 그는 아빠를 제거했고, 트루히요의 눈 밖에 나지도 않았으며, 아빠처럼 지독한 트루히요 신봉자이면서도 민주주의에 잘 적응한 덕분에 그곳 워싱턴에 와 있었던 거지요. 그는 전보다 더 추하고, 두꺼비처럼 둥둥하며, 손님들을 잘 접대하고 마치 스펀지처럼 술을 마셔댔어요. 트루히요 시절의 일화로 손님들을 즐겁게 해주면서 영화를 누리고 있어요. 바로 그런 작자예요!"

환자는 눈을 감는다. 잠든 것일까? 그는 의자 등받이에 머리를 기대고서 이가 다 빠지고 주름으로 가득 덮인 입을 벌린다. 그 때문에 훨씬 더 말라 보이고 허약해 보인다. 잠옷 사이로 털 하나 없이 밋밋한 그의 가슴과 하얀 피부, 그리고 툭 튀어나온 뼈를 언뜻 본다. 그의 숨소리는 규칙적이다. 이제야 비로소 그녀는 아버지가 맨발이라는 사실을 눈치챈다. 발등과 발목이 어린아이의 것과 같다.

그는 그녀를 알아보지 못한다. 하기야 세계은행의 그 여자 관리가, 은행장의 인사를 영어로 전하는 관리가 그의 옛 동료이자 친구인 지식인 카브랄의 딸이라는 것을 어떻게 상상이나 할 수 있겠는가! 우라니아는 의전에 걸맞게 인사한 뒤에 대사와 적당히 거리를 유지하도록 잘 처신하면서, 그녀처럼 직책상 어쩔 수 없이 참석한 사람들과 일상적인 인사를 나눈다. 어느 정도 시간이 흐르자, 그녀는 떠날 채비를 한다. 그녀는 민주국가 대사 주위에 몰려 있는 사람들에게 다가가다가 그의 말을 듣고 발걸음을 멈춘다. 잿빛 피부에는 반점이 곳곳에 나 있고, 입은 홍분한 맹수와 같으며, 턱살은 세 겹으로 접혀 있고, 코끼리 같은 배는 꽉 조인 파란색 정장을 찢기 일보 직전이다. 환상적인 조끼와 빨간 넥타이를 맨 치리노스는 그 일이 트루히요 시절의 말기에 바라오나에서 일어났다고 말한다. 그러니까 트루히요는 예의 허풍을 떨면서 정치에서 물러난 뒤(그는 일명 '검둥이'인 자기 동생 엑토르 비엔베니도를 꼭두각시 대통령으로 앉혔다), 도미니카 민주주의의 본보기가 되고 민주주의를 촉진하기 위해, 대통령 후보가 아니라 잘 알려지지 않은 지방 정부의 후보로 나서겠다고 밝혔다는 이야기를 들려준다. 그것도 야당 후보로!

민주국가의 대사는 코웃음을 치면서 잠시 숨을 돌리고는, 아주 가까이 붙어 있는 두 개의 작은 눈으로 자기 말이 어떤 효과를 자아내는지 살핀다. "신사 숙녀 여러분, 생각해보십시오." 그는 아이로니컬하게 말한다. "자기 정권에 반대하는 후보, 트루히요!" 그는 웃으면서, 총통의 오른팔 중 하나인 프로일란 아랄라가 수령님에게 주지사가 아

니라 도미니카 국민들의 심장에 계속 남아 있을 수 있도록 공화국의
대통령 후보로 출마하라고 요구했다고 설명한다. 모든 사람들이 프로
일란 씨가 수령님의 지시를 따르고 있다고 생각했다. 그러나 그런 게
아니었다. 아니 적어도—치리노스 대사는 악의가 깃든 눈빛을 띠면
서 위스키 잔을 비운다—그날 밤은 그렇지 않았다. 아마도 프로일란
이 수령님이 지시한 대로 했는데, 수령님이 생각을 바꾸어 며칠 더 연
극을 계속하기로 마음먹었을지도 모르는 일이었기 때문이다. 그는
자신의 가장 유능한 협력자들이 우스꽝스럽게 보이건 말건, 종종 그
렇게 했다. 프로일란 아랄라 씨의 머리에는 오쟁이 진 남편들에게 난
다는 기괴한 뿔이 빛날 것이었고, 또한 빈약하기 그지없는 뇌도 자랑
할 것이었다. 수령님은 자기를 성인군자 취급하는 연설을 했다는 이
유로 그를 처벌했다. 그가 평소에 즐겨 했듯이 그 벌은 남자의 명예에
가장 치명타가 될 부위를 욕보이는 것이었다.

　그 지방의 모든 엘리트들이 바라오나 지역의 도미니카 당 지도자들
이 수령님을 위해 준비한 클럽 리셉션에 참석했다. 그는 춤을 추고 술
을 마셨다. 그 리셉션에는 지방 수비대의 군인부터 장관, 선거선에서
항상 그와 동행했던 상원의원과 하원의원, 주지사들과 정치 지도자들
등 남자들만 참석했다. 그는 30년 전에 있었던 첫번째 전국 순회 선거
운동을 회상하면서 참석자들을 즐겁게 해주었다. 그는 마치 갑작스럽
게 약해진 것처럼 파티가 끝날 무렵 감상적이고 향수에 젖은 시선을
띠더니, 그 늦은 시간에 갑자기 이렇게 외쳤다.

　"나는 과분한 사랑을 받는 남자였습니다. 이 나라에서 가장 아름다
운 여자들을 품에 안았던 사람입니다. 여자들은 내가 계속해서 그렇

게 하도록 힘을 주었습니다. 여자들이 없었다면, 나는 결코 내가 했던 일을 할 수 없었을 겁니다. (그는 불빛을 향해 술잔을 들었고, 술의 투명도, 즉 색깔이 얼마나 선명한지를 확인했다.) 여러분은 내가 사랑했던 모든 계집들 중에서 누가 가장 훌륭했는지 아십니까? ("저속한 말을 써서 미안합니다, 친구들." 대사는 용서를 구한다. "트루히요가 한 말을 그대로 인용하겠습니다.") (그는 다시 말을 멈추고 브랜디의 향을 맡았다. 은발의 머리가 무언가를 두리번거리며 찾더니 마침내 신사들 중에서 그의 말을 듣고 있는 사람을 발견했다. 뚱뚱하고 창백한 장관의 얼굴이었다. 그는 이렇게 말을 맺었다.) 프로일란의 아내였습니다!"

치리노스 대사가 프로일란이 영웅적으로 웃었으며, 다른 사람들과 함께 수령님의 재담을 축하했다고 덧붙였던 그날 밤처럼, 우라니아는 역겨워 인상을 쓴다. 도미니카 대사는 수령님이 프로일란 씨의 아내를 '종이처럼 하얗고 심장발작으로 기절하지도 않고 넘어지지도 않는 여자'라고 평가했다고 밝혔다.

"어떻게 그럴 수가 있지요, 아빠? 교양 있고 점잖고 지성이 넘치는 프로일란 아랄라와 같은 사람이 어떻게 그런 걸 받아들일 수 있는 거죠? 도대체 그가 아빠와 같은 모든 사람들에게 무슨 짓을 한 거죠? 무엇을 주었기에 프로일란 씨와 치리노스, 마누엘 알폰소, 그리고 아빠를, 그의 모든 오른팔과 왼팔 들을 더럽고 천한 사람으로 만들 수 있었던 거죠?"

우라니아, 넌 이해할 수 없어. 비록 네가 그 시절의 많은 것들을 알게 되었을지라도, 아직 모르는 게 많아. 처음에는 전혀 이해할 수 없어

보이는 것들이 있었겠지만, 읽고 듣고 조사하고 생각한 후에 너는 정부의 선전과 정보 부족으로 짓밟혔고, 교리와 고립으로 짐승처럼 되었으며, 공포와 비굴과 아부가 습관이 되어 자유의지나 심지어 호기심마저 상실한 나머지 수백만 명의 사람들이 트루히요를 우상화했다는 걸 알게 되었지. 그건 그에 대한 두려움뿐만 아니라 사랑 때문이었어. 아이가 권위적인 부모를 사랑하면서 채찍질과 구타가 결국은 그들의 이익과 행복을 위한 거라고 믿는 것처럼 말이야. 그런데 네가 결코 이해하지 못했던 것은 최고의 교육을 받은 도미니카 사람들, 지식인들, 미국이나 유럽에서 명문 대학을 졸업한 변호사들이나 의사들 또는 기술자들, 경험이 풍부하고 많은 책을 읽었으며 생각을 지닌 감성적인 교양인들, 그리고 아마도 가장 뛰어난 유머 감각과 감정과 윤리관을 가지고 있는 사람들이 그날 밤 바라오나에서 프로일란 씨가 그랬듯이 어떻게 그토록 야만적으로 학대받는 것을 용인했을까 하는 사실이야.

"아빠가 말할 수 없는 게 너무 아쉬워요." 그녀는 현재로 돌아오면서 반복한다. "우리는 함께 그걸 이해하려고 노력해야 해요. 어떻게 했기에 프로일란 씨가 트루히요에게 개처럼 충성을 다한 거죠? 그는 아빠처럼 끝까지 충성했어요. 그는 음모에 가담하지 않았고, 아빠도 그랬어요. 그는 바라오나에서 수령님이 그의 아내와 사랑을 나누었다고 떠벌린 이후에도 수령님의 손을 핥았어요. 수령님은 그를 외무부장관에 임명하여 남아메리카 여행을 하게 만들었어요. 그래서 그는 부에노스아이레스에서 카라카스로, 카라카스에서 리우데자네이루나 브라질리아로, 브라질리아에서 몬테비데오로, 몬테비데오에서 카라

카스로 여러 정부를 방문해야 했어요. 단지 아름다운 우리 이웃 여자와 마음 놓고 즐기게 하기 위해서 말이에요."

그것은 오랫동안 우라니아를 따라다니는 이미지다. 그 이미지는 그녀를 웃게 만들고, 가끔씩은 화나게 만든다. 또한 트루히요 시절의 외무부 장관의 이미지이기도 하다. 그 이미지는 비행기를 타고 내리면서 남아메리카의 수도들을 돌아다니고, 각 공항에서 기다리는 단호한 지시에 복종하면서 우스꽝스러운 여행을 계속하고, 말도 안 되는 핑계로 다른 나라의 정부들을 괴롭히는 것이다. 그것은 오로지 수령님이 그의 아내와 성교를 하는 동안 트루히요 시로 돌아오지 않기 위해서다. 가장 널리 알려진 트루히요 전기 작가인 로버트 크래스웰러가 그것을 폭로하지 않았던가? 그렇다면 프로일란을 비롯해 모두가 알고 있었다는 얘기다.

"그럴 만한 가치가 있었나요, 아빠? 권력의 자리에 있다는 환상을 갖기 위해서였나요? 가끔 나는 그렇지 않다고, 출세는 부차적인 것이었다고 생각해요. 아빠나 아랄라, 피차르도, 치리노스, 알바레스 피나, 마누엘 알폰소는 스스로 더러워지고 싶었던 거예요. 트루히요는 당신들, 그러니까 침을 맞거나 학대당할 필요가 있고, 타락해야만 성취했다고 느끼는 그런 사람들의 영혼 밑바닥에 있는 마조히즘적 소명의식을 일깨워주었던 거지요."

환자는 눈을 깜빡거리지도 않은 채 그녀를 바라본다. 입술도 움직이지 않고 무릎 위에 놓인 조그만 손도 움직이지 않는다. 미라, 혹은 방부 처리된 왜소한 남자, 혹은 조그만 밀랍인형이라고 말해도 좋을 듯하다. 그의 겉옷은 색깔이 바랬고, 몇 군데에는 실이 드러나 있다.

10년이나 15년은 족히 된 옷 같다. 누군가가 문을 두드린다. 그녀가 "들어와요"라고 말하자, 간호사가 모습을 드러낸다. 그녀는 반달 모양으로 자른 망고 조각과 으깬 감자 같기도 하고 으깬 바나나 같기도 한 것을 담은 그릇을 들고 있다.

"오전 중간쯤에 항상 과일을 드려요." 그녀가 들어오지 않고 문지방에서 설명한다. "의사 선생님이 오랫동안 위를 비워놓으면 안 된다고 했어요. 카브랄 씨가 거의 먹지 않기 때문에, 하루에 서너 번 음식을 줘야 해요. 밤에는 묽은 고깃국만 줘요. 들어가도 될까요?"

"그럼요, 들어오세요."

우라니아는 자기 아버지를 쳐다보고, 그의 눈은 계속해서 그녀에게 고정되어 있다. 그는 고개를 돌려 간호사를 바라보지 않는다. 간호사가 그의 앞에 앉아 조그만 숟가락에 먹을 것을 떠서 주는데도 그녀를 쳐다보지 않는다.

"틀니는 어디에 있어요?"

"빼야만 했어요. 너무 야위어서 그걸 끼면 잇몸에서 피가 났거든요. 잡수시는 게 묽은 수프나 잘게 자른 과일, 으깬 감자나 믹서로 간 것들이라 틀니가 별로 필요하지 않아요."

한참 동안 그들은 침묵을 지킨다. 환자가 먹을 것을 삼키면, 간호사는 다시 숟가락을 그의 입에 갖다 대고서 노인이 입을 벌릴 때까지 인내심을 가지고 기다린다. 그런 다음 조심스럽게 소량의 음식을 먹인다. 항상 그렇게 할까? 아니면 그의 딸이 보는 앞이라 그토록 조심스럽게 하는 것일까? 틀림없다. 간호사는 카브랄 씨와 단둘이 있으면 그를 나무라고 꼬집을 것이다. 유모들이 어머니가 보지 않을 때 갓난

아기들에게 하듯이.

"몇 숟가락 먹여주도록 해요." 간호사가 말한다. "그렇게 해주길 바랄 거예요. 그렇지 않아요, 아구스틴 씨? 따님이 직접 주는 맛있는 음식을 먹고 싶지요? 그래요, 좋아하실 거예요. 난 물컵을 깜박해서 아래층에 가서 가져올 테니, 그동안 몇 숟가락 먹여주세요."

그녀는 우라니아의 손에 반쯤 먹다 남은 그릇을 놓는다. 우라니아는 기계적으로 그걸 받고, 간호사는 문을 열어놓은 채 그곳을 떠난다. 잠시 머뭇거리다가 망고 한 조각을 떠서 그의 입으로 가져간다. 환자는 그녀에게서 눈을 떼지 않은 채 까다롭게 구는 아이처럼 입술을 삐죽거린다.

5

"잘 잤나?" 그가 물었다.

조니 아베스 대령은 매일 아침 그의 책상에 보고서를 올려놓았다. 전날 밤의 사건에 관한 보고서로 경고와 제안 사항이 들어 있었다. 그는 보고서 읽는 것을 좋아했다. 대령은 멍청하거나 바보 같은 짓에 시간을 낭비하지 않았다. 이 점에서 그는 전 첩보부대장이며 미국 웨스트포인트 출신인 아르투로 R. 에스파이야트, 일명 '면도칼'과는 달랐다. 그자는 어이없는 전략으로 그를 따분하게 만들곤 했었다. 그런데 '면도칼'은 정말 CIA를 위해 일했을까? 틀림없이 그랬을 것이다. CIA를 위해 일하지 않는 사람이 있다면 그것은 대령이었다. 그는 양키들을 증오했다.

"커피 드시겠습니까, 각하?"

조니 아베스는 군복을 입고 있었다. 트루히요가 요구하는 것처럼 흐트러짐 하나 없이 완벽하게 갖추려고 노력했지만, 그의 흐늘흐늘하고 일그러진 체형은 그것을 허락하지 않았다. 그는 키가 상당히 작았고, 불룩 튀어나온 배는 군턱과 오묘한 조화를 이루었으며, 주걱턱은 오목하게 깊이 팬 선으로 갈라져 있었다. 그의 뺨 역시 축 늘어져 있었다. 다만 잔혹하고 쉴 새 없이 움직이는 눈만이 육체적 재앙 뒤에 숨겨진 그의 명민함을 드러내고 있었다. 그는 서른다섯 아니면 서른여섯 살이었지만, 늙은이처럼 보였다. 그는 웨스트포인트 출신도 아니었고 그 어떤 군사학교에서 훈련을 받은 적도 없었다. 설사 원했다 하더라도, 군인에 걸맞은 신체와 소명의식 부족으로 입학할 수도 없었을 것이다. 자선가가 해병대에 있었을 때 그의 교관이었던 지틀맨은 근육은 없고 지방 덩어리인 몸과 음모나 술책에 능한 그를 보고 '육체와 영혼에 있어서 완벽한 두꺼비'라고 불렀다. 트루히요는 그런 그를 하룻밤 사이에 대령으로 만들어주었다. 동시에 '면도칼'을 쫓아내고 첩보부대의 책임자로 임명하기로 결정했다. 그것은 수령의 정치적 경력의 특징인 동물적 감각에 따른 결정이었다. 왜 그렇게 했을까? 그것은 아베스가 잔인하기 때문이 아니라 차갑기 때문이었다. 그는 뜨거운 영혼과 육체를 소유한 이 나라에서 트루히요가 아는 한 가장 얼음장같이 차가운 사람이었다. 그런데 그것은 잘한 결정이었을까? 최근에 대령은 실수를 범했다. 베탕쿠르 대통령의 암살 기도에 실패한 게 유일한 실책은 아니었다. 그는 또한 쿠바 혁명부대 사령관인 엘로이 구티에레스 메노요와 윌리엄 모건이 주도한 반 피델 카스트로 반란에 대해서도 완전히 잘못 짚는 실수를 범했었다. 그것은 망명자들을 쿠바로 끌어들여 체포하려는 카스트로의 술수라는 게 드러났다. 자선가는 커피를 홀짝홀짝 마시면서 보고서를 훑어보았다.

"자네는 레일리 주교를 산토도밍고 학교에서 끌어내야 한다고 주장하는군." 그가 작은 소리로 말했다. "앉아서 커피를 마시도록 하게."

"그래도 되겠습니까, 각하?"

대령의 달콤한 목소리는 그가 청년 시절부터 구사하던 것이었다. 그는 야구와 농구, 그리고 승마 경기의 해설자였다. 그의 취미는 오로지 비교(秘敎) 서적 읽기였다. 그는 자기가 장미십자회* 회원이라고 고백했었다. 그는 늘 빨간색 손수건을 가지고 다녔는데, 빨간색이 양자리 태생에게는 행운의 색깔이고, 다른 사람들의 기운을 간파할 수 있는 능력을 주기 때문이라고 했다(총통은 그의 황당한 생각을 듣고는 웃곤 했다). 그는 커피 잔을 손에 들고 수령님의 책상 앞에 자리 잡았다. 아직도 밖은 어두웠고, 집무실은 반쯤 어둠에 잠겨 있었다. 조그만 램프 하나만이 트루히요의 손에 황금빛 원을 드리우면서 집무실을 밝히고 있을 뿐이었다.

"암적인 존재는 제거되어야 합니다, 각하. 우리의 가장 큰 적은 케네디가 아닙니다. 그는 쿠바 침공 실패**로 제 코가 석자인 상태입니다. 지금 우리의 적은 교회입니다. 제5열***들을 모두 없애지 않으면,

---

* 크리스티안 로젠크로이츠가 독일에 창설했다고 하는 연금(鍊金) 마법술을 행하는 비밀결사.
** 1961년 4월 16일에 미국 CIA의 지원을 받은 1297명의 쿠바 망명자들로 조직된 반혁명 부대가 쿠바의 히론 해안(피그스만)에 상륙했다가 이틀 만에 실패로 끝난 침공을 일컫는다.
*** 적국 내에서 각종 모략 활동을 하는 조직적인 무력 집단. 넓은 의미에서 간첩도 포함한다.

우리는 심각한 문제에 직면하게 될 겁니다. 레일리는 도미니카 침공을 주장하는 사람들의 목표에 부응하는 존재입니다. 그들은 그를 박해받는 불쌍한 주교로 부각하면서 그를 구출하기 위해 해병대를 파견하라고 백악관에 압력을 가하고 있습니다. 케네디는 가톨릭 신자입니다. 그걸 잊지 마십시오."

"우리 모두가 가톨릭 신자네." 트루히요는 한숨을 내쉬며 말했다. 그는 대령의 주장을 반박했다. "그게 바로 그를 건드리지 말아야 하는 이유지. 그렇지 않으면 미국 놈들에게 좋은 구실을 제공하게 될 거야."

대령의 솔직함이 마음에 들지 않을 때도 있었지만, 트루히요는 꾹 참곤 했다. 첩보부대장은 귀에 거슬리더라도 직언을 하도록, 바로 자신이 지시하지 않았는가? '면도칼'은 조니 아베스처럼 그런 특권을 사용할 엄두를 내지 못했다.

"지난 30년간 유지해온 교회와의 동거 관계는 끝났다고 봐야 합니다." 아베스는 천천히 말했다. 그러나 눈길만은 매복 지역을 찾는 듯 재빠르게 움직였다. "교회는 1960년 1월 24일에 주교 교서를 통해 우리에게 전쟁을 선포했습니다. 그들의 목표는 우리 체제를 붕괴시키는 것입니다. 우리가 몇 가지를 양보하더라도 사제들은 물러나지 않을 겁니다. 각하, 그들은 우리 체제를 다시 지지하지 않을 겁니다. 양키들처럼 교회도 전쟁을 원하고 있습니다. 전쟁에는 단지 두 가지 길만 존재합니다. 항복하느냐, 물리치느냐. 파날 주교와 레일리 주교는 공개적으로 전쟁을 선포한 겁니다."

아베스 대령은 두 가지 계획을 가지고 있었다. 첫째는 자기 수하에 있는 전과범 발라가 이끄는 칼과 곤봉으로 무장한 청부업자들인 '팔레로스'를 방패로 이용하는 것이었다. 그리고 동시에 칼리에들을 테러리스트 주교들에 반대하는 시위대에 심어놓는다. 그들은 특히 과격파인 척하면서 라베가 교구와 산토도밍고 학교로 몰려간다. 경찰이 도착했을 때는 이미 성난 시위대에 의해 고위 성직자들이 살해된 후일 것이다. 이 방법은 외국의 침공을 야기할 수도 있어 매우 위험했다. 그러나 두 주교의 죽음은 상당 기간 다른 사제들에게 공포감을 심어주어 그들의 행동을 마비시킬 것이다. 두번째 계획은 경찰이 파날과 레일리 주교가 성난 군중들에게 린치를 당하기 직전에 구출하고, 정부는 그들을 스페인과 미국으로 추방하는 것이다. 그들의 안전을 보장할 수 있는 유일한 방법이라고 주장하면서 말이다. 그런 다음 의회는 국내에서 성직자의 임무를 수행하는 사제들을 도미니카 태생으로 제한하는 법령을 제정한다. 그렇게 되면 외국인 사제나 귀화한 사제들은 본국으로 돌아가야만 할 것이다. "이런 식으로 하면," 대령은 수첩을 참고했다. "가톨릭 사제들은 3분의 1로 줄어들 것입니다. 얼마 안 되는 도미니카 태생의 사제들을 다루기는 쉽습니다."

그는 고개를 숙이고 있던 자선가가 고개를 들자 입을 다물었다.

"그건 피델 카스트로가 쿠바에서 이미 써먹은 방법이네."

조니 아베스는 고개를 끄덕였다.

"그곳에서도 교회는 시위로 시작했지만 목적은 양키들을 끌어들이려는 것이었습니다. 카스트로는 외국인 신부들을 추방했고, 남아 있는 사제들에게 극단적인 조치를 취했습니다. 그런데 그에게 무슨 일이 일어났습니까? 아무 일도 벌어지지 않았습니다."

"아직은 그렇다고 봐야지." 자선가가 첩보부대장의 말을 수정했다. "케네디는 언제라도 쿠바에 해병대를 상륙시킬 수 있어. 이번에는 지난달에 피그스만에서 했던 것과 같은 실수를 저지르지는 않을 거야."

"미국이 침공한다면 카스트로는 그들과 싸우다가 장렬히 전사할 겁니다." 조니 아베스가 동의했다. "미국 해병대가 여기에 상륙하지 않으리라는 법도 없습니다. 그리고 각하는 우리 역시 싸우다가 죽어야 한다고 결정하셨습니다."

트루히요는 비아냥거리는 웃음을 지었다. 만일 미국 해병대가 들어온다면, 도미니카 사람들은 그와 함께 목숨을 바쳐 싸울까? 의심의 여지 없이 군인들은 그렇게 할 것이다. 1959년 6월 14일 피델 카스트로의 공격을 받았을 때 그들은 그런 의지를 보여주었다. 그들은 잘 싸웠고, 콘스탄사 산맥과 마이몬 해변, 에스테로 온도 해변에서 침략자들을 며칠 만에 소탕했다. 그러나 미국 해병대와 싸운다면……

"내 편으로 남아 있을 사람이 과연 얼마나 될지 의심스럽군. 쥐새끼들이 도망치면 커다란 먼지구름이 일어나는 법이지. 그러나 자네는 선택의 여지가 없어. 나와 함께 죽는 수밖에 없지. 어디를 가든지 자네를 기다리는 건 감옥이거나 세계 도처에 깔려 있는 암살자들이니까."

"우리 체제를 지키기 위해서는 적을 만들 수밖에 없었습니다, 각하."

"모두 나를 배신한다고 해도 절대 그럴 수 없는 유일한 사람이 있다면 바로 자네야." 트루히요가 즐기는 표정을 지으며 강조했다. "자네가 가까이 가도 되는 유일한 사람은 바로 나야. 자네를 미워하지도 않고 죽이려고 꿈도 꾸지 않는 유일한 사람이지. 우리는 이미 한 배를 탄 운명이야."

그는 다시 기분 좋게 웃으면서 마치 곤충학자가 분류하기 힘든 벌레를 관찰하는 것처럼 대령을 자세히 쳐다보았다. 아베스는 그의 잔인성으로 사람들의 입에 오르내리고 있었다. 하지만 그것은 첩보 임무를 수행하는 사람들에게 걸맞은 특징이었다. 가령 이런 이야기들이었다. 미국인이라고도 하고 독일 태생이라고도 하는 그의 아버지는 짧은 바지를 입고 다니던 어린 조니가 바늘로 닭장에 있는 병아리들의 눈을 후벼 파는 것을 보았다고 한다. 젊었을 때에는 인데펜덴시아 공동묘지에서 몰래 시체들을 훔쳐다 의대생들에게 팔았다고도 했다. 그는 핸드백에 항상 권총을 넣고 다니는 호전적이고 끔찍하게 못생긴 멕시코 여자 루피타와 결혼했으며, 동성애자라는 말도 돌았다. 심지어 총통의 배다른 형제인 '꼬마' 트루히요와 잠자리를 함께했다는 소문도 있었다.

"자네는 사람들이 자네에 대해 떠드는 얘기를 익히 알고 있을 걸세." 그는 그의 눈을 뚫어지게 쳐다보고 말하면서 웃음을 터뜨렸다. "일부는 맞는 말일 거야. 병아리 눈을 파면서 놀지 않았나? 인데펜덴시아 공동묘지에서 시체를 훔쳐서 팔지 않았나?"

대령은 희미한 미소를 지었다.

"병아리 얘기는 저도 잘 생각나지 않습니다. 두번째 얘기는 어느정도 사실입니다. 하지만 시체는 아니었습니다, 각하. 비가 내리면 반쯤 흙 밖으로 나온 뼈와 해골들이었습니다. 얼마 안 되는 돈을 벌기위해서였습니다. 이제 그들은 제가 첩보부대장으로서 뼈와 해골들로 공동묘지를 채우고 있다고 말합니다."

"그럼 동성애자라는 소문은?"

이번에도 대령의 표정은 바뀌지 않았다. 평소처럼 냉정하고 무관심한 말투로 그는 말했다.

"그런 적은 한 번도 없습니다, 각하. 저는 어떤 남자와도 잠자리를 하지 않았습니다."

"알았네. 이제 그런 떠도는 소문에 대해서는 그만 말하겠네." 그는 심각한 표정을 지으며 말을 잘랐다. "지금은 주교들을 건드리지 말게. 일이 어떻게 진행되는지만 지켜보도록 해. 상황이 좋아지면, 그때는 마음대로 처리하게. 하지만 지금 당장은 감시만 해. 신경전을 벌이는 게 좋을 걸세. 그러면 그들은 잠도 자지 못하고, 불안에 떨 테니까. 그러다 결국은 떠나지 않을 수 없겠지."

두 명의 주교는 언제까지 제멋대로 굴면서 그 빌어먹을 검둥이 베탕쿠르처럼 잘난 체할까? 다시 분노가 치솟았다. 카라카스의 그 쥐새끼는 미주기구가 도미니카 공화국에 제재를 가하고 다른 나라들을 부추겨 도미니카 공화국과 외교를 단절하도록 했으며, 경제적 압력을 가해 도미니카를 조이고 있었다. 그들 때문에 과거에 번성했던 나라가 망가지고 있었다. 베탕쿠르는 아직도 살아서 자유의 깃발을 휘둘러댔고, 텔레비전에 나와 화상 입은 손을 보여주면서 엉성하기 짝이 없는 살해 기도에서 살아남았으며, 멍청한 베네수엘라 군인들에게 결코 굴복하지 않았다는 것을 자랑했다. 다음번에는 도미니카 공화국의 첩보부대가 단독으로 일을 처리할 작정이었다. 새로운 작전을 설명하는 아베스의 말투는 냉혹하고 기계적이었다. 이번 작전을 성공시키기 위해 그는 특별한 장비를 구입했다. 리모컨만 누르면 강력한 폭발을 일으키는 무기로 체코슬로바키아에서 엄청난 돈을 주고 구입한 것이었다. 현재 아이티 주재 도미니카 영사관에 보관되어 있으나 적절한 순간에 맞춰 카라카스로 가져갈 계획이었다.

조니 아베스는 1958년에 첩보부대장이 되었다. 그 후 자선가는 매일 이 시간에 대통령궁의 집무실이나 '마호가니의 집', 혹은 어디서든지 대령으로부터 업무 보고를 받았다. 총통처럼 조니 아베스도 하루도 쉬는 날이 없었다. 트루히요가 그를 알게 된 것은 에스파이야트 장군을 통해서였다. 전 첩보부대장은 멕시코로 망명한 도미니카 사람들에 대한 정확하고 상세한 정보를 입수해서 그를 놀라게 했었다. 망명자들이 어디서 살고 있는지, 무엇을 하는지, 무슨 음모를 꾸미고 있는지, 어디서 모이는지, 누가 그들을 도와주고 있는지, 그들이 어떤 외교관을 만났는지 하나도 빠진 게 없었다.

"얼마나 많은 정보원을 멕시코에 뿌렸기에 그토록 자세한 정보를 얻을 수 있는 건가?"

"이 모든 정보는 단 한 사람에게서 나온 깃입니다, 각히." '면도칼'은 전문가다운 만족스러운 제스처를 지었다. "아주 젊습니다. 조니 아베스 가르시아입니다. 아마도 각하께서는 그의 아버지를 만난 적이 있을 겁니다. 전기 회사에 일하러 왔다가 도미니카 여자와 결혼한 독일계 미국인입니다. 그 젊은이는 스포츠 기자인데, 시를 쓰기도 합니다. 언론과 언론인들의 동향을 살피고 많은 지식인들이 참석하는 고메스 약국의 모임을 감시하기 위해 그를 정보원으로 이용했습니다. 그는 정말 타고난 정보원이었습니다. 그래서 그다음에는 장학금을 주는 것처럼 위장해서 멕시코로 파견했습니다. 그리고 보다시피 그곳 망명자들과 두터운 친분을 쌓는 데 성공했습니다. 도대체 무슨 재주를 부리는지는 잘 모르겠습니다, 각하. 정말 놀라운 사실은 멕시코의 좌익 노조 지도자인 롬바르도 톨레다노와도 가깝게 지내고 있다는 겁니다. 그가 결혼한 못생긴 여자는 바로 그 좌파 단체의 비서였습니다. 기가 막히지 않습니까?"

불쌍한 '면도칼'! 그는 자기가 첩보부대 책임자 자리를 맡기 위해 웨스트포인트에서 훈련을 받았는데, 지금 그토록 침을 튀기며 칭찬하고 있는 애송이 정보원 때문에 그 자리를 잃으리라는 사실을 짐작조차 못했다.

"이리로 데려와서 내가 지켜볼 수 있는 곳에 자리를 주게." 트루히요가 지시했다.

그렇게 해서 서툴고 기운 없으며 쉴 새 없이 재빨리 눈을 돌리는 작은 눈의 소유자가 대통령궁의 복도에 모습을 드러내게 되었다. 그는 홍보실에서 가장 낮은 직책을 맡았다. 멀리서 트루히요는 그를 면밀히 관찰했다. 그는 산크리스토발에서 어린 시절을 보냈을 때부터, 한번 흘낏 쳐다보고 짧은 대화를 나누거나 몇 마디만 들어도, 그 사람이 자기에게 득이 될지 직관적으로 알아내는 능력이 있었다. 그 덕분에 많은 협력자들을 선택했고, 결과도 그리 나쁘지 않았다. 조니 아베스 가르시아는 시인 라몬 에밀리오 히메네스 밑에서 디프 벨라르데 폰트, 케롤, 그리말디와 함께 어두운 사무실에서 몇 주를 일했다. 그가 맡은 일은 〈엘카리베〉 신문의 '여론광장'에 독자를 가장해 글을 쓰는 것이었다. 그를 시험하기 전에 트루히요는 신호가 오길 기다렸다. 그런데 그것은 전혀 예기치 않은 방식으로 이루어졌다. 어느 날 그는 대통령궁 복도에서 조니 아베스가 어떤 장관과 대화하는 것을 보았다. 신중하고 신앙심이 돈독하고 엄하기 그지없는 호아킨 발라게르가 '면도칼'의 정보원과 무슨 대화를 나누었을까?

"특별한 것은 없었습니다, 각하." 각료회의 시간에 발라게르가 설명했다. "저는 그 젊은이가 누군지도 몰랐습니다. 그런데 걸어가면서 책을 하도 열심히 읽고 있기에 호기심이 발동했던 것입니다. 각하께서도 알다시피 저도 책을 무척 좋아합니다. 그런데 전 깜짝 놀랐습니다. 그가 뭘 읽고 있었는지 아십니까? 참수되고 산 채로 가죽이 벗겨진 사람들의 사진이 실린 중국식 고문에 관한 책이었습니다. 그는 제정신이 아닌 게 분명합니다."

그날 밤 그는 조니 아베스를 불렀다. 아베스는 갑작스러운 영광을 누리게 되어 어찌할 바를 몰랐다. 그게 기쁨 때문인지, 두려움 때문인지, 아니면 두 가지가 뒤섞인 것인지는 알 수 없었다. 그는 자선가에게 인사를 하면서도 말을 제대로 하지 못했다.

"멕시코에서 일을 훌륭하게 해냈더군." 그가 날카로운 고음의 목소리로 말했다. 그의 시선과 마찬가지로 상대방을 제압하는 목소리였다. "에스파이야트에게 들었네. 내 생각에는 자네가 더 중요한 일을 맡아도 될 것 같네. 자신 있나?"

"각하가 원하시는 일은 뭐든지 하겠습니다." 그는 마치 선생님 앞에 있는 학생처럼 두 발을 모은 채 움직이지 않고 서 있었다.

"멕시코에서 호세 알모이나를 알고 지냈나? 추방된 스페인 공화주의자들과 함께 이곳으로 온 갈리시아 사람 말이네."

"그렇습니다, 각하. 하지만 대화를 나눈 적은 없고 보기만 했을 뿐입니다. 그러나 그가 코메르시오 카페에서 만나는 그룹의 사람들을 여러 명 알고 있습니다. 그들은 자신들을 '도미니카의 스페인 사람들'이라고 부릅니다."

"그 작자가 나를 공격하는 책을 썼더군. 『카리브해의 독재자』라는 책인데, 과테말라 정부의 지원을 받았다고 하더군. 그레고리오 부스타만테라는 필명으로 출판했지. 그런 다음 우리의 추적을 따돌리기 위해 뻔뻔스럽게도 아르헨티나에서 다른 책을 출판했네. 이번에는 본명을 썼는데, 제목이 『나는 트루히요의 비서관이었다』라네. 거기서는 나를 하늘 끝까지 띄우면서 아부를 했더군. 이미 몇 년이 지난 일이라, 그는 멕시코가 안전하다고 느끼고 있지. 그를 먹여 살려준 내 체제와 내 가족의 명예를 훼손했으면서도 내가 잊었다고 착각하고 있지. 그런 범죄에는 유효기간이 없는 법이네. 자네가 한번 맡아보겠나?"

"영광입니다, 각하." 아베스 가르시아는 조금 전과는 달리 자신감을 드러내면서 즉시 대답했다.

얼마 후 총통의 비서였고 람피스의 개인교수였으며 자비로우신 영부인 마리아 마르티네스의 대필 작가였던 남자는 멕시코 수도에서 빗발치는 총탄 세례를 받고 죽었다. 망명자들과 언론은 강력히 항의했지만, 그들이 주장하는 것처럼 살인이 '트루히요의 긴 팔'의 작품이라는 것을 확인할 길이 없었다. 신속하고 나무랄 데 없는 작전이었다. 게다가 조니 아베스 가르시아가 작전을 완수하고 돌아온 후 청구한 계산서에 따르면, 겨우 1500달러가 소요된 작전이기도 했다. 자선가는 그를 군장교로 편입시키면서 대령 계급을 달아주었다.

호세 알모이나의 죽음은 대령이 수행한 일련의 화려한 작전 가운데 하나일 뿐이었다. 그는 쿠바, 멕시코, 과테말라, 뉴욕, 코스타리카와 베네수엘라에서 강경한 목소리를 내던 여섯 명의 망명자를 죽이거나 불구로 만들거나 중상을 입혔다. 번개처럼 신속하고 깔끔한 작업 솜씨에 자선가는 깊은 인상을 받았다. 비밀은 보장됐고, 배신자를 처리하는 솜씨는 시계 제조인의 작업처럼 정확했다. 살해 뒤에는 명예 훼손이 뒤따랐다. 쿠바의 아바나에 피신해 있던 노동조합주의자 로베르토 라마다는 차이나타운의 사창굴에서 깡패들의 손에 맞아 죽었다. 살인자들은 경찰에게 그 망명자가 가학피학증적 퇴폐적인 성행위를 요구했고, 매춘부가 그것을 거부하자 칼을 꺼내 덤벼들었다고 진술했다. 머리를 빨간색으로 물들인 흑인 여자의 우는 모습이 잡지 〈카르텔레스〉와 〈보헤미아〉에 실렸고, 그 타락자가 여자에게 입힌 상처를 보여주었다. 변호사 바야르도 시프리오타는 카라카스의 동성애자들과 싸우다가 살해되었다. 그는 싸구려 호텔에서 칼에 찔린 채 발견되었는데, 입술에 립스틱을 바르고 여자 팬티와 브래지어를 착용하고 있었다. 법의학 검사 결과 그의 직장에서 정액의 흔적이 발견되었다. 아베스 대령은 어떻게 그토록 신속하게 잘 알지도 못하는 도시들에서 암흑세계의 거주자들, 즉 악당과 살인자들, 청부업자와 마약 거래상, 창녀들과 뚜쟁이들과 소매치기들을 접촉할 수 있었을까? 그들은 항상 구린 사건에 연루되어 있었으며, 선정적인 언론에 좋은 얘깃거리를 제공했다. 마침내 트루히요 체제의 적들은 자신들이 이런 선정적인 언론에 휘말렸다는 사실을 깨달았다. 어떻게 그는 그렇게 적은 비용을 들이면서 대부분의 라틴아메리카 국가와 미국에서 정보원들 및 살인청부업자들과 그토록 긴밀한 네트워크를 형성할 수 있었을까? 물론 트루히요는 그런 것을 일일이 확인할 시간이 없었다. 다만 값비싼 보석을 다루는 감정사처럼 조니 아베스 가르시아가 얼마나 교묘하고 독창적으로 반대파를 제거하면서 체제를 구해내는지 멀리서 지켜보았다. 망명자 그룹이나 그의 독재에 반대하는 국가들도 이런 끔찍한 사고가 총통의 정치적 보복이라는 것을 입증할 수 없었다. 특히 완벽했던 일은 라몬 마레로 아리스티의 살해였다. 그는 라틴아메리카에 널리 알려진 작가였으며 라로마나 농장의 사탕수수 노동자들에 관한 소설인 『오버』의 저자였다. 트루히요 체제를 광적일 정도로 옹호했던 〈라나시온〉 신문의 전 편집장이었던 마레로는 1956년과 1959년에 노동부 장관을 지냈다. 그런데 1959년부터 그는 미국의 신문기자 태드 슐츠에게 보고서를 보내기 시작했고, 그 기자는 그것을 바탕으로 〈뉴욕 타임스〉에 트루히요 체제를 비방하는 글을 썼다. 그런 사실이 들통나자, 마레로는 미국 신문사에 정정을 요구하는 서한을 보냈다. 그는 공포에 질린 얼굴로 트루히요의 집무실에 찾아와 네 발로 기면서 울고 용서를 빌었다. 그러면서 자기는 결코 그를 배신하지 않았으며 앞으로도 그럴 것이라고 맹세했다. 자선가는 한 마디도 하지 않은 채 그의 말을 들은 다음 차갑게 그의 뺨을 후려갈겼다. 식은땀을 흘리고 있던 마레로는 손수건을 꺼내려고 했지만, 경호부대장인 구아리오넥스 에스트레야 사드알라 대령이 총을 쏴서 그를 죽여버렸다. 아베스 가르시아가 뒤처리를 맡았다. 한 시간도 지나지 않아 차 한 대가 증인들이 보는 앞에서 콘스탄사로 가는 도중에 중앙산맥 벼랑으로 미끄러졌다. 마레로 아리스티와 그의 운전사는 추락의 충격으로 도무지 알아

116

볼 수 없을 지경이 되어버렸다. 이 일을 처리한 후 조니 아베스 가르시아는 '면도칼'의 후임 첩보부대장으로 떠올랐다. 만일 에스파이야트가 지휘한 뉴욕에서의 갈린데스 납치 사건 때도 그가 첩보부대에 있었다면, 국제적인 스캔들로 일이 커져서 체제의 이미지가 그렇게 타격받는 일이 없었을지도 모른다.

트루히요는 경멸적인 표정으로 책상 위에 놓인 보고서를 가리켰다.

"이번에도 후안 토마스 디아스의 주도로 나를 죽이려는 음모인가? 마찬가지로 CIA의 상머저리인 헨리 디어본 영사가 꾸민 것인가?"

아베스 가르시아 대령은 부동자세를 풀고서 의자에 엉덩이를 갖다 댔다.

"그런 것 같습니다, 각하." 그는 그 문제를 그다지 중요하게 생각지 않고 고개를 끄덕였다.

"재미있군." 트루히요가 그의 말을 끊었다. "그들은 미주기구의 결정에 따르기 위해 우리와 외교를 단절했네. 외교관들을 본국으로 철수시켰으면서도, 헨리 디어본과 그의 요원들만은 남겨두고 계속해서 음모를 획책하고 있어. 후안 토마스가 그 일에 가담하고 있다는 것이 확실한가?"

"아닙니다, 각하. 막연한 낌새만 있을 뿐입니다. 각하께서 그를 경질한 후, 디아스 장군은 분노와 원한을 품고 있습니다. 그래서 그를 가까이에서 감시하고 있습니다. 가스쿠에에 있는 그의 집에서 모임이 열립니다. 원한 맺힌 사람은 무슨 일을 저지를지 모르는 법입니다."

"해임 때문이 아니네." 트루히요가 큰 소리로 말했지만, 마치 혼잣말을 하는 것 같았다. "내가 그를 겁쟁이라고 불렀기 때문이야. 그가 군인의 명예를 더럽혔다는 사실을 상기시켜주었지."

"저도 그 점심식사 자리에 있었습니다, 각하. 저는 디아스 장군이 자리에서 일어나 떠날 것이라고 생각했습니다. 하지만 그는 창백해지고 식은땀을 흘리면서도 꿋꿋이 버텼습니다. 그 자리를 물러날 때는 마치 술 취한 사람처럼 비틀거렸습니다."

"후안 토마스는 자존심이 매우 강했네. 그에게 교훈과 훈계를 줄 필요가 있었지." 트루히요가 말했다. "콘스탄사에서 그가 한 행동은 비겁했어. 난 도미니카 육군에 허약한 장군을 둘 수 없네."

그 사건은 콘스탄사, 마이몬과 에스테로 온도의 상륙 작전을 분쇄하고 몇 달 뒤에 일어났다. 도미니카인 이외에도 미국인과 쿠바인, 그리고 베네수엘라 사람들이 참여한 상륙 원정대 요원들은 모두 살해되거나 체포되었다. 그리고 트루히요 정권은 1960년 1월에 그 침공을 기리면서 '6월 14일 운동'이라고 불리던 광범위한 비밀 조직을 색출했다. 중산층과 상류층의 학생들과 젊은 직업인들이 그 조직에 가담해 있었고, 그들 중 많은 사람들이 체제에 동조하는 가족의 일원이었다. 세 미라발 자매와 그들의 남편들이 적극적으로 활동했던 그 반란 조직을 소탕하는 작전이 한창 벌어지고 있을 때—미라발이라는 이름만 떠올려도 총통은 피가 끓어오르곤 했다—트루히요는 대통령궁에서 오찬을 열었다. 참석자는 약 쉰 명의 군인들과 체제에 협력하는 유명 인사들이었다. 그 자리는 어떤 사람을 단단히 창피 줄 목적으로 열렸다. 총통의 소년 시절 친구였고 군 동료였으며, 한때 육군에서 가장 높은 직책을 맡았던 그는 콘스탄사를 비롯한 라베가 지역의 산속으로 흩어진 침입자들의 본거지를 소탕하는 작전에 실패하면서 군 사령관직에서 해임되었다. 토마스 디아스 장군은 해임된 후에 여러 차례 총통과의 면담을 요청했지만 모두 거부되었다. 그러던 중 그의 여동생 그라시타가 브라질 대사관에 피신한 상태에서 점심 초대를 받자 그는 몹시 놀란 게 분명했다. 총통은 그에게 인사도 건네지 않았으며, 오찬 동안 말 한 마디 걸지 않았고, 디아스 장군이 앉아 있던 긴 테이블의 구석으로 눈길도 주지 않았다. 디아스 장군은 상석에서 멀찌감치 떨어져 있었는데, 그것은 그가 불명예스러운 자리로 추락했음을 보여주었다.

커피가 나오자, 긴 테이블 주변으로 윙윙거리며 날아다니는 대화 위로, 대리석 벽과 환하게 켜진 크리스털 샹들리에 위로―유일한 여자 참석자는 북서쪽 지방의 트루히요 지지자 대표인 이사벨 마예르였다―갑자기 가냘프고 날카로운 소리가 들렸다. 모든 사람이 익히 알고 있는 목소리였다. 단호하고 신랄한 그 목소리는 폭풍이 몰아칠 것을 예고하고 있었다.

"신사 숙녀 여러분, 여러분들은 가장 훌륭한 군인들과 가장 유명한 시민들이 모인 이 자리에 전쟁터에서 제대로 임무를 수행하지 못해 사령관직에서 해임된 장교가 있다는 사실에 놀라지 않았습니까?"

순식간에 좌중은 조용해졌다. 수놓은 식탁보가 깔린 커다란 사각형 테이블의 주위에 앉아 있던 쉰 개의 머리가 일제히 얼어붙었다. 자선가는 디아스 장군이 앉은 구석을 쳐다보지 않았다. 대신 다른 손님들을 한 명씩 차례대로 살펴보았다. 그는 놀란 표정을 짓고 있었고, 눈은 크게 뜨고 있었으며, 입술은 갈라져 있었다. 마치 손님들에게 대답을 구하듯이.

"내가 누구에 관해 말하고 있는지 알지요?" 그는 연극을 하듯이 잠시 멈춘 후 다시 말을 이어갔다. "라베가 지역의 사령관인 후안 토마스 디아스 장군은 쿠바와 베네수엘라가 합동으로 우리를 침략했을 때, 즉 전쟁이 한창일 때 적군과 맞서 부적절한 행동을 한 이유로 파면되었습니다. 다른 나라에서라면 즉결 군사재판에서 총살형을 받을 일입니다. 그러나 라파엘 레오니다스 트루히요 몰리나 독재정권은 겁쟁이 장군을 국가의 엘리트들이 참석한 점심식사에 초대했습니다."

그는 점심식사에 초대했다는 말을 천천히, 한 음절씩 또박또박 발음하여 빈정거림을 강조했다.

"각하, 제가 한마디만 해도 되겠습니까?" 후안 토마스 디아스 장군은 초인적인 노력을 하면서 말을 더듬거렸다. "제가 파면되던 순간에 이미 침입자들은 격퇴된 상태였다는 것을 알아주십시오. 저는 제 임무를 다했습니다."

그는 강인하고 건장한 사람이었지만, 의자에 앉은 그의 모습은 초라하고 왜소해 보였다. 그는 얼굴이 창백했고, 입 안에는 삼키지 못한 침이 가득 고여 있었다. 그는 자선가를 쳐다보았지만, 자선가는 마치 그의 모습이 보이지도 않고 그의 말이 들리지도 않는다는 듯이 또다시 손님들을 한 명씩 찬찬히 쳐다보면서 말했다.

"난 그를 대통령궁에 초대한 것만이 아닙니다. 그는 연금을 꼬박꼬박 받고 있고 삼성 장군의 특권을 누리면서 퇴역 생활을 하고 있습니다. 의무를 다했으니 편히 쉬라는 뜻에서 제가 그런 조치를 취했습니다. 그리고 농장에서 다섯번째 아내이자 그의 조카이고 형제의 딸인 차나 디아스와 함께 편안한 여생을 즐기라고 그런 겁니다. 이 잔인하고 피에 굶주린 독재정권에서 이보다 더 큰 아량을 보여줄 수 있겠습니까?"

이 말을 마쳤을 때, 자선가의 눈길은 손님들을 모두 살펴본 후였다. 마지막으로 후안 토마스 디아스 장군이 앉아 있는 식탁 구석에 눈길을 고정시켰다. 수령의 얼굴에서는 조금 전과는 달리 빈정거리거나 연극배우 같은 표정을 찾아볼 수 없었다. 대신 죽어 마땅하다는 냉혹한 표정을 짓고 있었다. 그는 엄중하고 날카롭고 무자비한 기운이 뿜어져 나오는 눈길로 계속 그를 쳐다보았다. 자신이 이 나라와 도미니카 사람들의 목숨을 좌지우지하는 존재임을 상대방에게 일깨워주는 시선이었다.

"디아스 장군은 내 명령을 거부했고 오히려 내 명령을 따르던 장교를 호되게 질책했습니다." 그는 깔보듯이 천천히 말했다. "그것도 침략이 절정에 달했을 때 말입니다. 피델 카스트로와 무뇨스 마린, 베탕쿠르와 피게레스가 무장시킨 적군들이, 시기와 질투에 불타는 그들 폭도들이 우리 영토에 상륙하여 이 식탁에 앉아 있는 모든 사람들의 머리를 베어버릴 계획으로 도미니카 군인들을 살해하고 있을 때입니다. 그때 라베가의 사령관은 어떻게 했는지 압니까? 그는 자기가 자비롭고 동정심이 넘치는 사람이라는 것을 깨달았습니다. 피가 낭자하게 흐르는 것을 차마 볼 수 없는 우아하고 고매한 성격을 지니고 있으며, 폭력적인 감정의 적이라는 것이었지요. 그래서 그는 손에 소총을 든 채 체포된 침략자들을 즉시 총살하라는 내 명령을 무시했습니다. 그것도 모자라 공산당 독재체제를 세우기 위해 이곳을 침공한 작자들에게 응분의 대가를 치르게 한 훌륭한 장교에게 무례한 행동을 했습니다. 조국이 위험에 처한 그 순간에 장군은 우리 병사들을 혼란에 빠뜨렸고 병사들의 사기를 떨어뜨렸습니다. 그는 아직도 군복을 입고 있지만, 더 이상 우리 군대의 일원이 될 수 없는 이유를 이제 아시겠습니까?"

그는 말을 멈추고 물을 한 모금 마셨다. 그런 다음 갑자기 벌떡 일어나더니 작별 인사를 하면서 오찬을 끝냈다. "자, 그럼 즐거운 오후가 되길 바랍니다."

"후안 토마스는 일어나지 않았네. 살아서 집에 돌아갈 수 없으리라는 걸 알았기 때문이지." 트루히요가 말했다. "그건 그렇고, 그가 무슨 음모에 가담하고 있는 건가?"

구체적으로 드러난 사실은 아무것도 없었다. 얼마 전부터 가스쿠에에 있는 디아스 장군과 그의 아내 차나의 집에는 많은 사람들이 드나들고 있었다. 핑계는 영화 상영이었다. 그들은 정원에서 장군의 사위가 작동시키는 영사기로 영화를 보았다. 그런데 참석자들의 면모가 각양각색이었다. 집주인의 장인이자 형인 모데스토 디아스 케사다처럼 트루히요 정권에서 일한 인사부터 아미아마 티오와 안토니오 델라마사처럼 정부와 관계가 먼 옛 관리들까지 있었다. 아베스 가르시아 대령은 두어 달 전부터 하인 중의 하나를 칼리에로 포섭해둔 상태였다. 그의 말에 따르면 참석자들은 영화를 보면서 끊임없이 대화를 나눈다고 했다. 그게 그가 알아낸 전부였다. 영화 소리가 그들의 대화를 은폐해주었기 때문에 그것은 진짜 영화 모임 같았다. 말하자면, 럼주나 위스키를 마시면서 체제를 비판하는 그런 모임이 아니었다. 그랬다면 당연히 눈여겨보았을 것이다. 그런데 어제 디아스 장군은 헨리 디어본이 보낸 밀사와 은밀히 만났다. 총통도 알고 있는 것처럼, 외교관을 가장한 그 양키는 트루히요 시의 CIA 책임자였다.

"내 머리에 대한 대가로 아마도 100만 달러를 요구했을 것이네." 트루히요가 의견을 말했다. "그 미국 놈은 나를 죽여주겠다면서 경제적 지원을 요구하는 작자들 때문에 머리깨나 아플 거야. 어디서 만났나?"

"엘엠바하도르 호텔입니다, 각하."

자선가는 잠시 깊은 생각에 빠졌다. 후안 토마스가 그런 중대한 일을 조직할 능력이 있을까? 20년 전이라면 가능했을 것이다. 당시 그는 행동파였다. 하지만 이후 그는 쾌락에 빠져 살았다. 술과 투계를 너무 좋아하고, 친구들과 어울리며 먹고 즐겼고, 결혼과 이혼을 반복했다. 그를 전복시키기 위해 그런 쾌락들을 포기할 위인이 아니었다. 미국인들이 헛다리를 짚은 것이다. 제기랄, 전혀 걱정할 것이 없었다.

"저도 동의합니다, 각하. 지금 당장은 디아스 장군이 위험인물이 아니라고 믿습니다. 그러나 그의 행동을 주시하겠습니다. 우리는 누가 그를 찾아가고 그가 누구를 찾아가는지 속속들이 알고 있습니다. 그의 전화는 도청되고 있습니다."

"보고할 것이 더 남았나?" 자선가는 창밖을 흘낏 쳐다보았다. 곧 아침 여섯시가 될 찰나였지만, 아직도 어둠이 깔려 있었다. 하지만 새벽의 고요는 물러나 있었다. 대통령궁은 잔디와 나무가 심어져 있고 뾰족한 못이 박힌 울타리로 둘러싸인 넓은 공간 덕분에 도로와의 거리를 충분히 확보하고 있었지만, 이따금 자동차가 경적을 울리며 지나가는 소리가 이곳까지 들려왔다. 건물 청소부들이 빗자루로 쓸고

자루걸레로 닦으며 왁스칠을 하고 먼지를 털어내는 것도 느낄 수 있었다. 집무실에서 나가면 그는 반짝반짝 윤나는 깨끗한 사무실과 복도를 볼 수 있을 것이다. 이런 생각을 하자 기분이 좋아졌다.

"고집을 부려 죄송합니다, 각하. 하지만 안전요원들을 재배치할까 합니다. 각하가 산책하시는 동안 막시모 고메스 거리와 말레콘에 배치하고, '마호가니의 집'으로 가실 때도 고속도로에 안전요원을 배치해야 합니다."

두 달 전에 자선가는 갑자기 경호 작전을 중단하라고 지시했다. 왜 그랬을까? 아마도 어느 날 오후 석양이 질 무렵 산책을 하던 도중에, 교차로마다 경찰이 바리케이드를 치는 것을 보고 그런 지시를 내린 듯했다. 그가 산책을 하는 동안 경찰은 가로수 길과 말레콘으로 가는 보행자와 차량의 통행을 막고 있었다. 그러자 그는 조니 아베스가 풀어놓은 비밀 요원들이 타고 있는 폴크스바겐들이 그의 산책로 주변을 에워싸고 있을 것이라고 생각했다. 그는 숨이 막혔고 폐소공포증을 느꼈다. 그건 어느 날 밤에도 일어났다. 푼다시온 농장으로 가고 있을 때, 그는 고속도로를 따라 폴크스바겐의 딱정벌레 자동차들과 경찰이 친 바리케이드를 보았다. 아니면 그는 위험에 매력을 느끼는 것일까? 그것은 해병대원이 지닌 불굴의 정신이기도 했다. 그는 그런 정신으로 체제가 위협받는 순간에 운명에 도전하곤 했다. 어쨌든 그는 명령을 철회할 마음이 없었다.

"내 명령은 유효하네." 그는 단호한 말투로 반복했다.

"알겠습니다, 각하."

그는 대령의 눈을 쳐다보았다. 대령은 즉시 시선을 아래로 떨어뜨렸다. 그러자 그는 농담처럼 가시 돋친 말을 했다.

"자네가 존경하는 피델 카스트로도 나처럼 아무런 경호도 받지 않은 채 걸어 다닌다고 생각하나?"

대령은 고개를 가로저었다.

"피델 카스트로는 각하처럼 낭만적이지 않을 거라고 생각합니다."

그가 낭만적이라고? 아마 그가 사랑했던 몇몇 여자에게는 그랬을지도 모른다. 리나 로바톤과는 그랬을지도 몰랐다. 그러나 정치 세계에서 그는 자기가 고전적이라고 느꼈다. 이성적이고 차분하며 실용적이고 차가운 머리와 긴 안목을 가지고 있다고 생각했다.

"멕시코에서 그를 알았을 때, 그는 '그란마' 호로 원정을 준비하고 있었습니다. 사람들은 그를 미친 쿠바인이라고, 진지함이라고는 전혀 없는 황당한 모험가라고 믿었습니다. 저는 처음부터 그에게는 감정이 없다는 점에 큰 인상을 받았습니다. 하지만 연설문을 보면 그는 열정적이고 열광적이며 열렬해 보입니다. 특히 그의 연설을 듣는 청중들에게 그렇습니다. 하지만 정반대입니다. 그는 얼음장처럼 차가운 지성의 소유자입니다. 저는 그가 언젠가 권력을 쥐리라는 것을 알고 있었습니다. 그러나 몇 가지는 분명하게 밝히고 싶습니다, 각하. 저는 카스트로를 존경합니다. 미국 놈들을 비웃을 줄 알고, 소련 및 공산주의 국가들과 연합하여 그들을 워싱턴의 범퍼로 이용할 줄 알았다는 점에서 그렇습니다. 그러나 그의 사상은 존경하지 않습니다. 저는 공산주의자가 아닙니다."

"자네는 골수 자본주의자네." 트루히요는 빈정대는 웃음을 지었다. "울트라마르는 독일과 오스트리아, 그리고 사회주의 국가에서 물건들을 수입하면서 아주 훌륭한 사업을 했네. 독점 판매권을 가진 회사는 결코 손해나는 법이 없지."

"모두 각하 덕분입니다." 대령이 인정했다. "사실 저는 그 점에 관해서 전혀 생각하지 못했습니다. 저는 사업에 별로 관심이 없습니다. 제가 울트라마르 회사를 차린 것은 각하가 지시했기 때문입니다."

"난 내 협력자들이 도둑질하는 것보다는 이윤을 창출하기를 바라네." 자선가가 설명했다. "수익은 국가에 도움이 되고, 부를 창출하며, 국민의 사기를 높이네. 반면에 횡령이나 도둑질은 사기를 떨어뜨리지. 하지만 미주기구의 경제 제재로 울트라마르도 사정이 갈수록 나빠지고 있을 테지."

"실질적으로 마비되었다고 봐야 합니다. 그러나 저는 개의치 않습니다, 각하. 이제 저는 하루 스물네 시간을 적들로부터 이 체제를 보호하고 각하의 안전을 지키는 데 바치고 있습니다."

그는 아무런 감정 없이 말했다. 평소 자신의 의견을 피력할 때처럼 무덤덤하고 불투명한 목소리였다.

"그럼 자네가 그 빌어먹을 카스트로처럼 나를 존경한다고 결론지어도 되나?" 트루히요는 자기를 정면으로 쳐다보지 않고 도망치는 조그만 눈을 쳐다보면서 말했다.

"각하, 저는 각하를 존경하지 않습니다." 아베스는 시선을 떨어뜨리면서 작은 소리로 중얼거렸다. "저는 각하를 위해 살고 있고, 각하를 통해 살고 있습니다. 이런 말을 해도 될지 모르겠지만, 저는 각하를 지키고 보호하는 개입니다."

자선가는 아베스 가르시아가 이 마지막 말을 할 때 목소리가 떨리는 것 같다고 생각했다. 그는 아베스가 결코 감정적인 사람이 아니며, 다른 측근들이 쏟아내는 과장의 말이나 넘쳐흐르는 감정을 좋아하지 않는다는 사실을 잘 알고 있었다. 그래서 그는 날카로운 시선으로 그를 유심히 바라보았다.

"내가 죽는다면, 그건 아마도 아주 가까운 사람의 손에 의해서일 거야. 말하자면 배신자는 가족 중에 있을 것이네." 그는 마치 다른 사람 얘기를 하는 것처럼 말했다. "그러면 자네에게는 커다란 불행이 될 거야."

"국가에도 큰 불행입니다, 각하."

"바로 그런 이유로 나는 아직 권좌에 있는 것이네." 트루히요가 고개를 끄덕였다. "그렇지 않았다면 아마도 벌써 물러났을 거야. 내 양키 친구들이자 아이젠하워 대통령이 이곳으로 보낸 윌리엄 폴리와 클라크 장군, 그리고 스매더스 상원의원도 이렇게 충고했다네. '정권의 고삐를 젊은 사람들에게 내주었던 관대하고 자비로운 정치인으로 역사에 길이 남도록 하십시오.' 루스벨트의 친구인 스매더스가 내게 그렇게 말했다네. 그것은 백악관의 메시지였네. 내게 권좌를 떠나라고 부탁하면서 미국에 피신처를 제공해주겠다고 했지. '그곳에서는 당신의 재산을 안전하게 지킬 수 있을 것입니다'라고 하면서 말일세. 이 빌어먹을 인간들은 내가 바티스타나 로하스 피니야* 혹은 페레스 히메네스와 같은 자라고 착각했지. 하지만 내가 죽지 않는 한, 그들은 나를 결코 이 자리에서 밀어내지 못할 것이네."

---

* 콜롬비아의 군인이며 정치인. 군사 쿠데타를 일으켜 1953년 6월부터 1957년 5월까지 집권했다.

자선가는 다시 화제를 돌렸다. 친구들이 루페라고 부르는 과달루페가 떠올랐기 때문이다. 그녀는 조니 아베스가 멕시코에서 모험가로 살던 미스터리한 시기에 결혼한 뚱뚱하고 남자 같은 멕시코 여자였다. 그 시절 그는 '면도칼'에게 도미니카 망명자들의 일거수일투족을 보고했을 뿐만 아니라, 그란마호로 원정을 준비하고 있던 피델 카스트로나 체 게바라 그리고 '7월 26일 운동'*의 쿠바인들과 같은 혁명 집단을 자주 만났다. 또한 그의 보호자였으며 멕시코 정부와 긴밀한 관계를 맺고 있던 비센테 롬바르도 톨레다노와 같은 사람들도 만나고 있었다. 총통은 대령이 첩보 활동과 비밀 행동 작전에 천부적 소명과 재능이 있음을 발견했던 그 시기에 대해 차분하게 물어볼 시간이 없었다. 틀림없이 흥미로운 일화가 많았을 것이다. 그건 그렇고 왜 그는 그토록 못생긴 여자와 결혼했을까?

"자네에게 미처 묻지 못한 게 있네." 그는 협력자들을 다룰 때 사용하던 무례한 말투로 말했다. "왜 그렇게 못생긴 여자와 결혼하게 된 것인가?"

그런 질문에도 아베스 가르시아는 전혀 놀라는 표정이 아니었다.

"사랑 때문에 결혼한 게 아닙니다, 각하."

"그건 이미 짐작했네." 자선가가 웃으면서 대답했다. "게다가 부자도 아니니까 돈 때문에 결혼한 것도 아니겠지."

"보답하는 의미로 그렇게 한 것입니다. 루페는 제 목숨을 구해준

---

* 1953년 7월 26일 피델 카스트로가 주도했던 몬카다 병영 사건에서 유래한 이름으로, 1955년 멕시코에서 재조직되었다. 호세 마르티의 사상에 기초하여 반제국주의 및 민족주의 노선을 추구한 군사, 정치 조직으로 쿠바 혁명에 큰 역할을 했다.

적이 있습니다. 그녀는 저를 위해 헌신했어요. 당시 그녀는 롬바르도 톨레다노의 비서였고, 저는 멕시코에 막 도착한 상태였습니다. 비센테 덕분에 저는 정치에 대해 알게 되었습니다. 제가 작성했던 보고서들은 루페의 도움이 없었다면 불가능했을 것입니다, 각하. 그녀는 두려움이 무엇인지 모릅니다. 지금까지 그녀의 본능은 결코 빗나간 적이 없습니다."

"나도 자네 아내가 강인하며, 싸울 줄도 아는 여자라는 걸 익히 알고 있네. 그녀는 항상 권총을 휴대하고 남자들처럼 매음굴에 가기도 한다지." 총통은 재미있다는 듯 말했다. "심지어 푸치타 브라소반이 그녀에게 제공할 계집애들을 따로 데리고 있다는 말도 들었네. 그런데도 자네는 어떻게 그런 여자와 아이들을 만들 수 있었지?"

"저는 좋은 남편이 되려고 노력하고 있습니다, 각하."

자선가는 웃음을 터뜨렸다. 과거 시절처럼 낭랑한 웃음이었다.

"자네는 마음만 먹는다면 얼마든지 재미있는 사람이 될 수 있네." 트루히요는 그의 말이 재미있다면서 즐거워했다. "그러니까 은혜를 갚으려고 그녀와 결혼했다는 말이군. 그럼 자네도 마음만 먹는다면 감정에 휩쓸릴 수도 있다는 뜻이군."

"말하자면 그렇다는 것입니다, 각하. 사실 저는 루페를 사랑하지 않고, 루페도 저를 사랑하지 않습니다. 적어도 사람들이 이해하는 사랑의 방식은 아니라는 말입니다. 하지만 더 강한 힘이 우리를 결합시켜주고 있습니다. 우리는 서로 돕고 위험을 함께 나누었으며, 바로 코앞에서 죽음을 목격했습니다. 우리 두 사람은 수많은 피로 얼룩지기도 했습니다."

자선가는 고개를 끄덕였다. 그가 말하는 의미를 이해하고 있었다. 그도 못생겼더라도 그런 여자와 결혼하는 게 나았을지 모른다. 젠장! 그랬다면 몇몇 결정을 하는 순간에 그토록 외롭지는 않았을 것이다. 피보다 더 진한 인연은 없다는 말은 사실이었다. 그가 배은망덕한 자들과 비겁자들과 반역자들로 득실거리는 이 나라에 그토록 얽매여 있는 것도 그 때문인지 몰랐다. 후진국과 혼란과 무지와 야만에서 탈출시키기 위해 그도 수없이 피로 더러워졌기 때문이다. 그런데 이 빌어먹을 작자들이 미래에 그에게 고마워하기나 할까?

그는 기운이 빠지면서 사기가 저하되었다. 시계를 보는 척하면서 곁눈질로 바지를 내려다보았다. 가랑이나 지퍼 부분에 얼룩 같은 건 없었다. 그래도 기분이 나아지지 않았다. '마호가니의 집'에서 만난 여자아이에 대한 기억이 새록새록 떠올랐다. 불쾌한 사건이었다. 그 아이가 쳐다볼 때 그 자리에서 총으로 쏴버리는 게 낫지 않았을까? 아니다, 쓸데없는 생각이다. 그는 이유 없이 방아쇠를 당기는 사람이 아니었다. 침대의 일과 관련된 거라면 더욱 그랬다. 아무런 대안이 없을 때, 즉 이 나라를 앞으로 나아가게 하는 데 혹은 모욕적인 행위를 씻어내기 위해 절대적으로 필요한 경우에만 그렇게 했다.

"한 가지 말해도 되겠습니까, 각하?"

"뭔가?"

"발라게르 대통령이 어젯밤 라디오에서 정부는 일련의 정치범들을 석방할 것이라고 발표했습니다."

"그건 내가 지시한 일이네. 왜 그러나?"

"석방될 죄수들의 명단이 필요합니다. 미리 이발도 해주고 면도도

시키고 깨끗한 옷을 입히려고 합니다. 그들은 분명히 언론과 인터뷰할 겁니다."

"내가 명단 점검을 끝내는 대로 자네에게 보내주겠네. 발라게르는 그런 제스처가 외교에 도움이 될 것이라고 생각하고 있어. 곧 알게 되겠지. 어쨌거나 아주 그럴듯하게 발표했네."

그의 책상 위에는 발라게르의 연설문이 놓여 있었다. 그는 큰 소리로 밑줄 친 단락을 읽었다. "총통 라파엘 레오니다스 트루히요 몰리나 각하는 국가를 견고하고 튼튼하게 만드셨으며, 30년간 영도력을 발휘하시어 평화와 질서를 유지한 후 라틴아메리카도 진정으로 민주주의를 양심적으로 실천할 수 있다는 본보기를 아메리카 전역에 보여주셨습니다."

"멋지게 쓰지 않았나?" 그가 말했다. "그게 바로 박식한 시인이 공화국 대통령으로 재임하는 이점이네. 내 동생이 대통령으로 있을 때, 그 '검둥이'가 읽은 연설문은 졸리기 짝이 없었어. 그래, 자네가 발라게르를 별로 마음에 들어 하지 않는다는 건 알고 있네."

"저는 개인적인 호감이나 반감을 업무와 혼동하지 않습니다, 각하."

"난 자네가 왜 그를 믿지 못하는지 이해가 안 가. 발라게르는 내 협력자들 중에서 가장 악의가 없는 사람이네. 그래서 내가 그를 대통령 자리에 앉힌 거야."

"생각이 깊고 신중한 그의 태도는 전략에 불과하다고 생각합니다. 그는 본질적으로 이 체제의 사람이 아니며, 단지 개인의 탐욕만을 위해 일합니다. 아마 제가 잘못 생각하고 있는 건지도 모릅니다. 그건 그렇다 치고 그의 행동에서는 수상한 점을 전혀 발견할 수 없습니다. 하지만 저는 그의 충성심을 전혀 믿지 않습니다."

트루히요는 시계를 보았다. 여섯시 이분 전이었다. 아베스 가르시아와의 만남은 특별한 상황이 아니면 한 시간을 넘기지 않았다. 그는 자리에서 일어났고, 첩보부대장도 따라 일어났다.

"내가 주교들에 관한 생각을 바꾸면, 자네에게 즉시 알려주겠네." 그는 작별 인사로 그렇게 말했다. "어떤 경우라도 만반의 준비를 갖추고 있게."

"각하가 결정하시면 즉시 실행에 옮기겠습니다. 그럼 이만 물러가겠습니다, 각하."

아베스 가르시아가 집무실에서 나가자, 자선가는 창문으로 다가가서 하늘을 바라보았다. 아직 한 줄기의 빛도 보이지 않았다.

6

"아, 누군지 알겠어." 안토니오 델라 마사가 말했다.

그는 자동차 문을 열었다. 그리고 총신을 짧게 자른 소총을 손에 쥔 채 도로로 나갔다. 임베르트, 에스트레야 사드알라, 그리고 아마디토는 뒤따라 나가지 않았다. 그가 전조등을 끈 채 멈춰 세운 작은 폴크스바겐으로 접근하는 동안, 그들은 차 안에서 그의 건장한 모습을 지켜보았다. 그의 모습은 희미한 달빛으로 거의 모습이 드러나지 않는 그림자들 위로 윤곽을 그리고 있었다.

"수령님이 일정을 변경했다는 소식은 아니겠지?" 안토니오는 크게 소리치면서 인사했고, 머리를 폴크스바겐의 차창으로 집어넣었다. 차 안에는 정장을 입고 넥타이를 맨 남자가 숨을 가쁘게 몰아쉬고 있었다. 그는 너무나 뚱뚱해서 어떻게 차 안으로 들어갈 수 있었는지 의아

할 정도였다. 차 안에 있는 모습이 마치 우리에 갇힌 것 같았다.

"정반대야, 안토니오." 미겔 앙헬 바에스 디아스는 운전대에서 손을 떼지 않은 채 그를 안심시켰다. "어쨌든 그는 오늘 밤에 산크리스토발로 갈 거야. 말레콘을 산책한 후 푸포 로만을 산이시드로 공군 기지로 데려가느라 늦어지고 있는 거야. 네가 불안해하고 있을 것 같아 안심시키려고 온 거야. 그는 언제라도 모습을 나타낼 수 있어. 그러니 만반의 준비를 하고서 경계를 게을리하지 않도록 해."

"우리는 절대 실수하지 않을 거야, 미겔 앙헬. 너희들도 실수해선 안 돼."

그들은 얼굴을 가까이 갖다 대고서 잠시 대화를 나누었다. 뚱뚱한 남자는 계속해서 운전대를 잡고 있었고, 텔라 마사는 트루히요 시 쪽에서 오는 도로에서 한시도 눈을 떼지 않았다. 염소의 자동차가 갑자기 나타나면 자기 차로 돌아갈 시간이 없을까봐 초조했기 때문이다.

"그럼 난 갈게. 모든 게 잘되길 기도하라고." 미겔 앙헬 바에스 디아스가 말했다.

그는 전조등을 끈 채 트루히요 시를 향해 출발했다. 안토니오는 그 자리에 서서 차가운 공기를 느꼈고, 몇 미터 떨어진 곳에서 부서지는 파도 소리를 들으면서 물방울이 얼굴과 머리카락이 듬성듬성해지기 시작한 머리에 튀고 있다는 걸 알았다. 그렇게 그는 자동차가 사람들로 가득한 식당과 도시의 불빛이 반짝거리는 밤과 한데 어우러지면서 멀리 사라지는 걸 보았다. 미겔 앙헬은 자신만만해 보였다. 그렇다면 의심의 여지가 없었다. 그는 올 것이고, 1961년 5월 30일 화요일에 마침내 안토니오는 모카의 가족 별장에서 맹세했던 일을 실행에 옮길 수 있을 것이다. 4년 4개월 전인 1957년 1월 7일, 타비토[*]를 묻은 날 그의 아버지와 형제들과 누이들, 그리고 처남들과 동서들 앞에서 했던 맹세였다.

그는 엘포니 식당까지의 거리를 가늠해보면서 조그만 바에 딸린 허름한 의자에 앉아 얼음을 가득 넣어 럼주 한 잔을 마시면 얼마나 좋을까 생각했다. 그는 최근에 자주 그곳을 들렀으며 취기가 오르는 걸 느끼면서 마음을 다른 곳으로 돌렸고 타비토 생각을 떨쳐버렸다. 그와 가장 가까웠고 가장 사랑하던 동생이 비겁하게 살해된 후, 그의 인생은 원한과 좌절과 열병으로 점철되었다. '그들은 끔찍한 거짓말을 만들어내서 타비토를 비방했고, 그렇게 그를 두 번 죽였어'라고 그는 생각했다. 그는 천천히 시보레 자동차로 돌아갔다. 그것은 출고된 지 얼마 안 된 새 차였다. 안토니오가 미국에서 수입했고, 자신은 지주이자 아이티 국경 근처에 있는 레스타우라시온의 제재소 관리인이라 여행하면서 보내는 시간이 많으니 빠르고 튼튼한 차가 필요하다고 튜닝업소에 설명한 후 출력을 대폭 향상시킨 멋진 자동차였다. 이제 유능한 최신형 시보레 자동차를 시험할 순간이 다가온 것이었다. 실린더와 엔진 튜닝 덕분에 그 차는 몇 분도 안 되어 시속 200킬로미터까지 낼 수 있었다. 총통의 자동차도 따라올 수 없는 차였다. 그는 다시 안토니오 임베르트 옆에 앉았다.

"누구예요?" 뒷자리에 타고 있던 아마디토가 물었다.

"그런 건 묻는 게 아니야." 토니 임베르트는 가르시아 게레로 중위

---

* 옥타비오의 애칭.

를 쳐다보지도 않고 중얼거렸다.

"이젠 비밀도 아니야." 안토니오 델라 마사가 말했다. "미겔 앙헬 바에스야. 네 말이 맞았어, 아마디토. 어쨌거나 그는 오늘 밤에 산크리스토발로 갈 거야. 예정보다 늦었지만, 우리를 마냥 이곳에서 기다리게 하지는 않을 거야."

"미겔 앙헬 바에스 디아스라고?" 살바도르 에스트레야 사드알라가 휘파람을 불었다. "그도 이 일에 가담하고 있어? 더 바랄 게 없군. 그는 골수 트루히요 신봉자야. 도미니카 당의 부총재 아니었어? 염소와 매일 말레콘으로 산책하면서 온갖 아부를 떨고, 일요일마다 그와 함께 경마장에 가는 사람이야."

"오늘도 그와 함께 산책했지." 델라 마사가 고개를 끄덕였다. "그래서 그의 일정을 훤히 알고 있는 거야."

긴 침묵이 흘렀다.

"난 우리가 실리적이 되어야 하고, 그들과 협력해야 한다는 것을 알고 있어." 터키인이 한숨을 내쉬며 말했다. "하지만 솔직히 미겔 앙헬 같은 작자가 우리 편이라는 사실이 역겨워."

"지금은 성인이며 청교도이고 깨끗한 손을 지닌 작은 천사의 모습으로 나타난 거야." 임베르트가 농담하려고 애썼다. "왜 내가 묻지 않는 편이 낫다고, 이 일에 가담한 사람들이 누구인지 모르는 편이 낫다고 했는지 이제 알겠어, 아마디토?"

"넌 마치 우리 모두가 트루히요 신봉자가 아니었던 것처럼 말하고 있어, 살바도르." 안토니오 델라 마사가 성을 내며 말했다. "토니는 푸에르토 플라타의 주지사 아니었어? 아마디토는 경호원 아니야? 난

20년 전부터 레스타우라시온에 있는 염소의 제재소를 관리하고 있지 않아? 네가 일하는 건설회사도 트루히요 소유 아니야?"

"내 말 취소할게." 살바도르는 델라 마사의 팔을 가볍게 툭툭 쳤다. "내가 너무 말이 많았어. 경솔한 소리를 한 것 같아. 네 말이 맞아. 다른 사람들도 얼마든지 우리에게 그런 말을 할 수 있어. 나는 아무 말도 하지 않았고 너희들도 못 들은 걸로 해줘."

그러나 이미 뱉어버린 말이었다. 살바도르 에스트레야 사드알라는 차분하고 이성적인 태도 때문에 누구나 그를 좋아하지만, 정의감에 사로잡히면 더 심한 말도 할 수 있는 사람이었다. 평생의 친구인 안토니오와 다투다가 그런 말을 하는 바람에, 안토니오가 그를 총으로 쏴버리고 싶다는 충동을 느낀 적도 있었다. "난 먹고살기 위해 동생을 팔지 않겠어." 이 말 때문에 두 사람은 6개월 동안 서로 말도 않고 만나지도 않은 채 소원하게 지냈다. 그 말은 이따금 되풀이되는 악몽처럼 그의 기억 속으로 되돌아오곤 했다. 그 당시 그는 술잔을 비우고 또 비우면서 럼주를 마셔댔다. 술에 취하면 분노가 치솟아 호전적이 되었고, 아무에게나 발길질을 하고 주먹질을 하면서 싸움을 벌이곤 했다.

그는 며칠 전에 마흔일곱 살이 되었다. 트루히요를 기다리면서 산크리스토발로 향하는 도로에 배치된 일곱 명 중에서 가장 나이가 많은 축에 속했다. 시보레 자동차를 타고 있는 네 명 이외에도, 2킬로미터 앞에는 페드로 리비오 세데뇨와 우아스카르 테헤다 피멘텔이 에스트레야 사드알라가 빌려준 자동차에 타고 있었고, 거기서 1킬로미터 앞에는 로베르토 파스토리사 네레트가 자신의 승용차에 혼자 타고 있었다. 이렇게 염소의 길을 차단하여 그가 빠져나갈 수 없도록 앞과 뒤에서 탄막 포화를 퍼붓는 게 그들의 계획이었다. 페드로 리비오와 우아스카르도 초조한 마음에 안절부절못하고 있을 게 분명했다. 기운을 북돋울 상대도 없고 말할 사람도 없는 로베르토는 더욱 그럴 것이다. 올까? 그렇다, 그는 반드시 온다. 그러면 타비토의 죽음 이후 안토니오가 겪어야만 했던 기나긴 고통의 삶도 종지부를 찍을 것이었다.

동전처럼 둥글고 수많은 별들의 호위를 받고 있던 달은 미광을 내뿜으면서 인근에 있던 야자수의 우듬지를 은빛으로 부드럽게 물들이고 있었다. 안토니오는 그 우듬지들이 산들바람의 리듬에 따라 하늘하늘 흔들리는 걸 보았다. 제기랄! 어쨌거나 이곳은 아름다운 나라였다. 31년 동안 이 나라를 폭력으로 더럽히며 망가뜨린 그 독재자만 사라진다면 더욱 아름다울 것이다. 그 시기는 아이티가 점령했을 때나 스페인과 미국이 침략했을 때, 그리고 당파들과 권위적 지배 계층이 내전과 싸움을 벌일 때보다 더 폭력적이었고 가공스러웠다. 그리고 하늘과 바다와 땅에서부터 도미니카인들을 맹렬하게 습격했던 지진이나 허리케인과 같은 자연재해보다도 이 나라를 더 망가뜨리고 더럽혔다. 무엇보다도 용서할 수 없는 것은 염소가 부패시키고 야만적으로 만든 것은 이 나라뿐만이 아니라 안토니오 델라 마사까지 포함된다는 사실이었다.

그는 동료들 앞에서 다시 담배에 불을 붙이면서 애써 불안감을 잠재웠다. 입술에서 담배를 떼지도 않은 채 입과 코로 연기를 내뿜었다. 그리고 총신을 짧게 자른 소총을 어루만지면서 쇠가 보강된 탄알들을 생각했다. 오늘 밤을 위해 스페인 친구 발시에가 특별히 제작해준 총이었다. 또 다른 음모자이며 무기 전문가이고 뛰어난 사격수인 마누엘 데 오빈 덕택에 알게 된 사람이었다. 그는 안토니오 델라 마사 못지않은 명사수였다. 안토니오는 어렸을 때부터 사격 실력이 뛰어나 모카에 있는 부모와 형제들과 누이들, 그리고 친척들과 친구들을 놀라게 했다. 그래서 지금 그는 임베르트의 오른쪽 자리를 차지하게 되었다. 그들은 치밀한 논의 끝에 한 가지 사항에 동의했다. 최고의 사수인 안토니오 델라 마사와 가르시아 게레로 중위가 CIA로부터 제공받은 소총을 휴대하고서 오른쪽에 앉아야 한다는 것이었다. 그들이라면 첫 발에 목표물을 명중시킬 수 있을 터였다.

그의 고향인 모카와 그의 가족이 자부하는 것 중 하나는 1930년 트루히요가 처음으로 야심을 본격적으로 드러냈을 때부터 델라 마사 가족은 트루히요에 반대했다는 사실이었다. 그건 당연한 일이었다. 모카에서는 돈 많은 지주부터 가난한 날품팔이까지 모두가 오라시오 추종자들이었다. 오라시오 바스케스* 대통령이 모카 출신이었고, 안토니오 어머니의 형제였기 때문이다. 델라 마사 가족은 처음부터 국립경찰―주둔하던 미군에 의해 창설되었으며, 그들이 떠나면서 도미니카 군대가 되었다―의 수뇌였던 여단장 라파엘 레오니다스 트루히요의 술책을 적개심을 품고 의심스러운 눈초리로 보았다. 그는 오라시오 바스케스 정권을 무너뜨렸으며, 이후 그가 살아 있는 동안 계속될 부정선거를 통해 1930년에 공화국의 대통령으로 선출되었다. 그때 델라 마사 가족은 정부가 마음에 들지 않을 경우 문벌가들과 지방 토

* 도미니카 공화국의 군인이자 정치인. 1902년부터 1903년까지, 그리고 1924년부터 1930년까지 대통령을 역임했다.

호세력이 전통적으로 했던 방법을 사용했다. 주머니를 털어 지원한 무장 세력들과 함께 산으로 들어가는 것이었다.

짧은 기간 동안 평화를 누린 적이 있긴 하지만, 열일곱 살부터 스무 살까지 거의 3년 동안 건장한 운동선수 같았고 지칠 줄 모르는 기수였으며 열정적인 사냥꾼이었고 쾌활하고 대담하며 용감하고 인생의 멋을 즐길 줄 아는 안토니오 델라 마사는 아버지와 삼촌들, 그리고 형제들과 함께 트루히요 군대와 맞서 싸웠지만, 커다란 피해를 입히지는 못했다. 점차 트루히요의 병력이 무장 세력을 와해시키면서 가끔씩 패배의 쓴잔을 맛보았는데, 그것은 무엇보다도 그들이 무장 세력의 장교와 지지자 들을 매수한 결과였다. 전쟁에 지치고 거의 파산할 지경에 이르자, 델라 마사 가족은 정부의 평화 제의를 받아들여 모카로 돌아갔고, 그동안 거의 버려지다시피 했던 자신들의 땅을 일구었다. 그러나 고집이 세고 불굴의 의지를 가진 안토니오는 쉽게 물러서지 않았다. 그는 1932년 말과 1933년 초에 자신이 얼마나 완고했는지 떠올리면서 미소 지었다. 그는 형제였던 에르네스토와 당시 어린아이였던 타비토를 포함하여 스무 명이 채 안 되는 사람을 이끌고 경찰서를 공격하고 정부군 정찰대를 매복, 습격했다. 당시만 해도 그런 군사 행동을 벌이면서도 세 형제는 한 달에 며칠씩 모카에 있는 가족의 집에서 잠을 잘 수 있는 상황이었다. 그렇지만 탐보릴 주변에서 벌인 매복 공격이 실패로 끝나면서 그런 생활도 종지부를 찍어야 했다. 그 공격에서 두 사람이 죽고, 에르네스토와 안토니오는 부상을 입었다.

산티아고에 있는 육군병원에서 안토니오는 아버지 비센테 씨에게 자기는 아무것도 후회하지 않으며, 가족들이 트루히요에게 선처를 베풀어달라고 빌면서 비굴한 행동을 하지 말아달라는 내용의 편지를 썼다. 그는 책임 간호병에게 두둑한 돈과 함께 편지를 건네주면서 모카의 집으로 보내달라고 부탁했다. 그러나 이틀 후 육군 지프가 와서 그에게 수갑을 채우고 산토도밍고(도미니카 공화국 의회는 3년 후 이 도시의 이름을 트루히요 시로 바꾸게 된다)로 이송했다. 그런데 뜻밖에도 군용차가 도착한 곳은 감옥이 아니라, 당시 오래된 대성당 옆에 있었던 정부청사 앞이었다. 경비병은 수갑을 풀어주고 카펫이 깔린 방으로 그를 안내했다. 그곳에는 말끔하게 면도를 하고 단정하게 머리를 빗은 군복 차림의 트루히요 장군이 있었다.

그렇게 그는 트루히요를 처음으로 만나게 되었다.

"이런 편지를 쓸 정도면 보통 배짱이 아니군." 국가 최고 통치자는 편지를 손에 들고 빙빙 돌렸다. "자네는 거의 3년 동안 나에게 싸움을 걸면서 대단한 용기를 보여주었네. 도대체 어떤 놈인지 궁금했지. 자네의 사격술이 훌륭하다고 들었는데, 정말인가? 언젠가 자네와 한번 시합해보고 싶군."

28년 후 안토니오는 고음의 예리한 목소리와 아이러니가 배어 있는 그 뜻하지 않은 정중함을 떠올렸다. 그리고 그토록 오만한 그도 견뎌낼 수 없었던 예리하고 날카로운 시선을 기억했다.

"전쟁은 끝났네. 나는 델라 마사의 가족을 포함해 모든 지방 세력을 장악했다네. 이제 총알은 더 필요하지 않아. 지금은 조각조각 분열되어 있던 이 나라를 다시 일으켜 세워야만 할 때라네. 난 최고의 사람들을 곁에 두고 싶네. 자네는 충동적이고 어떻게 싸워야 하는지 잘 알고 있어, 그렇지 않나? 그러니 내 곁에서 일하도록 하게. 그러면 언젠가 총을 쏠 기회를 갖게 될 걸세. 나는 지금 자네에게 내가 신임하는 사람들만 맡을 수 있는 직책을 제안하고 있는 거야. 내 경호를 맡는 군인이 되어달라는 말일세. 그러면 내가 자네에게 실망을 안겨주는 날, 내게 총을 쏠 수 있을 것이네."

"그렇지만 저는 군인이 아닙니다." 젊은 델라 마사가 말을 더듬었다.

"지금부터 자네는 군인이네." 트루히요가 말했다. "안토니오 델라 마사 중위."

그렇게 안토니오는 순진한 사람들과 바보들과 천치들을 능수능란하게 다루고, 인간의 허영심과 탐욕과 우둔함을 교묘하게 이용하고 착취하는 데 대가인 그 앞에 처음으로 굴복했고 패배했던 것이다. 긴 세월 동안 그는 트루히요와 1미터도 안 되는 거리에 있었다. 최근 2년간 아마디토도 그랬다. 지금 하려는 행동을 그때 했다면, 이 나라와 델라 마사 가족은 그 많은 비극을 겪지 않아도 되었을 것이다. 틀림없이 타비토도 살아 있으리라.

그는 뒤에서 아마디토와 터키인이 대화하는 소리를 들었다. 가끔씩 임베르트가 대화에 끼어들었다. 안토니오의 침묵에 신경 쓰는 사람은 아무도 없었다. 그는 본래 말수가 적었다. 특히 타비토가 죽은 이후 그는 과묵한 사람에서 거의 말이 없는 사람이 되었다. 동생의 죽음은 그의 인생에 돌이킬 수 없는 충격을 주었다. 그는 염소를 죽이겠다는 생각 하나만을 품고 사는 사람이 되었다.

"후안 토마스는 우리보다 더 초조하게 기다리고 있을 게 분명해." 그는 터키인이 말하는 소리를 들었다. "기다리는 것보다 더 끔찍한 일은 없지. 그런데 그는 오는 거야, 안 오는 거야?"

"어느 순간에 나타날지 몰라요." 가르시아 게레로 중위가 주장했다. "내 말을 믿어요."

그랬다. 후안 토마스 디아스 장군은 이 순간 가스쿠에의 집에서 손톱을 깨물면서 안토니오와 그가 정확하게 4년 4개월 전부터 꿈꿔왔고 어루만졌으며 계획했고 비밀리에 전개시켰던 그 일이 마침내 일어났는지 초조한 마음으로 기다리고 있을 게 분명했다. 그러니까 타비토의 시체를 묻은 직후에 이루어졌던 트루히요와의 빌어먹을 만남 이후, 안토니오가 시속 120킬로미터로 자동차를 몰아 라베가에 있는 후안 토마스의 별장으로 찾아갔던 날이었다.

"우리가 20년 동안 지켜온 우정을 생각해서 날 좀 도와줘, 후안 토마스. 난 그 작자를 죽여야만 해! 타비토의 원수를 갚아야 해, 후안 토마스!"

장군은 손으로 그의 입을 막았다. 그는 주변을 둘러보면서 하인들이 들을 수도 있으니 입조심을 하라는 동작을 취했다. 그리고 안토니오를 사격 연습을 하던 마구간으로 데려갔다.

"안토니오, 우리는 함께 그 일을 하게 될 거야. 타비토와 수많은 도미니카 사람들의 원한을 갚아 우리 마음속 깊이 숨어 있는 수치심을 떨쳐버리게 될 거야."

두 사람은 델라 마사가 자선가의 군 경호원으로 일하던 시절부터 친한 친구였다. 그가 중위였으며 이후 대위로 지낸 그 2년 동안에 유일하게 좋은 기억이라고는 국내 여행을 가거나 정부청사에서 나올 때, 의회나 경마장으로 갈 때, 리셉션이나 공연 때, 정치 모임이나 여자와 밀회를 즐길 때, 친구들이나 협력자들 또는 옛 친구들과의 방문이나 약속 때, 공적 또는 사적인 극비 모임 때 총통을 수행하면서 그와 함께 생활했다는 것이었다. 후안 토마스 디아스가 그랬던 것처럼, 안토니오도 결코 철두철미한 트루히요주의자가 될 수는 없었다. 그리고 모든 오라시오 추종자들처럼, 오라시오 바스케스 대통령의 정치 경력을 마감시켰던 사람에게 분노와 원한을 깊이 간직하고 있었다. 그럼에도 안토니오는 열두 시간을 일하고 두세 시간 잠을 잔 다음 청년들처럼 기운차게 하루를 시작하는 지칠 줄 모르고 원기 왕성한 그 사람에게 매력을 느끼지 않을 수 없었다. 사람들의 말에 따르면, 그는 땀을 흘리지 않으며 잠도 자지 않고, 군복이나 턱시도 혹은 외출할 때 입는 옷에도 주름 하나 지는 법이 없다고 했다. 그리고 실제로 안토니오가 경호원의 임무를 맡고 있던 그 시기에 이 나라를 변화시킨 인물이었다. 그는 도로와 교량을 건설했고 공장을 지었을 뿐만 아니라, 정치와 군사, 산업과 사회와 경제 등 모든 분야에서 상상을 초월하는 권력을 행사하고 있었다. 공화국의 역사를 통틀어 참고 견뎌야 했던 모든 독재자, 가령 둘도 없이 무자비해 보였던 '릴리스' 울리세스 외로* 도 그와 비교하면 피라미에 지나지 않았다.

안토니오가 아무리 그에게 흥미와 매력을 느낀다 해도 그것은 결코 존경으로 바뀌지 않았으며, 다른 트루히요 신봉자들이 자신들의 지도자에게 공언하고 고백한 것처럼 비열하고 비굴한 사랑으로 바뀌지도 않았다. 1957년 이후 안토니오와 함께 도미니카를 짓밟고 모두 빨아

---

* 1882년에서 1883년까지, 1887년부터 1889년에 살해될 때까지 도미니카의 대통령으로 재임했다. 그의 독재체제는 신생 공화국을 재정 파탄으로 이끌면서 정치적 불안정을 야기했다.

144

먹은 독재자에게서 나라를 해방시키려고 수단과 방법을 가리지 않고 노력했던 후안 토마스조차 1940년대에는 자선가의 광적인 추종자였다. 당시 트루히요는 자신을 조국의 구원자라고 여기면서 거리낌 없이 범죄를 저질렀으며, 양키들이 관리했던 세관 업무를 되찾아왔고, 미국과의 외채 문제를 해결하면서 의회로부터 '재정 독립의 복원자'라는 칭호를 얻었으며, 카리브해 지역에서 가장 현대화되고 전문적인 군대를 창설한 인물이었다. 그 시기만 해도 안토니오는 후안 토마스 디아스에게 트루히요를 비판하는 말을 할 수 없었다. 토마스는 군에서 승진을 거듭하여 삼성 장군이 되었고, 라베가 지역의 군 사령관이 되었다. 그러나 그가 군 사령관으로 재직하던 1959년 6월 14일에 불시의 공격을 받은 이후로 그는 만인의 치욕거리로 전락하기 시작했다. 그때부터 후안 토마스는 트루히요 체제에 대한 환상을 완전히 버렸다. 단둘이 있을 때, 그리고 모카나 라베가의 산으로 사냥을 나가거나, 일요일에 가족들끼리 점심을 먹을 때 그는 안토니오에게 모든 게 ─ 살인과 실종과 고문, 불안한 삶과 수백만 명의 도미니카인들이 단 한 사람에게 육체와 영혼과 양심을 팔아넘기는 행위 ─ 수치스럽고 창피하다고 고백했다.

안토니오 델라 마사는 진심으로 트루히요 신봉자가 되어본 적이 없었다. 군 경호원이었을 때에도 그랬고, 나중에 트루히요에게 군을 떠나도록 허락해달라고 요청한 후 민간인 신분으로 레스타우라시온에 있는 트루히요 가족 소유의 제재소 관리인으로 일할 때에도 그랬다. 그는 역겨움을 참지 못해 이를 악물었다. 한 번도 그를 위해 일하지 않은 때가 없었기 때문이다. 군인 신분이건 민간인 자격이건, 그는 자선거이자 새로운 조국의 아버지의 재산과 권력을 지키기 위해 20년 넘게 이바지하고 있었다. 그것은 그의 인생에서 가장 큰 오점이었다. 그는 결코 트루히요가 그에게 내민 덫에서 빠져나오는 방법을 알지 못했다. 그를 증오하면서도, 심지어 타비토가 죽은 후에도 그는 계속해서 그를 위해 봉사하고 있었다. 그것이 터키인이 그에게 "난 먹고살기 위해 동생을 팔지 않겠어"라고 욕한 이유였다. 그는 타비토를 팔아넘기지 않았다. 그는 시치미를 떼면서 원한을 삼켰다. 하기야 그것 말고 그가 할 수 있는 일이 무엇일까? 깨끗한 양심을 지키기 위해 조니 아베스 휘하의 칼리에들의 손에 죽을 것인가? 그가 원하는 것은 깨끗한 양심이 아니었다. 자기 자신과 타비토의 원한을 갚기를 원했다. 그렇게 하기 위해서 그는 지난 4년간 세상의 온갖 더러움을 삼켰으며, 심지어 좋아하는 친구에게 그런 말까지 들었던 것이다. 수많은 사람들이 자기 등 뒤에서 그렇게 지껄이고 있을 것이라고 확신했다.

그는 타비토를 팔지 않았다. 타비토는 동생이자 가장 친한 친구였다. 안토니오와 달리, 천진난만하고 순진한 타비토는 신념으로 똘똘 뭉친 트루히요 신봉자였다. 그는 수령님을 거의 신적인 존재로 떠받들었다. 그 때문에 그들은 종종 말다툼을 벌였다. 동생이 트루히요는 하늘이 공화국에 내려주신 선물이자 은총이라는 말을 마치 노래 후렴처럼 반복할 때면 안토니오는 화가 치밀었다. 그랬다. 사실 총통은 타비토에게 몇 가지 은혜를 베풀었다. 그의 지시 덕택에 그는 공군에 입대할 수 있었고, 어렸을 때부터 꿈이었던 비행 기술을 배웠으며, 그런 후에는 도미니카 항공사의 조종사로 고용되었다. 그래서 자주 마이애미를 여행하게 되었고, 그걸 무척 좋아했다. 그곳에서 금발 여자들과 사랑을 나눌 수 있었기 때문이다. 그전에 타비토는 런던에 무관으로 파견된 적이 있었다. 그런데 술에 취해 말다툼을 벌이던 중 도미니카 공화국의 영사인 루이스 베르나르디노를 총을 쏴서 죽여버렸다. 트루히요는 외교관에 대한 면책 특권을 주장하면서 그를 감옥에서 꺼내주었고, 재판을 맡은 트루히요 시의 법원에 그를 사면하라고 지시했다. 그랬다. 타비토는 트루히요에게 고마운 마음을 가지고 있었으며, 안토니오에게 말했듯이, '수령님을 위해 목숨을 바치고 어떤 명령도 따를 준비가' 되어 있었다. 그런데 그게 예언적인 말이 되고 말았다. 빌어먹을!

'그래, 너는 그를 위해 목숨을 바쳤어.' 안토니오는 그 일을 생각하면서 담배를 빨았다. 그는 타비토가 연루되었던 1956년의 사건이 시작됐을 때부터 이상한 냄새를 맡았다. 동생은 그에게 뭐든지 털어놓았고, 그때도 마찬가지였다. 이 사건은 트루히요가 권력에 오른 후 도미니카의 역사를 가득 채운 모호하고 뒤가 구린 작전 중 하나라는 냄새를 풍겼다. 그러나 타비토는 바보같이 그에게 부여된 임무에 불안해하거나 귀를 쫑긋 세우지도 않았고 놀라지도 않았다. 그의 임무는 미국에서 도착한 비행기에서 어떤 사람이 얼굴을 가리고 마취된 상태로 내릴 텐데, 그를 미등록된 소형 세스나 비행기에 태워 몬테크리스티에서 산크리스토발에 있는 푼다시온 농장으로 데려가는 것이었다. 그는 총통이 자기를 신임한다는 표시라고 생각하며 기쁘게 임무를 받아들였다. 미국의 언론이 불법행위라고 비난했을 때도 그랬고, 백악관이 뉴욕에서 발생한 스페인의 바스크인 교수 헤수스 데 갈린데스의 납치 사건 수사에 협조하라고 도미니카 정부에 압력을 가할 때에도,

타비토는 전혀 근심하는 기색이 없었다.

"갈린데스 문제는 아주 심각해 보여." 안토니오가 동생에게 경고했다. "네가 몬테크리스티에서 트루히요의 농장으로 데려간 작자가 바로 그 사람이야. 그러니까 뉴욕에서 그를 납치해서 이곳으로 데려온 거야. 넌 입을 꾹 다물어야 해. 모든 걸 잊어버려. 지금 네 목숨이 위태로워, 타비토."

안토니오 델라 마사는 혜수스 데 갈린데스에게 무슨 일이 일어났는지 익히 짐작할 수 있었다. 그는 스페인 공화주의자였다. 트루히요는 그의 전공이라고 할 수 있는 모순되는 정치적 행동 중 하나로, 스페인 내전이 끝날 무렵 그에게 도미니카 공화국에 도피처를 제공해주었다. 안토니오는 그 교수를 만난 적이 없지만 그를 직접 만났다는 친구들이 많았고, 그들을 통해 그가 노동부와 외교부 부속의 외교학교에서 도미니카 정부를 위해 일했다는 사실을 알았다. 1946년에 그는 트루히요 시를 떠나 뉴욕에 정착해 도미니카 망명자들을 돕기 시작했으며, 그가 깊숙이 알고 있던 트루히요 체제에 반대하는 글을 쓰기 시작했다.

1956년 3월, 미국 시민권자였던 혜수스 데 갈린데스가 실종되었다. 그가 마지막으로 목격된 곳은 맨해튼의 심장부인 브로드웨이 지하철역이었다. 몇 주 전에 그가 트루히요에 관해 쓴 책이 출간된다는 소식이 흘러나왔다. 그가 가르치고 있던 컬럼비아 대학의 박사논문으로 제출한 책이었다. 수많은 사람들이 실종되는 뉴욕과 같은 대도시에서, 한 스페인 망명자의 실종은 눈에 띄지 않게 넘어갈 수도 있었고, 도미니카 망명자들이 그의 실종을 호소하더라도 아무도 귀를 기울이지 않았을 것이다. 그러나 그는 미국 시민이었고, 무엇보다도 CIA의 협력자라는 사실이 알려지면서 상황은 달라졌다. 트루히요는 미국에 기자와 하원의원, 로비스트, 변호사와 선동자들로 구성된 강력한 조직을 지니고 있었다. 그러나 그들도 〈뉴욕 타임스〉를 비롯한 언론과 수많은 하원의원과 상원의원이 보잘것없는 카리브해의 허풍쟁이 독재자가 미국 영토에서 미국 시민을 납치하고 살해할 수도 있다는 사실에 격노하는 것을 막을 수는 없었다.

　갈린데스가 실종된 지 몇 주, 그리고 몇 달이 흐르도록 그의 시체는 발견되지 않았다. 그러는 동안 미국 언론과 FBI의 수사는 트루히요 정권이 개입되었다는 확실한 증거를 보여주었다. 그 사건이 일어나기 얼마 전에 첩보부대장인 '면도칼' 에스파이야트 장군이 뉴욕의 도미니카 영사로 임명되었다. FBI는 갈린데스의 실종과 관련하여 도미니카 공화국 유엔 대사이며 트루히요의 측근인 미네르바 베르나르디노를 조사했는데 몇 가지 중요한 사실이 밝혀졌다. 그중 하나가 사건 당일 밤에 적절한 자격증도 없는 조종사가 위장 등록된 소형 비행기를 롱아일랜드의 조그만 공항에서 불법 이륙시켜 플로리다로 몰고 갔다는 사실이었다. 조종사의 이름은 머피였고, 그는 그날 이후 도미니카 공화국에 머물면서 도미니카 항공사에서 일하고 있었다. 머피와 타비토는 함께 비행했고, 그사이에 친한 친구가 되어 있었다.

　검열을 받는 도미니카 신문과 라디오는 이 사건에 관해 아무런 보도도 하지 않았다. 안토니오는 푸에르토리코나 베네수엘라 방송, 혹은 단파 라디오로 잡히던 〈아메리카의 목소리〉 방송, 또는 조종사들과 스튜어디스의 가방이나 제복 속에 숨겨져 밀반입되는 〈마이애미

헤럴드〉나 〈뉴욕 타임스〉를 통해 그 사건을 조금씩 알게 되었다.

갈린데스가 실종된 지 7개월 후, 그를 마취시켜 미국에서 도미니카 공화국으로 납치한 조종사의 이름이 머피라는 소식이 국제 언론사의 기사로 등장했다. 안토니오는 타비토를 통해 머피를 만난 적이 있었다. 세 사람은 파드레 빌리니 거리에 있는 '스페인의 집'에서 파에야를 먹으면서 리오하산 포도주를 실컷 마셨다. 안토니오는 그 소식을 접하자마자 아이티 국경 도시인 티롤리에서 소형 트럭을 타고 가속 페달을 끝까지 밟아 트루히요 시에 도착했다. 그곳까지 달려오는 내내 그는 무섭고 소름 끼치는 추측으로 머리가 터질 것 같았다. 타비토는 아주 태평하게 아내 알타그라시아와 함께 브리지 게임을 즐기고 있었다. 제수씨를 걱정시키지 않기 위해 안토니오는 시끌벅적한 '티피코 나하요' 클럽으로 동생을 데려갔다. 라몬 가야르도 밴드와 가수 라파엘 마르티네스의 노래 덕분에 다른 사람들의 염치없는 귀가 몰래 엿들을 염려 없이 단둘이 대화를 나눌 수 있었다. 염소 스튜 요리와 프레시덴테 맥주 두 병을 주문한 후, 안토니오는 거두절미하고 타비토에게 도미니카 주재 외국 대사관에 피신해 있으라고 조언했다. 그러자 그의 동생은 웃음을 터뜨렸다. 그는 머피라는 이름이 미국 신문들을 온통 장식하고 있다는 사실도 모르고 있었다. 그 얘기를 듣고도 전혀 놀라지 않았다. 그는 트루히요를 철석같이 믿고 있었다.

"그 미국 친구에게 알려줘야겠군." 겁에 질려 있는 안토니오에게 타비토가 말했다. "지금 그는 짐 정리 중이야. 미국으로 돌아가 결혼하기로 마음먹었거든. 오리건에 약혼녀가 있대. 그런데 그곳으로 가면, 머리를 늑대 입에 집어넣는 것과 같다고 말해줘야겠군. 이곳에 있으면 안전할 거야. 수령님이 있잖아."

안토니오는 그에게 농담하지 말라고 했다. 옆 테이블에 앉은 사람들이 행여 듣기라도 할까봐 목소리를 낮춘 채, 동생의 그런 순진함에 말 못할 분노를 느끼면서 상황을 이해시키려고 애썼다.

"아직도 모르겠어, 이 바보야? 이건 심각한 문제란 말이야. 갈린데스 납치 때문에 트루히요는 양키들과 매우 심각하고 민감한 상황에 놓였어. 그 납치에 관여한 모든 사람의 목숨이 위태롭단 말이야. 머피와 넌 매우 위험한 증인이야. 머피보다 네가 더 그럴지도 몰라. 갈린데스를 푼다시온 농장으로, 트루히요의 집으로 데려간 사람이 바로 너니까. 아직도 모르겠어?"

"난 갈린데스를 데려가지 않았어." 그의 동생은 자기 잔을 안토니오의 잔과 부딪치면서 고집을 굽히지 않았다. "난 그가 누군지도 몰라. 그저 취해서 정신을 잃어버린 작자를 데려간 것뿐이야. 난 아무것도 몰라. 왜 형은 수령님을 믿지 못하는 거지? 게다가 그렇게 중요한 임무를 내게 맡겼다면, 수령님은 날 믿은 것 아니야?"

그날 밤 그들이 타비토의 집 대문 앞에서 헤어질 때, 티비토는 형의 끈질긴 부탁을 이기지 못해 마침내 좋다고, 형의 생각을 진지하게 생각해보겠다고 말했다. 자기는 입을 꾹 다물고 있을 테니 걱정하지 말라고 덧붙였다.

그게 타비토와의 마지막 만남이었다. 사흘 후 머피가 실종되었다. 안토니오가 트루히요 시로 돌아왔을 때, 타비토는 이미 체포되었다. 그는 라빅토리아 교도소에 갇혀 있었고, 면회는 일절 허용되지 않았다. 안토니오는 총통의 알현을 요청했지만, 총통은 그를 만나주지 않왔다. 첩보부대 책임자인 코비안 파라 대령이라도 만나보려고 했지만, 그 역시 찾을 수 없었다. 동생은 얼마 후 트루히요의 집무실에서 어느 병사에 의해 살해되었다. 이후 48시간 동안 안토니오는 그가 알고 있는 높은 사람들에게는 죄다 전화를 걸거나 직접 찾아다녔다. 상원의장인 아구스틴 카브랄부터 도미니카 당의 당수인 알바레스 피나까지. 그들은 불안한 기색을 감추지 못했다. 그러면서 안토니오가 할 수 있는 최선의 일은 서로의 안전을 위해 전화도 하지 말고 찾아오지도 않는 것이라고 했다. 그 누구도 그를 도와줄 수 없고, 안토니오 역시 위험에 처할 수 있다고 경고했다. "그건 마치 벽에 머리를 박는 것과 같았어"라고 안토니오는 나중에 후안 토마스 디아스 장군에게 말했다. 만일 트루히요를 만날 수 있었다면, 그는 애원했을 것이며 무릎이라도 꿇고 타비토를 구하기 위해 무슨 일이든 했을 것이다.

그 일이 있고 나서 얼마 후, 민간인 복장의 무장한 칼리에들을 태운 첩보부대 차 한 대가 타비토 델라 마사의 집 앞에 와서 멈췄다. 그들은 타비토의 시체를 꺼내고서 입구에 있는 조그만 정원의 꼬까오랑캐 꽃 사이로 아무렇게나 던져버렸다. 잠옷 차림으로 현관으로 달려나와 벌벌 떨면서 시체를 바라보고 있던 알타그라시아에게 그들은 이렇게 소리쳤다.

"당신 남편은 감옥에서 스스로 목을 매서 목숨을 끊었어. 장례라도 치러주라고 집으로 데려온 거야."

'하지만 그것으로 끝난 게 아니었어'라고 안토니오는 생각했다. 타비토의 시체, 자살을 짐작하게 하는 밧줄이 목에 걸려 있고, 조직적 살인자들인 칼리에들이 죽은 개처럼 던져놓고 간 그 시신을 보는 것으로 모든 일이 끝난 게 아니었다. 안토니오는 최근 4년 반 동안 이 말을 수십 번, 아니 수백 번도 넘게 되뇌면서, 그 기간의 밤과 낮, 그리고 그에게 남아 있는 모든 지성과 명민함을 바쳐 그날 밤 구체화될 예정인—하느님이 축복을 내려주시면—복수를 계획했다. 물리적 죽음인 첫번째 죽음이 있고 나서 며칠 후 죽은 자를 모욕하고 명예를 훼손하는 두번째 죽음이 일어났다. 도미니카의 모든 방송 매체와 언론—〈엘카리베〉와 〈라나시온〉, 〈도미니카의 목소리〉 텔레비전과 라디오 방송국, 〈열대의 목소리〉 라디오 방송국과 〈카리브 라디오〉, 10여 개의 지방 신문과 지방 방송국—을 이용하여 체제는 옥타비오 델라 마사가 쓴 것으로 추정되는 편지를 공개하고 그가 자살했다고 설명함으로써 가장 잔인하고 혹독한 방법으로 진실을 은폐했다. 친구이자 도미니카 항공사의 동료 조종사를 자기 두 손으로 살해한 것에 대한 양심의 가책을 이기지 못해 자살했다는 것이었다! 타비토를 살해하라고 명령하는 것으로도 모자라, 염소는 갈린데스 사건의 흔적과 단서를 완전히 지워버리기 위해 타비토를 살인자로 만드는 용의주도한 잔학 행위를 저질렀다. 그렇게 해서 성가신 두 증인을 제기했던 것이다. 그리고 모든 게 더욱 추잡해지도록, 타비토가 직접 썼다는 편지에 머피를 죽인 이유를 적어 놓았다. 그 미국인이 동성애자였기 때문이라는 것이다. 머피는 안토니오의 동생에게 치근덕댔으며, 타비토는 진정한 남자로서 온 힘을 다해 그 타락한 인간을 죽임으로써 자신의 명예를 지켰고, 사고인 것처럼 위장하면서 자신의 범죄를 숨겼다는 것이다.

그는 시보레 자동차 좌석에서 앞으로 몸을 숙여야만 했다. 위경련

을 느낀 그는 총신을 짧게 자른 소총으로 자기 배를 누르면서 통증을
숨기려 했다. 그의 아내는 의사한테 가보라고 여러 번 이야기했다. 궤
양으로 인한 통증이거나 아니면 더 심각한 원인이 있을 수도 있었지
만, 그는 아내의 말을 듣지 않았다. 고통과 괴로움 때문에 최근 몇 년
간 건강이 악화되었다는 것은 의사를 찾아가지 않아도 충분히 알 수
있는 일이었다. 타비토가 죽은 이후, 그는 모든 희망과 열정을 잃어버
렸다. 이승에서의 삶과 피안에서의 삶에 대한 모든 사랑도 잃어버렸
다. 그는 단지 복수해야겠다는 일념으로 살아 숨 쉬고 있었다. 그는
자기가 큰 소리로 맹세했던 약속을 지키기 위해서 살고 있었다. 그는
델라 마사 가족—부모님, 형제와 누이들, 동서와 처남과 처형과 처제
들—과 고통을 함께 나누기 위해 찾아온 모카 주민들조차 섬뜩하게
느낄 정도로 이렇게 맹세했다.

"하느님을 두고 맹세하는데, 이 일을 저지른 개새끼를 반드시 내
손으로 죽이고 말겠어!"

그 개새끼가 자선가이며 새로운 조국의 아버지이고 총통인 라파엘
레오니다스 트루히요 몰리나 박사를 지칭한다는 걸 모르는 사람은 아
무도 없었다. 총통이 보낸 화환은 향기롭고 신선한 꽃으로 장식되어
있었다. 영안실에 놓인 화환들 중에서 가장 아름답고 화려했다. 델라
마사 가족은 그 화환을 거부하거나 치워버릴 엄두를 내지 못했다. 그
화환이 너무나 눈에 잘 띄어 성호를 긋고 관 옆에서 기도문을 읊조리
는 조문객들은 수령님이 그 조종사의 비극적인 죽음을 애도하고 있다
고 느꼈다. 그가 보낸 조의문에는 '가장 충실했고 충성스러웠으며 용
감했던 나의 부하 중의 하나'라고 적혀 있었기 때문이다.

장례식 다음 날, 모카의 델라 마사 가족의 집 앞에 관용차량 번호판을 단 캐딜락이 멈춰 섰다. 대통령궁에서 나온 두 명의 경호원이 타고 있었다. 그들은 안토니오를 찾았다.

"체포하러 왔소?"

"아닙니다." 로베르토 피게로아 카리온 중위가 재빨리 설명했다. "각하께서 만나고 싶어 하십니다."

안토니오는 권총을 주머니에 넣어봐야 소용없을 거라고 생각했다. 그는 자기가 대통령궁으로 들어가기 전에, 그러니까 그들이 라빅토리아나 라쿠아렌타가 아니라 그곳으로 데려간다면, 혹은 가는 도중에 절벽으로 그를 떨어뜨리라는 명령을 받지 않았다면, 무장해제될 것이라고 짐작했기 때문이다. 그러나 그런 것 따위는 상관없었다. 그는 힘이 셌고, 증오로 배가된 힘이 전날 밤에 그가 맹세했던 것처럼 독재자를 죽이고도 남을 것이었다. 그는 자신의 결정을 실행에 옮기기로 결심하고 곰곰이 생각했다. 그가 도망치려고 시도하기도 전에 그들의 손에 죽을 것이라는 사실은 분명했다. 하지만 자신과 가족의 삶을 망가뜨린 그 독재자의 목숨에 종지부를 찍을 수만 있다면 대가를 치를 각오가 되어 있었다.

관용차에서 내리자, 부관들이 그를 자선가의 집무실까지 호위했다. 예상했던 몸수색은 없었다. 장교들은 세세히 모든 지시를 받고 있음에 틀림없었다. 혼동의 여지가 없는 고음의 목소리가 "들어오게"라고 말하자마자, 로베르토 피게로아 카리온 중위와 다른 한 명의 장교는 더 이상 따라오지 않았고 그를 혼자 집무실에 들어가게 했다. 정원 쪽으로 난 창문에 덧문이 반쯤 닫혀 있어 집무실은 약간 어두웠다. 총통은 그때까지 안토니오가 보지 못했던 제복을 입고 책상 앞에 앉아 있었다. 옷자락이 길고 하얀 겉옷에는 금단추가 달려 있었고, 기다란 견장은 가슴 부위로 금빛 술을 늘어뜨렸으며, 가슴에는 부채꼴의 반짝이는 훈장들이 달려 있었다. 그리고 하얀 줄이 수직으로 내려오는 플란넬 천의 하늘색 바지를 입고 있었다. 아마도 군사의식에 참석했던 것 같았다. 책상 위의 스탠드 불빛이 세심하게 면도한 널찍한 얼굴과 정성스럽게 빗은 희끗희끗한 머리카락, 그리고 히틀러를 모방한(안토니오는 수령이 언젠가 히틀러를 '그의 사상 때문이 아니라 군복을 입고 열병식을 지휘하는 방식 때문에' 존경한다고 말하는 것을 들었다) 조그만 콧수염을 비추고 있었다. 안토니오가 집무실로 들어오자마자 전혀 움직이지 않고 상대방을 노골적으로 바라보는 시선이 그에게 꽂혔다. 트루히요는 한참 동안 그를 쳐다본 후 말했다.

"자네는 내가 옥타비오를 죽이라고 지시했고, 자살했다는 말은 첩보부대가 꾸민 연극이라고 생각하겠지. 그래서 자네가 잘못 생각하고 있다는 걸 말해주기 위해 자네를 부른 것이네. 옥타비오는 우리 정권이 아끼는 사람이었네. 충성스러운 트루히요 신봉자였지. 방금 나는 공화국 검찰총장 프란시스코 엘피디오 베라스가 이끄는 위원회를 구성하라고 지시했네. 군인이건 민간인이건 가리지 않고 관련자 모두를 심문하라고 전권을 부여했네. 만일 그의 자살이 거짓말로 판명된다면, 관련자들은 응분의 대가를 치르게 될 걸세."

그는 아무런 악의도 없고 어조의 변화도 없이 말하면서, 단호하고 노골적으로 안토니오의 눈을 쳐다보았다. 그가 부하나 친구 그리고 적들을 대할 때 항상 써먹는 태도였다. 안토니오는 그 위선자가 누구에게 도와달라고 할 새도 없이 그의 목을 비틀어버리겠다고 다짐하고 있었다. 그 일을 더욱 쉽게 만들어주려는 것처럼, 트루히요는 자리에서 일어나 천천히 위엄 있게 안토니오를 향해 몇 발짝 다가왔다. 그의 검은 신발은 집무실의 왁스칠한 나무 바닥보다 더 반짝거렸다.

"또한 FBI에게 이곳으로 와서 머피의 죽음을 조사하도록 승인했네." 그는 똑같이 날카로운 목소리로 덧붙였다. "물론 이건 우리 주권을 포기하는 일일세. 미국인들이 우리 경찰에게 뉴욕이나 워싱턴 혹은 마이애미로 와서 도미니카 사람의 살인 사건을 조사하라고 허락할 것 같은가? 난 그들에게 오라고 했네. 온 세상이 우리는 하나도 숨기는 게 없다는 것을 알 걸세."

그는 불과 1미터 거리에 있었다. 안토니오는 트루히요의 꿰뚫어보는 듯한 시선을 견디지 못해 쉴 새 없이 눈을 깜빡거렸다.

"사람을 죽여야만 할 때 내 손은 떨지 않네." 그가 잠시 말을 멈추었다가 덧붙였다. "통치한다는 것은 종종 손에 피를 묻히는 일이네. 난 이 나라를 위해 수없이 그렇게 해야만 했지. 그러나 나는 신의를 존중하는 사람이네. 나한테 충성을 다하는 사람들을 절대 버리지 않아. 난 그를 죽이라고 지시하지 않았네. 그가 런던에 있을 때 루이스 베르나르디노를 죽인 사건 기억하나? 그때도 내가 손을 써서 감옥에 가지 않도록 했지. 그건 정치적 위험을 감수한 것이었네. 옥타비오의 죽음과 관련된 수사가 진행될 예정이네. 자네와 자네 가족은 위원회 조사에 참여할 수 있을 것이네."

그는 뒤로 돌더니 천천히 조금 전 자리로 돌아갔다. 그때 왜 안토니오는 그를 죽이지 못했을까? 4년 반이 지난 지금도 그는 자기 자신에게 똑같이 묻고 있었다. 트루히요의 말을 믿었기 때문이 아니었다. 그 것은 비극적인 사건에 비꼬는 말을 덧붙이는 것과 같았고, 자신들의 범죄를 은폐하는 연극의 일종이었다. 독재정권은 바로 트루히요가 그 토록 좋아하는 그런 감상적인 연극을 바탕으로 세워졌다. 그렇다면 안토니오는 그것을 알면서도 왜 그렇게 하지 않았을까? 죽음에 대한 두려움 때문은 아니었다. 그는 수많은 단점을 가진 인간이었지만 죽음에 대한 두려움은 거기에 없었다. 그가 얼마 안 되는 오라시오 추종자들과 함께 독재자와 맞서 전투를 벌였을 때도 그는 여러 번 목숨을 건 행동을 했었다. 그것은 두려움보다 더 난해하고 딱히 뭐라고 정의내릴 수 없는 것이었다. 마비 상태, 즉 결단력과 이성과 자유의지가 잠들어버렸기 때문이다. 고음의 목소리와 위선자의 시선을 지녔고, 우스꽝스러울 정도로 몸단장에 신경 쓰고 장식한 그 남자가 가난한 사람이건 부자건, 친구건 적이건 모든 도미니카 사람들에게 주문을 걸듯 행사하던 활동 불능 상태였다. 날조된 연극의 유일한 관객이었던 안토니오 역시 그 순간 마비 상태가 되어 그런 빤한 거짓말을 잠자코 듣기만 했던 것이다. 그래서 그를 죽이지 못했고, 국가의 역사가 되어버린 악마의 연회도 종지부를 찍지 못했다.

"게다가 우리 정부는 델라 마사 집안을 충성스러운 가족으로 인정한다는 증거로, 오늘 아침 자네에게 산티아고와 푸에르토 플라타 구간의 도로 건설을 허가했네."

그는 다시 말을 멈추고는 혀끝으로 입술을 적시면서, 이제 접견이 끝났음을 의미하는 말을 했다.

"그러면 자네는 옥타비오의 미망인을 도와줄 수 있을 걸세. 불쌍한 알타그라시아는 힘든 시간을 보내고 있을 걸세. 나를 대신해서 그녀를 안아주고, 자네 부모님께도 안부 인사를 전해주게."

안토니오는 밤새 술을 퍼마신 것보다도 명한 상태로 대통령궁을 나왔다. 그곳에 있던 사람이 정말 그였을까? 정말로 그 개자식이 말하는 것을 얌전히 듣고 있었던 사람이 그였을까? 정말로 트루히요의 설명을 받아들였던 사람이 그였을까? 심지어 고통과 괴로움을 삼키고 타비토의 죽음에 대한 공모자가 되는 값비싼 대가로 수천 페소를 벌 수 있는 사소한 물질적 이익을 취하라는 사업 제안을 수락했던 사람도 정말로 그였을까? 왜 그는 트루히요를 비난하지 않았을까? 왜 대문 앞에 던져진 그 시체가 그의 지시에 의해 살해된 것임을 잘 알고 있다고 말하지 못했던 것일까? 미국인 조종사는 동성애자이며 타비토는 그를 죽이고 양심의 가책을 못 이겨 자살했다는 것이 모두 연극이라는 사실을 잘 알고 있노라고 왜 말하지 못했던 것일까?

그날 아침 모카로 돌아가는 대신 안토니오는 싸구려 카바레 앞에서 발길을 멈추었다. 비센테 노블레 거리와 바라오나 거리가 만나는 길모퉁이에 자리 잡은 홍등이있다. 그 카바레의 주인인 로코 프리아스는 춤 경연대회를 조직하는 사람이었다. 안토니오는 번민에 빠져 쉴 새 없이 럼주를 마시면서, 시바오 향내를 물씬 풍기며 희미하게 들려오는 메렝게를 들었다(〈산안토니오〉〈영혼으로〉〈후아니타 모렐〉〈하로 피차오〉 같은 노래였다). 술에 취한 그는 갑자기 이유도 없이 한창 흥을 돋우던 마라카스 연주자에게 주먹을 휘둘렀다. 그러나 그는 목표물을 제대로 맞히지 못했고, 허공으로 주먹을 날리면서 바닥에 쓰러졌다.

하루 뒤 창백하고 피곤한 얼굴로 거의 걸레가 되어버린 옷차림으로 모카에 도착했을 때, 그의 집에서는 아버지 비센테 씨와 동생 에르네스토, 어머니와 아내 아이다가 새파랗게 질린 얼굴로 그를 기다리고 있었다. 그가 아내에게 다가가자 아내는 떨리는 목소리로 말했다.

"사람들이 다들 수군거리고 있어요. 트루히요가 당신에게 산티아고와 푸에르토 플라타 구간의 공사 허가를 내주면서 당신의 입을 막았다고요. 얼마나 많은 사람들이 전화를 걸었는지 몰라요."

안토니오는 부모님과 동생 앞에서 아내의 꾸짖는 소리를 듣고 소스라치게 놀랐던 것을 기억한다. 그녀는 도미니카 아내의 본보기였다. 과묵하고 자상하고 참을성이 강한 여자였다. 그가 술에 잔뜩 취했거나 외도를 했거나 싸움질을 했을 때에도, 그리고 며칠째 집에 들어오지 않을 때에도 아내는 항상 웃는 얼굴로 그를 맞이하며 남편의 기를 살려주었고, 그가 어떤 핑계를 대건 믿는 척했다. 그녀는 일요일 미사와 구일기도, 고해성사와 기도를 통해 힘든 일을 견디고 위안을 찾으려고 했다.

"내가 그런 연극을 했기 때문에 이렇게 살아 돌아온 거야." 그는 이렇게 말하고서, 비센테 씨가 낮에 꾸벅꾸벅 졸던 낡은 흔들의자에 털썩 주저앉았다. "그의 말을 믿는 척했고, 그에게 매수되는 척했어."

그는 수세기 동안 축적된 것 같은 심한 피로를 느꼈다. 그리고 아내와 에르네스토와 부모님의 눈과 마주쳤을 때 양심의 가책을 느끼며 이렇게 말했다.

"내가 뭘할 수 있었겠어요? 아버지, 날 비난하지 마세요. 난 타비토의 원수를 갚겠다고 맹세했어요. 반드시 그렇게 할 거예요, 어머니.

난 절대로 부끄러운 남편이 되지 않을 거야, 아이다. 맹세할게. 우리 가족 모두에게 다시 맹세할게."

그가 맹세를 지킬 시간이 다가오고 있었다. 10분 내로, 아니 1분 내로 그 교활한 늙은 여우가 매주 산크리스토발에 있는 '마호가니의 집'으로 갈 때 타고 가는 시보레 자동차가 모습을 드러낼 것이다. 그러면 조심스럽게 구상한 계획에 따라 갈린데스와 머피, 타비토와 미라발 자매, 그리고 수천 명의 도미니카인들을 살해한 그자는 그의 또 다른 희생자, 즉 트루히요가 총을 쏘거나 구타를 해서, 혹은 상어 먹이가 되게 하여 제거했던 사람들보다 더 느리고 잔인한 방법으로 죽였던 안토니오 델라 마사의 총탄 세례를 받고 쓰러질 것이다. 트루히요는 그를 여러 단계로 죽였다. 안토니오의 품위와 명예, 자존심과 삶의 기쁨, 희망과 소망을 빼앗았고, 죄의식으로 괴로워하는 뼈에 가죽만 붙은 인간으로 만들면서, 4년 반 동안 그를 조금씩 파괴했던 것이다.

"다리를 좀 펴야겠어." 살바도르 에스트레야 사드알라가 말하는 소리가 들렸다. "너무 오래 앉아 있어서 쥐가 나는 것 같아."

그는 터키인이 자동차에서 내려 길가로 몇 발쌕 내딛는 길 보았다. 살바도르도 그처럼 초조해하고 있을까? 그건 의심의 여지가 없었다. 안토니오 임베르트와 아마디토도 그랬다. 그리고 저 앞에 있는 로베르토 파스토리사, 우아스카르 테헤다와 페드로 리비오 세데뇨도 마찬가지였다. 무언가가, 아니면 누군가가 염소에게 이 약속 장소로 가지 말라고 방해할지도 모른다는 두려움에 불안해하고 있었다. 그러나 트루히요에 대한 원한을 갚아야만 할 사람은 바로 그였다. 여섯 명의 동료 중에서 그 누구도, 그리고 음모에 가담한 후안 토마스 디아스를 비롯한 또 다른 수십 명의 사람 중에서도 그 누구도 안토니오만큼 트루히요에게 피해를 입은 사람은 없었다. 그는 창밖을 바라보았다. 터키인은 힘껏 다리를 흔들고 있었다. 살바도르가 손에 권총을 쥐고 있는 걸 볼 수 있었다. 이윽고 그가 자동차로 되돌아와서 뒷자리의 아마디토 옆에 앉는 걸 보았다.

"좋아, 오지 않으면 엘포니로 가서 시원한 맥주나 마시자고." 살바도르가 침울하게 말하는 소리가 들렸다.

그 싸움 이후, 그와 살바도르는 몇 달간 만나지 않았다. 사교 모임에 갔다가 우연히 만난 적이 있었지만, 서로 인사도 건네지 않았다. 살바도르와의 절교는 안토니오를 더욱 고통스럽게 했다. 음모 계획이 상당히 진전되자, 안토니오는 용기를 내서 마하트마 간디 가 21번지를 찾아가 살바도르가 있는 거실로 직접 들어갔다.

"우리가 힘을 분산시킬 필요는 없을 것 같아." 그는 그렇게 인사를 대신했다. "염소를 죽이겠다는 네 계획은 유치해. 너와 임베르트는 우리와 힘을 합쳐야 해. 우리 계획은 상당히 진전되어 있고, 절대 실패하지 않아."

살바도르는 아무 말 없이 그의 눈을 쳐다보았다. 어떤 적대적인 행동도 하지 않았고, 그를 집에서 내쫓지도 않았다.

"난 미국인들의 도움을 받고 있어." 안토니오가 목소리를 낮추면서 설명했다. "두 달 전부터 대사관 측과 함께 세부 사항을 논의 중이야. 후안 토마스 디아스도 디어본 영사 쪽 사람들과 이야기하고 있고. 그들은 우리에게 무기와 탄약을 제공할 거야. 고위급 장교들도 우리 계획에 가담하고 있어. 너와 임베르트는 우리와 힘을 합쳐야만 해."

"우리는 세 사람이야." 마침내 터키인이 말했다. "아마디토 가르시아 게레로도 며칠 전에 우리 그룹에 합류했어."

화해는 매우 적절한 시기에 이루어졌다. 그들은 몇 달 동안 충돌 없이 트루히요 암살 계획을 구성했다가 해체했고 재구성했으며, 양키들의 우유부단한 태도 때문에 매달, 매주, 그리고 매일 다른 형태와 다른 날짜를 선택했다. 처음에 대사관에서는 비행기 한 대 분량의 무기를 약속했으나 얼마 전에 그의 친구 로렌소 D. 베리로부터 건네받은 것은 세 정의 소총이 전부였다. 로렌소는 윔피스 슈퍼마켓의 주인으로, 놀랍게도 트루히요 시의 CIA 요원이었다. 그들은 더 이상 다투지 않았으나 예전처럼 우정 어린 대화는 나누지 않고 오직 계속해서 바뀌는 계획에 대해서만 얘기를 했다. 그러나 안토니오는 싸움 이후 자기에게 배제되었던 농담이나 속내 말처럼 친밀한 대화가 터키인과 임베르트, 그리고 아마디토 사이에서는 자연스럽게 오가는 것을 알고 있었다. 친구를 영원히 잃어버렸다는 건 염소에게 청구해야 할 또 다른 고통이었다.

자동차에 있는 그의 세 친구와 전방에서 기다리는 세 동료는 음모에 관해서는 극히 일부만 알고 있을 가능성이 높았다. 그래서 일이 잘못되어 조니 아베스 가르시아의 손에 체포되어 라쿠아렌타로 끌려가서 고문을 당하더라도 그들이 털어놓을 수 있는 정보는 제한적이었다. 터키인이나 임베르트, 아마디토나 우아스카르, 파스토리사나 페드로 리비오도 수많은 사람을 연루시킬 수는 없었다. 후안 토마스 디아스 장군이나 루이스 아미아마 티오 등 두세 명의 이름을 불 수는 있었다. 하지만 나머지 사람들에 관해서는 거의 몰랐다. 이 나머지 사람들 중에는 정부 고위급 인사들이 포함되어 있었다. 국군 총수이며 체제의 2인자라고 불리는 푸포 로만을 비롯하여 장관들과 상원의원들, 민간관리들과 고위급 장교들이 직접 참여했거나 아니면 간접적으로 동조하고 있었다. 간접적으로 참여하던 관리들은 염소가 제거되면 즉시 정치를 재건하고, 트루히요 체제의 찌꺼기들을 박멸하며 국가를 개방하고, 미국의 지지를 받아 혼란을 수습하고 공산주의로 가는 길을 차단하며 자유선거 실시를 요구할 군과 민의 합동 평의회를 구성하는 데 적극적으로 협력하겠다는 사실을 그들에게 알리거나, 꼭두각시 대통령인 발라게르의 경우처럼 중개자를 통해 넌지시 자신들의 생각을 암시했다. 마침내 도미니카 공화국은 선거에 의해 선출된 정부와 언론의 자유, 올바른 정의를 구현하는 정상적인 국가가 될까? 안토니오는 한숨을 내쉬었다. 그런 날을 위해 여태까지 달려왔지만, 곧 그렇게 될 것이라는 사실이 아직도 믿어지지 않았다. 그는 그 모의에 가담한 자들의 이름과 연루 관계를 자기 손바닥처럼 낱낱이 알고 있는 유일한 사람이었다. 종종 짜증나는 비밀 대화를 끈기 있게 추진해야 했고, 계획이 무너져서 처음부터 다시 시작하기를 반복하는 동안 그는 자기가 마치 거미 같다고 느꼈다. 자기가 친 거미줄의 미로 한가운데 있으면서 서로 알지 못하는 수많은 인물들을 사로잡는 거미. 그는 모든 걸 알고 있는 유일한 사람이었다. 누가 어느 정도, 어떻게 가담하고 있는지 그만이 알고 있었다. 그 수는 엄청났다. 그 자신도 이제는 몇 명이나 되는지 헤아릴 수 없을 정도였다. 나라가 이런 지경인데도, 도미니카 사람들이 이렇게 사는데도, 이 음모를 파멸로 이끌 수 있는 어떤 고발이나 배신 행위가 전혀 없었다는 것은 기적이나 다름

없었다. 어쩌면 살바도르가 생각하듯이, 하느님이 그들과 함께 있는 것 같았다. 다른 사람들은 최종 목표만 알고 있을 뿐 나머지는 거의 모르고 있었다. 즉 모든 사람이 실행 방법과 상황과 실행 순간을 전혀 모르게 해야 한다는 예방조치는 제대로 작동하고 있었다. 서너 사람을 제외하고는, 그들 일곱 명이 그날 밤 이곳에 있는 것도, 누가 염소의 처형을 맡게 될지도 전혀 알지 못했다.

가끔 그는 만일 조니 아베스가 그를 체포한다면, 첩보부대장은 음모 가담자들의 명단을 알고 있는 사람을 손에 쥔 것이라는 생각에 전율하곤 했다. 그는 절대로 생포되지 않겠다고, 스스로 목숨을 끊을 마지막 탄환만은 남겨두겠다고 결심했다. 또한 신발의 빈 굽 안에 스트리크닌으로 제조한 독약을 숨겨놓았다. 모카의 약제사는 그에게 독약을 만들어주면서 농장에 들어와 닭장을 엉망으로 만들어놓는 들개를 죽이기 위한 용도라고만 생각했다. 그들은 그를 절대로 산목숨으로 체포하지 못할 것이고, 조니 아베스는 전기의자에서 몸부림치며 고통스러워하는 모습을 지켜보는 즐거움을 절대로 누리지 못할 것이다. 하지만 트루히요가 죽으면, 첩보부대장의 머리를 자르는 기쁨을 맛볼 수 있을 것이다. 그 일을 할 자원자는 넘쳐날 것이다. 아마도 수령님이 죽었다는 소식을 접하면, 그는 모습을 감출 가능성이 높았다. 그 역시 계획을 세워놓고 있을지도 몰랐다. 얼마나 많은 사람들이 그를 증오하며, 얼마나 많은 사람들이 복수의 칼을 갈고 있는지 알 테니까. 반대파만 그런 게 아니었다. 장관들과 상원의원들, 군인들까지 공공연히 그런 소리를 하고 다녔다.

안토니오는 다시 담배에 불을 붙였고, 긴장을 풀기 위해 꽁초를 힘

껏 물면서 담배를 피웠다. 이제 지나가는 차량은 하나도 없었다. 트럭
이나 승용차가 끊긴 지 벌써 오래였다.

그는 담배 연기를 입과 코로 내뿜으면서, 이후에 일어날 일은 하나
도 중요하지 않다고 생각했다. 중요한 건 지금 일어나는 일이었다. 그
는 죽은 자신의 모습을 상상하면서, 그의 삶이 헛되지는 않았고, 가치
없는 존재로 이 세상을 살지 않았다는 것을 알 수 있었다.

"그 개자식은 오늘 절대로 이리로 오지 않아, 젠장." 옆에서 토니
임베르트가 화를 내며 소리쳤다.

7

우라니아가 세번째로 집요하게 음식을 먹이려고 하자, 환자는 입을 벌린다. 간호사가 물컵을 들고 돌아오자, 카브랄 씨는 누그러지더니 마치 한눈을 파는 사람처럼 순순히 딸이 주는 으깬 과일 한 숟가락을 받아 먹고, 홀짝홀짝 물을 반 컵 마신다. 물 빛 방울이 입술 사이로 흘러 턱으로 내려간다. 간호사는 조심스럽게 물기를 닦아준다.

"아주 잘했어요, 아주 잘했어요. 착한 아이처럼 과일을 먹었네요." 간호사가 그를 칭찬한다. "뜻밖에 따님이 먹여주니 무척 기쁘지요, 그렇죠, 카브랄 씨?"

환자는 그녀를 쳐다보려고 하지 않는다.

"트루히요를 기억해요?" 우라니아는 단도직입적으로 간호사에게 묻는다.

간호사는 당혹한 표정으로 그녀를 바라본다. 엉덩이가 펑퍼짐하고, 안색은 그다지 좋지 않으며, 눈은 불거져 나와 있다. 머리카락은 색바랜 금발이다. 하지만 머리카락 뿌리가 검은 것으로 보아 물들인 게 틀림없다. 마침내 그녀가 대답한다.

"내가 어떻게 기억하겠어요? 그가 살해되었을 때 난 네 살이나 다섯 살이었어요. 아무것도 기억나지 않아요. 단지 집에서 들은 얘기만 기억할 뿐이에요. 당신 아버지가 그 시기에 높은 사람이었다는 건 알고 있어요."

우라니아는 고개를 끄덕인다.

"상원의원도 하고 장관도 지냈지요." 그녀가 중얼거린다. "하지만 결국은 비참하게 끝나고 말았어요."

노인은 놀란 눈으로 그녀를 바라본다.

"그러니까 말이에요." 간호사는 상냥하고 싹싹하게 보이려고 애쓴다. "그는 독재자였고, 그래서 그에 대한 말도 많을 거예요. 하지만 그때가 더 살기 좋았던 것 같아요. 모든 사람이 일자리를 갖고 있었고, 범죄도 그다지 많지 않았어요. 그렇지 않아요, 아가씨?"

"아버지가 당신 말을 알아들을 수 있다면 무척 행복하실 거예요."

"물론 내 말을 알아들으세요." 간호사가 말한다. 이미 그녀는 문지방에 서 있다. "그렇죠, 카브랄 씨? 당신 아버지와 난 오랫동안 대화를 나눠요. 그런데 누가 날 부르네요. 가봐야겠어요."

그녀는 방문을 닫고 나간다.

어쩌면 이후에 들어선 정부들이 너무나 엉망이어서 많은 도미니카 사람들은 트루히요를 그리워하게 된 것인지도 모른다. 이제 사람들은 권력 남용과 살인, 부패와 비밀 염탐, 격리와 두려움을 잊어버렸다. 공포는 이미 신화가 되어 있었다. '모든 사람이 일자리를 갖고 있었고, 범죄도 그다지 많지 않았어요.'

"범죄는 계속 일어났어요, 아빠." 그녀는 환자의 눈을 쳐다보고, 그는 눈을 깜빡거린다. "그토록 많은 도둑들이 집을 약탈하거나, 그토록 많은 노상강도들이 보행인들의 지갑이나 시계 혹은 목걸이를 빼앗지는 않았어요. 하지만 사람들은 살해되고 고문당했으며 실종되었어요. 심지어 체제와 가장 가깝게 지내던 사람들도 그런 일을 당했지요. 가령 그의 멋쟁이 아들 람피스는 헤아릴 수 없이 권력을 남용했어요. 그가 날 찝쩍거릴지 모른다는 생각에 아빠가 얼마나 벌벌 떨었는지 기억나요?"

그녀의 아버지는 알지 못할 것이다. 그녀와 산토도밍고 학교 급우들, 그리고 그녀 또래의 여자아이들치고 람피스 꿈을 꾸지 않은 아이가 없었지만 우라니아는 그런 이야기를 하지 않았기 때문이다. 멕시코 영화배우처럼 콧수염을 짧게 길렀으며 레이밴 선글라스를 썼고 멋진 맞춤양복과 도미니카 공군의 사령관으로서 여러 종류의 군복을 입었고, 크고 검은 눈과 강건한 체격을 지녔으며 순금 시계와 반지를 끼었고, 메르세데스 벤츠를 탄 그는 마치 신들의 은총을 받은 남자처럼 보였다. 부자였고 권력을 쥐고 있으며, 근사했고 건강했으며 강인했고 행복해 보였다. 넌 그걸 분명하게 기억한다. 수녀들 몰래 너와 네 친구들은 람피스 트루히요의 사진들을 서로 보여주곤 했다. 사복을 입거나 군복을 입거나 수영복을 입거나 넥타이를 매거나 캐주얼웨어를 입거나 턱시도를 입거나 승마복을 입고 도미니카 폴로 팀을 이끌거나 혹은 비행기 조종석에 앉은 모습이었다. 넌 그를 만났고, 클럽이나 전시회나 파티나 퍼레이드 혹은 자선 바자회에서 그와 대화를 나누었다는 거짓말을 지어냈다. 너는 그것이 말과 행위로 죄를 짓는 것이며 신부님에게 고해를 해야 하는 일임을 알면서도, 얼굴이 빨개지거나 혹은 놀란 표정을 지으며 람피스 트루히요에게 사랑받고 키스를 받고 포옹을 받고 애무를 받으면 얼마나 멋진지, 그리고 얼마나 환상적인지 친구들에게 속삭였다.

"내가 얼마나 그를 꿈꾸었는지 아빠는 상상할 수 없을 거예요."

그녀의 아버지는 웃지 않는다. 그는 다시 꿈틀거리면서, 트루히요의 첫째 아들의 이름을 듣자 눈을 크게 뜬다. 트루히요가 가장 좋아했던 아들이었고, 그런 이유로 가장 큰 실망을 안겨준 아들이기도 했다. 새로운 조국의 아버지는 만일 그가 자기처럼 권력욕을 가졌고 정력적이고 행정 처리 능력이 뛰어났다면 장남을—"아빠, 그런데 그가 정말 그의 아들이 맞나요?"—무척이나 좋아했을 것이다. 그러나 람피스는 아버지의 그 어떤 장점이나 단점도 물려받지 않았다. 유일하게 물려받은 것이 있다면 섹스를 밝히고, 자신의 남성성을 과시하기 위해 여자들을 침대에 넘어뜨릴 필요가 있다는 생각을 가졌다는 것이었다. 그에게는 정치적 야심이 부족했다. 아니 야심이라고는 그 어떤 분야에서도 찾아볼 수 없었다. 그는 게을렀으며 우울증 경향이 있었고, 열등감과 불안에 휩싸여 신경과민 내향성을 보였고, 기분이 순식간에 바뀌곤 했다. 그래서 히스테리가 폭발하거나 아니면 마약과 술에 빠져 오랫동안 무기력 증상을 보이면서 종잡을 수 없는 행동을 하곤 했다.

"수령님의 전기 작가들이 뭐라고 말하는지 알아요, 아빠? 람피스는 자기가 태어난 시점이 영부인이 트루히요와 결혼하기 전이라는 사실을 알고 그렇게 되었다는 거예요. 그러니까 진짜 아버지는 마리아 마르티네스 부인이 영부인이 될 줄은 꿈에도 몰랐던, '에스파뇰리타'라고 불리던 불투명한 과거 시절에 그녀의 첫 애인이었던 도미니시 박사, 트루히요가 살해하도록 지시한 쿠바인이었다는 거예요. 이 모든 사실을 알게 된 후에 우울증 증세가 시작되었다고 해요. 지금 웃고 있는 거예요? 믿을 수가 없어요!"

그는 아마도 웃고 있는 것 같다. 어쩌면 안면 근육이 느슨해져 그렇게 보이는 것일 수도 있다. 어쨌거나 즐거워하는 사람의 얼굴은 아니다. 오히려 막 하품을 했거나 악을 쓰다가 미처 턱을 다물지 못한 사람 같다. 그렇게 그는 눈이 반쯤 감긴 채 콧구멍을 벌렁거리고, 입을 벌려 치아가 거의 빠진 시커먼 구멍을 드러낸다.

"간호사를 부를까요?"

환자는 입을 다물면서 얼굴 근육을 당기고, 놀라면서 동시에 그녀의 말을 경청하는 표정으로 되돌아온다. 그는 웅크린 채 가만히 기다린다. 우라니아는 앵무새의 갑작스러운 외침에 잠시 한눈을 판다. 앵무새의 날카로운 소리가 침실을 가득 메운다. 그 소리는 시작했을 때처럼 갑자기 뚝 멈춘다. 화사한 태양이 지붕과 창유리를 비추고, 방 안을 따뜻하게 데워주기 시작한다.

"그거 아세요? 난 그를 온 힘을 다해 증오했고, 아직도 아빠의 수령님과 그의 가족을 증오하고, 트루히요 냄새가 나는 건 모두 증오해요. 그렇지만 람피스를 생각할 때면, 혹은 그에 관한 글을 읽을 때면, 연민과 슬픔을 금할 수가 없어요."

그는 그 괴물 가족의 일원과 마찬가지로 괴물이었다. 그런 아버지의 아들이었고, 그렇게 자라고 교육받았는데 어떻게 다른 사람이 될 수 있었겠는가! 엘라가발루스나 칼리굴라 혹은 네로*의 아들이 어떻게 다른 사람이 될 수 있겠는가! 일곱 살 때 법에 의해―"아빠가 그 법령을 국회에 제출했나요, 아니면 치리노스 상원의원인가요?"―도미니카군의 대령으로 임명되었고, 열 살 때는 외교 사절단이 참석하고 최고위급 장성들이 그에게 경의를 표했던 공개적인 행사를 통해 장군으로 승진했던 그런 아이가 어떻게 다른 사람이 될 수 있겠는가! 우라니아는 아버지가 거실 선반에 보관해둔 앨범의 그 사진―아직도 그 자리에 있을까?―을 생생하게 기억하고 있다. 그 사진에서 우아한 상원의원 아구스틴 카브랄("아니면 당시 장관이었나요, 아빠?")은 뜨겁게 내리쬐는 태양 아래서 흠잡을 데 없는 연미복을 입은 채 장군 군복을 입은 어린아이에게 정중하게 고개 숙여 인사하고 있었다. 조그만 캐노피가 설치된 연단에 서 있던 어린 장군은 군대 사열을 마친 후, 한 줄로 늘어선 장관들과 국회의원들과 대사들에게서 축하의 메시지를 받고 있었다. 연단 뒤에는 자선가와 장군의 자랑스러운 엄마이자 자비로우신 영부인이 흡족한 표정을 짓고 있었다.

"마마보이, 주정뱅이, 강간범, 아무짝에도 쓸모없는 인간, 도둑놈, 정신병자 말고 어떻게 다른 사람이 될 수 있겠어요? 나와 학교 친구들은 람피스와 사랑에 빠져 있던 당시 그런 걸 하나도 몰랐어요. 하지만 아빠는 아셨어요. 그래서 아빠는 그 작자가 나를 만나러 올지 몰라

---

* 모두 로마의 황제로 독재정치를 폈다.

서, 아빠 딸을 탐낼지 몰라, 그토록 두려워했던 것이지요. 그래서 그
가 나를 어루만지면서 입 발린 소리를 하자 그런 표정을 지었던 거예
요. 하지만 난 아무것도 알지 못했어요!"

지체 부자유자는 두 번, 세 번 눈을 깜빡거린다.

그것은 람피스를 생각하기만 해도 가슴이 두근거리고 그를 만났고
그와 이야기를 나누었고, 그가 미소를 지어줬으며 칭찬해줬다고 말을
지어내는 친구들과 달리, 우라니아에게는 실제로 그런 일이 일어났기
때문이다. 트루히요 집권 25년을 축하하는 행사 개막식이 열리고 있
을 때였다. 1955년 12월 20일에 시작하여 1956년 내내 진행될 그 '자
유세계의 평화와 형제애를 위한 박람회'의 비용은—"그 누구도 정확
한 수치를 알지 못했어요, 아빠"—2500만 달러에서 7천만 달러 사이
였고, 그것은 국가 예산의 4분의 1에서 절반에 해당하는 비용이었다.
우라니아는 그때의 모습을 생생하게 기억하고 있다. 그 기억할 만한
박람회 때문에 전국은 흥분과 경탄으로 넘쳐흘렀다. 트루히요는 하비
에르 쿠가트가 이끄는 악단과 파리 리도 극장의 일급 무용단, 그리고
'아이스 커페이즈' 미국 아이스쇼 그룹을 신토도밍고로("아니 트루히
요 시라고 해야겠지요, 아빠. 미안해요") 데려와 파티를 열어 자축했
다. 그리고 80만 제곱미터의 박람회장에 일흔한 개의 건물을 건립했
는데, 그중 몇 개는 대리석과 설화석고와 얼룩마노로 지어서 박람회
에 참가한 마흔두 개의 자유세계 국가 대표단의 숙소로 제공했다. 대
표단은 유명 인사들로 구성되었는데, 그중에는 브라질 대통령 주셀리
누 쿠비체크와 자주색 수단을 입은 뉴욕의 대주교 프랜시스 스펠만이
눈에 띄었다. 기념식에서 가장 중요한 행사는 국가를 위해 헌신적이

고 탁월하게 봉사한 공로를 인정받아 람피스가 공군 중장으로 승진한 것과 박람회의 여왕인 자비로우신 폐하 앙헬리타 1세의 즉위였다. 박람회의 여왕은 해군의 전 함정에서 사이렌이 울리고 수도에 있는 온 교회의 종이 일제히 울리는 가운데 배를 타고 도착했다. 그녀는 보석으로 만들어진 왕관을 쓰고 있었으며, 로마에서 폰타나 자매가 디자인한 얇은 명주와 레이스로 이루어진 우아한 드레스를 입고 있었다. 이 두 명의 유명한 의류 제작자는 45미터의 러시아산 담비 가죽으로 드레스를 만들었는데, 옷자락이 3미터에 달했고, 영국의 엘리자베스 2세가 즉위식 때 입은 옷을 본뜬 것이었다. 훌륭한 긴 오건디 드레스를 입고서 실크 장갑을 낀 채 장미 다발을 들고 있는 어린 숙녀들과 들러리 소년들 사이에, 즉 도미니카 사회에서 선별된 여자아이들과 남자아이들 사이에 우라니아가 있다. 그녀는 의기양양한 태양 아래서 트루히요의 딸을 호위하는 젊은 신하들 가운데 가장 어린 시녀다. 군중들은 시인이며 외무부 장관인 호아킨 발라게르에게 박수를 치고, 그는 자비로우신 폐하 앙헬리타 1세를 찬양하면서, 그 어떤 도미니카 국민보다 그녀가 품위 있으며 아름답다고 읊는다. 마치 숙녀가 된 것처럼 느끼면서, 우라니아는 예복을 입은 아버지가 트루히요의 굳센 의지와 통찰력과 애국심 덕택에 성취했던 지난 25년간의 업적을 찬양하는 글을 읽는 것을 듣는다. 그녀는 말할 수 없이 행복하다. ("그날처럼 행복했던 적은 없었어요, 아빠.") 그녀는 자기가 참석자들의 관심을 온몸에 받고 있는 주인공이라고 믿는다. 이제 박람회장 심장부에서 모닝코트와 법복을 입고 손에는 교수 증서를 들고 있는 트루히요 동상의 제막식이 행해진다. 그 마술적인 아침의 황금 브로치처럼 우라니아는 자기 옆에 람피스 트루히요가 있다는 것을 깨닫는다. 그는 정복을 입고서 보드라운 눈으로 그녀를 바라보고 있다.

"이 아름다운 여자아이는 누구지?" 갓 중장이 된 장군이 그녀에게 미소 짓는다. 우라니아는 따스하고 가냘픈 손가락이 자기 턱을 들어 올리는 것을 느낀다. "네 이름이 뭐지?"

"우라니아 카브랄이에요." 그녀는 말을 더듬는다. 그녀의 가슴이 고동친다.

"정말 예쁘구나. 더 중요한 건 정말 아름다운 여자가 될 거라는 사실이야." 람피스는 고개를 숙이고, 소녀의 손에 키스한다. 소녀는 자비로우신 폐하 앙헬리타 1세의 다른 시종들과 궁녀들이 아우성치고 한숨지으며 장난치면서 부러워하는 소리를 듣고 있다. 총통의 아들은 이제 그곳을 떠나고 없다. 그녀는 기쁨을 참을 수 없다. 람피스, 다른 사람도 아닌 람피스가 그녀를 예쁘다고 칭찬하면서 그녀의 뺨을 어루만졌고, 마치 젊은 귀부인을 다루듯이 그녀의 손에 입을 맞추었다는 사실을 알게 된다면, 친구들은 뭐라고 말할까?

"내가 그 이야기를 하자 아빠는 소름 끼치는 표정을 지었어요. 아빠가 얼마나 화를 냈는지 알아요? 정말 우습지 않아요, 아빠?"

람피스가 그녀의 뺨을 만졌다는 사실을 알고 아버지가 그토록 화를 내는 모습을 보면서 우라니아는 처음으로 사람들, 특히 상원의원 카브랄이 도미니카 공화국에서는 모든 게 완벽하다고 말했지만, 그렇지 않을지도 모른다고 의심했다.

"나보고 예쁘다고 말하고, 내 얼굴을 좀 만진 게 그리 나쁜 건가요, 아빠?"

"이 세상의 모든 악이야." 그녀의 아버지는 목소리를 높인다. 그러자 그녀는 소스라치게 놀란다. 그가 머리 위로 집게손가락을 올린 채 훈계하면서 호되게 나무란 적이 한 번도 없었기 때문이다. "절대 다시는 안 돼! 잘 들어, 우라니아. 네게 다가오면 얼른 도망쳐. 인사하지도 말고 말하지도 마. 그냥 도망쳐. 모두 널 위해서야."

"하지만, 하지만……" 여자아이는 극도로 혼란스럽다.

'자유세계의 평화와 형제애를 위한 박람회'에서 막 돌아왔고, 그래서 그녀는 아직도 폐하 앙헬리타 1세 시녀들이 입었던 예쁜 드레스를 입고 있다. 그녀의 아버지도 트루히요, 그러니까 '검둥이' 트루히요 대통령과 외교 사절들, 장관들, 초대 손님들과 박람회 깃발이 드리워진 가로수 길과 거리와 건물에 넘쳐흐르는 수만 명의 사람들 앞에서 연설문을 낭독할 때 입었던 연미복을 그대로 입고 있다. 왜 그는 이렇게 반응하는 것일까?

"그건 람피스가, 그 아이가, 그 인간이…… 나쁘기 때문이야." 그녀의 아버지는 말하고 싶은 걸 모두 말하지 않기 위해 필사적인 노력을 한다. "여자들에게, 여자아이들에게 나쁜 사람이야. 학교 가서 말하면 안 돼. 그 누구에게도 말하면 안 돼. 넌 내 딸이니까 내가 말해주는 거야. 그건 내 의무야. 난 너를 보호해야 해. 모두 너를 위해서야, 우라니타, 알겠지? 그래, 그래, 그렇게 해야 해. 넌 똑똑하니까, 그가 가까이 오거나 네게 말을 걸게 하면 안 돼. 내 옆에 있으면, 그는 네게 아무 짓도 할 수 없을 거야."

우라니아, 넌 이해하지 못한다. 너는 백합처럼 순수하고, 세상의 사악함을 모른다. 너는 아버지의 괜한 질투라고 생각한다. 그는 그 누구도 네게 키스를 하거나 예쁘다고 칭찬해주기를 원치 않는다. 단지 자기만 그렇게 할 수 있다고 믿는다. 상원의원 카브랄이 그렇게 예민하게 반응한 것은 그 당시 멋쟁이 람피스, 낭만적인 람피스가 어린 여자아이들과 성숙한 여자들에게 더러운 짓을 하기 시작했다는 것을 의미한다. 그리고 람피스는 이후 그 방면에서 이름을 날린다. 상류층에서 태어났건 하류층에서 태어났건 모든 도미니카 남자들이 듣고 싶어 하는 명성이다. 위대한 난봉꾼, 염소 호색한, 지칠 줄 모르는 섹스머신. 너는 상류층 여자아이들이 다니는 산토도밍고 학교의 교실이나 운동장에서 현대식 수녀복을 입고 있는 미국과 캐나다 도미니크 수녀회의 수녀들과 학생들에게서 그의 소문을 듣기 시작한다. 그 학교 여학생들은 신참내기 수녀들처럼 보이지 않는다. 핑크색과 파란색과 흰색의 옷을 입고 두꺼운 양말과 두 가지 색깔(흰색과 검은색)의 옥스퍼드슈즈를 신고 있어 마치 세련된 스포츠웨어 같은 분위기를 풍긴다. 그러나 람피스가 혼자건 친구들과 함께이건 사냥을 나가 길거리와 공원, 클럽이나 술집 혹은 도미니카의 위대한 주인들이 살고 있는 개인 주택들에서 계집애들을 찾을 때면, 그 학교 학생들도 무사하지 못하다. 멋쟁이 람피스가 얼마나 많은 도미니카 여자들을 유혹하고 납치했으며 강간했는가? 그는 여자들과 섹스를 한 이후나 아니면 섹스를 하기 위해 도미니카 여자들에게는 캐딜락이나 밍크코트를 선물하지 않지만, 할리우드의 여배우들에게는 그런 것을 마구 선사한다. 씀씀이가 큰 아버지와는 달리, 람피스는 외모는 근사하지만 그의 어머니 마리아 부인처럼 구두쇠이기 때문이다. 그는 도미니카 여자들과 공짜로 사랑한다. 그가 주는 것은 왕세자이자 무적의 폴로 국가대표 팀의 주장이며, 중장이고, 공군의 우두머리와 연애했다는 명예뿐이다.

　너는 학생들이 쉬는 시간에 수녀들 모르게 속삭이는 사실과 뒤섞인 뒷공론이나 환상, 혹은 과장된 소문을 통해 그 모든 것을 알게 된다. 너는 그 말을 믿기도 하고 믿지 않기도 하며, 그에게 매료되기도 하고 그를 거부하기도 한다. 그러다가 마침내 트루히요 시에 있는 학교에서 큰 사건이 발생한다. 이번에 아버지의 사랑을 한 몸에 받는 아들에게 희생된 여자아이는 도미니카에서 가장 아름다운 여자 중 하나다. 바로 육군 대령의 딸이다. 화사한 로살리아 페르도모는 긴 금발과 하늘색 눈과 반투명의 하얀 피부를 지닌 아이다. 그래서 수난의 성모 마리아를 연극할 때면 항상 성자가 죽을 때 진짜 슬픔에 빠진 성모처럼 눈물을 뚝뚝 흘리면서 연기하는 역을 맡는다. 무슨 일이 일어났는지에 대해 온갖 이야기가 떠돈다. 람피스가 어느 파티에서 그녀를 알게 되었고, 축제 기간에 컨트리클럽에서 만났으며, 경마장에서 그녀를 점찍었고, 그녀에게 애정 공세를 퍼부었으며 전화를 걸었고 편지를 썼으며, 그 금요일 오후에 그녀와 데이트 약속을 했다고 한다. 로살리아가 학교에 남아서 배구 연습을 끝낸 이후의 시간이었다. 많은 동급생들이 그녀가—우라니아는 그녀를 보았는지 기억하지 못하지만 충분히 그럴 수 있는 일이다—스쿨버스를 타지 않고 교문 앞 몇 미터 떨어진 곳에서 기다리고 있는 람피스의 자동차에 오르는 것을 본다. 그는 혼자가 아니다. 수령님이 애지중지하는 아들은 결코 혼자 다니지 않는다. 그를 찬양하고 그에게 아부하고 봉사하며, 그런 대가로 출세를 구가하는 두세 명의 친구가 항상 붙어다닌다. 그의 매제인 앙헬리타의 남편이며 역시 근사하게 생긴 페치토, 즉 루이스 호세 레온 에스테베스도 그들 중 하나다. 람피스의 동생도 그들과 함께 있을까? 못생기고 멍청하며 매력이라고는 전혀 없는 라드아메스가 그들과 함께 있을까? 그건 의심의 여지가 없다. 그렇다면 그들은 이미 취해 있을까? 아니면 그들이 금발에다 백옥 같은 피부를 가진 로살리아 페르도모에게 평소에 하듯이 그런 짓을 하면서 술에 취할까? 분명한 것은 그들은 여자가 피를 흘리기를 바라지 않는다는 사실이다. 나중에 그들은 신사처럼 행동한다. 하지만 그전에 그들은 여자를 강간한다. 람피스는 지위가 있기 때문에 달콤한 먹잇감의 처녀성을 빼앗는 일을 담당한다. 그런 다음에 다른 사람들이 여자를 범한다. 나이 순서대로 할까, 아니면 수령님의 장남과 친한 순서대로 할까? 마음대로 순서를 정할까? 아빠, 그들이 어떻게 했지요? 그런 즐거움의 절정에서 그들이 기다리는 최후의 것은 출혈이다.

로살리아가 페르도모라는 성을 지니고 있고 백인이며 금발이고 부자이며 존경받는 트루히요 신봉자의 가족이 아니었다면, 가문도 별볼 일 없고 돈도 없는 집안이었다면, 아마도 들판 한가운데 있는 도랑이나 시궁창에 버려졌을 것이다. 그러나 그렇지 않았기에 그들은 그걸 충분히 고려하여 행동한다. 그녀를 마리온 병원 앞으로 데려가고, 로살리아에게는 행운인지 불행인지 모르지만, 의사들이 그녀의 목숨을 구한다. 또한 그 이야기도 번진다. 사람들 말에 따르면, 불쌍한 페르도모 대령은 람피스 트루히요와 그의 친구들이 점심과 저녁을 먹는 동안 마치 영화를 보면서 시간을 죽이는 사람들처럼 희희낙락하며 그의 귀한 딸을 강간했다는 사실을 알고, 충격에서 헤어나지 못한다. 그녀의 어머니는 수치심과 고통에 짓눌린 나머지 다시는 집 밖에 나가지 않는다. 심지어 미사 때도 그녀의 얼굴을 볼 수 없다.

"그걸 두려워했나요, 아빠?" 우라니아는 환자의 눈을 쫓아간다. "람피스와 그의 친구들이 로살리아 페르도모에게 했던 일을 내게도 할까봐 두려웠나요?"

'내 말을 알아듣고 있어.' 그녀는 입을 다물면서 생각한다. 아버지의 눈은 그녀를 응시하고 있다. 그의 눈동자 뒤에는 조용하고 간절한 애원이 서려 있다. 입 다물고, 아문 상처를 헤집지 말고, 그 기억을 더는 파헤치지 말라고 한다. 하지만 그녀는 그럴 생각이 전혀 없다. 절대로 발을 들여놓지 않겠다고 맹세했던 이 나라에 돌아온 것도 바로 그 때문이 아니었던가?

"그래요, 아빠. 바로 그런 이유로 이곳으로 와야만 했던 거예요." 그녀는 들릴락 말락 한 작은 목소리로 말한다. "아빠에게 괴로운 시간을 보내도록 하기 위해서지요. 아빠는 뇌졸중에 걸렸지만, 이미 나름대로 예방책을 취해놓으셨어요. 아빠는 불쾌한 것들을 기억에서 제거했어요. 나에 관한 불쾌한 기억, 우리에 관한 불쾌한 기억도 이미 지우셨나요? 난 아니에요. 하나도 지우지 않았어요. 지난 35년 동안 단 하루도 잊지 않았어요, 아빠. 난 결코 잊지 않았고, 아빠를 용서하지 않았어요. 그래서 아빠가 시에나 하이츠 학교로, 혹은 하버드 대학으로 내게 전화를 걸었을 때, 아빠 목소리가 들리면 전화를 끊어버렸던 거예요. 아빠가 '우라니타, 너니……?'라는 말이 끝나자마자 딸깍 하고 끊었어요. '우라니타, 내 말을 들어봐……'라는 말이 들리면 끊었어요. 아빠 편지에 결코 답장하지 않은 이유가 바로 그거였어요. 내게 100통쯤 썼나요? 아니 200통은 족히 되나요? 난 아빠의 편지를 모두 찢어버리거나 불살랐어요. 아빠 편지는 위선적이었어요. 아빠는 다른 사람들이 그 편지를 읽을지도 모른다고 생각하면서, 다른 사람들이 알아차릴지도 모른다고 두려워하면서 항상 빙빙 돌려서 말하거나 에둘러 암시했어요. 내가 왜 아빠를 용서할 수 없었는지 아세요? 그건 아빠가 결코 진심으로 그 일을 유감이라고 생각하지 않았기 때문이에요. 너무나 오랜 세월 동안 수령님께 봉사했던 탓에, 아빠는 양심의 가책이나 감성, 그리고 최소한의 청렴성과 최소한의 판단력도 상실했어요. 아빠 동료들처럼 말이에요. 아마 온 나라가 그랬을지도 모르죠. 그게 역겹게 죽지 않으면서 권력에 남아 있을 수 있는 필수조건이었나요? 아빠의 수령님처럼 비정하고 괴물 같은 인간이 되고, 로살리아를 강간하고서 마리온 병원 앞에 내팽개친 후 아무 일도 없었던 것처럼 즐거워하는 인간이 되어야 했나요?"

그 뒤 로살리아 페르도모는 학교로 돌아오지 않았지만, 그녀의 우아하고 고운 성모 마리아 같은 얼굴은 산토도밍고 학교의 교실과 복도와 운동장에 계속 남아 있었다. 수녀들이 로살리아 페르도모라는 이름을 입에 올리지 못하도록 금지했지만, 그녀가 겪은 불행에 관한 소문과 험담과 환상은 몇 주, 아니 몇 달 동안 지속되었다. 그러나 도미니카 사회의 가정에서, 심지어 트루히요에게 충성을 다한 집안에서도 그 이름은 다시 회자되지 않았다. 그 이름을 입에 올린다는 건 불길한 전조였고, 두렵기 짝이 없는 경고였다. 어린 여자아이나 결혼 적령기에 있는 딸을 둔 집에서는 더욱 그랬다. 그리고 그 이야기는 멋쟁이 람피스(게다가 그는 이혼 경력이 있는 여자 옥타비아 '탄타나' 리카르트와 결혼한 몸이었다!)가 언제 또 눈에 드는 여자와 함께 파티를 벌일지도 모른다는 두려움에 불을 붙였다. 실제로 그 버릇없는 왕세자는 자기가 원하는 여자와 수시로 그런 파티를 벌였다. 하기야 누가 수령의 장남과 그가 총애하는 사람들에게 감히 도전하려고 했겠는가!

"로살리아 페르도모 사건 때문에 아빠의 수령님은 람피스를 미국에 있는 군사학교로 보냈어요. 그렇죠, 아빠?"

람피스는 1958년 캔자스스티에 있는 포트 레븐워스 군사학교로 보내졌다. 2년 정도 트루히요 시에서 멀리 떨어져 있게 하기 위해서였다. 사람들 말에 따르면, 로살리아 페르도모 사건 때문에 심지어 각하도 분노를 참지 못했던 것이다. 그것은 도덕적인 이유가 아니라 실리적인 목적 때문이었다. 이 백치 같은 아들은 세상물정을 배우고 수령의 맏아들로서 자기 역할을 준비하지는 않고, 폴로와 방탕한 생활에 빠졌고, 건달과 기생충 같은 작자들과 어울려 다니며 술에 취하기 일쑤였으며, 트루히요에게 가장 충성스러운 가족의 딸을 강간하고 그녀에게 피를 흘리게 하는 '은총'을 베푸는 데 시간을 썼다. 버릇없는 응석받이며 방자하기 짝이 없는 아들이었던 것이다. 그래서 그를 캔자스스티에 있는 포트 레븐워스 군사학교로 보내라고 한 것이었다!

우라니아는 미친 여자처럼 웃음을 터뜨리고, 환자는 당황하여 몸을 웅크린다. 마치 자기 안으로 사라지고 싶어 하는 것 같다. 우라니아는 눈에 눈물이 가득 고일 정도로 웃는다. 그리고 손수건으로 눈물을 닦는다.

"치료 방법은 병을 주는 것만도 못했어요. 멋쟁이 람피스를 포트 레븐워스로 보낸 건 처벌이 아니라 포상이 되고 말았지요."

"아주 우스꽝스러웠을 거예요, 그렇지 않아요, 아빠?" 이 철없는 도미니카 장교는 미국 장교들과 함께 엘리트 교육을 받으러 그곳에 도착했다. 그는 중장 계급장과 수십 개의 훈장, 오랜 군인 경력(일곱 살 때부터 군인이었다), 전속 부관 수행원들, 악사들, 하인들, 샌프란시스코만에 정박 중인 요트 한 대, 그리고 자동차 부대를 이끌고 나타났다. 그러니 그곳의 대위들과 소령들, 소위들과 하사들, 교관들과 교수들이 얼마나 놀랐겠는가! 포트 레븐워스에 공부하러 온 열대 지방의 그 인간은 아이젠하워보다도 더 많은 훈장과 직함을 달고 있었다. 그러니 그들이 그를 어떻게 다뤄야 했을까? 어떻게 해야 군사학교와 미군의 명성을 해치지 않으면서 그에게 그런 특권을 향유하도록 할 수 있을까? 한 주씩 번갈아 왕세자가 스파르타식의 캔자스를 도망쳐 시끌벅적한 할리우드로 가서 친구 포르피리오 루비로사와 함께 스캔들 전문 잡지와 가십 칼럼의 단골 여배우들과 어울려 돈을 흥청망청 쓰면서 마시고 노는데, 어떻게 해야 모른 척 지나갈 수 있을까? 로스앤젤레스의 유명한 칼럼니스트인 루엘라 파슨스는 트루히요의 아들이 킴 노박에게 최신형 캐딜락을 선물했고, 자 자 가보에게는 밍크코트를 선물했다고 폭로했다. 하원 회기에 어느 민주당 하원의원은 그 선물이 워싱턴이 도미니카 정부에게 무상 지원하는 1년치 군사 원조와 맞먹는 금액이라고 평가하면서, 그게 공산주의와 맞서는 가난한 국가들을 돕는 최선의 방법이며, 미국 국민들의 돈을 쓰는 최선의 방법이냐고 따져 물었다.

스캔들을 피하기란 불가능했다. 물론 미국에서 그랬다는 말이다. 도미니카에서는 람피스의 방탕한 생활에 관해 한 마디도 보도하지 않왔다. 그러나 미국에서는 달랐다. 사람들이 뭐라고 말하든 그곳에는 여론과 언론의 자유가 보장되어 있으며, 정치인들은 약점이 드러날 경우 박살나기 때문이다. 결국 하원의 요청에 의해 군사 원조가 중단되었다. "아빠, 그걸 기억하지요?" 군사학교는 람피스의 생활을 비밀리에 국방부에 보고했고, 국방부는 더욱 비밀스럽게 그런 사실을 총통에게 알리면서 그의 아들이 고급 군사 과정을 마칠 가능성은 매우 낮으며, 그가 결석을 밥 먹듯이 하기 때문에 포트 레븐워스 군사학교에서 퇴학당하는 수모를 겪느니 자퇴하는 게 바람직하다고 귀띔해주었다.

"그의 아버지는 미국인들이 불쌍한 람피스를 그토록 호되게 다루는 걸 몹시 못마땅하게 여겼어요. 그렇죠, 아빠? 그가 한 것이라고는 편안한 마음으로 청교도주의자들인 미국인들이 어떻게 반응하는지 지켜보는 것이었어요. 그 앙갚음으로 아빠의 수령님은 미국의 해군과 육군 파견단을 철수시키려고 했고, 대사를 불러 유감을 표시했어요. 그의 가장 친한 자문관들인 파이노 피차르도, 아빠, 발라게르, 치리노스, 아랄라, 마누엘 알폰소는 그런 단절이 엄청난 손해를 야기할 것이라고 그를 설득해야만 했어요. 그를 설득한 건 기적에 가까웠어요. 기억나세요? 역사가들은 아빠가 람피스 때문에 워싱턴과의 관계가 악화되는 것을 반대한 사람들 중의 하나라고 말해요. 아빠, 그렇지만 그건 부분적인 성공이었어요. 그 후 미국은 이 동맹국을 골칫거리로 생각하게 되었고, 좀 더 교양 있는 나라를 찾는 게 현명하다는 것을 깨달았어요. 그런데 수령님의 귀염둥이 아들에 관해 어디까지 이야기하고 있었지요, 아빠?"

환자는 어깨를 들었다 내린다. '그걸 내가 어떻게 알겠니? 네가 잘 알고 있을 거야'라고 대답하는 것 같다. 그렇다면 그가 알아듣는 것일까? 아니다. 적어도 네가 말하는 것을 모두 알아듣는 건 아니다. 뇌졸중이 그의 이해 능력을 완전히 파괴한 것은 아니다. 단지 정상인의 5퍼센트에서 10퍼센트 정도로 감소했을 뿐이다. 그 제한되고 무력화된 뇌는 천천히 슬로모션으로 움직이면서 그의 감각이 불과 몇 분 전에, 혹은 몇 초 전에 포착한 정보가 흐려지기 전에 저장하며 처리할 능력이 있을 것이다. 그래서 그의 눈과 얼굴과 제스처는 그 어깨 동작과 마찬가지로 그가 듣고 있으며, 네가 말하는 것을 이해하고 있다고 문득 믿게 만드는 것이다. 연속적인 통일성 없이 단지 부분적으로나 혹은 한 차례만 순간적으로 그렇게 암시하는 것이다. 그러니 그 어떤 환상도 가져선 안 돼, 우라니아. 순간적으로만 이해하고 곧 잊어버리는 것이니까. 넌 그와 의사 소통을 할 수 없어. 넌 계속해서 혼자 말해야 해. 네가 30년 넘게 매일 그랬던 것처럼.

그녀는 슬프지도 않고 우울하지도 않다. 아마도 창문으로 들어와 강력한 빛으로 사물을 환히 밝히고 낱낱이 드러내면서, 사물의 흠과 나이와 변색의 정도를 그대로 보여주는 태양 때문에 그런 것 같다. 한때는 권력을 쥐었던 전 상원의장 아구스틴 카브랄의 침실은 이제 초라하고 낡고 버려져 있다. 그런데 어째서 너는 람피스 트루히요를 떠올렸던 것일까? 그녀는 항상 기억이 이상한 방향으로 흘러가는 데 매료되었다. 미스터리한 자극과 뜻하지 않은 연상 작용에 대한 대답으로 기억이 만들어내는 배열에 관심이 있었다. 아, 그래, 그것은 네가 미국에서 나오기 전날 밤에 〈뉴욕 타임스〉에서 읽었던 기사와 관련이 있다. 그의 동생이자 멍청하고 못생긴 라드아메스에 관한 기사였다.

정말 훌륭한 보고서였다. 정말로 근사한 종말이었다. 기자는 철저하게 조사했다. 라드아메스는 몇 년 전부터 파나마에서 몹시 가난하게 살면서 수상쩍은 사업에 종사하고 있었다. 그가 사라졌을 때까지만 해도 그게 무슨 사업인지 정확하게 아는 사람은 아무도 없었다. 그는 지난해에 실종되었고, 그의 친척들과 경찰의 노력—그가 살았던 빌바오의 조그만 방을 수색했는데, 그의 얼마 안 되는 소지품들은 그대로 있었다—에도 불구하고 단서를 찾을 수 없었다. 그러다가 마침내 콜롬비아 마약 카르텔 중 하나가 아메리카의 아테네라는 명성답게 보고타에서 화려한 문장을 과시하면서 이런 소식을 공포했다. '도미니카 시민이며 우리의 자매 국가인 파나마의 빌바오에 거주하는 라드아메스 트루히요 마르티네스 씨가 의무 이행 중 불명예스러운 행동을 했다는 사실이 확인되었으며, 그래서 이름을 밝힐 수 없는 콜롬비아의 밀림 지역에서 처형되었다.' 〈뉴욕 타임스〉는 그가 수년 전부터 콜롬비아 마피아에 봉사하면서 생계비를 번 게 분명하다고 설명했다. 그가 가난을 벗어나지 못한 채 살고 있었다는 상황으로 판단하건대, 비참하고 가증스러운 일을 맡은 게 분명했다. 두목들의 잔심부름꾼으로 활동하면서 그들에게 아파트를 빌려주거나 그들을 호텔이나 공항 혹은 사창가로 데려다주기도 했고, 아마도 돈세탁의 중개자로 일했을 것이다. 조금 더 나은 생활을 하기 위해 돈을 훔치려고 했던 것일까? 하지만 그는 머리가 나빴기 때문에, 금방 그런 사실이 발각되었다. 그들은 자기들의 지배자이자 주인으로 군림하던 다리엔의 밀림으로 그를 납치했다. 그런 다음 아마도 그와 람피스가 1959년에 콘스탄사와 마이몬, 에스테로 온도를 침략한 자들을 고문하고 죽였던 것처럼, 그리고 1961년에 5월 30일 사건의 연루자들을 고문하고 죽였던 것과 똑같이, 콜롬비아 마피아는 그를 잔인하게 고문했을 것이다.

"지당한 죽음이었어요, 아빠." 꾸벅꾸벅 졸고 있던 그녀의 아버지가 눈을 뜬다. "칼을 쓰는 사람은 칼로 망하는 법이에요. 그가 정말로 그렇게 죽었다면, 예수님의 이 말씀이 라드아메스에게도 정확하게 적용된 거지요. 그 기사는 또한 그가 DEA(미국 마약 단속국)의 정보원이었으며, DEA는 그의 얼굴을 완전히 뜯어고친 다음 그가 콜롬비아 마피아 조직에 들어가 정보를 제공한다는 조건으로 보호해주었다고 말하는 사람도 있어요. 소문과 추측이 난무해요. 어쨌거나 아빠의 수령님과 자비로우신 영부인의 사랑스러운 아이들은 모두 멋진 최후를 맞이했어요. 멋쟁이 람피스는 마드리드에서 자동차 사고로 죽었지요. 어떤 사람들은 그 사고가 수백만 달러를 투자해서 가족의 영지를 되찾으려고 마드리드에서 음모를 꾸미던 장남의 행동을 저지하기 위해 CIA와 발라게르가 사전에 짜놓은 작전이었다고 말하기도 하지요. 가난뱅이로 전락한 라드아메스는 자기가 돈세탁을 도와주던 더러운 돈을 훔치려고 하다가, 혹은 DEA의 요원임이 발각되어 콜롬비아 마피아에게 살해되었어요. 그리고 앙헬리타, 내가 궁정 시녀가 되어 모셨던 존엄하신 폐하 앙헬리타 1세는 어떻게 사는지 아세요? 마이애미에서 하느님의 비둘기 날개와 함께 살고 있어요. 이제 그녀는 그리스도인이 되었어요. 광기와 우둔한 행위, 고통과 번민과 두려움에 이끌린 수천 개의 개신교 교파 중의 하나지요. 이 나라의 여왕은 그렇게 되고 말았어요. 작지만 깨끗한 집에서, 그리고 미국과 카리브해의 저속함이 뒤섞인 천박하고 품위 없는 집에서 그녀는 선교에 전념하고 있어요. 사람들은 라티노와 아이티 사람들이 모여 사는 데이드 카운티의 길모퉁이에서, 찬송가를 부르면서 지나가는 사람들에게 주님을 믿으라고 권하는 그녀의 모습을 볼 수 있다고 말해요. 영웅이신 새로운 조국의 아버지가 이 모든 것을 안다면 뭐라고 말할까요?"

환자는 다시 어깨를 들었다 내린다. 눈을 깜빡거리면서 잠들려고 한다. 그는 눈을 살며시 감고는 잠을 잘 요량으로 몸을 웅크린다.

그건 사실이다. 넌 람피스나 라드아메스 혹은 앙헬리타를 결코 증오하지 않았다. 트루히요와 자비로우신 영부인이 아직도 네게 증오심을 불러일으키는 것과는 전혀 비교 대상이 되지 않는다. 그건 여하튼 세 아이가 몰락했거나 폭력적인 죽음을 맞이하면서 그 가족이 저지른 범죄에 대해 어느 정도 대가를 치렀기 때문이다. 그리고 람피스에게는 어느 정도 호의적인 감정을 피할 수 없다. 왜 그런 거지, 우라니아? 아마도 그건 그의 감정적 위기와 우울증, 그리고 정신착란과 정신이상 때문인지도 모른다. 그의 가족은 그의 정신이상을 숨겼고, 1959년 6월에 포로들을 무조건 죽이라고 명령한 이후에는 트루히요에게 람피스를 벨기에의 정신병원에 입원시키라고 요구했다. 람피스의 모든 행위에는, 심지어 가장 잔인하고 혹독한 행위에도, 희화적이고 모략적이며 애처로운 면이 있다. 그는 포르피리오 루비로사가 공짜로 섹스를 했던(여자들에게 돈을 지불할 필요가 없었을 때) 할리우드의 여배우들에게 엄청난 선물을 주었다. 그것이 그런 예다. 혹은 그의 아버지가 그를 위해 고안해낸 계획을 엉망으로 만들어버린 것도 그렇다고 볼 수 있다. 가령 람피스는 포트 레븐워스 군사학교에서의 낙제를 보상하기 위해 총통이 그를 기리고 축하하도록 조직한 환영식을 엉망으로 만들었다. 그때 그의 모습이야말로 희비극이 그로테스크하게 얽혀 있지 않았던가? 수령님은 의회에 람피스를 국군 공동 총사령관으로 임명하라고—"그 법안을 아빠가 제출했지요, 그렇죠?"—지시했다. 그리고 그가 돌아오는 날 오벨리스크 밑의 가로수 길에서 열병식을 거행하면서 그의 새로운 직위를 공표할 작정이었다. 그날 아침 모든 게 준비되었고, 군대는 정렬해 있었다. 총통이 그를 데려오도록 마이애미로 보낸 요트 앙헬리타호는 오사마 강변에 있는 항구로 들어왔다. 호아킨 발라게르와 함께 트루히요는 손수 그를 맞이하고 열병식 장소로 데려오기 위해 항구로 갔다. 그런데 요트가 항구로 들어오자 수령님은 놀라움과 실망과 당황스러움을 감출 수 없었다. 오는 도중에 선상에서 벌어진 술과 섹스 파티로 인해 람피스는 침을 질질 흘리면서 아무것도 할 수 없는 상태였다. 그는 간신히 서 있을 정도였고, 말도 제대로 하지 못했다. 그의 꼬부라진 혀는 인간의 말 대신 꿀꿀거리는 소리만 냈다. 그의 눈은 툭 불거진 채 흐리멍덩했고, 옷에는 토사물이 묻어 있었다. 그와 동행했던 친구들과 여자들은 더욱 가관이었다. 발라게르는 회고록에서 이렇게 썼다. 트루히요의 얼굴은 백지장이 되었고 분노로 마구 몸을 떨었다. 그는 열병식과 람피스의 공동 총사령관 선서식을 취소했다. 그리고 그곳을 떠나기 전에 술잔을 집어 축배를 들었다. 그것은 아무런 쓸모도 없는 망나니에게 따귀를 때리는 상징적인 의미였다. 그러나 술에 취한 람피스는 그 의미를 이해하지 못했다. 그러면서 트루히요는 이렇게 말했다. "자, 람피스의 멋진 행동을 위해 축배를 들게. 그런 행동만이 우리 공화국을 번영시킬 수 있는 유일한 것이네."

우라니아는 갑자기 깔깔거리며 미친년처럼 웃었고, 지체 부자유자는 공포에 사로잡혀 눈을 뜬다.

"겁먹지 마세요." 우라니아가 진지한 표정을 짓는다. "그 장면을 상상할 때면 웃음이 나와요. 그때 아빠는 어디에 있었어요? 아빠의 수령님이 창녀들에 둘러싸여 술에 취한 아들과 그의 친구들을 발견했을 때 어디에 있었어요? 연미복을 입고 가로수 길에 설치된 연단에서 새로 임명될 국군 공동 총사령관을 기다리고 있었나요? 수령님은 뭐라고 핑계를 댔지요? 람피스 장군이 정신착란으로 헛소리를 해대고 있어 열병식을 취소한다고 했나요?"

그녀는 환자의 심오한 시선을 받으며 다시 웃는다.

"우리를 웃고 울게 하기에 적당한 가족이지 진지하게 받아들여야 할 가족은 아니에요." 우라니아가 속삭인다. "종종 아빠는 그들을 창피하게 생각했을 거예요. 마음속으로만 두려움과 양심의 가책을 느꼈을 거예요. 그리고 그것을 비밀로 간직했을 거예요. 난 아빠가 수령의 아이들이 신파조의 종말을 맞이한 걸 어떻게 생각하는지 알고 싶어요. 아니면 마리아 마르티네스 부인, 자비로우신 영부인이자 트루히요 살해자들의 눈을 파내고 산 채로 가죽을 벗기라고 외치던, 무시무시하고 복수심에 불타던 부인의 마지막 몇 해 동안에 있었던 더럽고 탐욕스러운 이야기를 듣고 싶어요. 결국 그녀의 몸은 동맥경화증으로 엉망이 되었다는 걸 아세요? 그 욕심 많은 여자가 수령님 몰래 수천만 달러나 되는 돈을 인출했다는 것을 알아요? 스위스 은행 비밀계좌의 번호를 모두 알고 있었고, 그 사실을 자기 아이들에게 숨겼다는 걸 아세요? 이런 말은 상당히 일리가 있어요. 그녀는 자식들이 수천만 달러나 되는 그녀의 돈을 훔친 다음, 그들에게 골칫거리가 되지 않게 그녀를 노인 요양원에 보낼지도 모른다고 두려워했어요. 점점 심해지는 동맥경화증 때문에 아들들과의 싸움에서 최후에 웃은 사람은 바로 그녀였어요. 나는 마드리드에서 그 자비로우신 영부인이 가난과 불행에 넋을 잃고 기억력을 상실하는 모습을 보았으면 한이 없었을 거예요. 하지만 탐욕의 밑바닥에서 우러나오는 정신만큼은 아직도 또렷해서 아이들에게 스위스 은행의 비밀계좌 번호를 가르쳐주지 않았어요. 그리고 그 불쌍하고 가련한 자식들이 마드리드의 가난하고 멍청한 라드아메스의 집이나 혹은 신비주의에 빠지기 전에 앙헬리타가 살고 있던 마이애미 집에서, 자비로우신 영부인에게 어디에 계좌번호를 갈겨썼는지 또는 그걸 어디에 숨겨놨는지 기억해내라고 독촉하면서 안달하는 모습을 보았다면 여한이 없을 것 같아요. 어떻게 생각하세요, 아빠? 그들은 틀림없이 계좌번호를 찾기 위해 샅샅이 뒤졌고 모든 걸 열어보았으며 어떤 것들은 부수고 어떤 것들은 칼로 난도질했을 거예요. 그들은 그녀를 마이애미로 데려갔다가 다시 마드리드로 돌려보냈어요. 하지만 결코 찾아내지 못했어요. 그녀는 무덤까지 그 비밀을 가지고 갔던 거예요! 어떻게 생각하세요, 아빠? 람피스는 자기 아버지가 죽은 후 그 나라에서 빼낸 몇백만 달러를 흥청망청 써버렸어요. 총통이 단 한 푼도 빼내지 못하도록 했기 때문에 총통이 죽기 전까지는 외국으로 돈을 빼돌릴 수 없었거든요. 그런데 그게 사실인가요, 아빠? 그건 자기가 죽으면, 가족과 추종자들도 그곳에서 죽도록, 죽음의 결과와 정면으로 맞부딪쳐 싸우도록 하기 위해서였다고 해요. 그러나 앙헬리타와 라드아메스는 거리로 쫓겨났고, 자비로우신 영부인 역시 파나마에서 비참하게 죽었어요. 트루히요 가족의 친구였던 칼릴 아체가 그녀의 시체를 택시에 싣고 공동묘지로 가져가 묻어주었지요. 결국 수백만, 아니 수천만 달러를 스위스 은행가에게 물려주었던 거예요! 울어야 할지 웃어야 할지 모르겠지만, 그 어떤 경우에도 이 가족을 진지하고 심각하게 받아들일 수는 없어요. 그렇지 않아요, 아빠?"

그녀는 다시 폭소를 터뜨리고, 눈에는 다시 눈물이 괸다. 눈물을 닦는 동안 마음속에서 일기 시작하는 약간의 우울함을 떨쳐내려고 몸부림친다. 환자는 이제 그녀의 모습이 눈에 익은 듯 그녀를 쳐다본다. 더 이상 그녀의 독백에 관심이 없는 것 같다.

"내가 히스테리컬하다고 생각하지 마세요." 그녀는 한숨을 내쉬며 말한다. "아직은 아니에요, 아빠. 지금 나는 과거를 파헤치고 기억을 휘젓는 일을 하고 있어요. 결코 내가 좋아하는 일은 아니에요. 정말 오랜만에 난 처음으로 휴가를 갖게 되었어요. 그게 바로 이번 휴가예요. 난 휴가를 별로 좋아하지 않아요. 어릴 적 이곳에 있을 때에는 방학을 무척 좋아했지요. 하지만 수녀 선생님들 덕택에 에이드리언으로 가게 된 이후로는 결코 좋아하지 않았어요. 난 일만 하면서 보냈어요. 세계은행에서는 휴가도 쓰지 않았어요. 뉴욕의 법률 사무소에서도 마찬가지였어요. 난 도미니카 역사에 관해 혼잣말을 중얼거리며 다닐 만큼 한가한 사람이 아니에요."

물론 맨해튼에서 너는 몹시 분주한 삶을 산다. 매디슨가와 74번가가 만나는 곳에 위치한 사무실에 출근하는 아침 아홉시부터 그날 할 일이 정확하게 예정되어 있다. 너는 날씨가 좋으면 센트럴파크에서 45분가량 뛰거나 길모퉁이의 피트니스센터에서 에어로빅을 했다. 아침 일정은 계속된 인터뷰와 보고서, 토론과 상담과 기록 보관소에서의 연구로 빼곡하게 차 있다. 점심시간에는 예약된 회사 식당에서 업무 오찬을 하거나 아니면 주변 식당에서 끼니를 때운다. 오후 시간도 바쁘기는 매일반이고, 저녁 여덟시나 되어야 일이 끝나기 일쑤다. 시간이 허락하면 걸어서 집으로 돌아간다. 그리고 텔레비전 뉴스를 보기 전에 너는 샐러드를 준비하고 요구르트 하나를 먹고, 잠시 책을 읽다가 침대에 눕는다. 너무나 피곤한 나머지 책의 글자들이나 영상 이미지는 10분이 지나가기도 전에 춤추기 시작한다. 한 달에 한 번이나 두 번은 미국 내나 라틴아메리카 혹은 유럽이나 아시아로 출장을 떠난다. 최근에는 아프리카에도 출장을 간다. 마침내 몇몇 아프리카 투자자들이 돈을 투자하기로 했고, 그런 이유로 법률 사무소에 법률 자문을 요청한다. 그건 너의 전공이다. 전 세계 어디에 있는 기업들이건, 재정 상태가 얼마나 건전한지 가늠하는 게 바로 네 전공이다. 그 전공은 오랫동안 세계은행의 법률 부서에서 일한 덕분에 쌓게 된 것이다. 출장은 맨해튼에서 보내는 나날보다 더 피곤하다. 다섯 시간, 열 시간 혹은 열두 시간을 날아 멕시코시티, 방콕, 도쿄, 파키스탄의 라왈핀디, 짐바브웨의 하라레에 도착하고, 즉시 보고를 하거나 보고를 듣고, 수치에 관해 토론하고, 계획서를 평가한다. 너는 더운 곳에서 추운 곳으로, 습기가 많은 곳에서 건조한 곳으로 바뀌는 풍경과 기후를 이겨내고, 하나라도 실수하면 잘못된 결정을 야기할 수 있는 통역사들을 통해 영어에서 일본어와 스페인어, 혹은 우르두어나 아랍어, 혹은 힌디어로 언어도 바꿔야 한다. 그래서 너의 오감은 한 치의 방심도 허락하지 않으며, 항상 정신을 집중하고 있어야 하기 때문에 업무가 끝나면 완전히 녹초가 된다. 그래서 불가피하게 참석해야 하는 리셉션에서 넌 하품을 간신히 억누른다.

"토요일과 일요일에 특별한 일이 없으면, 나는 집에서 도미니카의 역사를 읽으며 행복해해요." 그녀는 말하고, 아버지가 고개를 끄덕인다고 생각한다. "상당히 특별한 역사예요. 그건 사실이에요. 하지만 난 마음이 편안해져요. 그게 내 뿌리를 잃어버리지 않는 나만의 방법이에요. 그곳에 산 게 여기에서 산 세월보다 두 배는 더 길지만, 난 미국 사람이 되지 않았어요. 난 아직도 도미니카 여자처럼 말하고 있어요. 그렇지 않아요, 아빠?"

지체 부자유자의 눈에서 비아냥거리는 눈빛이 빛날까?

"그래요, 미국에 오래 산 사람치고는 어느 정도 도미니카 사람이라고 말할 수 있어요. 미국인들과 함께 30년 이상을 산 사람에게, 스페인어를 말하지 않고 몇 주를 보내는 사람에게 뭘 더 기대할 수 있겠어요. 내가 아빠를 다시는 만날 수 없을 것이라고 확신했다는 사실을 아세요? 아빠의 장례식에도 오지 않을 작정이었어요. 그건 확고한 결정이었어요. 그런데 아빠는 내가 왜 마음을 바꿨는지 알고 싶겠죠? 내가 왜 이곳에 있는지 알고 싶죠? 솔직히 나도 몰라요. 일시적 충동이었어요. 깊이 생각한 게 아니에요. 난 일주일간의 휴가를 요청했고, 지금 이곳에 있어요. 나는 무언가를, 아니 누군가를 찾으러 왔음이 분명해요. 아마도 그 사람은 아빠일 거예요. 아빠가 어떤 모습인지 확인해보려는 것이죠. 난 아빠의 건강이 좋지 않다고, 뇌졸중 이후 더 이상 아빠와 말할 수 없을 거라는 사실을 알고 있었어요. 내가 지금 어떤 기분인지 알고 싶으세요? 내가 어린 시절을 보낸 집으로 돌아오면서 어떤 느낌을 받았을까요? 아빠의 몰락한 모습을 보고 무슨 느낌을 받았을까요?"

그녀의 아버지는 다시 관심을 보이고 있다. 궁금한 표정을 지으면서 그녀가 계속 말하기를 기다리고 있다. 우라니아, 어떤 느낌이니? 견디기 힘들 정도로 괴롭니? 아니면 우울하니? 과거의 분노가 다시 치솟니? '그런데 가장 큰 문제는 내가 아무것도 느끼지 않는다는 거예요'라고 그녀는 생각한다.

현관문에서 초인종 소리가 난다. 계속해서 울리면서 뜨거운 아침나절을 뒤흔든다.

8

그의 머리에서 빠지던 머리카락이 새까만 덤불을 이루어 그의 귀에
서 불룩 내밀고서 공격적인 자세를 취하고 있었다. 마치 주정뱅이 입
헌의원의 대머리를 기괴하게 보상해주는 것처럼 말이다. 그가 내심
'걸어 다니는 오물'이라는 이름을 새로 붙이기 전에 '주정뱅이 입헌의
원'이라는 별명도 붙여주었던 것일까? 자선가는 기억하지 못했다. 아
마도 그럴 것이다. 그는 젊었을 때부터 별명을 붙여주는 데 일가견이
있었다. 그가 사람들에게 붙여준 수많은 별명은 희생자들의 살이 되
었고, 마침내 그들의 진짜 이름을 대체하게 되었다. 상원의원 헨리 치
리노스에게도 그런 일이 일어났다. 이제 도미니카 공화국에서는 신문
을 제외한 그 누구도 그를 이름이 아니라, '주정뱅이 입헌의원'이라는
곤혹스러운 별명으로 불렀다. 그는 자기 귀에 둥지를 틀고 있는 번들

번들한 털을 만지는 습관이 있었다. 청결함에 강박적일 정도로 집착하는 총통은 자기 앞에서 그런 행동을 하지 말라고 금지했지만, 그는 그 버릇을 고치지 못했고, 설상가상으로 그 불쾌한 행동을 다른 행위와 번갈아가며 했다. 자기의 코털을 매만지고 있었던 것이다. 그는 불안했다. 아주 초조해하고 있었다. 자선가는 그 이유를 알고 있었다. 그가 운영하는 기업에 대한 부정적인 보고서를 가져왔기 때문이다. 그러나 기업이 악화일로를 걷고 있는 것은 치리노스의 잘못이 아니었다. 그것은 미주기구가 제재를 가해 이 나라를 질식시키고 있었기 때문이다.

"계속해서 코와 귀를 후비면, 경호원을 불러 감옥에 가둬버리겠네." 그는 몹시 불쾌한 표정으로 말했다. "내 앞에서 그런 더러운 행동을 하지 말라고 경고했지. 그런데 지금 자네 취했나?"

주정뱅이 입헌의원은 자선가의 책상 앞에 놓인 의자에서 화들짝 놀라며 움찔했다. 그는 두 손을 얼굴에서 떼었다.

"술 한 방울도 마시지 않았습니다." 그는 당황해 어쩔 줄 몰라 하면서 변명했다. "수령님께서는 제가 낮에는 절대 술을 마시지 않는다는 사실을 잘 아실 겁니다. 저는 단지 해질 녘과 밤에만 마십니다."

그는 정장을 입고 있었다. 총통은 그 옷이야말로 천박하고 품위 없는 기념비적 작품이라고 생각했다. 반짝이는 우중충한 회색빛이 감도는 초록색이라니! 게다가 뚱뚱한 몸을 옷 안에 억지로 구겨넣은 것 같았다. 하얀 와이셔츠 위로 노란 점들이 박힌 파란색 넥타이가 흔들거리고 있었다. 자선가는 그 넥타이에 기름 얼룩이 묻어 있는 걸 발견했다. 그는 몹시 역겨워하면서 식사를 하는 도중에 묻었을 것이라고 생각했다. 상원의원 치리노스는 마치 누가 빼앗아 먹기라도 하듯이 한 입 가득 음식을 넣어 게걸스럽게 먹어치우곤 했기 때문이다. 게다가 그는 입을 벌리고서 음식물을 씹어대어 마구 튀기곤 했다.

"맹세컨대, 제 몸에는 술 한 방울도 들어 있지 않습니다." 그가 다시 강조했다. "아침식사로 블랙커피만 마셨을 뿐입니다."

아마도 그 말은 사실인 것 같았다. 조금 전에 코끼리 같은 몸을 흔들면서 아주 천천히 사무실로 들어오는 그의 모습을 보고 그는 치리노스가 술에 취했다고 생각했다. 하지만 아니었다. 취한 게 체질화되었음이 분명했다. 심지어 그는 멀쩡한 정신일 때에도 알코올 중독자처럼 떨면서 불안한 자세를 취하곤 했다.

"자넨 술에 절어 있어. 술을 마시지 않아도 항상 취한 사람처럼 보이네." 수령님은 그를 머리끝에서 발끝까지 자세히 살펴보면서 말했다.

"맞습니다." 치리노스가 급히 그 사실을 인정하면서, 연극배우처럼 과장된 제스처를 지었다. "저는 '저주받은 시인'입니다, 수령님. 보들레르나 루벤 다리오처럼 말입니다."

그의 피부는 창백했고, 턱은 이중이었고, 숱이 적은 머리카락은 기름투성이였으며, 작은 눈은 퉁퉁 부은 눈꺼풀 뒤로 깊이 묻혀 있었다. 사고 이후 납작해진 코는 권투 선수의 코와 다름없었고, 거의 보이지 않는 입술은 뻔뻔스럽고 건방진 꼴사나운 모습에 교활함과 심술을 덧붙여주었다. 그는 눈에 거슬릴 정도로 못생겼다. 그래서 10년 전에 교통사고를 당하고 거의 기적적으로 살아남자, 그의 친구들은 이참에 성형수술을 하면 얼굴이 좀 나아지지 않을까 생각했다. 그러나 결과는 그를 더욱 추하게 만들었을 뿐이다.

그가 아직도 자선가의 신임을 받고 있으며, 비르힐리오 알바레스 피냐, 파이노 피차르도, (지금은 불행한 상태에 있는) 지식인 카브랄 이나 호아킨 발라게르 등이 포함된 측근 그룹의 일원이라는 사실은 총통이 자기 협력자를 선택할 때는 개인적인 기호나 반감에 따라 좌우되지 않는다는 사실을 보여주는 증거였다. 그의 외모와 단정치 못한 옷차림과 예의범절을 모르는 그의 행동을 보면 역겹기 그지없었지만, 수령님은 정권 초기부터 헨리 치리노스를 소중히 여기면서 믿을 만한 사람이자 능력 있는 사람들에게만 부여하던 힘든 업무를 할당했다. 그는 이 특별한 그룹의 일원, 즉 가장 능력이 뛰어난 사람 중 하나였다. 입헌의원으로 봉사한 변호사였고, 젊었을 때에는 아구스틴 카브랄과 함께 정권 초기에 트루히요가 지시한 헌법 초안을 작성한 주요 인물이었으며, 그 이후 이루어진 헌법의 모든 수정이나 보완을 책임진 사람이었다. 그는 또한 주요 특별법 및 일반법의 작성과 체제의 요구를 합법화하기 위해 의회가 채택한 거의 모든 법안을 발의한 사람이었다. 치리노스의 국회 연설은 라틴어 구절과 종종 프랑스어 인용문으로 가득했다. 행정부의 독단적인 결정을 법적으로 필요하다면서 그럴듯하게 포장하거나 트루히요가 인가하지 않는 모든 제안을 통렬한 논리로 거부하는 데 그보다 뛰어난 사람은 없었다. 마치 법전으로 무장한 것 같은 그의 영혼은 트루히요가 어떤 결정을 내리건, 재무부의 결정이나 대법원의 판결, 혹은 의회의 법안을 통해 즉시 합법적으로 치장할 수 있는 기술적 논거를 마련해주었다. 트루히요 집권 시절에 이루어진 이런 법적인 거미줄의 대부분은 이 협잡꾼의 사악한 재능에 의해 짜인 것이었다(그의 가장 친한 친구이자 측근 그룹에서 철천지원수였던 상원의원 아구스틴 카브랄은 언젠가 트루히요 앞에서 그를 '협잡꾼'이라고 불렀다).

이런 자질 덕분에 종신 국회의원인 헨리 치리노스는 트루히요 체제 30년 동안 모든 요직을 두루 역임했다. 하원의원, 상원의원, 법무부 장관, 헌법재판소 재판관, 전권대사, 대통령 대리대사, 중앙은행 총재, 트루히요 연구소 소장, 도미니카 당 중앙위원회 위원 등등. 또한 2년 전부터는 가장 신임을 받는 사람만이 맡을 수 있는 자선가 소유의 회사 운영 감독관으로 일하고 있었다. 농무부, 상무부와 재무부 장관조차 그의 발아래에 있었다. 그런데 익히 알려진 알코올 중독자에게 어떻게 그토록 큰 임무를 맡겼을까? 그것은 그가 악덕 변호사일 뿐만 아니라 경제학에도 밝았기 때문이다. 그는 몇 달 동안 중앙은행 총재와 재무부 장관으로 일하면서 그 임무를 썩 잘 해냈다. 최근 몇 년 동안에는 사방에서 트루히요를 노리는 사람들이 많았기 때문에, 그 직책에 절대적 신임을 받는 사람, 즉 트루히요 가족의 분규와 다툼을 속속들이 알고 있는 사람이 필요했다. 이 기름 덩어리이자 술고래를 대체할 수 있는 사람은 아무도 없었다.

이 통제 불가능한 주정뱅이가 법적인 술책을 부리는 솜씨와 작업 능력은 결코 녹이 슬지 않았고, 안셀모 파울리노가 총애를 잃은 후에는 그를 대체해 자선가가 자기 가족처럼 여기는 유일한 사람이 되었다. 사실 그것은 불가사의한 얘기는 아니다. '걸어 다니는 오물'은 열 시간 혹은 열두 시간을 쉬지 않고 일하고 술을 아무리 퍼마셔도, 다음 날이면 멀쩡한 정신으로 의회나 정부청사 혹은 대통령궁의 자기 집무실에 출근해 속기사들에게 의사록을 구술하거나 혹은 정치나 법률, 경제와 헌법적 문제에 관해 현란하고 설득력 있게 설명할 수 있는 사람이었다. 그런 모든 일 이외에도 그는 이합체 시나 축사, 역사에 관한 기사와 책들을 썼다. 또한 예리하고 신랄한 문사였기에 트루히요는 〈엘카리베〉 신문의 '여론광장' 칼럼을 통해 체제의 독소를 제거하는 데 그를 이용하고 있었다.

"일은 잘되어가나?"

"아주 좋지 않습니다, 수령님." 상원의원 치리노스는 숨을 깊이 들이쉬었다. "이런 속도라면 곧 죽음의 문에 들어설 것 같습니다. 이런 말을 해서 죄송하지만, 저는 수령님을 속이라고 월급을 받는 게 아니라고 생각합니다. 곧 제재가 풀리지 않으면 재앙이 닥칠 것 같습니다."

그는 두툼한 서류 가방을 열고서 종이 뭉치를 꺼낸 다음, 주요 업체들을 분석하기 시작했다. 도미니카 사탕수수 조합의 농장부터 시작하여 도미니카 항공사, 시멘트 공장, 목재 회사와 제재소, 무역 사무소들과 영리기관들로 나아갔다. 그 이름들과 숫자들의 나열은 총통에게는 자장가처럼 들렸다. 아틀라스 상사, 카리브 자동차회사, 담배 생산 주식회사, 도미니카 면화 조합, 초콜릿 제조회사, 도미니카 신발 산업, 분말소금 배급사, 식용유 가공회사, 도미니카 시멘트 공장, 도미니카 음반사, 도미니카 건전지 회사, 마대와 밧줄 제조사, 레아드 철물점, 엘마리노 철물점, 도미니카 스위스 합작 제조사, 우유 가공회사, 알타그라시아 주류회사, 국립 유리회사, 국립 제지회사, 도미니카 제분소, 도미니카 페인트 회사, 재생 타이어 공장, 키스케야 자동차회사, 소금 정제공장, 도미니카 방직회사, 산라파엘 보험회사, 부동산 협회, 엘카리베 신문사 등이었다. '걸어 다니는 오물'은 마지막 업체로 트루히요 가족의 지분이 얼마 안 되는 기업을 뇌두었다. 그는 그곳 역시 '긍정적 움직임'이 없다고 짧게 언급했다. 자선가가 모르고 있을 만한 것은 아무것도 말하지 않았다. 그러면서 투자와 부품 부족으로 인해 아직 멈추지 않은 공장도 3분의 1, 혹은 10분의 1만 가동하고 있다고 보고했다. 그러나 이미 재앙은 들이닥쳤고, 그것도 결정적으로 왔기 때문에 손쓸 방법이 없었다. 자선가는 한숨을 내쉬면서, 적어도 미국인들이 최후의 일격이라고 생각했던 것, 즉 석유 공급과 자동차와 비행기 부품 공급 중단이 성공하지는 못했다고 지적했다. 조니 아베스가 밀수로 아이티에서 연료가 들어오도록 손을 써놓았기 때문이다. 그로 인한 추가 비용이 많이 들어갔지만, 소비자들은 그 비용을 부담하지 않아도 되었다. 정부가 보조금 지급을 통해 가격 인상 요인을 흡수했기 때문이다. 그러나 국가가 언제까지나 이런 출혈을 감당할 수는 없었다. 외환 거래가 제한되어 있고 수출입이 마비되어 국가 경제는 정지된 것과 마찬가지였다.

"실제로 수입이 있는 회사는 단 한 군데도 없는 실정입니다, 수령님. 단지 지출만 있습니다. 그나마 버티고 있는 것은 그 회사들이 예전에 번영을 구가했기 때문입니다. 그게 언제까지 갈지는 알 수 없습니다."

그는 장례식에서 고인의 덕을 기릴 때처럼 몹시 감상적으로 한숨을 내쉬었다. 그건 그의 또 다른 전공이었다.

"1년 넘는 경제 전쟁에도 불구하고 단 한 명의 노동자나 농부 혹은 직원을 해고하지 않았다는 사실을 말씀드리고 싶습니다. 이 회사들은 국내 노동력의 70퍼센트를 공급합니다. 이것이 얼마나 심각한지 생각해보셔야 합니다. 트루히요는 제재 조치로 인해 모든 경영이 마비된 상태에서 도미니카 가족의 3분의 2에게 계속 일자리를 제공할 수는 없습니다. 그래서……"

"그래서 어쨌단 말이지?"

"수령님께서 비용 감축을 위한 인력 조정을 허락하시면…… 보다 나은 시절이 오기를 기다리면서……"

"자넨 수천 명, 아니 수만 명의 실직자가 들고일어나기를 바라는 건가?" 트루히요는 단호하게 그의 말을 끊었다. "지금 있는 사회문제만 해도 골치 아픈데, 그 문제까지 덧붙일 셈인가?"

"대안이 하나 있습니다. 아주 예외적인 상황에서만 사용하던 방법입니다." 상원의원 치리노스는 교활하고 음험한 미소를 희미하게 지으면서 대답했다. "지금이 그런 상황 아닙니까? 그렇습니다. 고용과 경제활동을 보장하기 위해 국가가 전략 기업들의 경영을 인수하는 겁니다. 그러니까 산업체의 3분의 1과 농축산업의 반을 국영화하는 겁니다. 아직 중앙은행은 그럴 만한 기금을 갖고 있습니다."

"그래서 내가 얻을 수 있는 게 뭐지?" 트루히요는 역정을 내면서 그의 말을 끊었다. "중앙은행의 달러가 내 이름의 계좌로 이동한다고 해서 내가 뭘 얻는 거지?"

"그러니까 제 말은 지금부터 300개의 기업이 적자를 내면서 운영되더라도 그 손실액이 수령님의 주머니에서 나오지 않아도 된다는 것입니다. 다시 말하자면, 이 상태가 지속되면 수령님의 모든 회사는 파산을 면치 못합니다. 저는 기술적으로 조언을 드리는 것입니다. 수령님 재산이 경제 봉쇄로 날아가지 않게 하려면 손실을 국가에 전가하는 게 유일한 방법입니다. 수령님이 파산하는 건 그 누구에게도 득이 되지 않습니다."

트루히요는 피로감을 느꼈다. 태양은 점점 뜨거워지고 있었고, 그의 집무실을 찾아오는 사람들이 모두 그렇듯이 상원의원 치리노스도 땀을 뻘뻘 흘리고 있었다. 가끔씩 그는 파란색 손수건으로 얼굴의 땀을 닦았다. 그도 총통의 집무실에 에어컨이 있으면 좋겠다고 생각할 게 분명했다. 그러나 트루히요는 더위를 식혀주는 가짜 찬바람, 즉 가짜 분위기를 끔찍하게 싫어했다. 도무지 견디기 어려울 때만 선풍기를 틀었다. 게다가 그는 자기가 절대로 땀을 흘리지 않는 사람이라는 사실에 자긍심을 느끼고 있었다.

그는 잠시 입을 다물고 생각에 잠겼다. 그의 얼굴이 일그러졌다.

"불결하고 게걸스러운 머릿속으로 자네 역시 내가 이윤을 추구하고자 농장과 사업체들을 소유하고 있다고 생각하는군." 그는 피곤한 어조로 말했다. "내 말을 끊지 말게. 자네가 아직도 나를 모른다면, 다른 사람들은 오죽하겠나? 다들 내가 부자가 되기 위해 권력을 부린다고 믿겠지."

"저는 그렇지 않다는 걸 잘 알고 있습니다, 수령님."

"수백 번 설명해야 알아듣겠나? 그나마 그 사업체와 농장들이 트루히요 가족의 소유이기 때문에 사람들에게 일자리를 줄 수 있는 거야. 그게 아니었다면 도미니카 공화국은 내가 가볍게 들어 올려 내 어깨에 놓을 수 있는 작고 후진적인 아프리카 국가가 되어 있을 거야. 아직도 그걸 깨닫지 못했나?"

"완벽하게 잘 알고 있습니다, 수령님."

"자네도 내 돈을 횡령하고 있나?"

치리노스는 의자에서 움찔했고, 창백한 얼굴색이 검어졌다. 그는 당황하고 놀란 나머지 눈을 깜빡거렸다.

"무슨 말씀이십니까, 수령님? 하느님이 제 결백의 증인이십니다……"

"나도 자네가 그럴 리 없다는 걸 알고 있네." 트루히요가 그를 안심시켰다. "그런데 왜 자네는 훔치지 않는 건가? 자네 정도의 힘이라면 우리를 흥하게 할 수도 있고 망하게 할 수도 있지 않은가? 충성심 때문인가? 아마 그럴지도 모르지. 그러나 무엇보다도 두려움 때문일 거야. 내 돈을 빼돌리다 발각되면, 나는 자네를 조니 아베스의 손에 넘길 것이고, 그러면 그는 자네를 라쿠아렌타로 데려가서 '옥좌'에 앉힌 다음 파삭파삭 구위 상어에게 던져버릴 테니까. 첩보부대장의 무한한 상상력과 그가 이끄는 조그만 팀이 무척 좋아하는 것들이지. 그래서 내 돈을 훔치지 않는 거야. 자네가 감독하는 회사와 농장들의 경영자들이나 관리자들, 회계사들이나 기술자들, 수의사들이나 십장들도 마찬가지지. 그것이 바로 그들이 정확하고 효율적으로 일하는 이유이며, 또한 회사들이 번창하여 몇 배로 성장하면서 도미니카 공화국을 근대화된 부자 국가로 만든 이유라네. 이제 알겠나?"

"물론입니다, 수령님." 주정뱅이 입헌의원은 다시 한 번 움찔했다. "지당한 말씀입니다, 수령님."

"반면에……" 트루히요는 마치 그의 말을 듣지 않은 것처럼 계속 말했다. "자네가 트루히요 가족 대신 비시니 가족이나 발데스 가족 혹은 아르멘테로스 가족을 위해 일하고 있다면, 떡고물을 챙겼겠지. 그 기업체가 국가의 것이라면 더 많이 훔쳤을 테고. 그랬다면 자네 주머니는 두둑했을 걸세. 이제 모든 사업체와 땅과 가축을 내가 소유하고 있는 이유를 이해하겠나?"

"국가에 봉사하기 위해서입니다. 그건 익히 알고 있습니다, 각하." 치리노스 상원의원이 맹세했다. 그는 겁을 먹고 있었다. 그가 서류 가방을 배에 댄 채 꼭 움켜쥐고, 갈수록 자못 감동한 것처럼 말하는 태도를 보면 그걸 눈치챌 수 있었다. "저는 수령님의 뜻을 거스르는 제안을 하려고 했던 게 아닙니다. 그건 당치도 않은 일입니다."

"트루히요 가족이 모두 나 같지 않다는 건 사실이네." 자선가는 실망스러운 표정을 지으며 긴장을 완화시켰다. "내 형제들이나 아내, 심지어 자식들도 나라를 생각하는 마음이 나 같지 않네. 그들은 탐욕스러워. 지금 이 순간에도 그들은 내 명령을 따르는 척하면서 내 시간을 빼앗고 있다네."

그는 사람들을 위협하는 호전적이고 노골적인 시선을 띠었다. '걸어 다니는 오물'은 의자에 앉아 몸을 웅크렸다.

"아, 그래. 나도 한 사람이 내 명령을 어겼다는 걸 알고 있네."

헨리 치리노스 상원의원은 긴장한 채 고개만 끄덕였다.

"다시 외화를 유출하려고 했나?" 그가 차가워진 목소리로 물었다. "그게 누구지? 내 아내인가?"

땀방울이 맺힌 축 늘어진 얼굴이 마지못해 다시 고개를 끄덕였다.

"어젯밤 시 낭송회 때 저를 따로 부르셨습니다." 그는 머뭇거렸고,

거의 들리지 않을 정도로 가는 목소리로 말했다. "영부인 자신이나 아이들을 위해서가 아니라, 수령님을 생각해서라고 말씀하셨습니다. 혹시 무슨 일이 일어나더라도 노년을 대비하는 거라고 하셨습니다. 저는 그게 사실이라고 믿습니다, 수령님. 영부인께서는 수령님을 하늘같이 생각합니다."

"내 아내가 뭐라고 요구하던가?"

"스위스로 또다시 이체해달라고 했습니다." 상원의원은 목이 막혀 제대로 말하지 못했다. "이번에는 단지 100만 달러입니다."

"자네를 위해 말하는데, 그 부탁을 들어주지 말게." 트루히요가 쌀쌀하게 말했다.

"그렇게 해주지 않았습니다." 치리노스는 말을 더듬었다. 불안한 탓인지 제대로 말하지 못했고, 몸을 가볍게 떨고 있었다. "대위가 명령을 내리는 곳에서는 병사가 지시하지 못하는 법입니다. 영부인께서는 모든 존경과 사랑을 받아 마땅하지만, 저는 그 누구보다도 수령님에게 충성을 다합니다. 수령님, 이건 몹시 힘들고 곤란한 상황입니다. 제가 거절하면, 영부인과의 우정이 깨질까봐 걱정입니다. 일주일에 두 번이나 저는 영부인의 부탁을 거절했습니다."

자비로우신 영부인도 트루히요 정권이 몰락할지 두려워했던 것일까? 4개월 전에 그녀는 치리노스에게 스위스로 500만 달러를 이체해달라고 요구했다. 그리고 이번에는 100만 달러를 이체해줄 것을 요구했다. 그녀는 언제라도 그들이 도피해야 하는 날이 올 수 있고, 황금빛 망명 생활을 즐기려면 해외에 두둑한 계좌를 가지고 있어야만 한다고 생각했다. 페레스 히메네스나 바티스타, 로하스 피니야, 혹은 페론과 같은 쓰레기들처럼. 늙어빠진 수전노였다. 마치 누가 그들에게 등을 돌릴지 몰라 불안한 것 같았다. 그녀는 결코 만족할 줄 모르는 사람이었다. 어렸을 때부터 욕심이 많았고, 나이를 먹으면서 더욱 욕심쟁이가 되었다. 그 계좌들을 다른 세상으로 가져가려는 것일까? 그녀가 남편의 권위에 도전하는 유일한 영역이 바로 해외 계좌 이체였다. 이번 주만 하더라도 두 번이었다. 그녀는 바로 남편의 등 뒤에서 음모를 획책하고 있었다. 그녀는 1954년에 프랑코를 공식 방문한 후 남편 모르게 스페인에 집을 구입했다. 또한 스위스와 뉴욕에 은행 계좌를 마련해 두툼하게 살찌웠다. 트루히요는 어느 날 우연히 이 사실을 알게 되었다. 과거에는 이런 일이 있어도 두어 번 화를 내는 것으로 그쳤다. 폐경을 맞은 늙은 여자가 부리는 변덕 앞에서 어깨를 움츠리면서 말이다. 법적인 아내에게 그 정도는 눈감아줘야만 한다고 생각했다. 그러나 이제는 달랐다. 그는 경제 제재로 인해 압박을 받고 있었고, 그래서 전 국민에게 단 한 푼도 해외로 반출하지 못하도록 단호한 지시를 내린 상태였다. 그의 가족도 예외가 될 수 없었다. 그는 쥐새끼 한 마리도 내빼지 못하도록 할 작정이었다. 선장부터 선원까지 다들 도망치려고 한다면, 결국 그 배는 가라앉을 것이다. 빌어먹을, 절대로 안 돼! 친척들, 친구들, 적들 모두 그들이 소유한 것을 가지고 이곳에 남아 싸워서 이기거나 아니면 전쟁터에 뼈를 묻어야만 했다. 미국 해병대처럼 그래야 했다. 멍청하고 추잡한 년! 그의 품에 안겼던 멋진 여자들을 다 놔두고 어째서 하필 그녀와 결혼했을까! 리나 로바톤만 해도 예쁘고 유순하지 않았던가. 그녀는 이 배은망덕한 나라를 위해 자기 자신을 희생했었다. 그는 오늘 오후에 자비로우신 영부인을 야단치고서, 라파엘 레오니다스 트루히요 몰리나는 바티스타가 아니며, 돼지 같은 페레스 히메네스도 아니고, 위선적인 로하스 피니야도 아니며 머리가 반질반질한 페론 장군도 아니라는 사실을 확실히 심어줘야겠다고 생각했다. 그는 은퇴하여 연금을 받는 정치인처럼 해외에서 말년을 보낼 생각은 추호도 없었다. 마지막 순간까지 이 나라에서, 야만족이었고 가난한 무리였으며 조롱받던 나라를 자신이 공화국으로 변모시킨 이곳에서 살 작정이었다.

그는 주정뱅이 입헌의원이 계속해서 떨고 있다는 것을 알았다. 입가에 거품이 매달려 있었다. 두 개의 기름 덩어리 눈꺼풀에 싸인 작은 눈이 미친 듯이 깜박거렸다.

"보고할 게 또 있군. 그게 뭔가?"

"지난주에 저는 런던의 로이즈가 지급할 대금이 봉쇄되지 않도록 하는 데 성공했다고 보고했습니다. 우리가 영국과 네덜란드에 팔았던 설탕 대금입니다. 그리 많은 액수는 아닙니다. 약 700만 달러 정도입니다. 그중에서 400만 달러는 수령님 회사의 몫이고, 나머지는 비시니 제당공장과 로마나 농장의 몫입니다. 수령님 지시에 따라 저는 로이즈 사에 이 외화를 중앙은행으로 송금해달라고 부탁했습니다. 그런데 오늘 아침 철회 지시를 받았다고 알려왔습니다."

"누가 철회하라고 지시한 거지?"

"람피스 장군님입니다, 수령님. 전액을 파리로 보내라는 전문을 보내셨습니다."

"런던의 로이즈 사는 람피스의 지시를 따를 정도로 멍청이들이란 말인가?"

총통은 분노를 폭발시키지 않으려고 애쓰면서 천천히 말했다. 그는 아들의 멍청한 짓에 너무 많은 시간을 쓰고 있었다. 게다가 아무리 신뢰하는 사이라 하더라도 외국인에게 집안의 치부를 낱낱이 드러내는 것은 내키지 않는 일이었다.

"아직 람피스 장군님의 요청을 처리하지 않았습니다, 수령님. 그들도 혼란스러워서 제게 전화를 했습니다. 저는 그 돈을 중앙은행으로 보내야 한다고 재차 강조했습니다. 그러나 람피스 장군님은 수령님의 권한을 위임받고 있기 때문에, 몇 번에 걸쳐 중앙은행으로 들어와야 할 돈을 찾아 썼습니다. 로이즈 사에 약간의 오해가 있었다고 말하는 게 좋을 듯합니다. 이미지가 달린 문제입니다, 수령님."

"전화를 걸어 로이즈 사에 사과하라고 말하게. 오늘 당장."

치리노스는 의자에서 불편하게 움직였다.

"수령님의 지시이니 그대로 따르겠습니다." 그가 조그만 목소리로 중얼거리듯 말했다. "그러나 한 가지 간청하고 싶습니다, 수령님. 오래된 친구로서 부탁하는 것입니다. 수령님의 봉사자 중에서 가장 충실한 종복인 제가 부탁합니다. 저는 이미 마리아 부인의 눈 밖에 났습니다. 저를 람피스 장군님의 적으로 만들지 말아주십시오."

그의 안절부절못하는 모습에 트루히요는 살며시 미소 지었다.

"람피스에게 전화하게. 너무 걱정 말게. 난 아직 죽지 않을 거야. 내 계획을 완성하기 위해 앞으로 10년은 더 살 걸세. 그게 바로 내가 필요한 시간이야. 그러니 자네는 마지막 날까지 나와 함께 남아 있게 될 거야. 못생기고 주정뱅이이며 지저분하지만, 자네는 가장 훌륭한 협력자 중의 하나거든." 그는 잠시 말을 멈추고서, 거지가 옴에 걸린 개를 쳐다보듯 다정하게 '걸어 다니는 오물'을 바라보더니 그의 입에서 좀처럼 들을 수 없는 말을 덧붙였다. "내 형제들이나 아들들 가운데 하나라도 자네처럼 소중한 사람이라면 얼마나 좋겠나, 헨리."

상원의원은 너무나 감동한 나머지 몸 둘 바를 몰랐다.

"수령님의 말씀만 들어도 제가 밤을 지새운 모든 나날들을 보상받고도 남습니다." 그는 고개를 숙이면서 말을 더듬었다.

"자네가 결혼도 안 하고, 가족이 없는 건 행운이야." 트루히요가 말을 계속했다. "아마도 자네는 자손을 남기지 못한 게 불행이라고 수없이 생각했겠지. 하지만 그건 어리석은 생각이네! 내 인생에서 가장 큰 실수는 바로 내 가족이야. 내 형제들, 아내, 자식들. 그들처럼 커다란 재앙을 보았나? 그들은 술과 돈과 계집밖에 모르지. 내 작업을 계승할 만한 사람이 하나라도 있나? 이 심각한 시기에 람피스와 라드아메스는 파리에서 폴로 경기나 하고 있으니, 정말 창피한 일 아닌가?"

치리노스는 눈을 아래로 향한 채 가만히 듣고 있었다. 그의 말에 동조하듯이 심각한 표정으로 아무 말도 하지 않았다. 자칫 말 한마디라도 잘못했다간 그의 미래가 위태로울 수도 있기 때문이었다. 총통이 그런 쓰라린 생각을 한다는 것은 좀처럼 보기 힘든 일이었다. 그는 결코 가족에 대해 말하는 법이 없었다. 심지어 가장 친한 사람에게도 말하지 않았다. 더구나 그토록 호되게 말하는 경우는 결코 없었다.

"내 명령대로 하게." 그가 갑자기 어조를 바꾸더니 화제를 돌렸다. "아무도, 트루히요 가족조차도 제재 조치가 계속되는 한 단 한 푼도 해외로 반출할 수 없네."

"알겠습니다, 수령님. 사실 그들이 원했다 하더라도, 그럴 수가 없었습니다. 달러를 서류 가방에 넣어 운반하지 않는 한 외국과 그 어떤 거래도 할 수 없습니다. 금융 활동은 꽉 막혀 있습니다. 찾아오는 관광객도 전혀 없습니다. 외환 보유고가 하루하루 고갈되고 있습니다. 국가가 몇몇 기업을 인수하는 문제는 전혀 재고의 여지가 없는 겁니까? 회생이 불가능한 기업도 말입니까?"

"그건 나중에 생각하세." 트루히요가 약간 양보했다. "자네 제안을 검토해보겠네. 또 급히 처리해야 할 일이 있나?"

상원의원은 수첩을 눈으로 가까이 가져가면서 참고했다. 그는 희비극적인 표정을 지었다.

"미국에서 역설적인 상황이 벌어지고 있습니다. 소위 우리의 친구라는 사람들에게 어떻게 하는 게 좋겠습니까? 도미니카를 옹호하는 대가로 뒷돈을 받는 국회의원, 정치인, 로비스트들 말입니다. 마누엘 알폰소는 병에 걸리기 전까지 계속 수당을 지급했습니다. 몇몇 사람은 비밀리에 수당 지급을 요청했습니다."

"누가 중단하라고 했나?"

"그렇게 말한 사람은 없습니다, 수령님. 그냥 질문해보는 겁니다. 그런 사람들을 관리하기 위한 외환 계좌도 고갈되고 있습니다. 지금의 형편으로 봐서는 더 돈을 넣을 수도 없습니다. 매달 수백만 페소가 필요합니다. 제재 조치를 철회하도록 압력을 넣을 능력도 안 되는 미국인들에게 계속 자비를 베풀 생각이십니까?"

"그들이 남의 피를 빨아먹는 거머리라는 건 나도 익히 알고 있네." 총통은 그들을 경멸한다는 제스처를 지었다. "하지만 우리의 유일한 희망이기도 하네. 미국의 정치 상황이 바뀌면, 그들은 영향력을 행사해서 제재 조치를 철회시키거나 완화시킬 수 있네. 그리고 단기적으로 그들은 적어도 워싱턴이 이미 받은 설탕 대금을 우리에게 지불하도록 만들 수 있어."

치리노스는 그다지 희망이 보이지 않는다는 듯이 진지하게 고개를 가로저었다.

"미국이 압류한 돈을 건네주는 데 동의하더라도, 별로 도움이 되지 않을 겁니다. 수령님. 2200만 달러는 많은 돈도 아니지 않습니까? 기본적인 소비재와 몇 주치 생활필수품 정도 수입할 수 있는 액수입니다. 그렇지만 수령님께서 결정하신다면, 메르카도와 모랄레스 영사에게 그 기생충들에게 계속 돈을 지급하라고 알리겠습니다. 그건 그렇다 치고, 뉴욕에 있는 기금은 동결될 수도 있습니다. 세 민주당 의원의 제안이 통과된다면, 그들은 미국 내 비거주 도미니카인들의 계좌를 동결시킬 겁니다. 저는 그 기금이 유한회사 이름으로 체이스 맨해튼 은행과 케미컬 은행에 있다는 걸 알고 있습니다. 그렇지만 그 은행들이 우리의 기밀을 유지해주지 않으면 어떻게 되겠습니까? 그래서 좀 더 안전한 나라로 옮길 것을 제안합니다. 가령 캐나다나 스위스로 말입니다."

총통은 기분이 언짢았다. 그것은 분노 때문이 아니라 실망 때문이었다. 기나긴 세월을 살아오는 동안 그는 상처를 핥으며 시간을 허비한 적이 없었지만 지금 그는 미국 때문에 심기가 몹시 불편했다. 그의 정권은 유엔에서 어떤 안이 표결에 부쳐질 때면 무조건 미국과 같은 입장을 취하지 않았던가? 이 땅에 발을 딛는 미국인들을 왕자처럼 맞이하고 훈장을 주지 않았던가? 그게 모두 무슨 소용이 있었을까?

"미국인들은 이해하기가 어려워." 그가 중얼거렸다. "왜 내게 이렇게 나오는지 알 수가 없어."

"저는 항상 그 작자들을 믿지 않았습니다." '걸어 다니는 오물'이 그의 의견에 동조했다. "그들은 모두 똑같습니다. 미국이 우리를 괴롭히는 게 아이젠하워 때문만이라고는 말할 수 없을 겁니다. 케네디도 우리를 못살게 굴었습니다."

트루히요는 다시 자제심을 발동했다. '빌어먹을, 이제 일이나 해야지'라고 생각했다. 그러면서 다시 화제를 바꾸었다.

"아베스 가르시아는 망할 놈의 레일리 주교를 수녀들의 치마 품에서 꺼낼 만반의 준비가 되어 있네." 그가 말했다. "그는 두 가지 제안을 했네. 그 주교를 추방하거나 아니면 우리 국민들이 그에게 린치를 가해서 음모를 꾸미는 사제들에게 교훈을 주자고 했네. 어느 쪽이 나을 것 같은가?"

"둘 다 마음에 들지 않습니다, 수령님." 상원의원 치리노스는 자신감을 되찾았다. "각하께서는 이미 제 의견을 아실 겁니다. 우리는 이 문제에 유연하게 대처해야 합니다. 교회는 2천 년의 역사를 자랑하며, 그 누구도 교회를 쳐부수지 못했습니다. 페론이 교회에 도전했다가 어떤 꼴을 당했는지 보십시오."

"지금 자네가 있는 자리에 앉아서 페론도 그렇게 말했네." 트루히요는 그런 사실을 인정했다. "그게 자네의 조언인가? 그러니까 그 빌어먹을 자식들 앞에서 고개를 숙이라는 소린가?"

"선물과 이권을 주어서 그들을 타락시키십시오, 수령님." '걸어 다니는 오물'이 설명했다. "아니면 최악의 경우에 그들을 겁주어야 합니다. 그러나 돌이킬 수 없는 일을 하지 마시고, 화해의 문을 활짝 열어 놓으셔야 합니다. 조니 아베스가 제안하는 건 자살 행위입니다. 그러면 케네디는 즉시 해병대를 파견할 겁니다. 제 의견은 이렇습니다. 수령님께서 결정하십시오. 그리고 그건 옳은 결정이 될 것입니다. 저는 펜과 혀로 수령님의 결정을 옹호하겠습니다. 평소와 마찬가지로 말입니다."

'걸어 다니는 오물'은 시적 표현을 남발하는 경향이 있었고, 방금 전의 표현을 듣고 자선가는 재미있어 했다. 그의 마지막 몇 마디에 자선가는 그를 엄습하던 낙담과 실망을 떨쳐버렸다.

"나도 알고 있네." 그가 미소를 띠며 말했다. "자네는 충신이고 그래서 자네의 진가를 인정하는 거야. 자, 그럼 솔직하게 말해보게. 하루아침에 이곳을 뜰 경우를 대비해서 외국 계좌에 얼마나 가지고 있나?"

마치 의자가 흔들의자로 변한 것처럼 상원의원은 동요했다. 벌써 세번째였다.

"얼마 되지 않습니다, 수령님. 그러니까 상대적으로 적다는 말입니다."

"얼마인가?" 트루히요는 다정하게 물었다. "어디에 있나?"

"약 40만 달러 정도 됩니다." 상원의원은 목소리를 낮추면서 사실대로 털어놓았다. "계좌가 두 개 있습니다. 물론 제재 조치가 시작되기 전에 개설한 계좌입니다."

"푼돈이군. 자네가 역임했던 직책을 보면 더 많은 돈을 모을 수도 있었을 텐데."

"저는 검소하고 저축하는 사람이 아닙니다, 수령님. 각하도 아시다시피 저는 돈에 전혀 관심이 없습니다. 항상 살아가는 데 필요한 돈만 가지고 있었습니다."

"술 먹는 데 필요한 돈이라고 해야 맞겠지."

"잘 입고, 잘 먹고, 잘 마시고, 그리고 제가 좋아하는 책을 사는 데 필요한 돈만 가지고 있었습니다." 상원의원은 트루히요의 말에 동의하면서 집무실 천장을 보았고, 그런 다음 크리스털 램프를 쳐다보았다. "하느님 덕분에 저는 각하 옆에서 항상 제가 좋아하는 업무를 담당했습니다. 그 돈을 본국으로 가져올까요? 수령님께서 명령하시면, 오늘 당장이라도 그렇게 하겠습니다."

"그냥 놔두게. 내가 망명을 떠나게 되면 도움이 필요할 거야. 그러면 자네가 도와줄 것이라고 믿네."

그는 기분 좋게 웃었다. 그런데 갑자기 '마호가니의 집'에 있던 어린 여자아이의 잔뜩 겁먹은 모습이 떠올랐다. 거북스럽고 비난의 시선을 띠고 있던 그 증인을 기억하자 기분이 망가져버렸다. 차라리 총으로 쏴버리거나, 아니면 경호원들에게 건네주어 제비를 뽑게 하거나 공유하도록 하는 편이 나았을지도 몰랐다. 그가 애를 먹는 모습을 지켜보던 멍청한 어린 얼굴의 기억이 생생하게 다가왔다.

"예방조치를 가장 잘 취해놓은 사람은 누구인가?" 그는 혼란스러워진 마음을 숨기면서 물었다. "누가 해외에 가장 많은 돈을 숨겨두었나? 파이노 피차르도? 알바레스 피냐? 지식인 카브랄? 모데스토 디아스? 발라게르? 누가 제일 많이 챙겼나? 심복들 중의 그 누구도 내가 죽어서 관에 들어가기 전에는 이곳을 떠날 일이 없을 거라는 내 말을 믿지 않는 것 같아 묻는 거라네."

"모르겠습니다, 수령님. 이런 말을 해도 될지는 모르겠지만, 우리 중의 그 누구도 해외에 돈을 숨겨놓지 않았을 겁니다. 이유는 간단합니다. 그 누구도 우리 정권이 붕괴될 수 있으며, 우리가 이곳을 떠나야만 하는 중대한 순간이 닥칠 것이라고는 결코 생각하지 않기 때문입니다. 그 누가 어느 날 지구가 태양 주위를 돌지 않게 될 것이라고 생각할 수 있겠습니까?"

"자네는 그럴 수 있지." 트루히요가 빈정거리며 대답했다. "내가 영원하지 않을 것이며, 음모 중의 하나가 성공을 거둘 수도 있다고 추정하면서, 몇 푼 안 되는 돈을 파나마로 빼돌린 거지. 자네가 방금 털어놓았잖아, 이 바보야."

"오늘 오후에 당장 그 돈을 이곳으로 송금하겠습니다." 치리노스가 제스처를 지으면서 이의를 제기했다. "중앙은행의 외환 전표를 보여드리겠습니다. 그 돈은 오래전부터 파나마에 있었습니다. 해외 공관에 근무할 때 약간씩 저금해놓은 돈입니다. 각하의 지시를 받고 출장을 떠날 때에 쓰려고 했던 겁니다. 저는 결코 출장비를 초과하여 쓴 일이 없습니다."

"몹시 겁을 먹고 있군. 아마도 자네는 지식인에게 일어났던 일이 자네에게도 일어날 수 있다고 생각할 테지." 트루히요는 계속 웃고 있었다. "농담이네. 난 이미 자네가 털어놓은 비밀을 잊어버렸네. 자, 이리로 와서 몇 가지 뒷이야기나 들려주게. 정치적인 것 말고, 침실과 관련된 것으로 말일세."

'걸어 다니는 오물'은 그제야 안도의 미소를 지었다. 그는 트루히요 시에 떠도는 화젯거리를 꺼냈다. 독일 영사가 그의 아내를 의심해 때렸다는 얘기였다. 하지만 자선가는 듣고 있지 않았다. 그의 측근들이 얼마나 많은 돈을 해외로 빼돌렸을까? 주정뱅이 입헌의원이 그랬을 정도면, 다른 사람들도 그랬을 게 분명했다. 정말로 그가 감춰둔 돈이 40만 달러밖에 안 될까? 틀림없이 더 많을 것이다. 그들 모두는 언제 이 정권이 무너질지도 모른다는 의심을 마음속 깊이 품은 채 살아왔던 것이다. 빌어먹을, 버러지 같은 놈들! 충성심은 도미니카 사람들의 미덕이 아니었다. 그는 그걸 잘 알고 있었다. 30년 동안 측근들은 그에게 아부하고 박수쳤으며 그를 신격화했지만, 풍향이 바뀌기 시작하면 단도를 꺼내고도 남을 자들이었다.

"내 이름의 이니셜을 이용해 도미니카 당의 슬로건을 만든 사람이 누구인가?" 그는 불쑥 그런 질문을 던졌다. "청렴, 자유, 노동과 도덕성*. 자넨가, 지식인인가?"

"제가 만들었습니다, 수령님." 상원의원 치리노스는 자랑스럽게 큰 소리로 말했다. "10주년이 되었을 때 문득 그런 생각이 들었습니다. 그리고 20년이 지난 지금은 이 나라의 모든 거리와 광장에 적혀 있습니다. 집집마다 이 슬로건을 적어놓고 있습니다."

"도미니카 사람들의 마음과 기억에 아로새겨져야 할 것이네." 트루히요가 말했다. "그 네 개의 단어는 내가 그들에게 주었던 모든 것을 요약하고 있지."

---

* 라파엘 레오니다스 트루히요 모랄레스(Rafael Leonidas Trujillo Morales)의 철자를 이용하여 청렴(Rectitud), 자유(Libertad), 노동(Trabajo), 도덕성(Moralidad)을 만들었다는 의미.

바로 그 순간 머리를 곤봉으로 맞은 것처럼 트루히요는 갑작스러운 느낌에 사로잡혔다. 확실했다. 일이 생겼던 것이다. 그는 겉으론 아무 내색을 하지 않았지만, 치리노스가 시작한 트루히요 시절의 찬양 따위도 이미 귀에 들어오지 않았다. 그는 깊은 생각에 빠진 것처럼 고개를 아래로 숙이고는, 불안에 휩싸인 두 눈을 한데 모아 흘깃 쳐다보았다. 갑자기 기운이 빠졌다. 물기가 그의 바지 앞춤으로 번지면서 오른쪽 다리를 적시고 있었다. 아직도 축축한 것으로 보아 방금 전에 일어난 일이 분명했다. 지금 이 순간에도 그의 방광은 계속 흘려대고 있었다. 그는 그것을 느끼지 못했고, 지금도 마찬가지였다. 예기치 못한 분노가 일면서 그는 몸을 떨었다. 그는 사람들을 지배할 수 있었고, 300만 명의 도미니카 국민을 굴복시킬 수 있었지만, 그의 방광만은 통제할 수 없었던 것이다.

"이젠 됐네. 그런 이야기를 더 들을 시간이 없네." 그는 눈을 들지도 않은 채 유감을 표했다. "자, 어서 가서 로이즈 사의 문제를 해결하게나. 그 돈을 람피스에게 송금하지 못하도록 조치해. 내일 같은 시간에 만나도록 하지. 그럼 잘 가게."

"안녕히 계십시오, 각하. 괜찮으시다면 오늘 저녁에 가로수 길에서 각하를 만나뵙겠습니다."

주정뱅이 입헌의원이 나가고 문 닫는 소리가 들리자마자, 그는 신 포로소를 불러 회색의 새 옷과 갈아입을 속옷을 가져오라고 지시했다. 그리고 자리에서 일어나 소파에 부딪히면서 급히 화장실로 들어가 틀어박혔다. 불쾌해 죽을 것 같았다. 그는 본의 아닌 배뇨로 더러워진 바지와 팬티와 속셔츠를 벗었다. 셔츠에는 묻지 않았지만, 그것도 벗고서 비데에 앉았다. 그리고 조심스럽게 비누를 칠했다. 수건으로 물기를 닦는 동안, 그는 육체가 더러운 수작을 부리면서 자기를 가지고 논다고 다시 한 번 혼잣말로 욕을 퍼부었다. 그는 수많은 적들과 전투를 벌이고 있었고, 그래서 시시때때로 괴롭히는 방광 문제에 정신을 흩뜨릴 수 없었다. 그는 생식기와 가랑이에 탤컴파우더를 뿌렸고, 변기에 앉아 신포로소를 기다렸다.

'걸어 다니는 오물'과의 면담이 끝나자 기분이 언짢았다. 그가 상원 의원에게 말한 것은 사실이었다. 그의 망나니 형제들과 욕심이 끝이 없는 자비로우신 영부인, 그리고 그의 피를 빨아먹는 기생충 같은 자식들과 달리, 그 자신은 결코 돈에 욕심을 부리지 않았다. 그는 권력을 위해 돈을 사용했다. 돈이 없었다면 출세가도를 달리지 못했을 것이다. 그는 산크리스토발의 가난한 집에서 태어났고, 그래서 청년 시절에 옷을 잘 입기 위해 수단방법을 가리지 않고 돈을 벌었다. 후에 돈은 좀 더 효율적으로 일하는 데 도움을 주었다. 그는 돈으로 장애물을 제거하고 사람들을 매수하거나 유인했고, 그들에게 뇌물을 주었으며, 그의 일에 방해가 되는 사람들을 응징했다. 한편 마리아는 그와 연애를 하고 있을 당시에 경찰관들을 대상으로 한 세탁소를 차리고 돈을 모으겠다는 꿈을 꾸고 있었다. 그러나 그는 돈을 나눠주는 걸 좋아했다.

그가 그렇지 않다면, 매년 10월 24일 도미니카 사람들이 수령님의 생일을 축하하도록 그 많은 선물을 나누어주었을까? 수령님의 생일날 대통령궁으로 향하는 끝도 없이 긴 행렬의 사람들에게 주던 캐러멜과 초콜릿, 장난감, 과일, 옷, 바지, 신발, 팔찌, 목걸이, 음료수,

블라우스, 음반, 셔츠, 브로치, 잡지에 매년 쏟아붓는 돈이 얼마나 많았을까? 대통령궁의 예배당에서 이루어지는 집단 세례식에서 대자와 대녀들, 그리고 그 아이들의 부모들에게 선물을 주기 위해 얼마나 많은 돈을 지출했을까? 30년 전부터 그는 일주일에 한 번, 심지어 두 번까지도 최소한 100명의 갓난아기의 대부가 되곤 했다. 아마 수억 페소는 족히 되었을 것이다. 물론 그것은 생산적인 투자였다. 그런 관계를 맺는다는 것, 즉 도미니카 국민들의 심리를 깊이 알고 있었던 덕택에 그가 정권 첫해에 생각해낸 것이었다. 농민, 노동자, 기능공, 상인과 '콤파드레'*가 된다는 것은 그가 세례 후에 포옹해주고 2천 페소를 선물해주는 그 가난한 남자와 그 가난한 여자의 충성을 보장받는 것이었다. 하지만 그것도 시절이 좋았을 때 이야기다. 대자나 대녀의 명단이 매주 20명, 50명, 100명, 200명으로 늘어가면서, 그들에게 주는 선물—마리아 부인이 악을 쓰며 따진 이유도 있었고, 1955년 '자유세계의 평화와 형제애를 위한 박람회'를 기점으로 기울기 시작한 도미니카의 경제 상황 때문에—은 1500페소, 1000페소, 500페소, 200페소, 100페소로 줄어들었다. 이제 '설어 다니는 오물'은 집단 세례식을 중단시키거나 선물을 주더라도 상징적인 수준에 그쳐야 한다고, 제재가 풀릴 때까지 대자나 대녀에게 줄 선물을 빵 한 조각이나 10페소로 축소해야 한다고 주장하고 있었다. 빌어먹을 양키들!

그는 기업을 설립했고 일자리를 주고 이 나라를 발전시킬 사업을 추진했다. 그런 사업을 통해 닥치는 대로 선물을 주고 그렇게 도미니

---

* 아이의 부모와 대부모의 관계를 일컬으며, 라틴아메리카에서는 친척 이상으로 매우 중요한 유대관계를 형성한다.

카 사람들을 행복하게 해줄 수 있는 자금을 확보했다.

친구들과 협력자들, 그리고 일꾼들에게는 『쿠오바디스』의 페트로니우스처럼 더없이 위대하고 훌륭하게 처신하지 않았던가? 그는 그들의 생일이나 결혼기념일이 되거나 아이들이 태어나면, 훌륭하게 임무를 완수했다는 것을 치하하기 위해, 혹은 자기가 충성심에 보답할 줄 아는 사람임을 보여주기 위해 그들에게 엄청난 선물을 주었다. 돈과 집, 토지와 주식을 선물했으며, 자기 농장과 회사의 파트너로 임명했고, 국가의 공금을 횡령하지 않도록 사업을 벌이게 해주었다.

그는 조심스럽게 문을 두드리는 소리를 들었다. 그의 양복과 속옷을 들고 온 신포로소였다. 그는 시선을 아래로 떨어뜨린 채 옷을 건네주었다. 그는 수령님 옆에서 20년 넘게 일하고 있었다. 군대에서는 그의 연락병이었고, 대통령궁에 들어오면서 집사로 승진했다. 그는 신포로소를 전혀 걱정하지 않았다. 그는 트루히요 앞에서는 벙어리였고 귀머거리였고 장님이었다. 신포로소는 그의 통제할 수 없는 배뇨 문제뿐만 아니라 다른 은밀한 것들을 잘 알고 있었다. 또한 아무리 사소한 것이라도 폭로하면 자기가 가진 모든 것 — 집과 조그만 목장, 자동차, 많은 식구들 — 을 잃을 뿐만 아니라, 자칫 잘못하면 목숨까지 빼앗길 수 있다는 사실을 잘 알고 있었다. 정장과 속옷은 덮개로 덮여 있어 남의 눈에 띄지 않았을 것이다. 게다가 자선가는 개인 집무실에서 하루에도 몇 번씩 옷을 갈아입는 습관이 있었다.

그가 옷을 입는 동안 건장하고 군인처럼 머리를 짧게 깎고 검은 바지와 하얀 셔츠와 황금색 단추가 달린 흰 재킷의 제복을 말끔하게 차려입은 신포로소는 바닥에 떨어져 있던 옷을 주웠다.

"저 두 명의 테러분자 주교를 어떻게 하는 게 좋을까, 신포로소?" 그는 이렇게 물으면서 바지 단추를 채웠다. "이 나라에서 추방해야 할까? 아니면 감옥으로 보내야 할까?"

"죽이십시오, 수령님." 신포로소는 전혀 주저하지 않고 대답했다. "사람들은 그들을 증오합니다. 만일 각하가 하지 않으시면 국민이 할 것입니다. 먹이를 주는 손을 물기 위해 이 나라에 온 배은망덕한 양키와 스페인 사람을 그 누구도 용서하지 않을 겁니다."

총통은 이제 그의 말을 듣지 않고 있었다. 푸포 로만을 질책해야만 했다. 그날 아침 조니 아베스와 외무부 장관과 내무부 장관을 맞이한 후, 그는 산이시드로 공군 기지로 가서 공군 수뇌부와 만날 예정이었다. 그런데 그의 속을 뒤집어놓은 장면을 보게 되었다. 바로 입구에, 그러니까 경비초소에서 불과 몇 미터 떨어진 곳에 공화국의 문장이 새겨진 국기 아래로 하수관이 더러운 검은 물을 토해내면서 도로가에 진구렁을 만들어놓고 있었던 것이다. 그는 차를 세우라고 지시했다. 그리고 손수 내려서 그곳으로 가까이 갔다. 하수관으로 걸쭉하고 악취 풍기는 오물이 흐르고 있었다. 악취가 지독해 그는 손수건으로 코를 막아야만 했다. 주변에는 파리와 모기 떼가 우글거리고 있었다. 더러운 물이 계속 흘러내리면서 그 지역을 흥건하게 적셨고, 일급 도미니카 공군 요새의 공기와 땅을 더럽히고 있었다. 분노가 솟구쳤다. 마치 뜨거운 용암이 그의 몸을 타고 흐르는 것 같았다. 그런 최초의 충동을 간신히 억제하고서, 그는 기지로 돌아가 고위 장교들에게 욕을 퍼붓고, 그들이 보여주고자 하는 군대의 모습이 이런 것이냐고, 썩은 물과 해충들로 넘쳐흐르는 기관이냐고 야단치려고 했다. 그러나 곧

생각을 바꾸어 최고 책임자에게 경고하기로 결심했다. 푸포 로만에게
그 하수관에서 떨어지는 똥물을 직접 먹게 만들 심산이었다. 즉시 그
를 호출해야겠다고 생각했으나 집무실로 돌아오는 동안 깜빡하고 말
았다. 그의 방광처럼 기억력도 제대로 작동하지 않기 시작한 것일까?
빌어먹을! 평생 동안 잘 작동했던 두 가지가 일흔 살이 된 지금은 문
제를 일으키고 있었다.

몸을 깨끗이 닦고 옷을 갈아입은 후, 그는 책상 앞으로 돌아가 전화
기를 들었다. 공군 사령부와 연결되는 직통전화였다. 즉각 로만 장군
의 목소리가 들렸다.

"여보세요? 각하십니까?"

"오늘 저녁에 가로수 길로 오게." 그는 짧고 퉁명스럽게 말했다.

"물론입니다, 각하." 로만 장군의 목소리가 갑자기 긴장했다. "지금
당장 대통령궁으로 갈까요? 무슨 일이 일어났습니까?"

"무슨 일인지 곧 알게 될 것이네." 그는 천천히 말했다. 그리고 아
주 퉁명스럽게 말하는 자기의 목소리를 들으면서 조카 미레야의 남편
이 몹시 초조해하는 모습을 상상했다. "특별한 일 있나?"

"모두 정상입니다, 각하." 로만 장군은 급히 말했다. "일상적인 지
역 보고를 받고 있는 중입니다. 그러나 각하께서 부르신다면……"

"가로수 길로 오게." 그가 그의 말을 잘랐다. 그리고 전화를 끊었다.

그는 국방부 장관의 머릿속에 온갖 질문과 추측과 두려움과 의문을
심어주었다는 것을 상상하면서 즐거워했다. 나에 대해 수령님에게 뭐
라고 한 것일까? 내 적들이 어떤 소문을 퍼뜨렸고, 어떤 중상모략을
한 것일까? 내가 수령님의 눈 밖에 난 것이 아닐까? 각하가 지시한

것을 이행하지 않은 게 있을까? 저녁까지 그는 지옥에서 살 것이었다.

그러나 이런 생각은 불과 몇 초밖에 지속되지 않았다. 다시 그 어린 소녀에 대한 굴욕적인 기억이 떠올랐기 때문이다. 분노와 슬픔과 향수가 뒤섞이면서 그를 완전히 혼란스럽게 만들었다. 그러자 갑자기 '모든 질병에는 치료법이 있다'는 생각이 떠올랐다. 그 치료법은 아름다운 계집애였다. 바로 그의 품에 안겨 쾌감을 폭발시키면서 그런 즐거움을 준 것에 그에게 고마워하는 예쁘장한 계집애의 얼굴이었다. 그러면 그 바보 같은 앳된 계집애의 겁먹은 얼굴이 지워지지 않을까? 그래, 오늘 밤 산크리스토발에 있는 '마호가니의 집'으로 가서 똑같은 침대에서 동일한 무기로 이런 모욕을 지워버리는 것이 최선의 방법이었다. 그는 일종의 액막이로 바지의 지퍼를 만졌다. 이런 결정을 하자 다시 기운이 솟구쳤고, 그날의 나머지 일정을 계속 소화할 수 있는 힘이 생기는 것 같았다.

9

"세군도는 어떻게 지내?" 안토니오 델라 마사가 물었다.

운전대에 기대면서 안토니오 임베르트가 뒤를 돌아보지 않은 채 대답했다.

"어제 만났어. 이제는 매주 면회할 수 있어. 하지만 면회시간이 짧아. 30분 정도야. 가끔씩 그 개 같은 라빅토리아 교도소장은 자기 마음대로 면회시간을 15분으로 줄여버려. 정말 후레자식이야."

"잘 지내?"

세군도는 사면 약속을 믿고서 푸에르토리코의 폰세 지방에서 페레 가족을 위해 일하던 좋은 직장을 버리고 조국으로 돌아왔다. 하지만 그를 기다리는 것은 재판이었다. 오래전에 푸에르토 플라타에서 일어난 노조 지도자의 유력한 살해 용의자로 지목되었던 것이다. 그는 30

년형을 선고받았다. 그러니 그가 어떤 상태로 지낼지는 너무도 뻔한 일이 아닐까? 그가 죽었다면 트루히요 정권을 위해서였을 테고, 그 포상으로 이미 5년 동안 지하 감옥에서 썩지 않았는가? 그런 사람의 심정이 어떨지는 너무나 빤한 일이 아닐까?

그러나 그는 그렇게 대답하지 않았다. 임베르트는 안토니오 델라 마사가 자기 동생 세군도에게 관심이 있어서가 아니라, 단지 끝없는 기다림의 무료함을 떨쳐보려고 그런 질문을 했다는 것을 알고 있었기 때문이다. 그는 어깨를 으쓱거렸다.

"세군도는 대단해. 아무리 힘들어도 내색하지 않아. 오히려 나를 위로할 때도 있다니까."

"이번 일에 대해서는 아무것도 말하지 않았지?"

"물론이지. 신중해야 하니까. 괜한 환상을 가질지도 모르고. 그런 데 실패할 거라고 생각해?"

"아니에요, 절대 실패하지 않아요." 뒷좌석에 앉은 가르시아 게레로 중위가 불쑥 끼어들었다. "염소는 올 거예요."

과연 그가 올까? 토니 임베르트는 시계를 보았다. 아직도 올 가능성은 있었다. 절망할 필요는 없었다. 그는 인내심이 강한 사람이었다. 하지만 젊었을 때는 불행히도 안 그랬다. 그로 인해 후회하는 일도 저질렀다. 가령 1949년에 그가 분노로 제정신을 잃고 보낸 전보가 그랬다. 그가 주지사로 재임하고 있던 푸에르토 플라타 지방의 루페론 해변에 오라시오 훌리오 오르네스가 이끄는 트루히요 반대자들이 상륙했을 때였다. '명령만 내리시면 푸에르토 플라타를 불바다로 만들겠습니다. 수령님.' 그건 그의 평생에 가장 후회스러운 말이었다. 신문들은 일제히 그의 말을 그대로 실었다. 총통이 모든 도미니카 사람들에게 그 젊은 주지사가 얼마나 독실하고 광적인 트루히요 추종자인지 알리고 싶었기 때문에 모든 신문에 게재하라고 지시했던 것이다.

오라시오 훌리오 오르네스, 펠릭스 코르도바 보니체, 툴리오 오스틸리오 아르벨로, 구구 엔리케스, 미겔루초 펠리우, 살바도르 레예스 발데스, 페데리코 오라시오와 다른 사람들*은 1949년 6월 19일에 왜 그 머나먼 푸에르토 플라타를 선택했던 것일까? 그 군사 원정은 완전히 실패로 끝났다. 그곳을 침략하려고 했던 비행기 두 대 중 한 대는 그곳에 도착하지도 못하고, 코수멜 섬으로 되돌아갔다. 오라시오 훌리오 오르네스와 다른 동료들이 탑승한 카탈리나호는 루페론의 진흙 해변 근처의 물 위에 착륙했지만, 원정 대원들이 내리기도 전에 해안 경비선이 그 수상 비행기에 총격을 가해 완전히 날려버렸다. 군 정찰대는 몇 시간도 안 되어 침략자들을 체포했다. 트루히요는 또 한차례 연극을 벌였다. 그는 오라시오 훌리오 오르네스를 포함해 체포된 사람들을 모두 사면했고, 자신의 권력과 아량을 과시하기 위해 그들이 다시 망명을 떠날 수 있도록 허락했다. 그러나 바깥세계에 이런 자비의 제스처를 보여주면서, 동시에 푸에르토 플라타의 주지사였던 안토니오 임베르트와 그의 동생이자 그 지방 군 사령관이었던 세군도 임베르트 소령을 직위 해제했고, 그들을 감옥에 가두어 구타했다. 그리고 공범 혐의자들에게 무자비한 보복을 감행하여 그들을 체포하고 고문했으며, 많은 사람들을 비밀리에 총살시켰다. '공범 아닌 공범자들

---

* 1949년 6월 19일에 도미니카 공화국의 루페론 해변에 상륙했던 원정 대원들.

이었어'라고 그는 생각한다. '그들이 상륙하면 사람들이 봉기할 것이라고 믿었던 거야.' 그러나 사실상 그 누구도 침략자들의 편이 아니었다. '아무 죄도 없는 사람들이 그런 망상 때문에 너무 심한 대가를 치렀어.'

오늘 밤 계획이 실패로 돌아간다면 얼마나 많은 무고한 사람들이 다치게 될까? 안토니오 임베르트는 그다지 낙관적으로 보지 않았다. 반면에 국방부 장관이자 육군 총사령관인 호세 레네 (푸포) 로만이 이 음모에 가담하고 있다는 사실을 안토니오 델라 마사에게 들은 이후로 아마디토나 살바도르 에스트레야 사드알라는 트루히요가 죽으면 모든 게 계획대로 착착 진행될 것이라고 자신하고 있었다. 군부는 로만의 명령에 따라 염소의 형제들을 체포할 것이고, 조니 아베스와 골수 트루히요 추종자들을 사살할 것이며, 군과 민이 합동 평의회를 구성할 것이라고 믿었다. 국민들은 거리로 나와서 자유를 되찾았다는 사실에 기뻐하며 환호할 것이며, 칼리에들을 모두 죽일 것이었다. 그런데 과연 일이 그렇게 될까? 세군도가 희생자가 되고 말았던 그 멍청한 공격 이후 환멸감을 느낀 임베르트는 섣부른 감격과 열광을 질색하게 되었다. 그는 자기 발밑에 누워 있는 트루히요의 시체를 보고 싶을 뿐이었다. 나머지는 별로 중요하지 않았다. 그 독재자에게서 이 나라를 해방시키는 것, 그것만이 그의 관심사였다. 그 장애물이 제거되면, 비록 처음에는 일들이 제대로 돌아가지 않을지라도, 적어도 자유의 문이 활짝 열릴 것이다. 비록 그들 중 아무도 살아남지 못하더라도, 그렇게 문이 활짝 열릴 것이라는 확신으로 오늘 밤의 거사를 정당화하고 있었다.

그랬다. 토니는 라빅토리아에 세군도를 면회하러 갔을 때 이 음모에 관해 한 마디도 하지 않았다. 그들은 가족과 야구와 권투에 관해 말했고, 세군도는 감옥에서 보내는 일상생활에 대해 들려주었다. 유일하게 중요한 주제에 관해서는 서로 말을 피했다. 마지막 면회에서 안토니오는 그와 헤어지면서 "곧 상황이 바뀔 거야, 세군도"라고 귀엣말로 속삭였다. 똑똑한 사람은 하나를 들으면 열을 알 수 있는 법이었다. 동생이 그 말뜻을 알아들었을까? 결정타를 입은 후, 안토니오와 마찬가지로 세군도 역시 열렬한 트루히요 추종자에서 반체제 인사가 되었고, 이후 음모자가 되었다. 오래전부터 그는 독재정치에 종지부를 찍는 유일한 방법은 독재자를 죽이는 것이라고 믿었다. 나머지는 모두 쓸모없다는 결론에 이르렀다. 공포와 두려움으로 지어진 거미집의 모든 줄이 수렴되는 그 사람을 제거해버려야만 했다.

　"염소가 산책하고 있을 때 막시모 고메스 거리에서 폭탄이 터졌다면 어떻게 되었을까요?" 아마디토가 공상했다.

　"트루히요주의자들이 하늘로 날아올랐겠지." 임베르트가 대답했다.

　"내가 만일 그를 경호하고 있었다면, 나도 하늘로 날아올랐겠지요." 중위가 웃으면서 말했다.

　"그랬다면 내가 네 장례식에 커다란 장미 화환을 보냈을 거야." 토니가 응수했다.

　"빌어먹을 계획이야." 에스트레야 사드알라가 평가했다. "염소를 모든 수행원들과 함께 날려버리는 것, 정말 비정하고 냉혹해!"

　"그런데 난 네가 그 호위를 맡지 않을 거라는 걸 알고 있었어." 임베르트가 말했다. "그것 말고도 내가 널 거의 알지 못했을 때 구상했던 거야, 아마디토. 하지만 이제는 조금 더 생각해봐야 할 것 같군."

"그럼 다행이네요." 중위가 고맙다는 듯이 대답했다.

그들이 산크리스토발로 향하는 고속도로에서 기다린 것도 벌써 한 시간이 넘었다. 처음에는 얘기도 나누고 애써 농담도 했지만 차츰 부질없는 노력이 되었고, 각자 자신의 고통과 희망과 기억 속에 갇혀버리곤 했다. 안토니오 델라 마사는 갑자기 라디오를 켰지만, 강신술 프로그램을 예고하는 〈열대의 목소리〉 아나운서의 달콤한 목소리가 흘러나오자 바로 꺼버렸다.

그랬다. 2년 반 전에 염소를 죽이려는 그 실패한 계획에서, 안토니오 임베르트는 트루히요와 함께 숭고하신 노부인 훌리아의 집에서부터 막시모 고메스 길과 가로수 길을 따라 오벨리스크까지 매일 오후 산책길을 수행하는 수많은 아첨꾼들을 폭파시켜버릴 준비를 했었다. 그들은 그와 동행하는 가장 더럽고 가장 피로 물들여진 사람들이 아니었나? 독재자와 동시에 그의 추종자들을 박멸하는 건 이 나라를 위해 봉사하는 일일 것이다.

그는 혼자서 그 공격을 준비했다. 가장 친한 친구인 살비도르 에스트레야 사드알라에게도 알리지 않았다. 비록 터키인이 반트루히요주의자이긴 했지만, 독실한 가톨릭 신자라 그런 폭력 행위를 반대할 거라고 생각했기 때문이다. 그는 철저히 혼자 계획하고 생각했고, 참여하는 사람이 적을수록 성공 확률이 높다고 확신하고서 자기 수중에 있는 모든 재원과 수단을 동원했다. 마지막 단계에 가서야 나중에 '6월 14일 운동'이라고 불리게 될 단체의 두 청년을 계획에 가담시켰다. 당시 그것은 젊은 학생들과 전문 직업인으로 구성된 그룹에 불과했다.

그들은 독재에 반대하는 행동 조직을 구성하려고 했지만, 구체적인 방법을 몰라 우왕좌왕하고 있었다.

계획은 단순하고 현실적이었다. 트루히요가 편집광처럼 정확하고 규칙적으로 일상 활동을 한다는 것을 이용하기로 했다. 바로 그가 막시모 고메스와 가로수 길을 따라 걸어가는 저녁 산책이었다. 그는 조심스럽게 그 지역에 대한 조사에 착수했다. 과거와 현재의 최고위급 인사들이 사는 그 가로수 길을 앞으로도 가보고 뒤로 거슬러 가보기도 했다. '검둥이'라는 별명을 지닌 엑토르 트루히요의 으리으리한 집이 있었다. 독재자의 동생인 그는 두 번의 임기에 걸쳐 꼭두각시 대통령으로 재임했다. 또한 거기에는 숭고하신 노부인 훌리아의 장밋빛 저택도 있었다. 수령이 매일 저녁 산책을 시작하기 전에 들르는 곳이었다. '꼬마'라는 별명을 가졌으며 투계광인 루이스 라파엘 트루히요 몰리나의 집도 있었다. 그 외에도 '면도칼' 아르투로 에스파이야트 장군의 집이 있었으며, 로마 교황 대사의 관저 옆에는 현재 꼭두각시 대통령인 호세 발라게르의 집이 자리 잡고 있었다. 한때 안셀모 파울리노의 소유였던 오래된 우아한 대저택은 람피스 트루히요의 차지가 되었다. 그 지역에는 염소의 딸인 미녀 앙헬리타와 그녀의 남편이며 '페치토'라고 불리던 루이스 호세 레온 에스테베스의 저택도 있었다. 카세레스 트롱코소 가족의 저택과 비시니 가족의 궁전 같은 집도 있었다. 막시모 고메스 거리와 인접한 곳에는, 즉 라드아메스 영지 건너편에는 트루히요가 자기 아이들을 위해 지은 야구장이 있었고, 염소가 죽이라고 지시했던 루도비노 페르난데스 장군의 집이 있던 자리가 남아 있었다. 저택과 저택 사이에는 잡초로 우거진 빈터가 있었는데, 보도 주변에 설치된 초록색 페인트의 철사 울타리가 그곳을 둘러싸고 있었다. 수행원들이 항상 걸어 다니던 거리 오른쪽에는 초록색의 동일한 울타리가 쳐진 공터가 있었다. 안토니오는 그곳을 유심히 살펴보았다.

그는 '꼬마' 트루히요의 집에서 시작하는 울타리 한쪽을 선택했다. 그는 자기가 경영자로 있던 '메스클라 리스타'* 시멘트 공장(주인은 자비로우신 영부인의 오빠인 파코 마르티네스였다)의 철사 울타리 일부를 교체한다는 핑계를 대고, 철사 울타리 수십 개와 울타리를 팽팽하게 유지하기 위해 15미터마다 설치하는 금속 막대를 구입했다. 그는 그 금속 막대의 속이 비어 있는지, 그리고 그 안을 다이너마이트 스틱으로 채울 수 있는지 일일이 확인했다. 메스클라 리스타는 트루히요 시 근교에 원자재를 채취하는 두 개의 채석장을 소유하고 있었기 때문에, 그는 정기적으로 그곳들을 방문하면서 다이너마이트 스틱을 손쉽게 가져올 수 있었다. 그는 그것들을 그의 사무실에 숨겨놓았다. 그것 때문에 가장 먼저 출근했고, 마지막 직원이 퇴근한 후에야 사무실을 나섰다.

모든 게 준비되자, 그는 루이스 고메스 페레스와 이반 타바레스 카스테야노스에게 자기 계획을 설명해주었다. 두 사람은 그보다 젊었으며, 모두 대학생이었다. 루이스 고메스는 법학을, 타바레스는 공학을 공부하고 있었다. 그들은 반트루히요 비밀 그룹에 속한 그의 세포조직이었다. 여러 주일 동안 관찰한 끝에, 그는 그들이 진지하고 믿을

---

* '혼합 준비 완료'라는 뜻.

만하며 행동으로 옮기고자 열망하는 사람들이라고 결론 내렸다. 두 사람은 그의 제안을 열렬히 받아들였고, 비밀을 지킬 것을 약속했다. 그들은 매주 다른 장소에서 여덟 명에서 열 명 정도의 그룹을 지어 만나서, 독재에 반대하는 사람들을 끌어모을 수 있는 방법에 대해 논의했다.

루이스와 이반은 기대했던 것보다 훨씬 훌륭했다. 그들은 다이너마이트 스틱으로 울타리 막대의 속을 채우고서 리모컨으로 시험을 해본 후 뇌관을 설치했다. 그리고 지금 있는 낡은 울타리의 일부를 제거한 다음 기존의 금속 막대기를 다이너마이트가 가득 든 금속 막대기로 교체하고서 새로운 울타리를 설치하는 데 걸리는 시간을 정확히 계산하기 위해, 노동자들과 직원들이 모두 퇴근한 후 공장 빈터에서 연습했다. 다섯 시간이 채 걸리지 않았다. 6월 12일에 모든 게 준비되었다. 6월 15일에 트루히요가 시바오를 향해 거슬러 올라갈 때 행동을 개시하기로 했다. 그들은 덤프트럭 한 대를 사용할 수 있게 미리 조처해놓았다. 그 트럭으로 새벽에 철사 울타리를 무너뜨릴 계획이었다. 그러면 그들은 도로 정비반의 푸른색 작업복을 입고서 그 울타리를 화약이 들어 있는 것으로 교체할 것이다. 그들은 두 지점을 표시했다. 각 지점은 폭발 장소에서 50보 이내에 있었다. 오른쪽에서는 임베르트가, 왼쪽에서는 루이스와 이반이 아주 짧은 간격으로 리모컨을 작동시킬 예정이었다. 임베르트가 울타리 막대 앞을 지나는 순간 트루히요를 죽이고, 왼쪽에 있는 두 사람은 그를 확인 사살할 계획이었다.

그런데 1959년 6월 14일, 거사를 벌이기 전날 밤, 콘스탄사 산맥에서 뜻하지 않은 사건이 일어났다. 도미니카 항공기와 똑같은 색깔과

기장을 칠한 쿠바 비행기가 착륙했고, 일주일 후에는 반트루히요주의 자 게릴라들이 마이몬과 에스테로 온도의 해변에 상륙했다. 수염을 기른 쿠바의 사령관 델리오 고메스 오초아가 이끄는 그 작은 파견대의 도착은 트루히요 정권의 간담을 서늘하게 만들었다. 하지만 성급하고 제대로 협조도 이루어지지 않은 습격 작전이었다. 비밀 그룹들은 쿠바에서 진행되고 있던 작전에 관해 아무런 정보도 듣지 못한 상태였다. 트루히요 정권을 전복시키기 위해 피델 카스트로의 원조를 받아야 한다는 생각은 6개월 전에 바티스타 정권이 무너진 이래 비밀 그룹의 회합에서 강박적일 만큼 중심 주제가 되고 있었다. 그들은 짰다가 풀어헤치던 모든 계획에서 그들의 지원을 기대하고 있었고, 계획의 실행을 위해 사냥용 엽총과 권총과 낡은 소총을 모으고 있었다. 그러나 임베르트가 알고 있는 한 그 누구도 쿠바와 접촉하지 않았고, 6월 14일에 수십 명의 혁명군이 도착한 것은 꿈에도 생각지 못한 일이었다. 그들은 콘스탄사 공항에 있는 최소한의 병력을 무력화시키고는 주변의 산으로 도망쳤다. 하지만 그들은 그로부터 며칠에 걸쳐 토끼처럼 사냥되었고, 그 자리에서 사살되거나 트루히요 시로 이송되어 람피스의 명령 아래 대부분 살해되었다. 그때 트루히요 정권은 또다시 연극 같은 제스처를 취하면서 쿠바인 고메스 오초아와 그의 양아들 페드리토 미라발을 죽이지 않고 어느 정도 시간을 끌다가 피델 카스트로에게 송환했다.

쿠바 혁명군들의 상륙 이후 정부의 탄압이 얼마나 심해질지 아무도 예측하지 못했다. 이후 몇 주와 몇 달 동안 피바람이 몰아쳤다. 칼리에들은 용의자들을 무차별적으로 체포했고, 그들을 첩보부대로 이송

한 후 책임자의 이름을 불라면서 거세하고 고막을 터뜨리고 '옥좌'에 앉히는 등 온갖 고문을 자행했다. 라빅토리아, 라쿠아렌타, 엘누에베는 끌려온 남녀 젊은이들로 발 디딜 틈이 없었다. 학생들과 전문직 종사자들 그리고 사무직원들이었고, 그들 중 다수가 정부 요직에 있는 사람들의 친척이거나 가족이었다. 트루히요는 경악했다. 정권의 혜택을 입은 자들의 자녀, 손자, 조카 들이 그에게 음모를 꾸몄다는 게 가당키나 한 일일까? 그들은 체포된 사람들이 어느 집안 출신인지 전혀 고려하지 않았고, 그들이 하얀 피부의 얼굴을 지녔으며 중산층의 옷을 입었다는 사실도 감안하지 않았다.

루이스 고메스 페레스와 이반 타바레스 카스테야노스는 암살 예정일 아침에 첩보부대 소속의 칼리에들에게 체포되었다. 평소처럼 현실을 직시하면서, 안토니오 임베르트는 보호를 요청할 수 있는 가능성이 전혀 없다는 것을 깨달았다. 모든 대사관 주변에는 경찰과 군인과 칼리에들이 쫙 깔려 있었다. 루이스와 이반 혹은 비밀 그룹의 그 누구라도 고문을 이기지 못하고 그의 이름을 내뱉을 것이고, 곧 칼리에들이 그를 체포하러 올 것이라고 생각했다. 그는 자기가 해야 할 일이 무엇인지 정확하게 깨달았다. 칼리에들을 총알로 맞이해야 한다는 것이었다. 그들의 총알이 그를 갈기갈기 찢어놓기 전에 적어도 한두 사람은 저세상으로 보낼 작정이었다. 그들은 결코 집게로 그의 손톱을 빼내거나 혀를 자르거나 혹은 그를 전기의자에 앉히는 기쁨을 누리지 못할 것이다. 죽는 것은 두렵지 않지만, 절대로 그들에게 모욕을 당하지 않겠다고 결심했다.

그는 아무것도 모르는 아내 구아리나와 딸 레슬리를 라로마나에 있는 친척의 농장으로 보냈다. 그러고서 럼주 잔을 손에 들고 자리에 앉아서 기다렸다. 총알이 장전되고 안전장치가 풀린 권총이 주머니에 들어 있었다. 그러나 그날도, 그다음 날도, 그리고 사흘째가 되는 날도 칼리에들은 나타나지 않았다. 그의 집에도, 그가 애써 침착을 유지하며 정확하게 출근하던 메스클라 리스타의 사무실에도 들이닥치지 않았다. 루이스와 이반은 끝까지 그의 이름을 불지 않았고, 비밀 그룹에서 그가 자주 만나던 사람들의 이름도 언급하지 않았던 것이다. 그는 그렇게 기적적으로 무차별적인 탄압에서 빠져나올 수 있었다. 트루히요 체제는 죄를 지은 사람이건 죄가 없는 사람이건 가리지 않고 마구 체포했기 때문에 감옥이 미어터질 지경이었으며, 집권 29년 만에 처음으로 트루히요의 전통적인 지지자였던 중산층 가족들은 공포에 떨어야 했다. 그리고 그 실패한 침략 공격으로 말미암아 '6월 14일 운동'의 일원이라고 불리던 대다수의 죄수들은 바로 그의 지지층 출신이었다. 토니의 사촌이자 '몬초'라는 애칭으로 불리던 라몬 임베르트 라이니에리는 그 운동을 이끄는 지도자 중 하나였다.

그는 어떻게 탄압에서 빠져나올 수 있었을까? 의심의 어지 없이 2년이 지난 지금까지도 라빅토리아의 지하 감옥에 수감되어 있는 루이스와 이반의 용기 때문이었다. 그리고 '6월 14일 운동'의 다른 청년들과 여성들이 그를 지목하지 않았기 때문이다. 아마도 그들은 그를 행동주의자가 아니라 단순히 방관자로 여긴 듯했다. 토니 임베르트는 무척 내성적이었고 모임에서도 거의 입을 열지 않았다. 그 비밀 모임에 그를 데려간 사람은 몬초였다. 토니는 듣기만 했고, 한두 마디를 하는 게 고작이었다. 게다가 세군도 임베르트의 형제라는 이유가 아니면 첩보부대 블랙리스트에 올라갈 이유가 전혀 없었다. 그의 이력은 깨끗했다. 평생 정권을 위해 일하면서 철도회사 감찰관, 푸에르토 플라타 주지사, 국가복권회사 사장, 신분증명서 발급 사무소 소장 등을 역임했고, 지금은 트루히요의 처남이 소유한 메스클라 리스타 시멘트 공장의 경영자였다. 그러니 어떻게 그를 의심할 수 있겠는가?

6월 14일 이후 며칠 동안 그는 밤에 아무도 몰래 공장 사무실에서 다이너마이트 스틱을 제거한 다음 그것들을 채석장으로 다시 가져갔다. 그러는 순간에도 다음 암살 계획을 어떻게, 누구와 함께 수행할지에 대해서만 생각했다. 그는 그동안의 일을 가장 친한 친구인 터키인 살바도르 에스트레야 사드알라에게 털어놓았다. 살바도르 역시 동일한 결론에 도달해 있었다. 즉 트루히요가 살아 있는 한 아무것도 바뀌지 않을 거라는 사실이었다. 두 사람은 가능한 모든 암살 방법을 제안했다가 폐기하기를 반복했다. 그러나 그들 삼총사 가운데 한 명인 아마디토 앞에서는 그에 관해 일언반구도 하지 않았다. 군 경호원이 자선가 암살 모의를 한다? 그것은 도무지 상상할 수 없는 일이라고 생각했다.

하지만 오래지 않아 계기가 찾아왔다. 승진하기 위해 어떤 죄수(그는 그가 전 애인의 남동생이라고 믿고 있었다)를 죽여야만 하는 사건이 일어났던 것이다. 아마디토의 경력에서 지우지 못할 상처로 남은 일화였다. 그 사건으로 인해 그는 이 게임에 발을 들여놓게 되었다. 이제 얼마 안 있으면 콘스탄사, 마이몬과 에스테로 온도의 상륙 사건이 2주년을 맞이하게 될 것이었다. 정확히 말하면 오늘은 1년 11개월 14일째였다. 안토니오 임베르트는 시계를 보았다. 아무래도 염소는 오지 않을 것 같았다.

그동안 수많은 일이 도미니카 공화국에, 그리고 세계에, 또한 그의 삶에 일어났다. 정말 많은 일이었다. 우선 1960년 1월에 대량 검거 바람이 휘몰아쳤다. '6월 14일 운동'에 가담했다고 의심되는 수많은 젊은 남녀들이 체포되었고, 그중에는 미라발 자매와 그녀들의 남편도 포함되었다. 또한 1960년 1월 발표된 독재를 비난하는 주교의 교서를 기점으로 트루히요는 오랫동안 협력해왔던 가톨릭교회와 등을 돌리게 되었다. 1960년 6월에는 베네수엘라의 베탕쿠르 대통령에 대한 암살 기도가 있었다. 이 사건으로 그동안 든든한 협력자였던 미국을 비롯해 수많은 나라들이 트루히요 체제를 비난했으며, 1960년 8월 6일에 코스타리카 회의에서 미국은 도미니카 공화국 제재에 찬성표를 던졌다. 1960년 11월 25일에는—그 음울한 날을 떠올릴 때면 임베르트는 가슴에 사무치는 통증을 느꼈다—남부 산맥의 정상에 있는 라쿰브레에서 미네르바, 파트리아, 마리아 테레사 미라발 자매와 그들의 운전사가 살해되었다. 그들은 푸에르토 플라타의 요새에 수감되어 있던 미네르바와 마리아 테레사의 남편들을 면회하고 집으로 돌아가던 중이었다.

도미니카 공화국 전체가 아주 신속하고 알 수 없는 미스터리한 방법으로 이 살해 소식을 알게 되었다. 이 소식은 입에서 입으로, 집에서 집으로 전해졌고, 몇 시간도 안 되어 그 나라에서 가장 멀리 떨어진 지역에까지 도착했다. 비록 신문에는 단 한 줄도 실리지 않았지만, 종종 이 뉴스처럼 사람의 소리를 통해 전해진 소식은 윤색되어 축소되거나 과장되었으며, 시간이 지날수록 실제 일어난 일과 완전히 다른 신화나 전설 혹은 허구가 되곤 했다. 그는 지금 있는 곳에서 그리 멀지 않은 곳에 있던 말레콘에서 보낸 그날 밤을 떠올렸다. 6개월 전에 그는 그곳에서 염소를 기다리고 있었다. 미라발 자매의 죽음을 복수하기 위해서였다. 그들은 돌로 만든 난간에 앉아 있었다. 매일 밤마다 그들은 시원한 음료수를 마시고 은밀하게 대화를 나누곤 했다. 그와 살바도르, 아마디토와 더불어 안토니오 델라 마사도 함께 있었다. 미라발 자매에게 일어난 일을 듣고 네 사람은 부들부들 떨었고, 산꼭대기에서 자동차 사고로 위장된 세 여자의 죽음에 관해 말하면서 몸서리쳤다.

"그들은 우리의 아버지들, 우리의 형제들, 우리의 친구들을 죽이고 있어. 이제는 우리의 여자들까지 죽이고 있어. 그런데 우리는 이곳에 체념한 채 앉아서 우리 차례를 기다리고 있어." 그가 혼잣말처럼 중얼거렸다.

"체념한 것은 절대 아니야, 토니." 안토니오 델라 마사가 이의를 제기했다. 그는 레스타우라시온에서 그곳에 도착했고, 오는 도중에 미라발 자매의 사망 소식을 듣고 이들에게 전해주었다. "트루히요는 대가를 치르게 될 거야. 모든 게 착착 진행되고 있어. 하지만 아주 잘해야만 해."

그때 살해 기도는 모카에서 계획되고 있었다. 트루히요가 델라 마사의 가족 영지를 방문하는 동안 실행에 옮길 작정이었다. 미주기구의 비난과 경제 제재 조치 이후 그는 전국 순방에 나섰다. 이번 방문도 그중 하나였다. 폭탄 하나가 예수의 성심에 봉헌된 중앙 성당에서 폭발할 것이고, 그가 교회 안마당에 설치된 연단에서 꼬까오랑캐꽃으로 반쯤 덮여 있는 요한 보스코 성인의 석상 주변으로 몰려든 군중들에게 연설을 하는 동안, 발코니와 테라스 그리고 시계탑에서 트루히요를 향해 총알이 비 오듯 쏟아질 것이다. 임베르트는 손수 교회를 살펴보았고 교회에서 가장 위험한 장소인 시계탑에 자기가 숨겠다고 자원했다.

"토니는 미라발 자매를 알고 있었어." 터키인이 안토니오 델라 마사에게 설명했다. "그래서 더욱 흥분했던 거야."

미라발 자매가 친구였다고 말할 수는 없어도, 그는 그들을 알고 있었다. 그는 세 자매와 미네르바의 남편 마놀로 타바레스 후스토, 그리고 파트리아의 남편 레안드로 구스만을 '6월 14일 운동'이 조직된 모임들에서 이따금 만난 적이 있었다. 그들은 역사적인 인물인 트리니타리아 데 두아르테를 모델로 삼고 있었다. 세 자매는 소규모 조직의 열성적인 지도자들이었지만, 조직은 비효율적이고 지리멸렬했고 결국 탄압을 받으면서 와해되고 있었다. 그럼에도 그토록 확신을 가지고 대담하게 불확실한 투쟁에 헌신하는 모습을 보고 그는 깊은 인상을 받았다. 특히 미네르바 미라발이 그랬다. 그녀가 의견을 제시하고 토론하고 제안하거나 혹은 결정하는 것을 들었던 모든 사람들이 공통적으로 느낀 인상이었다. 비록 그런 점들에 관해 더 일찍 깨닫지는 못했지만, 토니 임베르트는 미네르바 미라발을 알기 전까지는 한 여자가 혁명을 계획하거나 무기나 다이너마이트나 화염병, 혹은 칼이나 총검을 손에 넣고 숨기는 일처럼 남자들이 해야 하는 일에 그토록 헌신할 수 있을 것이라고는 미처 생각지 못했다. 또한 첩보부대의 손에 체포될 경우 투사들은 고문을 받아 동료들의 이름을 불지 못하도록 독약을 삼켜야만 한다고 차갑고 냉정하게 말하는 모습을 보고 남자 못지않다고 생각했다.

미네르바는 비밀 선전을 하거나 대학에서 학생들을 새 조직원으로 맞아들이는 방법에 관해서도 제안했다. 그러면 다른 사람들은 그녀의 말을 경청했다. 그녀가 너무나 똑똑했고, 주장과 의견이 똑부러졌기 때문이다. 확고한 신념과 설득력이 넘치는 그녀의 말은 전염력이 있었다. 게다가 그녀는 아름답기 그지없었다. 새까만 머리카락과 눈을 지녔고, 얼굴은 우아하고 고왔으며, 코와 입은 가늘면서도 선이 또렷했고, 새하얀 치아는 얼굴의 푸른색과 선명한 대조를 이루었다. 정말 아름다운 여자였다. 그녀에게는 또한 여성적인 매력이 흠뻑 스며 있었다. 모임에 참석할 때는 수수하게 옷을 입었지만 섬세함이 깃들어 있었으며, 그녀의 몸짓과 미소에서는 자연스러운 교태가 발산되었다. 토니는 그녀가 화장한 모습을 본 적이 없으나 정말 아름다운 여자라고 느꼈다. 하지만 그 어떤 참석자도 그녀에게 함부로 알랑거리거나 혹은 도미니카 남자들 사이에서는, 특히 그들이 젊은 남자들이고 꿈과 이상과 위험을 공유하는 형제애로 똘똘 뭉친 사람들끼리는 너무나 일상적이고 자연스러우며 심지어 의무이기도 한 장난이나 재담을 할 엄두를 내지 못했다. 미네르바 미라발의 자신 넘치는 모습에는 남자들이 다른 여자들에게 쉽게 그러하듯 스스럼없이 다가가지 못하게 만드는 뭔가가 있었다.

그녀는 반트루히요 비밀 투쟁이라는 작은 세계에서 이미 전설적인 존재였다. 사람들이 떠들어대는 얘기 가운데 어떤 것이 사실이며, 어떤 것이 과장되었고, 어떤 것이 근거도 없이 만들어진 것이었을까?

242

아무도 감히 그런 걸 그녀에게 물어보지 못했을 것이다. 그랬다가는 경멸적인 시선을 받거나, 아니면 종종 상대방을 침묵시켜버리는 예리하고 날카로운 대답만 들을지도 모르기 때문이다. 사람들 말로는, 그녀는 10대 때 트루히요와 춤추기를 거부하면서 그를 퇴짜 놓는 용기를 발휘했으며, 그 때문에 그녀의 아버지는 오호 데 아구아의 시장직에서 파면되어 감옥으로 가는 수난을 겪었다고 한다. 어떤 사람들은 그녀가 그를 퇴짜 놓았을 뿐만 아니라, 그가 춤을 추면서 그녀를 애무했거나 혹은 음탕한 말을 하자 따귀를 때렸다고 말하기도 했다. 하지만 그것을 진짜라고 믿는 사람은 거의 없었다("만약 그랬다면 그녀를 그 자리에서 죽였거나 아니면 죽이도록 명령했을 거야. 그녀는 결코 지금까지 살아 있지 못했을 거야"). 하지만 안토니오 임베르트는 그렇게 생각하지 않았다. 그녀를 처음 보았고 그녀의 말을 처음 들었을 때부터, 따귀를 후려쳤다는 얘기가 과장되었다고 하더라도 충분히 그럴 수 있는 일이라고 믿었다. 몇 분만 미네르바 미라발의 얼굴을 보고 그녀가 하는 말(가령 투사들이 고문을 이겨낼 수 있도록 정신적 무장을 갖추게 할 필요가 있다는 말을 차가우면서도 자연스럽게 내뱉는 것)을 들어본다면, 만일 그렇게 무례한 일을 당했다면 상대가 아무리 트루히요라고 해도 능히 따귀를 때릴 수 있는 여자임을 알 수 있을 것이다. 그녀는 두어 번 체포된 경력이 있었다. 우선 라쿠아렌타에서 그녀가 보여준 대담무쌍한 행동에 관한 이야기들이 사람들의 입에 회자되었다. 그런 다음에는 라빅토리아에서 단식투쟁을 벌였으며, 빵과 벌레가 득실거리는 물만 먹으며 독방에 갇혀 있을 때도 꿋꿋이 견뎌냈으며, 그곳에서 군인들이 그녀를 무참하게 학대했다는 이야기가 떠

돌았다. 그녀는 감옥에 들어갔던 일이나 고문 이야기를 지나가는 말로도 절대로 꺼내지 않았다. 또한 그녀가 반트루히요주의자라는 사실이 알려진 후 그녀의 가족이 박해받았으며, 얼마 안 되는 재산마저 몰수당했고, 가택 연금에 놓이면서 겪어야만 했던 수난과 고통도 절대로 입에 올리는 법이 없었다. 독재정권은 미네르바에게 법학을 공부하도록 허락해주었다. 그러나 그것은 교묘하게 계획된 보복이었다. 그녀가 학업을 마치자 변호사 자격증 수여를 거부했던 것이다. 다시말하면, 5년간의 공부를 허송세월로 만들면서 한창 젊은 나이에 일하지도 못하게 하고 생활비도 벌지 못하는 형을 내림으로써 쓰라린 좌절감을 맛보게 했던 것이다. 그러나 그런 것은 그녀의 의지를 꺾지 못했다. 그녀는 지칠 줄 모르는 열정으로 다른 사람들에게 용기를 북돋웠다. 그녀는 결코 멈추지 않는 발동기였다. 임베르트가 종종 생각했듯이, 그녀는 언젠가 도미니카 공화국이 이룩하게 될 젊고 아름다우며 열정적이고 이상적인 국가의 서곡이었다.

그는 눈에 눈물이 가득 괴는 것을 느끼고 당황했다. 그래서 담배에 불을 붙여 몇 모금 빨면서 달빛이 희미하게 빛나면서 장난치고 있는 바다를 향해 연기를 내뿜었다. 이제는 산들바람도 불어오지 않았다. 이따금 트루히요 시에서 오는 자동차의 헤드라이트가 멀리서 나타나곤 했다. 네 사람은 의자에서 몸을 폈고 고개를 쑥 뺐으며, 긴장한 표정으로 어둠 속을 살펴보았다. 그러나 자동차가 20미터 혹은 30미터 앞까지 왔을 때 그것이 시보레 자동차가 아니라는 사실을 알고는 다시 실망하여 의자에서 구부정한 자세를 취하곤 했다.

감정을 가장 잘 통제하는 사람은 임베르트였다. 그는 말이 없는 사람이었지만, 최근 몇 년 동안 트루히요를 죽여야 한다는 생각에 사로 잡힌 후에는, 마치 속세를 버린 사람처럼 자기의 원기를 먹고 살았고, 점점 침묵 속으로 빠져들었다. 그는 친구가 많지 않았다. 최근 몇 달 동안 그의 삶은 매일 메스클라 리스타의 사무실과 집을 오가면서 에 스트레야 사드알라와 가르시아 게레로 중위와 만나는 것이 전부였다. 미라발 자매들이 죽은 후, 실질적으로 모든 비밀 모임은 중단되었다. 체제의 탄압이 휘몰아치면서 '6월 14일 운동'은 그야말로 쑥대밭이 되었다. 도망친 사람들은 비밀 운동에서 물러나 가정생활로 돌아가면 서 남의 눈에 띄지 않으려고 노력했다. 가끔 그는 '왜 난 체포되지 않 았나?'라는 질문을 던지면서 괴로워했다. 이유를 분명하게 찾지 못해 비참하고 불쾌한 기분에 사로잡혔다. 마치 죄인이라도 된 것처럼, 자 기는 이렇게 멀쩡히 자유를 누리고 있는데 다른 수많은 사람들이 끌 려가 고문 속에 신음하는 것이 자기 책임인 것처럼 느껴졌다.

물론 그것은 상대적인 자유였다. 그는 자기가 어떤 체제 속에서 살 고 있는지, 젊어서 지금까지 어떤 정부를 위해 봉사해왔는지―트루히 요 가문이 소유한 공장의 경영자로서 그것을 부정할 수 있을까?―깨 달은 이후, 그는 마치 포로가 된 것 같았다. 모든 걸음, 행선지, 움직 임이 통제되고 감시당한다고 느꼈다. 그래서 그랬던 거다. 그런 느낌 에서 해방되고 싶어 마침내 트루히요를 죽여야겠다는 생각에 이르게 됐던 것이다. 정권에 대한 환멸은 오랫동안 은밀하게 서서히 진행되 었다. 그것은 자신보다 더 열렬한 트루히요 신봉자인 동생 세군도가 정치적 문제에 휘말리기 한참 전부터 이루어졌다. 하기야 20년 전 혹 은 25년 전에 그의 주변에 트루히요 신봉자가 아닌 사람이 있었던가?

모두가 염소를 조국의 구원자로 떠받들었다. 그는 지방 토호 세력과의 전쟁에 종지부를 찍었고, 아이티의 재침략 위험을 종식시켰으며, 세관을 통제하고 도미니카 화폐 사용을 금지했으며 예산 승인권을 가지고 있던 미국과의 굴욕적인 종속을 마감시켰고, 자발적이건 강요에 의해서건 최고 인재들을 정부에 입각시킨 사람이었다. 그러니 트루히요가 자기 마음에 드는 여자들과 사랑을 나눈 게 무슨 문제가 되겠는가? 혹은 공장과 농장과 목장들을 모두 삼켜버렸다는 게 뭐 그리 대수겠는가? 어쨌든 그는 도미니카를 번영시킨 주역이 아니었는가? 그 덕분에 이 나라가 카리브해에서 가장 강한 군사력을 가지게 되지 않았는가? 지난 20년 동안 토니 임베르트는 이런 이유들을 내세우며 그를 옹호했다. 그래서 지금 그의 속이 뒤틀리는 것이었다.

이제 그는 최초의 의심과 추측 혹은 괴리감이 어떻게 시작되었는지 기억할 수 없었다. 어쨌건 그는 정말로 모든 게 잘되어가고 있는지 의심하게 되었다. 혹은 비범하고 놀라운 정치인의 엄격하면서도 훌륭한 지도력 아래서 급성장하고 있는 나라의 겉모습 뒤에는 살해와 탄압과 기만이라는 잔혹한 현실이 있는 것은 아닌지, 선전과 폭력을 통해 가공할 거짓말을 숭배하게 만드는 것은 아닌지 의심하기 시작했다. 그런 의심이 한 방울씩 끊임없이 떨어지더니 트루히요를 신봉하던 그의 마음에 구멍을 뚫고 말았다. 그래서 푸에르토 플라타의 지사직을 그만두었을 때, 그는 이미 트루히요 신봉자가 아니었다. 그는 이 정권이 독재적이며 부패했다고 확신했다. 그러나 아무에게도, 심지어 아내 구아리나에게도 그런 마음을 털어놓지 않았다. 그는 여전히 세상 사람들에게 트루히요 신봉자의 얼굴을 보여주었다. 비록 세군도가 푸에르토리코에 자진 망명한 상태였지만, 정권은 아량과 너그러움을 과시하면서 안토니오에게 계속 일자리를 제공해주었다. 그것도 트루히요 집안의 기업을 경영하는 영광스러운 자리였다. 그것이야말로 그를 믿고 있다는 확실한 증거 아니겠는가?

생각하는 것과 매일 반대되는 일을 한다는 것은 끊임없이 그를 괴롭혔다. 아무도 모르는 그의 마음 후미진 곳에서 그는 트루히요에게 사형선고를 내렸다. 트루히요가 살아 있는 한 자기를 비롯한 수많은 도미니카 사람들이 자신에 대한 혐오와 불쾌감 속에서 살아가야 할 것이며, 매 순간 자기 자신에게 거짓말을 하고 다른 사람을 속이며 한 사람이면서도 두 사람이 되어야 하는 형벌 속에 살아가야 한다고, 즉 공적인 장소에서는 진실을 감춘 채 거짓말을 하면서 살아야만 한다고 확신했다.

그가 결심하자 효험이 나타났다. 그의 사기가 진작되었던 것이다. 그는 자신의 진정한 감정을 다른 사람과 공유하게 되면서 굴욕적인 이중생활을 그만두었다. 살바도르 에스트레야 사드알라와의 우정은 마치 하늘이 내려준 선물 같았다. 터키인 앞에서 그는 무슨 일이든지 마음 놓고 털어놓을 수 있었다. 그는 도덕적으로 청렴결백했고, 성실하고 솔직했다. 사실 토니는 그토록 헌신적으로 종교를 믿는 사람을 본 적이 없었다. 터키인은 자신의 행동이 종교와 일치되도록 노력하고 있었다. 그는 토니의 가장 친한 친구이자 행동 모델이 되었다.

두 사람이 친구가 된 지 얼마 되지 않아, 임베르트는 사촌 몬초를 통해 알게 된 비밀 그룹에 자주 참석하기 시작했다. 비록 그 젊은 남녀들이 자유와 미래, 그리고 목숨까지 기꺼이 위험에 내맡기고 있지만 트루히요와 싸울 효과적인 방법을 찾지 못하고 있다고 느꼈다. 그럼에도 그는 이리저리 빙빙 돌면서 서로 다른 암호로 신원을 확인하는 전령들을 따라 어떤 집에 — 매번 모일 때마다 장소가 달랐다 — 도착하여 한두 시간 그들과 함께 있으면, 자기가 살아야 하는 이유를 발견할 수 있었으며, 깨끗한 양심을 가지고 자신의 삶에 정신을 집중할 수 있었다.

마침내 토니는 어느 날 갑자기 불상사가 닥치더라도 아내가 충격을 받지 않도록 솔직하게 털어놓았다. 아내 구아리나는 놀란 입을 다물지 못했다. 토니는 비록 겉으로는 트루히요 신봉자인 척해도 사실은 오래전부터 그런 사람이 아니며, 심지어 비밀 그룹에 가입해 반정부 활동을 하고 있다고 밝혔다. 그녀는 그를 말리지 않았다. 만일 그가 체포되어 세군도처럼 30년형을 선고받으면 어쩔 셈인지 혹은 최악의 경우 살해된다면 딸 레슬리에게 어떤 일이 일어날지 생각해봤느냐고도 묻지 않았다.

그의 아내와 딸도 오늘 밤의 거사에 대해서는 알지 못했다. 가족들은 그가 터키인의 집에서 카드놀이를 하고 있을 거라고 생각할 것이다. 만일 이번 일이 실패로 돌아간다면 그들에게 무슨 일이 일어날까?

"넌 로만 장군을 믿지?" 그는 이렇게 말하면서 억지로 다른 생각을 하려고 했다. "우리 편이 분명하지?" 푸포 로만 장군은 트루히요 조카의 남편이었고, 수령이 가장 총애하는 조카들인 호세와 비르힐리오 가르시아 트루히요 장군의 매형이었다.

"우리 편이 아니었다면, 우리는 이미 라쿠아렌타에 있을 거야." 안토니오 델라 마사가 말했다. "그는 수령의 시체를 보고 싶어 해. 그 조건만 지켜진다면 그는 우리와 함께할 거야."

"믿기 힘들어." 토니가 중얼거렸다. "트루히요가 죽는다고 국방부 장관에게 무슨 이득이 되지? 잘해야 본전인데."

"너와 나보다 더 트루히요를 증오해." 델라 마사가 대답했다. "고위 각료들 중에도 그를 증오하는 사람들이 많아. 트루히요주의는 카드로 쌓은 성에 불과해. 곧 무너질 거야. 푸포는 수많은 군인들과 함께 우리 계획에 가담하고 있어. 군인들은 그의 명령만을 기다리고 있어. 곧 그는 지시를 내릴 것이고, 내일이면 이 나라는 다른 세상이 되어 있을 거야."

"어쨌든 염소가 올 때만 가능한 이야기야." 뒷좌석에서 에스트레야 사드알라가 중얼거렸다.

"올 겁니다, 터키인. 반드시 올 거예요." 중위가 재차 반복했다.

안토니오 임베르트는 다시 생각에 잠겼다. 이 나라는 내일 아침 독재로부터 해방되어 새날을 맞게 될까? 그는 모든 힘을 다해 그렇게 되게 해달라고 빌었지만, 거사가 일어나기 몇 분 전인 지금도 믿기 힘들었다. 로만 장군 이외에 얼마나 많은 군인들이 이 음모에 가담하고 있을까? 그는 결코 그걸 알려고 하지 않았다. 네댓 사람 정도 알고 있었지만, 더 많을 수도 있었다. 차라리 모르는 편이 나았다. 그는 음모에 가담하는 사람들은 불가피하게 최소한의 것만 알아야 하며, 그래야만 작전을 위험에 빠뜨리지 않을 거라고 생각했다. 그는 안토니오 델라 마사가 만일 독재자를 처형하게 되면 국방부 장관이 권력을 인수할 것이라는 얘기를 관심 있게 들었다. 그렇게 되면 염소의 친인척들과 핵심 측근들은 일련의 보복 행위를 벌이기 전에 체포되거나 살해될 것이다. 독재자의 두 아들 람피스와 라드아메스가 파리에 있다는 건 차라리 잘된 일인지도 몰랐다. 안토니오 델라 마사는 얼마나 많은 사람들에게 그런 말을 했을까? 지난 몇 달간 계획을 점검하기 위해 모인 자리에서 안토니오는 수많은 사람이 가담하고 있다는 암시나 언급을 자기도 모르게 했고, 그런 말을 꺼내다가 그만두기도 했다. 토니는 살바도르의 입을 막으려고 극단적인 조치를 취하기도 했다. 어느 날 살바도르가 씩씩대며 자기와 안토니오 델라 마사가 후안 토마스 디아스 장군의 집에서 모였는데, 임베르트의 가담을 둘러싸고 한바탕 말싸움이 벌어졌다는 얘기를 꺼냈던 것이다. 그들은 임베르트의 트루히요주의자로서의 전력을 문제 삼으며 안전한 사람이라고 믿지 않았다. 그가 예전에 트루히요에게 보낸 유명한 전문을 떠올리기도 했다. 푸에르토 플라타를 불바다로 만들어버리겠다는 언급이었다. ('내가 죽을 때까지 그리고 죽어서도 꼬리표처럼 그 얘기가 따라다닐 거야'라고 그는 생각했다.) 터키인과 안토니오는 이의를 제기하면서, 토니가 확실한 사람이라는 것은 자신들이 보증할 수 있으며 손을 불에 집어넣을 수도 있다고 맹세했다. 토니는 살바도르가 더 말하지 못하게 제지했다.

"난 알고 싶지 않아, 터키인. 어쨌거나 나를 잘 모르는 사람들이 날 믿어야 할 필요는 없잖아? 그건 사실이야. 난 직접적이건 간접적이건 평생 트루히요를 위해 일해왔어."

"그럼 나는?" 터키인이 대답했다. "도미니카 국민의 30퍼센트 혹은 40퍼센트가 그를 위해 일하지 않아? 우리 역시 정부나 그의 기업을 위해 일하고 있잖아? 단지 아주 돈 많은 사람들만 트루히요를 위해 일하지 않아도 되는 사치를 누릴 수 있어."

'그들도 그렇지 않아'라고 그는 생각했다. 부자들 역시 계속해서 부자가 되고 싶다면 수령과 한패가 되어야만 했고, 그들이 소유하고 있던 회사들의 일부를 그에게 팔아야 했으며, 수령의 회사들 중 일부를 사들여야만 했다. 이런 식으로 부자들도 트루히요의 위대함과 권력에 공헌해야만 했다. 그는 살며시 눈을 감고서 조용한 파도 소리를 자장가 삼아 트루히요가 만들 수 있었던 체제, 도미니카 사람들이 조금 빠르거나 늦은 차이만 있을 뿐 모두 공모자로 참여했던 체제가 얼마나 사악한지 생각했다. 망명자(이들도 항상 그런 건 아니었다)와 죽은 사람만 빠져나갈 수 있던 체제였다. "도미니카 사람에게 가장 큰 불행은 똑똑하고 능력 있는 거야"라고 언젠가 알바로 카브랄('그는 정말 현명하고 똑똑하고 능력 있는 사람이었어'라고 생각했다)이 말하는 소리를 들었고, 다음의 말을 뇌리에 깊이 새겼다. "왜냐하면 조만간 트루히요가 그를 불러 체제에 봉사하라고, 혹은 그 자신을 위해 봉사하라고 요구할 것이기 때문이야. 일단 호출되면 거부하는 건 허락되지 않아." 카브랄은 그런 진실을 보여주는 증거였다. 그는 내각에 임명되는 것에 최소한의 저항도 하지 않았다. 에스트레야 사드알라가 말했듯이, 염소는 하느님이 그들에게 부여한 성스러운 속성, 즉 자유의지를 빼앗았기 때문이다.

터키인과는 달리, 안토니오 임베르트에게 종교는 삶의 중심이 되지 못했다. 그는 도미니카 방식의 가톨릭 신자였으며, 사람들의 삶을 기록하는 종교 행사—세례, 견진, 첫 영성체, 가톨릭 학교, 교회를 통한 결혼—를 빠짐없이 치렀고, 의심할 나위 없이 신부의 강론과 축복을 받으며 장례식을 치를 것이었다. 그러나 종교의식을 철저히 지키는 신자는 아니었으며, 매일 매일의 삶에서 신앙을 실천하며 사는 데 관심도 없었고, 자신의 행동이 계명과 맞는지도 신경 쓰지 않았다. 그러나 살바도르는 병적으로 보일 정도로 종교적인 삶을 살고 있었다.

그러나 자유의지에 관해서만큼은 그에게 영향을 끼쳤다. 그가 트루히요 암살에 가담한 것도 그 때문일 것이다. 독재자가 죽어야만 그와 다른 도미니카 사람들은 적어도 그들이 생계비를 벌기 위해 하는 일을 받아들이거나 거부할 수 있는 의지를 회복할 수 있었다. 토니는 그것이 무엇인지 몰랐다. 아니 알고 있었지만, 잊고 살았던 건지도 몰랐다. 그건 아주 멋진 것임이 분명했다. 트루히요가 31년 전 도미니카 사람들에게서 빼앗은 것, 즉 자유의지를 가질 때만 비로소 커피 한 잔이나 럼주 한 잔도 더 맛있게 음미할 수 있을 것이었고, 담배 연기와 무더운 날 바다에서 하는 수영, 토요일마다 보는 영화나 라디오에서 흘러나오는 메렝게 음악, 이 모든 게 육체와 정신에 더 좋은 느낌을 선사할 것이었다.

10

초인종 소리를 듣자 우라니아와 그녀의 아버지는 경직되면서 마치 잘못을 저지르다가 들킨 사람들처럼 서로를 쳐다본다. 아래층에서 목소리가 들리고 기쁨의 탄성이 터져 나온다. 급히 계단을 올라오는 소리가 난다. 초조하게 문을 두드리는 소리가 나는 깃과 거의 동시에 문이 열린다. 그리고 어리둥절한 얼굴이 열린 문 사이로 나타난다. 우라니아는 금방 그 얼굴을 알아본다. 그녀의 사촌 루신다이다.

"우라니아? 우라니아?" 툭 불거진 커다란 눈이 그녀를 아래위로 살펴보더니 양팔을 벌리고 꿈인지 생시인지 모르겠다는 듯 그녀를 향해 다가온다.

"나야, 나, 루신다." 우라니아는 아델리나 고모의 딸을 껴안는다. 그녀와 사촌이며 동갑이고 학교 친구이기도 했다.

"우라니타! 믿을 수가 없어. 지금 네가 여기에 있는 거야? 자, 이리 와! 그런데 웬일이야? 왜 내게 전화하지 않았어? 우리가 널 얼마나 사랑했는지 잊어버렸어? 네 고모 아델리나와 내 동생 마놀리타를 기억하지 못하는 거야? 내가 누군지도 모르겠어?"

그녀는 흥분을 가라앉히지 못하고 많은 질문을 동시에 던지면서 궁금해한다. "괘씸한 것, 조국으로 돌아오지도 않고 가족을 만나지도 않고서 35년 동안 어떻게 그렇게 지낼 수 있었어? 우라니타! 할 이야기가 정말 많아." 그녀는 우라니타에게 대답할 시간도 주지 않는다. 사촌은 옛날과 거의 달라지지 않았다. 루신디타는 어렸을 때부터 마치 앵무새처럼 쉬지 않고 재잘거렸으며, 열성적이고 창의력이 풍부하고 장난을 잘 쳤다. 우라니아가 가장 좋아하던 사촌이었다. 우라니아는 사촌이 하얀 치마와 감청색 재킷의 드레스 교복을 입은 모습이며 핑크색과 파란색의 평상 교복을 입은 모습을 떠올린다. 민첩하고 포동포동했으며 단발머리를 하고 다녔고, 치아 교정기를 끼고 있었으며 입술에는 항상 웃음기를 머금고 있었다. 이제 그녀는 뚱뚱한 중년 부인이다. 얼굴 피부는 주름 제거 수술을 받은 흔적도 없는데 팽팽하고 매끄러우며, 몸에는 수수한 꽃무늬 드레스를 걸치고 있다. 유일한 장식은 길고 반짝거리는 금귀고리다. 그녀는 갑자기 우라니아를 어루만지거나 질문하는 행동을 멈추고, 환자에게 다가가서 그의 이마에 입을 맞춘다.

"외삼촌, 딸이 이렇게 갑자기 오다니 정말 멋진 선물이지요? 우라니아가 부활해서 찾아오리라고는 생각지 못했죠? 정말 기쁜 일이에요. 그렇죠, 아구스틴 삼촌?"

그녀는 그의 이마에 다시 입을 맞추고, 갑자기 다가갔던 것과 마찬가지로 불현듯 그를 잊는다. 그녀는 우라니아 옆에, 그러니까 침대 모서리에 앉는다. 우라니아의 팔을 잡고 응시하면서 꼼꼼히 살펴보더니 다시 감탄사와 질문으로 그녀의 기를 압도한다.

"하나도 늙지 않았어. 우리는 동갑이야, 그렇지? 그런데 나보다 10년은 젊어 보여. 이건 불공평해! 아마 네가 결혼하지 않고 아이도 없어서 그럴 거야. 남편이나 아이들보다 우리 얼굴을 망가뜨리는 것은 없거든. 이 몸매 좀 봐! 피부도 너무 좋아! 마치 아가씨 같아, 우라니아!"

그녀는 사촌의 말투와 억양에서 산토도밍고 학교 운동장에서 함께 놀았던 여자아이의 음감을 알아보기 시작한다. 그 아이에게 그녀는 기하학과 삼각법을 설명하느라 진땀을 빼곤 했다.

"루신디타, 정말 이렇게 세월이 흘러버렸어. 서로 만나지도 못하고 소식도 모른 채 말이야." 마침내 그녀가 큰 소리로 말한다.

"네 잘못이야, 배은망덕한 계집애." 사촌이 다정하게 꾸짖는다. 그러나 이제 그녀의 눈에는 어떤 질문이 떠오른다. 고모와 고모부 그리고 사촌들이 1961년 5월 말에 우라니아 카브랄이 갑자기 떠난 후 처음 몇 년 동안 던졌음이 분명한 질문들이다. 그때 그녀는 미시간의 작은 도시 에이드리언에 있는 시에나 하이츠 사립학교로 떠났다. 트루히요 시의 산토도밍고 학교를 운영하던 도미니크회 수녀들이 설립한 학교로, 고등학교 과정과 대학 과정이 함께 있었다.

"우라니타, 난 정말 이해할 수 없었어. 우린 친척일 뿐만 아니라 가장 친한 친구였잖아. 도대체 무슨 일이 있었기에 그렇게 갑자기 우리를 외면하게 된 거야? 너는 네 아빠나 우리 가족들 소식이 전혀 궁금하지도 않았던 거야? 난 네게 스무 통, 아니 서른 통의 편지를 썼지만, 넌 한 번도 답장을 보내지 않았어. 여러 해 동안 나는 엽서와 생일 카드도 보냈어. 마놀리타와 엄마도 그랬고. 우리가 네게 뭘 잘못했지? 무엇 때문에 그토록 매정하게 답장 한 통도 하지 않았어? 왜 35년 동안 조국에 한 번도 돌아오지 않았던 거지?"

"젊은 시절의 어리석은 행동이었어, 루신디타." 우라니아는 그녀의 손을 잡으면서 웃는다. "그런데 지금은 이렇게 모두 잊고서 여기에 있잖아."

"분명히 귀신은 아니겠지?" 사촌은 그녀를 약간 밀고서 쳐다보고는, 믿지 못하겠다는 표정으로 고개를 살랑살랑 흔든다. "왜 소식도 없이 갑자기 온 거야? 알았다면 공항으로 마중 나갔을 텐데."

"깜짝 놀래주고 싶었어." 우라니아가 거짓말을 한다. "그냥 막판에 결정한 거야. 충동이었어. 가방에 짐 서너 가지만 넣고 비행기를 탔어."

"우리 가족은 네가 절대 돌아오지 않을 거라고 믿었어." 루신다가 진지한 표정을 짓는다. "외삼촌도 마찬가지야. 정말 괴로워하셨어. 이 말만큼은 네게 해주어야만 할 것 같아. 넌 네 아버지와 말하려고 하지도 않았고, 전화를 받으려고 하지도 않았어. 삼촌은 엄마에게 그 이야기를 하시면서 마구 우셨어. 네게 그런 대접을 받는 걸 못 견뎌 하셨어. 미안해. 내가 왜 이런 이야기를 네게 하는지 모르겠다. 난 네 삶에 이래라저래라 간섭하고 싶지 않아, 우라니아. 이건 우리가 친구였기 때문에 말하는 거야. 자, 그럼 네 이야기를 좀 해봐. 뉴욕에 살지, 그렇지? 아주 잘나간다고 들었어. 우리는 네가 얼마나 성공했는지 알고 있어. 넌 우리 가족의 전설이야. 네가 아주 중요한 곳에서 일한다던 데, 사실이지?"

"음…… 하지만 우리 회사보다 더 큰 법률회사도 꽤 있어."

"네가 미국에서 성공했다는 게 하나도 이상하지 않아." 루신다가 감탄하듯이 말하고, 우라니아는 사촌의 목소리에서 뭔가 언짢은 어조를 감지한다. "네가 어렸을 때부터 다들 그럴 거라고 생각했어. 넌 똑똑했고 열심히 공부했으니까. 교장 수녀님, 헬렌 클레어 수녀님, 프랜시스 수녀님, 수사나 수녀님 그리고 누구보다도 널 귀여워했던 메리 수녀님이 그렇게 말했어. 우라니아 카브랄은 치마 두른 아인슈타인이라고."

우라니아는 웃음을 터뜨린다. 내용 때문이 아니라, 그녀가 말하는 방식 때문이다. 유머를 섞은 달변이며, 입과 눈 그리고 손과 온몸을 동시에 사용하며 말한다. 또한 과장되고 쾌활한 도미니카 사람들의 말투가 역력히 느껴진다. 그녀는 35년 전에 에이드리언에 도착하면서 그걸 깨달았다. 그곳에서 그녀는 하루아침에 오로지 영어만 쓰는 사람들로 둘러싸이게 되었고, 미국인들과 도미니카 사람들의 말하는 방식이 얼마나 대조적인지 깨달았다.

"네가 작별 인사도 하지 않고 떠나자, 나는 너무나 슬퍼 죽을 것 같았어." 그녀의 사촌은 지나간 시절의 향수에 사로잡혀 말한다. "가족들은 어안이 벙벙했지. 우라니타가 미국으로 가는데 작별 인사도 하지 않았어! 이게 뭘 의미하는 것일까? 우리는 그런 질문을 하면서 외삼촌을 괴롭혔어. 하지만 삼촌도 모르는 것 같았어. '수녀님들이 그 아이에게 장학금을 주었고, 그 기회를 놓칠 수 없었어'라고 말했지만, 아무도 믿지 않았어."

"그건 사실이야, 루신디타." 우라니아는 아버지를 쳐다본다. 그는 또다시 움직이지 않은 채 그녀의 말을 경청한다. "미시간에서 공부할 기회가 주어졌고, 바보가 아닌 이상 그걸 놓칠 수는 없었어."

"그 부분은 나도 이해해." 사촌이 그녀의 말을 가로막는다. "넌 그 장학금을 받을 자격이 있었어. 그런데 왜 그렇게 도망치듯이 떠난 거지? 왜 네 가족과 네 아버지와 네 조국과 관계를 끊어버린 거지?"

"난 약간 못된 구석이 있었잖아, 루신디타. 답장은 하지 않았지만, 항상 네 가족을 생각했어. 이건 사실이야. 특히 너는 말이야."

거짓말이다. 넌 그 누구도 그리워하지 않았다. 사촌이고 학교 친구였으며 막역한 사이였고 함께 못된 장난을 치며 놀았던 루신다조차 보고 싶어 하지 않았다. 처음 몇 달 동안 저 머나먼 에이드리언에서, 베고니아와 튤립과 목련나무와 장미 덩굴 화단과 키 큰 소나무들이 심어진 아담하고 깨끗한 정원들로 둘러싸인 그 아름다운 캠퍼스에서, 소나무에서 풍겨 오는 송진 냄새가 네 명의 룸메이트와 함께 쓰던 기숙사 방 안으로 스며들던 그 캠퍼스에서, 너는 마놀리타, 아델리나 고모와 네 아버지, 그리고 이 도시와 이 나라처럼 루신다도 잊어버리려고 했다. 룸메이트 중에는 조지아 출신의 흑인 여학생 알리나가 있었다. 그녀는 그 신세계에서 네가 처음으로 사귄 친구였다. 그 세계는 네가 14년을 보냈던 곳과 너무나도 달랐다. 그런데 에이드리언에 있는 도미니크회 수녀들은 네가 왜 '도망치듯이' 떠났는지 알고 있었을까? 산토도밍고 학교의 교무 주임 수녀인 메리 수녀에게서 모든 얘기를 듣지 않았을까? 그들은 분명히 알고 있었을 것이다. 메리 수녀가 약간의 배경을 설명하지 않았더라면, 그들은 그토록 신속하게 그런 결정을 하지 않았을 것이다. 수녀들은 신중함의 거울이었다. 네가 시에나 하이츠에서 4년을 보내는 동안, 수녀들은 네 기억을 괴롭히는 이야기를 입에 올리지도 않았고, 간접적으로도 언급하지 않았다. 그것뿐만 아니라 수녀들은 네게 그런 아량을 베풀었다는 사실을 전혀 후회하지 않았다. 넌 그 학교를 일등으로 졸업했고, 세계에서 가장 훌륭한 대학으로 꼽히는 하버드에 입학하여 우등생으로 졸업했다. 미시간 주의 에이드리언! 너는 오랫동안 그곳을 찾아가지 않았다. 이제 그곳은 농부들이 모여 사는 조그만 지방 도시가 아닐 것이다. 해가 지면 농부들이 모두 집으로 돌아가 거리는 텅 비어버리고, 그곳 가족들은 마치 쌍둥이 같은 클린턴과 첼시라는 조그만 마을을 벗어나지 않으며, 맨체스터에서 열리는 유명한 바비큐 치킨 페스티벌에 참석하는 게 최고의 오락거리가 되는 그런 마을이 아닐 것이다. 에이드리언, 아주 깨끗하고 예쁜 도시였다. 특히 겨울에는 그랬다. 직선으로 난 조그만 거리가 눈에 덮이면 사람들은 스케이트와 스키를 타곤 했었다. 아이들은 눈사람을 만들었고, 네가 황홀감에 도취되어 하늘에서 내려오는 솜덩이를 쳐다보았던 곳이다. 만일 네가 그토록 공부에만 매달리지 않았더라면, 슬픔과 괴로움 혹은 따분함을 이기지 못해 죽었을지도 모르는 곳이었다.

그녀의 사촌은 쉬지 않고 말한다.

"얼마 후 트루히요가 살해되었고, 재앙이 찾아왔어. 칼리에들이 학교로 들이닥쳤지. 그들은 수녀들을 마구 폭행했어. 헬렌 클레어 수녀는 얼굴이 온통 상처와 멍투성이가 되었고, 독일산 셰퍼드 바둘라케는 죽었어. 네 아버지와 친척이라는 이유로 우리 집까지 불태워버리려고 했어. 그들은 아구스틴 삼촌이 이런 일이 일어날 줄 알고 널 미국으로 보낸 거라고 말했어."

"그래, 아버지는 날 먼 곳으로 보내고 싶어 하셨어." 우라니아가 그녀의 말을 끊는다. "비록 총애를 잃었지만, 트루히요 반대자들이 가만 놔두지 않을 걸 아셨어."

"좋아, 그것도 이해할 수 있어." 루신다가 속삭인다. "하지만 우리와 관련된 모든 것을 왜 거부했는지는 이해할 수 없어."

"넌 마음이 착한 아이였어. 그러니 내게 무슨 앙심 같은 게 있었을 거라고는 생각 안 해." 우라니아가 웃는다. "그렇지, 루신디타?"

"물론이지." 사촌이 고개를 끄덕인다. "나도 아빠에게 미국으로 보내달라고 얼마나 사정하고 애원했는지 넌 모를 거야. 네가 다니는 시에나 하이츠 사립학교로 보내달라고. 사실 거의 아버지를 설득한 참이었어. 그런데 그 일이 터졌던 거야. 모든 사람들이 우리를 공격하기 시작했고, 우리 가족에 대해서 말도 안 되는 거짓말을 늘어놓기 시작했어. 엄마가 트루히요 신봉자의 여동생이라는 이유만으로 말이야. 트루히요가 마지막에는 네 아버지를 개처럼 다뤘다는 건 아무도 기억하지 않았어. 그때 네가 여기 없었던 건 행운이야, 우라니타. 우리는 겁이 나 죽을 것 같았어. 아구스틴 삼촌이 어떻게 이 집을 방화로부터 지켰는지는 모르겠어. 하지만 그들은 여러 차례 삼촌에게 돌을 던졌어."

조그맣게 문을 두드리는 소리에 잠시 대화가 끊긴다.

"방해하고 싶지 않았어요." 간호사가 환자를 가리킨다. "하지만 이제 시간이 되었어요."

우라니아는 무슨 말인지 모르겠다는 얼굴로 그녀를 쳐다본다.

"볼일 볼 시간이야." 루신다가 설명하면서 침실용 변기를 흘낏 쳐다본다. "네 아버지는 시계처럼 정확하셔. 정말 다행이야. 난 위장이 나빠서 말린 자두를 먹으며 살고 있거든. 의사 말로는 신경성이래. 그럼 거실로 가자."

계단을 내려가는 동안 우라니아는 에이드리언에 도착하고 보낸 처음 몇 달과 그 뒤의 시간들, 예배당 옆에 있고 식당과 붙어 있으며 수업이나 세미나가 없을 때면 대부분의 시간을 보냈던 스테인드글라스 창문의 소박한 도서관을 떠올린다. 공부하고 책을 읽으며 공책에 휘갈겨 쓰고, 과제를 처리하고 책을 요약하면서 시간을 보낸 곳이었다. 그녀는 너무나 체계적이었고 열심히 공부했기에, 선생님들은 그걸 높이 평가했고, 몇몇 친구들은 그녀를 존경했으며, 다른 친구들은 질투하기도 했다. 네가 도서관에 틀어박혀 있었던 것은 배움이나 성공에 대한 욕망 때문이 아니라, 생각하지 않기 위해, 도미니카의 기억을 쫓아버리기 위해서였다. 그녀에게 과학이나 문학은 아무런 차이가 없는 것이었고, 다만 그 속에 파묻혀 흠뻑 빠지고 도취했다.

"그런데 운동복을 입고 있네." 루신다는 정원이 마주 보이는 창문 근처의 거실에서 그런 사실을 깨닫는다. "오늘 아침에 에어로빅을 한 건 아니겠지?"

"말레콘까지 조깅하려고 나갔어. 호텔로 돌아가려고 했는데, 이런 차림으로 여기까지 오게 된 거야. 이틀 전에 도착했는데, 아버지를 만나야 할지 말아야 할지 망설였어. 너무 큰 충격을 줄지도 모른다고 걱정했는데, 나를 알아보지도 못하셨어."

"아니야. 널 알아보셨을 거야." 그녀의 사촌은 다리를 꼬고 핸드백에서 담배와 라이터를 꺼낸다. "말을 하지 못할 뿐 다 알아들으셔. 누가 들어오는지도 아시고. 마놀리타와 나는 거의 매일 네 아버지를 만나러 와. 우리 엄마는 골반이 골절된 후로 오실 수 없어. 하루라도 빠지면 다음 날 못마땅한 표정을 지으셔."

그녀는 가만히 우라니아를 쳐다본다. 그러자 우라니아는 이렇게 추측한다. '또다시 비난의 화살을 퍼부을 거야.' 네 아버지가 마지막 나날을 외롭게 보내는 걸 보고도 미안하지 않아? 간호사의 도움 없이는 아무것도 하지 못하고, 찾아오는 사람이라고는 조카 둘밖에 없는데도 슬프지 않아? 아버지에게 약간의 돈을 보내주었다고 네 의무를 다했다고 생각해? 그런 질문들이 루신다의 툭 튀어나온 눈에 서려 있다. 그러나 감히 쏟아내지는 못한다. 그녀는 우라니아에게 담배를 권하지만, 사촌이 거부하자 이렇게 말한다.

"물론 담배 피우지 않겠지. 그럴 거라고 예상은 했어. 미국에서 살고 있으니까. 미국에서는 흡연을 거의 정신병으로 다루잖아."

"그래, 진짜 정신병으로 보지." 우라니아가 인정한다. "법률 사무소에서도 담배 피우는 게 금지되어 있어. 하지만 난 상관없어. 한 번도 피워본 적이 없으니까."

"완벽한 여자야." 루신디타가 웃는다. "얘, 솔직히 말해봐. 너도 나쁜 습관이라는 걸 가져본 적이 있니? 누구나 하는 그런 미친 짓들을 해보지 않았어?"

"몇 가지는 해봤어." 우라니아가 웃는다. "하지만 이야기할 거리가

262

못 돼."

사촌과 이야기하는 동안 그녀는 조그만 거실을 둘러본다. 가구들은 그대로지만 낡고 초라하다. 안락의자의 한쪽 다리는 부러져 있고, 나무 쐐기가 의자를 지탱하고 있다. 닳아빠진 커버는 실이 너풀거리고 색깔도 완전히 바랬다. 우라니아는 그것이 엷은 빨간색, 즉 포도주 색깔이었다는 것을 떠올린다. 가구보다도 벽은 더욱 심한 상태다. 벽 전체가 습기로 얼룩져 있으며, 군데군데 색깔이 벗겨져 흉한 속살을 드러내고 있다. 커튼은 어디론가 사라져버렸다. 커튼이 걸려 있던 나무 봉과 고리만 그대로 있다.

"집이 너무 엉망이라 마음이 심란하지." 그녀의 사촌이 한 모금의 담배 연기를 내뿜는다. "우리 집도 마찬가지야, 우라니아. 트루히요가 죽으면서 우리 집안은 엉망이 되었어. 그게 사실이야. 우리 아빠는 담배 공장에서 쫓겨났고, 그 뒤로 일자리를 구하지 못했어. 네 아버지의 매제였기 때문이지. 단지 그 이유뿐이었어. 그건 그렇고 아구스틴 삼촌은 더욱 힘든 시간을 보내셨어. 수사를 받았고 온갖 종류의 고소와 고발, 재판까지 받아야만 했어. 트루히요의 총애를 이미 상실했는데도 말이야. 결국 증거는 아무것도 찾아내지 못했지만, 삼촌 역시 몰락의 길을 걸었어. 네가 잘나가고 있고 네 아버지를 도와줄 수 있는 게 그나마 다행이야. 우리 가족 중에서는 아무도 삼촌을 도와줄 수 없어. 다들 찢어지게 가난하거든. 불쌍한 아구스틴 삼촌! 다른 많은 사람들은 새 정부와 화해하면서 살 길을 모색했지만, 네 아버지는 그렇게 하지 못했어. 너무 점잖고 정직해서 파멸했던 거야."

그녀는 침통하게 사촌의 말을 듣고, 그녀의 눈은 루신다에게 계속

이야기하라고 권한다. 그러나 머릿속으로 여전히 미시간의 시에나 하이츠를 생각하고 있다. 그녀가 집요하게 붙잡고 있었고 그녀를 구원해준 4년간의 공부를 떠올린다. 그녀는 유일하게 메리 수녀하고만 편지를 주고받았다. 메리 수녀가 보낸 편지들은 다정하고 신중했으며, 결코 그녀에게 일어났던 일을 언급하지 않았다. 메리 수녀는 우라니아가 믿었던 유일한 사람이었고, 그녀를 도미니카에서 꺼내 에이드리언으로 보내자는 해결책을 생각해냈던 사람이며, 상원의원 카브랄이 그런 제안을 수락하도록 압박했던 사람이었다. 그래서 그녀가 과거의 일을 언급했더라도, 우라니아는 화를 내지 않았을 것이다. 메리 수녀에게 답장을 보내면서 종종 속마음을 털어놓고 그녀를 한시도 가만히 놔두지 않고 괴롭히던 그 망령에 관해 말했다면 차라리 마음이 편해지지 않았을까?

메리 수녀는 학교 소식과 함께 커다란 사건들과 트루히요 죽음 이후의 혼란스러웠던 몇 달의 이야기를 편지에 썼다. 람피스와 나머지 가족이 나라를 떠났으며, 정부가 바뀌었고, 거리에는 폭력과 무질서가 들끓고 있다고 들려주었다. 또한 그녀의 학교 생활을 관심 있게 지켜보고 있다고 말하면서 훌륭한 성적을 거둔 것을 축하했다.

"그런데 왜 결혼하지 않은 거야?" 루신다는 마치 그녀를 벌거벗기듯이 쳐다본다. "설마 기회가 없었던 건 아닐 테지. 넌 아직도 근사한 외모를 지니고 있으니까. 미안해, 하지만 너도 알다시피 우리 도미니카 여자들은 남의 일에 참견하기를 좋아하잖아."

"사실은 나도 왜 그랬는지 모르겠어." 우라니아는 어깨를 움찔거리면서 말한다. "아마도 시간이 없어서 그랬던 것 같아, 루신다. 눈코 뜰 새 없이 바쁘게 지냈거든. 처음에는 공부하느라 바빴고 그런 다음에는 일만 했어. 혼자 사는 데 익숙해져서 내 삶을 다른 남자와 함께 나눌 수 없었어."

그녀는 그렇게 말하면서도 왜 자기가 그런 소리를 하는지 이해할 수 없다. 한편 루신다는 그녀가 말하는 것을 전혀 의심하지 않는다.

"아주 잘한 거야." 루신다는 슬픈 표정을 짓는다. "하기야 난 결혼했지만, 내게 아무런 도움도 되지 않았어. 그 뻔뻔스러운 페드로는 나와 두 딸을 버리고 떠났어. 어느 날 그는 짐을 싸서 나가더니 그 뒤로 돈 한 푼 보내지 않았어. 그래서 아무 일이라도 해서 두 딸아이를 키워야만 했지. 집을 빌리고, 꽃을 팔고, 운전사들에게 사랑을 가르치면서 말이야. 그런데 운전사들은 정말 괜찮은 남자들이야. 넌 어떻게 생각할지 모르겠지만. 난 배운 것도 없고, 그래서 그 일밖에는 찾을 수 없었어. 난 네가 부러워. 넌 좋은 직장도 있고, 세계에서 가장 큰 도시에서 재미있는 일을 하면서 돈을 벌고 있잖아. 결혼하지 않은 건 정말 잘한 일이야. 그런데 연애는 해봤겠지, 그렇지?"

우라니아는 자기 뺨이 새빨갛게 달아오르는 걸 느꼈고, 그런 모습을 보자 루신다는 웃음을 터뜨린다.

"아하! 아하! 네 얼굴이 어떤지 알아? 애인이 있구나! 어떤 남잔지 말해봐. 부자야? 잘생겼어? 미국인이야, 아니면 라틴 사람이야?"

"관자놀이가 희끗희끗한 신사야. 아주 우아하지." 우라니아는 즉석에서 이야기를 꾸며낸다. "유부남이고 자식들도 있어. 내가 출장을 가지 않을 때면 주말마다 만나. 멋진 관계야. 아무런 구속도 없고."

"정말 부러워!" 루신다가 손뼉을 친다. "그게 내 꿈이야. 돈 많고 유명한 늙은 남자와 사는 것. 아, 나도 그런 남자를 찾으러 뉴욕으로 가야 하나? 여기 늙은이들은 끔찍하거든. 돼지처럼 뚱뚱하고 돈도 없는 가난뱅이들이야."

우라니아는 에이드리언에서 몇 번 파티에 가지 않을 수 없었다. 남학생, 여학생들과 함께 어울려 외출을 나가야만 했고, 말에 관해 떠들거나 아니면 겨울에 눈 덮인 산을 등반하는 게 얼마나 위험한지 이야기하는 주근깨투성이의 농부 아들과 새롱거리는 척해야만 했다. 그녀는 파티 내내 흥겨운 체하느라 기숙사로 돌아올 때면 완전히 녹초가 되었다. 그녀는 그런 자리를 피하려고 애썼고, 나중에는 일종의 핑계 목록을 갖게 되었다. 가령, 시험 공부를 해야 한다거나 숙제가 있다거나 다른 약속이 있다거나, 몸이 안 좋다거나, 아니면 리포트 제출 마감시간이 다 되었다는 것 등이었다. 하버드 대학에 입학한 뒤로는 파티나 술집 혹은 무도회 같은 것과는 담을 쌓고 살았다.

"마놀리타의 결혼 생활 역시 최악이었어. 그애 남편은 바람둥이는 아니었어. 코쿠요, 그래, 이건 애칭이고 본래 이름은 에스테반이야. 그는 파리새끼 한 마리도 죽이지 못하는 사람이야. 하지만 아무짝에도 쓸모없는 인간이고, 직장이란 직장에서 모두 쫓겨났어. 지금은 푼타 카나스에 있는 관광호텔에서 일하고 있어. 월급은 형편없어. 마놀리타는 한 달에 한두 번밖에 남편을 만나지 못해. 이걸 결혼 생활이라고 할 수 있겠니?"

"로살리아 페르도모 기억하니?" 우라니아가 루신다의 말을 끊는다.

"로살리아 페르도모라고?" 루신다는 눈을 지그시 감고 기억을 더듬는다. "생각이 나지 않아…… 아, 그래! 람피스 트루히요와 문제가 있었던 로살리아 말이지? 그애를 보았다는 사람은 아무도 없어. 아마도 외국으로 보낸 것 같아."

우라니아의 하버드 로스쿨 입학은 시에나 하이츠 학교의 커다란 경사였다. 그곳의 입학 허가서를 받기 전까지, 그녀는 미국에서 그 대학이 얼마나 명성이 높은지, 그 대학을 졸업했거나 그 대학에서 공부하거나 가르치는 사람들이 얼마나 존경받는지 알지 못했었다. 대학 입학은 자연스럽게 이루어졌다. 만일 그녀가 하버드 대학에 들어가겠다고 제안했다면, 입학 허가는 쉽게 나지 않았을 것이다. 마지막 학기 때였다. 취업 실장이 높은 성적을 거둔 걸 축하한 후 어떤 분야에서 일하고 싶으냐고 물었고, 우라니아는 "법학이 좋아요"라고 대답했다. "돈을 많이 벌 수 있는 직업이지"라고 도로시 샐리슨 박사는 말했다. 사실 우라니아는 그 순간 '법학'이라는 말이 가장 먼저 생각났던 것뿐이었다. 의학이나 경제학 혹은 생물학 같은 다른 무엇이 되어도 그녀에게는 마찬가지였다. 우라니아, 넌 미래에 대해 진지하게 생각해보지 않았어. 넌 과거에 마비되어 살았고, 네 앞에 어떤 미래가 있을지 결코 꿈꿔본 적이 없었어. 샐리슨 박사는 여러 가지 소선들을 꼼꼼하게 살펴본 후 네 개의 명문 대학을 제안했다. 예일, 노트르담, 시카고, 스탠퍼드 대학이었다. 지원서를 작성한 지 하루, 아니 이틀이 지난 후, 샐리슨 박사가 그녀를 불렀다. "하버드도 지원해보는 게 어때? 밑져야 본전이니까." 우라니아는 면접을 보기 위해 떠났던 여행을 떠올린다. 그녀는 도미니크회 수녀들이 주선해준 종교 숙박시설에서 잠을 잤다. 그리고 하버드 대학을 포함한 다른 대학들로부터 입학 허가를 안내하는 답장을 받고 샐리슨 박사와 여러 수녀들, 친구들이 기뻐하던 모습을 기억한다. 그들은 그녀를 위해 파티를 열어주었고, 거기서 그녀는 춤을 추어야만 했다.

에이드리언에서 그녀는 4년을 잘 견뎌냈다. 그렇게 성공적으로 보낼 것이라고는 기대하지 않았었다. 그래서 그녀는 항상 도미니크회 수녀들에게 고마운 마음을 가졌다. 그럼에도 그녀의 기억 속에서 에이드리언에서 보낸 시기는 불안하고 몽롱한 것이었다. 오직 아무것도 생각하지 않기 위해 공부하고 도서관에서 무수히 많은 시간을 보냈다는 것만 기억할 뿐이었다.

그녀는 매사추세츠의 케임브리지에서 다시 삶을 살기 시작했다. 인생이란 살 가치가 있으며, 공부는 치료요법일 뿐만 아니라 기쁨이며 가장 영광스러운 오락이라는 것을 깨달았다. 수업과 강연, 그리고 세미나가 얼마나 즐거웠던지! 무궁무진한 배움의 세계에 눈을 뜬 그녀는(법학 이외에도 라틴아메리카 역사, 카리브해 세미나, 그리고 도미니카 사회사 수업을 청강했다) 하고 싶은 공부를 모두 하기에는 하루하루의 시간이, 매주의 나날이 부족하다고 느꼈다.

치열하게 보낸 몇 년이었다. 단지 공부에서만 그런 것이 아니었다. 하버드 대학에 다닌 지 2년째 되던 해 그녀의 아버지는 여전히 답장이 없는 편지를 보내면서 새로운 소식을 알렸다. 경제 상황이 아주 나쁘니 매달 보내던 500달러를 200달러로 줄이겠다고 했다. 그녀는 학자금 대출을 받아 계속 공부했다. 그러나 아무리 아끼며 살더라도 필수품을 구입하기 위해서 그녀는 강의가 없는 시간에 슈퍼마켓의 판매원이나 보스턴의 어느 피자 가게 종업원으로, 혹은 약국 점원으로 일해야만 했다. 그러던 중 가장 덜 따분한 직업을 얻게 되었다. 하반신 불수인 폴란드 태생의 백만장자 곁에서 책을 읽어주는 일이었다. 그 백만장자는 멜빈 마코프스키라는 사람이었으며, 매사추세츠 거리에 있는 빅토리아 왕조풍의 적갈색 사암으로 지은 저택에서 살았다. 그녀는 저녁 다섯시에서 여덟시까지 18세기와 19세기의 아주 두꺼운 소설들을 읽어주었다. 『전쟁과 평화』 『모비 딕』 『황폐한 집』 『파멜라』 같은 책이었다. 그런데 그에게 책 읽어주는 일을 한 지 석 달이 되었을 때, 그가 청혼했다.

"하반신 불수가?" 루신다의 두 눈이 크게 열린다.

"일흔 살이었어." 우라니아가 말한다. "아주 부자였지. 내게 결혼하자고 했어. 내가 그와 함께 있어주고, 그에게 책을 읽어주도록 말이야. 그게 전부였어."

"바보짓 한 거야!" 루신다가 애석해하면서 말한다. "넌 엄청난 재산을 물려받을 수 있었어. 백만장자가 될 수 있었다고."

"그래, 네 말이 맞아. 정말 괜찮은 거래였을 거야."

"하지만 넌 젊었고 이상주의자였겠지. 젊은 여자는 사랑하는 사람과 결혼해야만 한다고 믿었겠지." 사촌이 그녀가 할 말을 대신해준다. "그런 결혼만이 오래 지속될 거라고 믿었겠지. 나 역시 돈 많은 의사와 결혼할 뻔했었어. 그는 나를 미칠 듯이 좋아했어. 하지만 피부가 검었고, 사람들 말로는 어머니가 아이티인이래. 난 편견이 심한 사람은 아니야. 하지만 석탄처럼 새까만 아이가 태어난다고 생각해봐!"

그녀는 공부를 너무 좋아했고, 하버드에서 더할 나위 없이 행복했다. 박사 과정을 마치고 학생들을 가르치려고 생각했다. 하지만 돈이 없었다. 그녀의 아버지는 갈수록 힘든 상황에 놓였고, 3년째가 되던

해에는 매달 보내던 얼마 안 되는 돈마저 끊어야 했다. 그래서 그녀는 석사 학위를 마치자마자 학자금 대출을 갚고, 자립하기 위해 생계비를 벌어야만 했다. 하버드 로스쿨의 명성은 어마어마했다. 그녀가 입사 지원서를 보내는 곳마다 인터뷰를 하고 싶다는 전화가 빗발쳤다. 그녀는 세계은행으로 결정했다. 하버드를 떠나야 한다는 게 가슴 아팠다. 케임브리지에 있는 동안 그녀는 '사악한 취미'를 가지게 되었다. 트루히요 시절에 관한 책을 읽고 수집하는 것이었다.

초라하고 닳아 해진 조그만 거실에는 그녀의 또 다른 졸업 사진이 걸려 있다. 캠퍼스에는 아침의 태양이 빛나고 있고, 차양과 우아한 옷, 예복용 각모와 교수와 졸업생이 입은 가운이 축제 분위기를 한층 고조시키고 있다. 상원의원 카브랄이 그의 침실에 가지고 있는 것과 똑같은 사진이다. 그런데 그 사진을 어떻게 구했을까? 물론 그녀가 보낸 건 아니었다. 아, 그래, 메리 수녀다. 우라니아는 이 사진을 산토 도밍고 학교로 보냈다. 메리 수녀가 세상을 떠날 때까지 두 사람은 서로 편지를 주고받았다. 자비롭고 관대한 그녀의 영혼은 우라니아의 소식을 상원의원 카브랄에게 계속 알려주었을 것이다. 우라니아는 바다를 바라보면서, 남동쪽을 향해 있는 학교 건물 맨 꼭대기 층의 돌난간에 기댄 메리 수녀를 떠올린다. 수녀들이 살던 그곳은 학생 출입이 금지되어 있었다. 그녀의 야윈 모습이 저 멀리 있는 운동장에서 갈수록 작게 보인다. 독일 셰퍼드 바둘라케와 브루투스가 테니스장과 농구장, 그리고 수영장 주변으로 뛰어다니고 있다.

더운 날이다. 그녀는 땀을 흘린다. 뉴욕의 푹푹 찌는 여름에도 느껴보지 못한 격렬한 더위다. 아마도 그곳에서는 에어컨의 차가운 바람이 더위를 잊게 해주었을 것이다. 문득 그녀는 어린 시절에 느꼈던 바로 그 더위라고 생각한다. 또한 자동차의 경적 소리와 사람들의 목소리, 음악 소리와 개 짖는 소리, 자동차가 급제동하는 소리가 한데 어우러진 엄청난 교향악도 그녀의 귓가에서 느껴본 적이 없었다. 그 소음의 교향악이 창문으로 스며 들어와, 두 사람은 목소리를 높여야만 한다.

"트루히요가 살해되었을 때, 조니 아베스가 우리 아빠를 감옥에 가두었다는 게 사실이야?"

"네 아버지가 말해주지 않았어?" 사촌이 소스라치게 놀란다.

"그때 난 미시간에 있었어." 우라니아가 다시 기억시켜준다.

루신다는 미안하다는 듯 살며시 미소 지으며 고개를 끄덕인다.

"물론 그랬지. 그 인간들, 그러니까 람피스와 라드아메스를 비롯한 트루히요 심복들은 미쳐 날뛰었어. 닥치는 대로 사람들을 죽이고 마구 잡아넣었어. 어쨌든 난 기억이 잘 나지 않아. 난 어렸고 정치에 관심도 없었거든. 아구스틴 삼촌이 트루히요의 신임을 잃은 상태였기 때문에, 음모에 가담했을 거라고 생각했던 것 같아. 라쿠아렌티에 가두었어. 발라게르가 그곳을 허물었고, 지금은 교회가 들어섰지. 우리 엄마는 발라게르를 찾아가 애원했어. 그들이 암살에 가담했는지 확인하는 며칠 동안 그곳에 갇혀 있었어. 그런 다음 대통령은 형편없는 일자리를 외삼촌에게 주었어. 마치 조롱하는 것 같았지. 제3지구 시민 정부 관리직이었어."

"아버지가 라쿠아렌타에서 어떤 대접을 받았는지 말했어?"

루신다가 내뿜은 담배 연기가 그녀의 얼굴을 잠시 가린다.

"아마 우리 부모님에게는 했을 거야. 하지만 나나 마놀리타에게는 말하지 않았어. 우리는 너무 어렸으니까. 트루히요 배신자로 의심받았다는 사실에 외삼촌은 몹시 괴로워하셨어. 자기가 부당한 대접을 받았다고 오랫동안 주장하셨어."

"총통의 가장 충성스러운 하인이었는데." 우라니아가 비웃는다. "트루히요를 위해서라면 못할 짓이 없었던 사람을 살인 용의자라고 여기다니, 천부당만부당한 일이야!"

그녀는 사촌의 둥그런 얼굴이 못마땅한 표정을 짓는 것을 보고 말을 멈춘다.

"왜 네 아버지를 그렇게 말하는지 난 그 이유를 모르겠어." 그녀가 놀라서 중얼거린다. "아마도 아구스틴 삼촌이 트루히요에게 봉사하면서 실수를 했던 것 같아. 지금 사람들은 그가 독재자였다고 말해. 네 아버지는 성심성의껏 그를 위해 일했어. 고위직을 지냈으면서도 결코 권력을 남용하지 않았어. 그렇게 한 적이 있니? 그런데 말년을 개처럼 처량하게 보내고 있어. 네가 아니었다면, 아마도 양로원에 있었을 거야."

루신다는 그녀를 억누르고 있던 불쾌감과 분노를 조절하려고 애쓴다. 마지막으로 담배 한 모금을 빨고, 담배를 끌 곳이 없어—망가져버린 거실에는 재떨이가 없다—담배 꽁초를 창문 밖 메마른 정원에 던져버린다.

"아버지가 사심을 갖고 트루히요에게 봉사하지 않았다는 건 나도 잘 알고 있어." 우라니아는 냉소를 띠며 말한다. "하지만 그것으로 면죄가 되는 건 아냐. 오히려 상황을 악화시킬 뿐이야."

사촌은 이해하지 못하겠다는 눈길로 그녀를 쳐다본다.

"핵심은 아버지가 진심으로 그를 존경했기 때문에 그런 일을 했다는 거야." 우라니아가 설명한다. "물론 람피스, 아베스 가르시아와 다른 사람들이 그를 의심했다는 사실에 몹시 기분 상하셨을 거야. 트루히요의 총애를 잃은 후 아버지는 절망감을 이기지 못해 거의 미쳐버렸거든."

"그래, 아마도 네 아버지가 잘못 생각했을지도 몰라." 루신다는 재차 그렇게 말하면서, 이제 다른 얘기를 하자고 그녀에게 눈으로 부탁한다. "적어도 넌 네 아버지가 점잖고 인격을 갖춘 사람이라는 걸 인정해야 해. 많은 사람들이 정부가 바뀌어도 적당히 타협하고 비위를 맞춘 덕에 잘살았어. 특히 발라게르의 세 심복이 그랬지. 하지만 네 아버지는 그렇게 하지 않으셨어."

"차라리 사심을 가지고 트루히요에게 봉사하면서 축재를 하거나 권력을 탐했다면 좋았을 것 같아." 우라니아는 이렇게 말하고, 루신다의 눈에서 당황해하고 못마땅해하는 표정을 본다. "트루히요가 그의 면담 요청을 받아주지 않았다고 징징대거나, '여론광장'에 그를 비난하는 편지들이 실렸다고 우는 것보다, 차라리 사리사욕을 챙기는 게 나았을 거야."

그것은 그녀가 떨쳐버릴 수 없는 기억이다. 그녀는 에이드리언과 케임브리지에 있을 때 그 기억을 떠올리면서 괴로워했다. 세월이 흐르면서 비록 고통도 희미해지긴 했지만 워싱턴 D.C.에 있는 세계은행에서 일하던 시절에도 그 기억을 지울 수 없었으며, 맨해튼에 있는 지금도 그 기억에서 해방되지 못하고 있다. 아구스틴 카브랄은 바로

이 거실을 미친 듯이 서성이면서, 주정뱅이 입헌의원과 사람을 살살 녹이는 호아킨 발라게르, 그리고 냉소적인 비르힐리오 알바레스 피나, 혹은 파이노 피차르도가 도대체 무슨 중상모략을 꾸몄기에 총통이 하루아침에 그를 내쳤는지를 생각한다. 총통으로부터 답장도 없고 의회에 참석하는 것도 허락받지 못한 상원의원이자 전 장관이 무슨 존재감이 있겠는가? 자신도 안셀모 파울리노처럼 되는 것일까? 어느 날 새벽에 칼리에들이 들이닥쳐 그를 끌고 가서 지하 감옥에 매장하는 게 아닐까? 〈라나시온〉과 〈엘카리베〉 신문에 그의 횡령과 착복과 배신과 범죄에 관한 야비한 기사가 가득 실릴까?

"아버지는 가장 사랑하는 사람이 죽은 것보다 수령의 총애를 잃어버린 게 더욱 가슴 아팠을 거야."

사촌은 갈수록 불쾌해하고 불안해하면서 그녀의 말을 듣는다.

"그래서 네가 그토록 분노한 거야, 우라니아?" 마침내 사촌이 말한다. "정치 때문에? 하지만 난 너를 잘 기억하고 있어. 넌 정치에 관심이 없었어. 두 아이가 전학 왔을 때 다들 칼리에의 딸들이라고 수군거렸어. 그때 넌 그런 정치적인 소문을 지겨워하면서, 우리 모두에게 입 다물라고 했어."

"그래, 정치에는 전혀 관심이 없었지." 우라니아가 동의한다. "네 말이 맞아. 30년 전 일을 지금 말해봤자 무슨 소용이 있겠어."

간호사가 계단에 모습을 드러낸다. 파란색의 행주로 손을 닦으며 온다.

"이제 모두 깨끗해졌고, 아기처럼 탤컴파우더도 뿌려주었어요." 그녀가 알려준다. "아무 때고 올라가도 괜찮아요. 난 아구스틴 씨의 점심 식사를 준비하겠어요. 따님도 점심 드시겠어요?"

"아니에요, 괜찮아요." 우라니아가 말한다. "호텔로 돌아가 샤워를 하고 옷을 갈아입어야겠어요."

"오늘 밤 우리 집에 저녁 먹으러 와. 엄마가 널 보면 기절하겠다. 마놀리타에게도 연락할게. 반가워할 거야." 루신다가 슬픈 표정을 짓는다. "우리 집을 보면 충격을 받을 거야. 우리 집이 얼마나 크고 예뻤는지 기억하지? 그런데 지금은 반쪽만 남았어. 아빠가 돌아가신 후 정원과 차고와 하인들 방이 있는 부분을 팔아야만 했어. 그래, 지금 와서 이런 이야기를 해서 뭘하겠니? 널 보니까 어린 시절이 생각난 거야. 그때 우리는 행복했어, 그렇지? 세상이 바뀔 거라고, 힘든 세월이 올 거라고는 상상조차 못했었지. 그래, 이제 그만 가야겠어. 엄마 점심 챙겨드릴 시간이거든. 저녁 먹으러 올 거지? 작별 인사도 없이 다시 35년 동안 사라지지 않을 거지? 그런데 우리 집 오는 길은 기억하겠어? 여기에서 다섯 블록 정도 떨어진 산티아고 거리에 있는 집 말이야."

"그럼, 기억하고말고." 우라니아는 자리에서 일어나 사촌을 껴안는다. "이 동네는 하나도 변하지 않았어."

그녀는 현관까지 루신다를 배웅하고, 다시 껴안으며 뺨에 키스를 하고서 작별한다. 그녀는 꽃무늬 옷을 입은 사촌이 태양으로 활활 끓어오르는 거리로 멀어져가는 모습을 본다. 거리의 개들이 짖어대자 암탉들이 꼬꼬댁 울면서 화답한다. 그녀는 문득 고통과 번민에 사로잡힌다. 지금 여기서 넌 뭘하고 있는 거지? 산토도밍고에, 이 집에 뭘 찾으러 온 거지? 루신다와 마놀리타, 그리고 아델리나 고모를 만나러 갈 거야? 아델리나 고모는 네 아버지처럼 아마 화석이 되어 있을 거야.

그녀는 천천히 계단을 올라가면서, 아버지를 다시 만날 시간을 지연시킨다. 그가 잠든 모습을 보자 안심한다. 안락의자에 웅크린 그의 눈은 주름졌고, 입은 벌어져 있다. 그의 굽은 가슴이 규칙적으로 올라갔다 내려오기를 반복한다. '이제는 평범한 노인네야.' 그녀는 침대에 앉아 그를 쳐다본다. 그를 자세히 살피면서 그의 생각을 읽는다. 그들은 트루히요가 죽자 그를 감옥에 가두었다. 안토니오 델라 마사, 후안 토마스 디아스 장군과 그의 동생 모데스토 디아스, 안토니오 임베르트와 그의 일행들이 꾸민 음모에 그도 가담했다고 믿었다. 아빠, 얼마나 무섭고 놀랐겠어요! 그녀는 한참 후에 1961년의 도미니카 공화국 사태에 관한 글을 읽고는, 자기 아버지 역시 대량 검거 사태에서 빠져나오지 못했다는 것을 알았다. 그러나 자세한 얘기는 알 수 없었다. 그녀가 기억하는 한, 상원의원 카브랄은 그녀가 결코 답장하지 않은 그 편지들에서 그 일에 대해 한 번도 언급하지 않았다. '누군가가 자기를 트루히요 암살 음모를 꾸몄다고 일순간이라도 의심했다는 사실은 영문도 모른 채 총통의 총애를 잃어버렸을 때처럼 아빠에게 깊은 상처를 남겼을 거예요.' 조니 아베스가 직접 심문했을까? 람피스가 했을까? '페치토' 레온 에스테베스가 했을까? 그를 '옥좌'에 앉혔을까? 그녀의 아버지가 어떤 식으로든 음모자들과 관련되어 있었을까? 그가 트루히요의 총애를 다시 얻기 위해 초인적인 노력을 했다는 것은 사실이다. 그러나 그게 무엇을 증명할 수 있을까? 많은 음모자들은 트루히요의 엉덩이를 핥으며 아부했던 자들이었다. 모데스토 디아스의 친구인 아구스틴 카브랄은 그 계획을 알고 있었을지도 모른다. 몇몇 사람들의 말에 따르면, 발라게르도 그걸 알고 있었다. 공화국의 대통령과 국방부 장관이 이미 알고 있었다면, 그녀의 아버지는 몰랐다고 장담할 수 있을까? 음모자들은 몇 주 전에 상원의원 카브랄이 수령의 은총에서 떨려났다는 걸 알고 있었다. 그러니 그가 협력했을 거라고 생각하는 것도 그리 무리는 아니었다.

그녀의 아버지는 종종 가볍게 코 고는 소리를 낸다. 파리 한 마리가 얼굴에 앉으면, 잠에서 깨지 않은 채 고개를 흔들어 파리를 쫓아버린다. 그런데 넌 트루히요가 살해되었다는 걸 어떻게 알았지? 1961년 5월 30일에 그녀는 에이드리언에 있었고, 께느른함을 떨쳐버리기 시작하고 있었다. 몽유병자와 같은 상태에 있었던 그녀는 세상과 자기 자신에 대해서 생각할 겨를이 없었다. 그런데 기숙사 사감 수녀가 네 명의 룸메이트와 함께 쓰고 있던 우라니아의 방으로 찾아와 손에 들고 있던 신문의 헤드라인 기사를 보여주었다. '트루히요 살해되다'라는 기사였다. "너도 읽어봐"라고 그 수녀는 말했다. 그때 넌 어떤 느낌이었지? 그녀는 아무런 느낌도 받지 못했다고, 그녀가 주변에서 보고 듣는 모든 것과 마찬가지로 그 소식은 그녀의 의식을 꿰뚫지 못한 채 그냥 미끄러져 빠져나갔다고 맹세할 수 있었다. 너는 그때 헤드라인만 읽고 자세한 내용은 보지 않았을 가능성도 충분해. 반면에 그녀는 며칠 혹은 몇 주 후 메리 수녀의 편지에서 자세한 소식을 읽었다는 것을 기억한다. 그 편지에는 칼리에들이 학교로 마구 쳐들어와 레일리 주교를 끌고 갔고, 무질서와 혼란 속에서 살고 있다는 내용도 적혀 있었다. 그러나 메리 수녀의 편지도 도미니카나 도미니카 사람들에 대한 그녀의 무관심을 돌려놓지 못했다. 몇 년 후 하버드 대학에서 서인도제도에 관한 강의를 들으면서 비로소 그 무관심을 떨쳐버릴 수 있었다.

산토도밍고에 가겠다는 갑작스러운 결정, 아버지를 찾아가겠다는 갑작스러운 결정은 네가 그런 무관심에서 치료되었다는 걸 의미할까? 아니다. 넌 너와 그토록 절친했으며 베르무트를 함께 마셨고, 올림피아나 엘리테 극장에서 낮에 상영하던 영화를 함께 보았으며 해변이나 컨트리클럽에서 함께 시간을 보낸 루신다를 다시 만나면서 기쁨을 느껴야만 했고, 그녀의 가난한 삶과 더 나아질 거라는 희망도 전혀 없는 그녀에게 측은한 감정을 가졌어야만 했다. 그러나 넌 기뻐하지 않았고 감격스러워하지도 않았으며 측은해하지도 않았다. 네가 그토록 불쾌해하고 못마땅해하는 그녀의 감상적인 태도와 자기 연민을 너는 몹시 지겨워했다.

"넌 얼음이야. 정말이지 넌 도무지 도미니카 여자 같지가 않아. 차라리 내가 더 도미니카 사람 같아." 그래, 넌 지금 세계은행의 동료 스티브 덩컨을 떠올리고 있다. 1985년이었나? 아니면 1986년이었나? 아무튼 그즈음이었다. 그들은 타이베이에 있었다. 그들이 묵었던 그랜드호텔에서 함께 저녁을 먹은 후였다. 할리우드의 파고다처럼 생긴 호텔 식당이었다. 그곳 창문에서 바라본 도시는 마치 개똥벌레들의 담요처럼 보였다. 세번째 혹은 네번째, 아니 열번째인지 모르겠지만, 스티브는 그녀에게 청혼했고, 우라니아는 전보다 더 단호하게 거절했다. 그녀는 놀란 표정으로 스티브의 불그스름한 얼굴이 일그러지는 것을 보았다. 그리고 웃음을 참을 수 없었다.

"스티브, 울고 싶다고 말하지는 마. 날 사랑하기 때문이야? 아니면 위스키를 많이 마셔서 그런 거야?"

스티브는 웃지 않았다. 그는 아무 대답도 하지 않은 채 한참 동안 그녀를 물끄러미 바라보고서 이렇게 말했다. "넌 얼음이야. 정말이지 넌 도무지 도미니카 여자 같지가 않아. 차라리 내가 더 도미니카 사람 같아." 그래, 그래. 그 빨간 머리 청년은 너를 사랑했던 거야, 우라니아. 그는 어떤 남편이 되었을까? 그는 멋진 사람이었다. 시카고 대학에서 경제학을 공부했고, 제3세계의 문제와 언어 그리고 계집애들에게 관심이 많은 사람이었다. 그는 세계은행의 홍보부에서 근무하던 파키스탄 출신의 여자와 결혼했다.

우라니아, 넌 정말 얼음이니? 단지 남자들에게만 그렇다. 모든 사람에게 그런 게 아니다. 너의 시선과 행동과 제스처, 그리고 말투는 위험을 예고하는 사람들에게만 그렇다. 그들의 마음이나 본능 속에서 너를 유혹하거나 구애하려는 의도가 엿보일 때에만 그렇다. 그런 사람들에게 너는 얼음이다. 고약한 냄새를 내뿜어 적을 내쫓는 스컹크처럼, 너는 네 주변으로 냉기를 발산하며, 그런 사람들에게 북극의 냉기를 느끼게 한다. 너는 그 기술을 완벽하게 구사할 수 있으며, 그 덕분에 너의 목표에 도달할 수 있었다. 그건 바로 공부와 일, 그리고 독립적인 생활이다. '행복하게 되는 것을 제외한 모든 것'이다. 굳은 의지와 자제력을 발휘하여 그녀를 소망하는 남자들이 야기한 억누를 수 없는 불쾌감과 혐오감을 마침내 극복했더라면, 그녀는 행복한 여자가 되었을까? 아마도 그랬을지 모른다. 혹은 계속 치료를 받으며 심리학자나 정신분석가에게 도움을 청했을지도 모른다. 그들은 남자에 대한 혐오감을 비롯해 모든 문제를 치료해줄 수 있는 사람들이다. 그러나 반대로 너는 그걸 질병이 아니라, 너의 지성과 너의 고독과 일을 잘하려는 너의 열정처럼 네 성격이 지닌 특징이라고 여긴다.

그녀의 아버지는 이제 눈을 뜨고 있다. 그는 약간 놀란 표정으로 그녀를 바라본다.

"세계은행에서 일하던 캐나다 사람 스티브를 떠올렸어요." 그녀는 그를 유심히 바라보면서 작은 소리로 말한다. "내가 그의 청혼을 거절하자 나더러 얼음이라고 했어요. 도미니카 여자라면 당연히 기분 나빠할 비난이었지요. 우리는 뜨거운 사람들이며 사랑만은 견딜 수 없는 사람들로 유명해요. 나는 그 반대의 명성을 얻었어요. 지나치게 얌전하고 냉담하며 쌀쌀한 여자라는 거예요. 어떻게 생각하세요, 아빠? 방금 전에 난 급히 애인을 만들어 루신다에게 이야기했어요. 날 이상한 여자로 취급할까봐 그랬어요."

그녀는 입을 다문다. 안락의자에 웅크린 환자가 겁에 질린 것 같았기 때문이다. 이제는 파리들을 쫓지도 않고, 그래서 파리들은 그의 얼굴 주위를 성가시게 날아다닌다.

"내가 아빠와 말하고 싶었던 주제예요. 여자와 섹스지요. 아빠는 엄마가 죽은 후 다른 여자들과 사랑을 나누었나요? 난 아무것도 눈치채지 못했어요. 아빠는 바람둥이처럼 보이지 않았어요. 권력이면 충분했기 때문에 섹스의 필요성을 느끼지 못하셨나요? 그런 일은 이 뜨거운 나라에서조차 일어나지요. 우리의 영원한 대통령인 호아킨 발라게르도 그렇지 않았나요? 아흔 살이 되도록 총각으로 있었던 사람이지요. 그는 사랑의 시를 썼고, 숨겨둔 딸이 하나 있다는 소문도 있어요. 난 그가 섹스에는 전혀 관심이 없으며, 다른 사람들이 침대에서 찾던 것을 권력에서 찾았다는 인상을 항상 받았어요. 아빠도 그랬나요? 아니면 남몰래 섹스를 즐기셨나요? 트루히요가 '마호가니의 집'에서 벌이던 섹스파티에 아빠도 초대했나요? 그곳에서 무슨 일이 벌어졌지요? 람피스처럼 수령님도 친구들과 부하들에게 다리털을 면도하게 하고, 몸에 난 털을 면도하라고 명령하고, 늙은 정부처럼 화장하도록 강요하면서 그들을 욕보이는 걸 즐겼나요? 그런 즐겁고 재미있는 일을 했나요? 아빠에게도 그걸 강요했나요?"

상원의원 카브랄은 몹시 창백해진다. 그래서 우라니아는 '기절할 거야'라고 생각한다. 그가 안정을 되찾도록 그의 앞을 떠난다. 그녀는 창가로 가서 밖을 내다본다. 머리에서, 얼굴의 뜨거운 가죽에서 태양의 힘을 느낀다. 그녀는 땀을 흘리고 있다. 호텔로 돌아가서 욕조에 거품을 풀고 물을 가득 채우고는 미적지근한 물로 오랫동안 목욕을 해야만 할 것 같다. 아니면 아래로 내려가 파란색 타일이 깔린 수영장에서 다이빙을 하고는 하라과 호텔이 제공하는 도미니카 음식 뷔페를 맛보아야만 할 것 같다. 쌀과 돼지고기를 곁들인 콩 요리도 있을 것이다. 그러나 넌 그러고 싶은 마음이 없다. 오히려 공항으로 가서 첫 비행기를 타고 뉴욕으로 돌아가고 싶다. 분주한 법률 사무소와 매디슨가와 73번가가 만나는 곳에 위치한 네 아파트에서 다시 삶을 시작하고 싶어 한다.

그녀는 다시 침대에 앉는다. 그녀의 아버지는 눈을 감는다. 잠자는 것일까, 아니면 네가 불어넣는 두려움 때문에 자는 척하는 것일까? 넌 불쌍한 환자에게 힘든 시간을 보내게 하고 있다. 그런 걸 원했던 거야? 그를 두려움에 떨게 하고, 공포심을 심어주기를 원했어? 그래서 기분이 한결 좋아졌어? 피로가 그녀를 짓누르고 눈이 감기기 시작하자, 그녀는 자리에서 일어난다.

기계적으로 그녀는 한쪽 벽을 차지한 어두운 색깔의 커다란 나무 옷장으로 향한다. 거의 텅 비어 있다. 몇 개의 철사 옷걸이에서 그녀는 진한 회색 정장을 본다. 그것은 마치 양파 껍질처럼 누렇게 변해 있다. 몇 벌의 셔츠는 깨끗하게 세탁되었지만 다림질은 되어 있지 않다. 두 개의 셔츠에는 단추가 떨어져 있다. 이게 상원의장이었던 아구스틴 카브랄의 옷장에 남은 전부일까? 그는 우아한 사람이었다. 수령님이 좋아하는 대로 꼼꼼하고 세심하게 몸치장과 옷치장을 했다. 그런데 그의 턱시도, 연미복, 영국 모직물로 만든 검은색 양복, 고급 리넨으로 만든 하얀 양복은 어디로 사라졌을까? 아마도 시간이 흐르면서 하인들이나 간호사들, 그리고 가난에 찌든 친척들이 하나둘씩 훔쳐갔으리라.

눈을 뜨려고 굳게 마음먹지만 피로감이 그녀의 의지보다 더 강했다. 결국 침대에 드러누워 눈을 감는다. 그녀는 침대에서 늙은이 냄새와 묵은 시트 냄새, 그리고 아주 오래된 꿈과 악몽 냄새가 풍긴다고 생각한다.

11

"질문이 하나 있습니다, 각하." 사이먼 지틀맨이 말했다. 샴페인과 포도주를 마신 탓인지 얼굴이 새빨개져 있었다. 아니 감격과 흥분 때문인지도 몰랐다. "이 나라를 위대하게 만들기 위해 각하가 취한 조치 중에서 어떤 게 가장 힘들었습니까?"

그는 스페인어를 훌륭하게 구사했다. 외국인 억양이 거의 느껴지지 않았다. 대통령궁의 사무실과 접견실을 줄지어 지나갔던 수많은 미국인들은 억양도 문법도 완전히 엉터리였고, 그래서 마치 스페인어를 희화화하는 것처럼 들렸다. 그러나 그는 전혀 그렇지 않았다. 국립 수비대의 젊은 중위였던 트루히요가 아이나 장교학교에 생도로 입학했던 1921년 이후 사이먼의 스페인어는 몰라보게 좋아졌다. 사이먼은 그곳에서 해병대 교관이었다. 그는 걸핏하면 욕을 퍼붓는 야만적인 스페인어를 떠들어댔다. 지틀맨은 너무 큰 소리로 그런 질문을 던졌고, 그래서 좌중의 대화는 중단되었다. 궁금하다는 표정으로 미소 지으면서도 심드렁한 스무 명의 머리가 대답을 기다리면서 일제히 자선가를 향했다.

"당신의 질문에 대답해줄 수 있습니다, 사이먼." 트루히요는 엄숙한 경우에만 사용하는 신중하고 힘을 뺀 목소리로 말했다. 그는 꽃잎 모양의 전구가 달린 크리스털 샹들리에를 뚫어지게 쳐다보더니 이렇게 덧붙였다. "1937년 10월 2일에 데하본에서 결정한 조치였습니다."

트루히요가 사이먼과 도로시 지틀맨을 위해 마련한 점심식사에 초대된 손님들이 급히 시선을 교환했다. 점심식사 전에는 전 해병대원인 사이먼 지틀맨에게 후안 파블로 두아르테 공훈 훈장을 수여하는 의식이 치러졌다. 지틀맨은 감격한 나머지 목소리까지 울먹거렸다. 그는 트루히요가 무슨 조치를 언급하는 건지 떠올리려고 애썼다.

"아, 아이티 사람들!" 그는 책상을 손바닥으로 쳤고, 그러자 고급 크리스털 술잔과 물컵, 그리고 접시와 유리병들이 소리를 냈다. "각하께서는 아이티 침공을 비상조치를 통해 해결하기로 결정하셨지요."

모두가 와인 잔을 가지고 있었지만, 총통은 오로지 물만 마셨다. 기억에 몰두한 채 심각한 표정을 짓고 있었다. 깊은 침묵이 흘렀다. 성직자처럼 혹은 연극배우처럼 총통은 손님들에게 양손을 올려 보였다.

"이 나라를 위해, 나는 이 두 손을 피로 물들였습니다." 그는 한 음절 한 음절 힘주어 말했다. "검둥이들이 우리를 다시 식민화하지 못하도록 말입니다. 그들은 수만 명이나 되었으며, 우리나라 도처에 살고 있었습니다. 만일 내가 그런 조치를 취하지 않았더라면, 오늘날 도미니카 공화국은 존재하지 못했을 겁니다. 1840년과 마찬가지로 우리 땅은 아이티에 점령되었을 겁니다. 목숨을 구한 소수의 백인은 검둥이들에게 봉사해야만 했을 겁니다. 30년간 통치하면서 그게 가장 힘든 결정이었습니다, 사이먼."

"저희는 각하의 지시를 따라 국경 전역을 돌아다녔습니다." 젊은 하원의원 헨리 치리노스는 대통령 책상 위에 펼쳐진 커다란 지도에 몸을 기대면서 가리켰다. "이런 상황이 계속된다면, 도미니카 공화국의 미래는 없습니다, 각하."

"각하에게 보고한 것보다 상황이 더욱 심각합니다." 젊은 상원의원 아구스틴 카브랄의 가냘픈 둘째 손가락이 빨간 점선을 어루만졌다. 그 점선은 S자 형태로 데하본부터 페데르날레스로 내려가고 있었다. "수많은 아이티 사람들이 농장이나 빈 들판, 혹은 부락에서 일하고 있습니다. 그들이 도미니카 사람들의 일자리를 빼앗았습니다."

"공짜로 일해줍니다. 월급을 줄 필요도 없습니다. 단지 먹을 것만 주면 됩니다. 아이티에는 먹을 게 없기 때문에 약간의 쌀과 완두콩만 주더라도 그들은 만족해합니다. 노새나 개를 부리는 것보다 더 싸게 먹힙니다."

치리노스는 제스처를 하면서 자기 친구이자 동료에게 발언권을 넘겼다.

"목장 주인이나 농장주들과 이야기해도 아무 소용이 없습니다, 각하." 카브랄이 설명했다. "그들은 자신들의 주머니를 톡톡 치면서 이렇게 대답합니다. '사탕수수를 거두어들이는 데 거의 돈을 받지 않고 일합니다. 그러니 아이티 사람이면 어떻습니까? 나는 그런 것에 개의

치 않습니다. 내게 아무리 애국심을 발휘하라고 요구해도 내 이익과
반대되는 행동은 하지 않을 겁니다.'"

그는 말을 멈추고서 하원의원 치리노스를 쳐다보았고, 치리노스는
다시 그의 말을 이어받았다.

"데하본, 엘리아스 피냐, 인데펜덴시아, 그리고 페데르날레스 전역
에는 스페인어 대신 크리올어를 쓰는 아프리카인들의 꿀꿀거리는 소
리만 들립니다."

그는 아구스틴 카브랄을 쳐다보았다. 카브랄이 즉시 다시 말을 이
어받았다.

"부두교나 산테리아와 같은 아프리카 미신이 언어와 인종과 마찬
가지로 우리의 국민성을 특징짓는 가톨릭교를 몰아내고 있습니다."

"가톨릭 사제들이 다들 한숨 짓고 있습니다, 각하." 젊은 하원의원
치리노스가 떨리는 목소리로 말했다. "기독교 이전의 만행이 디에고
콜론*, 후안 파블로 두아르테**, 그리고 트루히요의 나라를 휩쓸고 있
습니다. 아이티의 마법사들은 사제들보다 더 큰 영향력을 지니고 있
으며, 주술사들의 말이 약사들이나 의사들의 말보다 더 먹히는 형편
입니다."

"군대는 아무것도 하지 않았나요?" 사이먼 지틀맨이 와인 한 모금
을 마셨다. 흰 제복을 입은 웨이터 중 하나가 급히 그의 잔을 채워주
었다.

---

* 크리스토퍼 콜럼버스의 첫째 아들로, 아버지가 사망한 후 서인도제도의 상속권을 인정
받아 네번째 부왕이 되었다.
** 19세기의 자유사상가로 도미니카 공화국의 건설자로 여겨진다.

"군대는 수령이 지시하는 대로만 합니다, 사이먼. 당신도 그건 잘 알고 있을 겁니다." 대화를 하는 사람은 자선가와 전 해병대 교관뿐이었다. 나머지 사람들은 들으면서 고개만 이쪽저쪽으로 움직이고 있었다. "그 사악한 인간들은 저 위쪽 지방까지 진출했습니다. 몬테크리스티, 산티아고, 산후안, 아수아는 아이티 사람들 천지입니다. 흑사병에 걸린 것 같은 깜둥이들이 점점 퍼지고 있었지만, 아무 조치도 취해지지 않았습니다. 그들은 안목 있는 정치인, 확고한 의지를 지닌 정치인을 기다리고 있었습니다."

"머리가 여럿 달린 히드라를 생각해보십시오, 각하." 젊은 하원의원 치리노스가 과장된 제스처를 지으면서 시적으로 말했다. "이 일꾼들이 도미니카 사람들의 일자리를 빼앗고 있습니다. 도미니카 사람들은 목숨을 부지하기 위해 손바닥만 한 땅뙈기와 농장을 팔고 있습니다. 그런데 누가 땅을 살까요? 물론 돈을 많이 번 아이티 사람들입니다."

"그들은 히드라의 두번째 머리라고 할 수 있습니다, 각하." 젊은 상원의원 카브랄이 지적했다. "우리 국민의 일자리를 빼앗더니 이제는 우리의 주권을 야금야금 훔치고 있습니다."

"우리의 여자들도 마찬가지 상황입니다." 젊은 헨리 치리노스가 말끝을 흐리고는 음탕한 한숨을 내쉬었다. 그의 불그스레한 혀가 두터운 입술 사이로 마치 뱀의 혀처럼 모습을 드러냈다. "그 어떤 검은 살덩이도 하얀 살처럼 매력적이지 않습니다. 아이티 사람들이 도미니카 여자들을 강간하는 사건들이 매일 다반사로 일어나고 있습니다."

"우리 재산을 강탈하고 파괴하는 것은 말할 필요도 없습니다." 젊은 아구스틴 카브랄이 주장했다. "범죄자들은 마치 세관이나 검문소 혹은 순찰대도 없는 것처럼 마사크레 강을 자유자재로 넘나듭니다. 국경은 이제 아무것도 거르지 못하는 여과기나 다름없습니다. 폭력단 은 마치 메뚜기 떼처럼 마을과 농장을 모조리 먹어치우고 있습니다. 그런 다음 가축들을 아이티로 몰고 갑니다. 또한 먹고 입고 치장할 수 있는 것은 죄다 아이티로 가져갑니다. 국경 지역은 더 이상 우리의 땅 이 아닙니다, 각하. 우리는 우리의 언어, 우리의 종교, 우리의 혈통을 잃어버렸습니다. 이제는 야만적인 아이티의 일부를 이루고 있습니 다."

도로시 지틀맨은 거의 스페인어를 할 줄 몰랐고, 그래서 24년 전의 일을 회상하는 이런 대화를 지겨워하고 있음이 분명했다. 그러나 아 주 진지한 표정으로 가끔씩 고개를 끄덕이면서, 총통과 자기 남편을 바라보았다. 마치 한 마디도 흘리지 않고 전부 듣고 있는 것 같았다. 그녀는 허수아비 대통령 호아킨 발라게르와 국방부 장관 호세 레네 로만 장군 사이에 앉아 있었다. 왜소하고 연약하며 강직한 늙은 여자 였으나, 핑크색의 여름옷을 입고 있어 다소 젊어 보였다. 의식이 거행 되는 동안 총통이 도미니카 국민은 그 어려운 시기에 지틀맨 부부가 보여준 협력을 결코 잊지 않을 것이라고 말하면서 수많은 정부가 그 들을 뒤에서 찌르는 배신 행위를 자행하고 있음을 떠올리자, 그녀 역 시 감동의 눈물을 몇 방울 흘렸다.

"나도 무슨 일이 벌어지고 있었는지 알고 있었습니다." 트루히요가 주장했다. "그러나 내 눈으로 직접 확인해보고 싶었습니다. 국경 지역 으로 파견했던 주정뱅이 입헌의원과 지식인으로부터 현지 보고를 받은 후에도 쉽게 결정할 수 없었습니다. 그래서 내가 직접 국경으로 가보기로 결심했습니다. 대학 수비대 자원병들과 함께 말을 타고 그곳을 돌아다녔습니다. 이 눈으로 직접 보았지요. 1822년처럼 다시 우리 땅을 침략했다는 사실을 말입니다. 이번에는 평화적인 침략이었습니다. 아이티 사람들이 우리 땅에 다시 22년 동안 머물도록 내가 허락할 수 있었겠습니까?"

"애국자라면 그 누구도 그렇게 할 수 없었을 겁니다." 입헌의원 헨리 치리노스가 술잔을 높이 들면서 소리쳤다. "총통 트루히요는 특히 그걸 허락할 분이 아니었습니다. 자, 각하를 위해 건배!"

트루히요는 마치 그의 말을 듣지 못한 것처럼 계속 말했다.

"그들이 점령했던 22년 동안처럼, 깜둥이들이 우리 도미니카 국민을 살해하고 강간하며 목을 자르도록 어떻게 그냥 놔둘 수 있었겠습니까? 그들은 심지어 교회에서도 그런 만행을 저질렀습니다."

건배 제의에 아무도 반응하지 않자 주정뱅이 입헌의원은 씨근대면서 자기 술잔을 비우고는 경청하기 시작했다.

"도미니카 청년들을 대표하는 대학 수비대와 함께 국경 지대를 돌아본 후, 나는 과거를 점검했습니다." 총통은 갈수록 힘을 주어 말했다. "모카 교회에서 일어난 살육과 산티아고의 방화 사건을 떠올렸습니다. 데살리네스와 크리스토발이 모카 출신의 900명의 정예 군사와 함께 아이티로 출격하다가 도중에 죽거나 아이티 군인들에게 노예로 배분되었다는 사실도 기억했습니다."

"우리가 보고서를 제출한 지 보름이 지나도록 수령님은 아무 조치도 취하지 않으셨네." 젊은 하원의원 치리노스가 다소 흥분했다. "각하가 결단을 내리실까, 지식인?"

"나 같으면 그런 질문을 하지 않을 걸세." 젊은 상원의원 카브랄이 대답했다. "각하는 행동으로 보여주실 걸세. 상황이 심각하다는 걸 잘 아시니까."

두 사람은 100여 명의 대학 수비대 자원병과 함께 트루히요의 국경 순방 여행에 동행했다. 그들이 데하본 시에 도착했을 때, 두 사람은 가쁘게 숨을 몰아쉬었다. 젊은 나이였지만, 종일 말을 타고 다녔던 탓에 녹초가 되어 있었다. 하지만 총통은 데하본 주민들에게 리셉션을 베풀 예정이었고, 그들은 그의 기분을 상하게 할 수 없었다. 그들은 화려하게 장식된 시청에서 딱딱한 칼라의 셔츠와 프록코트를 입은 채 땀을 뻘뻘 흘렸다. 그러나 트루히요는 새벽부터 계속 말을 타고 다닌 사람답지 않게 원기 왕성했다. 그는 수많은 훈장과 금몰이 달린 푸른 색과 회색의 말끔한 군복을 입고는, 오른손에 '카를로스 1세'가 담긴 술잔을 들고서 여러 사람들 사이를 오가면서 찬사를 듣고 있었다. 그 때 그는 국기가 우아하게 드리워진 홀로 급하게 들어온 젊은 장교를 보았다. 그의 군화는 먼지로 뒤덮여 있었다.

"자네는 품위 있고 기분 좋은 리셉션에 야전복을 입은 채 땀을 뻘 뻘 흘리며 나타냈어." 자선가가 갑자기 국방부 장관에게 시선을 돌렸다. "얼마나 불쾌했는지 아나?"

"저는 연대장에게 보고를 하러 갔던 겁니다, 각하." 로만 장군은 당황하면서 말했다. 그리고 잠시 침묵을 지키면서 그 옛날 이야기를 확인하려고 애썼다. "어젯밤 아이티의 범죄단이 몰래 국경을 넘어왔습니다. 오늘 새벽 그들은 카포티요와 파롤리에 있는 농장 세 곳을 습격

290

하여 가축들을 싹 쓸어갔습니다. 사람도 세 명이나 살해했습니다."

"자네는 꼴사나운 모습으로 나타나 자네의 직업에 오점을 남겼네."
총통은 방금 전의 분노를 되새기면서 그를 나무랐다. "그래, 자네는
내 인내의 한계를 넘었네. 그건 그렇고, 국방부 장관, 국무부 장관과
이곳에 있는 모든 장교들은 이리로 오고, 나머지 사람들은 잠시 자리
를 비켜주시오."

그는 병영에서 지시를 내릴 때처럼 날카로운 목소리를 끝까지 올렸
다. 장수말벌처럼 와글거리는 소음 속에서 사람들이 즉시 그의 지시
에 복종했다. 군인들은 그의 주변으로 빽빽한 원을 이루었고, 신사와
숙녀들은 벽 쪽으로 물러나면서 색 테이프와 종이꽃, 그리고 작은 도
미니카 국기들로 장식된 홀의 한가운데를 비워주었다. 트루히요 대통
령은 즉시 명령을 내렸다.

"오늘 자정 이후, 군과 경찰은 도미니카 영토에 불법 체류하고 있
는 아이티 국적의 모든 사람들을 인정사정 보지 말고 죽이도록 하라.
하지만 사탕수수 농장에 있는 아이티인들은 제외한다." 그는 목청을
가다듬은 다음, 회색 시선으로 둥글게 모여 있는 장교들을 둘러보았
다. "알겠나?"

군 장교들은 머리를 끄덕였다. 몇몇 사람은 놀라움을 감추지 못했
고, 다른 사람들의 눈동자는 잔혹한 기쁨으로 반짝거렸다. 그 자리를
떠나면서 장교들이 구두 굽을 맞추는 소리가 들렸다.

"데하본 연대장. 좀 전에 불명예스러운 복장으로 나타난 저 장교를
감옥에 처넣고 물과 빵만 주도록 하라. 그리고 파티를 계속하라. 자,
모두 파티를 즐기도록 하라!"

사이먼 지틀맨의 얼굴에는 존경심과 향수가 어렸다.

"각하께서는 행동해야 할 시간에 절대로 주저하지 않으셨습니다." 전 해병대 교관이 손님들에게 말했다. "저는 아이나 군사학교에서 각하의 훈련을 맡는 영광을 누렸습니다. 처음부터 저는 각하가 아주 높은 지위에 이를 것임을 알았습니다. 하지만 이토록 높은 지위에 이를 줄은 몰랐습니다."

그는 미소 지었고, 참석자들의 다정한 웃음이 울려 퍼졌다.

"이 손은 결코 떨거나 불안해하지 않았습니다." 트루히요는 반복해서 그 말을 하고는 다시 자기 손을 보여주었다. "이 나라의 번영과 복지를 위해 절대적으로 필요한 경우에만 죽이라는 지시를 내렸기 때문입니다."

"각하, 어디에서인지는 몰라도 저는 각하가 병사들에게 총을 쏘지 말고 마체테를 사용하라고 명령했다는 것을 읽었습니다. 탄환을 아끼기 위해서였습니까?"

"국제사회의 반응을 예견하면서 당의를 입히기 위해서였습니다." 트루히요가 익살스럽게 전 교관의 말을 고쳐주었다. "마체테만을 사용한다면, 이 작전은 정부의 개입 없이 농민들이 자발적으로 일으킨 운동처럼 보이지 않겠습니까? 도미니카 사람들은 협협합니다. 우리는 결코 인색하지 않습니다. 특히 탄알은 더욱 그렇습니다."

그러자 식탁에 둘러앉은 사람들이 웃음을 터뜨리면서 그의 기지를 축하했다. 사이먼 지틀맨 역시 웃었지만, 다시 대화의 주제로 돌아왔다.

"페레힐에 관한 것도 사실입니까, 각하? 아이티 사람과 도미니카 사람을 구별하기 위해 깜둥이들에게 페레힐*을 발음하게 했습니까? 그리고 그 단어를 제대로 발음하지 못하면 목을 잘랐다는 게 사실입니까?"

"나도 그 이야기를 들었습니다." 트루히요가 어깨를 으쓱했다. "그저 떠도는 말에 불과합니다."

그는 고개를 숙였다. 마치 깊은 생각을 하기 위해 순간적으로 엄청난 집중력이 필요한 것 같았다. 다행히 그 일은 아니었다. 그의 눈은 아직 강철처럼 예리했고, 그들은 바지의 지퍼나 양다리 사이에 숨기려 해도 숨길 수 없는 얼룩을 볼 수 없었다. 그는 전 해병대 교관에게 다정한 눈길을 던졌다.

"사망한 아이티 사람의 숫자에 관해서는⋯⋯" 그는 조롱하듯이 말했다. "이 식탁에 앉아 있는 사람들에게 물어보십시오. 그러면 얼마나 다양한 숫자가 나오는지 알게 될 겁니다. 보시겠습니까? 자네 상원의원, 얼마나 많은 사람이 죽었나?"

헨리 치리노스의 어두운 얼굴이 갑자기 긴장했다. 그러면서도 수령의 질문에 처음으로 대답하게 되어 만족하는 표정이었다.

"알기 힘듭니다." 그는 연설할 때처럼 제스처를 지었다. "숫자가 너무 부풀려져 있습니다. 기껏해야 5천 명에서 8천 명 사이라고 저는 추정합니다."

"아레돈도 장군, 자네는 그 시기에 인데펜덴시아에서 목을 자르고

---

* perejil, '파슬리'를 뜻하는 스페인어. 아이티는 프랑스어를 쓰기 때문에 'r'를 'ㅎ'으로 발음한다. 반면에 스페인어에서 'ㅎ'은 'j'로 표기한다. 페레힐은 프랑스어 사용 국민들이 제대로 발음하지 못하는 대표적인 단어다.

있었네. 몇 명인가?"

"약 2만 명 정도 됩니다, 각하." 뚱뚱한 아레돈도 장군이 대답했다. 그는 마치 군복에 갇혀 있는 사람처럼 보였다. "인데펜덴시아 지역에서만 해도 수천 명이 됩니다. 상원의원은 실제 숫자보다 적게 추정하고 있습니다. 저는 그곳에 있었습니다. 적어도 2만 명은 됩니다."

"자네는 몇 명이나 죽였나?" 총통이 농담을 던졌고, 다시 좌중의 식탁에는 웃음소리가 흐르면서 의자가 삐걱거렸고, 크리스털 유리잔이 경쾌한 소리를 냈다.

"각하께서 떠도는 말이라고 하신 것은 소문이 아니라 하나도 틀리지 않은 진실입니다." 뚱뚱한 장군이 뽀로통하게 대답했다. 그의 미소는 찡그린 표정으로 변해 있었다. "이제 우리에게 모든 책임이 있다고 비난합니다. 하지만 그건 거짓말입니다. 완전히 거짓말입니다! 군대는 명령에 복종했습니다. 우리는 불법 체류자들을 다른 사람들과 분리하기 시작했습니다. 하지만 국민들이 나서서 아이티 사람이면 무조건 추적해서 사로잡았습니다. 농민들, 상인들과 관리들은 그들의 은신처를 폭로하고서 그들을 교수형에 처하거나 몽둥이로 마구 때려서 죽였습니다. 가끔 그들을 불태워 죽이기도 했습니다. 많은 장소에서 군대는 그런 과도한 행동을 막기 위해 개입해야만 했습니다. 약탈하고 도둑질을 일삼던 아이티인들에 대한 원한과 분노가 폭발했던 것입니다."

"발라게르 대통령, 그 사건 이후 당신은 아이티와 협상을 진행한 사람 중 하나입니다." 트루히요가 계속해서 물었다. "몇 명이었지요?"

의자에 앉은 탓에 작은 체구의 공화국 대통령은 거의 보이지 않았다. 그는 온화하고 자비로운 머리를 앞으로 내밀었다. 근시 안경 뒤로 좌중의 사람들을 살펴본 후, 그는 부드럽고 상황에 적절한 목소리로 말했다. 시 경연대회에서는 시를 읊었고, 미스 도미니카 공화국의 대관식을 거행하면서 계관시인으로 시를 낭송하기도 했으며, 트루히요의 정치 순회 연설에서 군중들에게 연설을 했으며, 혹은 국회에서 정부의 정책을 설명했던 그 목소리였다.

"정확한 숫자는 그 누구도 모릅니다, 각하." 그는 전문가다운 태도로 천천히 말했다. "추정치는 1만 명에서 1만 5천 명 사이입니다. 아이티 정부와의 협상에서 우리는 상징적인 숫자에 동의했습니다. 2750명이었습니다. 각하의 정부는 호의의 제스처이자 아이티와 도미니카의 화합을 위해 현금으로 27만 5천 페소를 지불하셨습니다. 피해를 입은 가정은 100페소씩 받게 될 예정이었습니다. 이론적으로 그렇다는 것입니다. 그러나 각하께서도 기억하시겠지만, 그런 일은 결코 일어나지 않았습니다."

그는 둥글고 작은 얼굴에 희미한 미소를 띠며 입을 다물었다. 그러면서 두꺼운 안경 뒤로 작고 창백한 눈을 가늘게 떴다.

"왜 보상금이 각 가정에 지급되지 않은 겁니까?" 사이먼 지틀맨이 물었다.

"아이티의 스테니오 뱅상 대통령이 그 돈을 모두 자기 주머니에 넣었기 때문입니다." 트루히요가 웃음을 터뜨렸다. "겨우 27만 5천 페소만 지급했나요? 내 기억으로는 그들의 항의를 잠재우기 위해 75만 페소를 지급한 것 같습니다."

"사실입니다. 각하." 발라게르 박사는 즉시 차분하고 완벽한 어법으로 대답했다. "75만 페소로 합의했지만, 실제로 지급된 건 27만 5천 페소였습니다. 나머지 액수는 5년간 매년 10만 페소씩 지급할 예정이었습니다. 당시 저는 임시 외무부 장관이었기 때문에 분명히 기억하고 있습니다. 협상 동안 제게 조언해주었던 안셀모 파울리노와 함께 우리는 한 가지 조항을 요구했습니다. 국제 재판소에 1937년 10월의 첫 두 주 동안 확인된 2750명의 희생자 사망 증명서를 제출할 경우 그 돈을 지급하겠다는 조건이었습니다. 아이티는 요구 사항을 지키지 않았습니다. 따라서 도미니카 공화국은 나머지 액수를 지급할 필요가 없었습니다. 그래서 첫 송금액이 총 배상금이 되었던 것입니다. 각하께서 개인 재산에서 지급하셨기 때문에 도미니카 정부는 한 푼도 쓰지 않았습니다."

"우리 모두를 몰살시킬 수도 있었던 문제에 종지부를 찍었다는 점을 염두에 둔다면, 얼마 안 되는 돈이었습니다." 트루히요가 어느새 진지해진 표정으로 말을 맺었다. "맞습니다. 몇몇 죄 없는 사람들이 죽었습니다. 그러나 우리 도미니카 국민들은 주권을 회복했습니다. 아이티와도 관계를 맺고 있습니다. 모두가 하느님의 가호 덕분이지요."

그는 입술을 닦고는 물을 한 모금 마셨다. 좌중의 손님들은 이미 커피를 따르고 술을 권하기 시작했다. 그는 점심식사 때 커피를 마시지 않았고 술을 절대 입에 대지 않았다. 그러나 산크리스토발이나 푼다시온 농장, 혹은 '마호가니의 집'에서 친한 사람들과 함께 있을 때는 예외였다. 트루히요는 아이티인들의 사냥이 국경 전역을 비롯하여 전

국적으로 이루어지고 있다는 소름 끼치는 보고가 도착하던 1937년 10월, 그 유혈 시기의 이미지를 그렇게 기억하고 있었다. 그런데 겁에 질려 그의 굴욕적인 모습을 지켜보고 있던 여자아이가 다시 떠올랐다. 그는 몹시 기분이 언짢아졌다.

"그 유명한 지식인 상원의원 아구스틴 카브랄은 어디에 있죠?" 사이먼 지틀맨이 주정뱅이 입헌의원을 가리켰다. "치리노스 상원의원은 보이는데, 그와 떼려야 뗄 수 없는 파트너는 보이지 않는군요. 그는 어떻게 되었습니까?"

침묵이 꽤 오래 지속되었다. 정찬 손님들은 커피 잔을 입으로 가져가 한 모금씩 마시면서 식탁과 꽃 장식, 유리컵들과 천장에 걸린 샹들리에를 바라보았다.

"이제 그는 상원의원이 아니며, 대통령궁에 올 일도 없습니다." 총통이 단호하게 말했다. 천천히 말하는 투가 그의 차가운 분노를 보여주었다. "그는 살아 있지만 이 정권과 관련해서는 더 이상 존재하지 않습니다."

전 해병대 교관은 거북해하면서 급히 코냑 잔을 비웠다. 거의 여든 살에 가까울 거야, 라고 총통은 짐작했다. 그는 멋지게 세월을 보낸 듯 나이보다 젊어 보였다. 아직도 꼿꼿했고 호리호리했으며, 가는 머리카락은 상고머리 스타일로 잘려 있었고, 몸에는 지방이 하나도 없었으며 목의 피부도 늘어지지 않았고, 제스처와 행동 모두 힘찼다. 눈꺼풀을 에워싸고 햇볕에 그을린 얼굴로 퍼지는 가는 주름살만이 그의 나이를 드러내고 있었다. 그는 얼굴을 찌푸리면서 대화의 주제를 바꾸려고 했다.

"불법 체류하던 그 많은 아이티 사람들을 제거하라고 명령했을 때, 각하는 어떤 느낌이 들었습니까?"

"당신 나라의 전 대통령인 트루먼에게 히로시마와 나가사키에 원자폭탄을 투하하라는 명령을 내렸을 때 어떤 느낌이었는지 물어보십시오. 그러면 그날 밤 데하본에서 내가 어떤 느낌을 받았는지 알 수 있을 겁니다."

다들 총통의 멋진 응수를 찬양했다. 그러자 전 해병대 교관이 아구스틴 카브랄을 언급하면서 야기된 긴장감이 사라졌다. 이제 화제를 바꾼 사람은 트루히요였다.

"한 달 전에 미국은 피그스만에서 패배했습니다. 공산주의자 피델 카스트로는 100여 명의 원정 대원들을 체포했습니다. 사이먼, 그 사건이 카리브해에 어떤 영향을 끼칠 것 같습니까?"

"케네디 대통령은 쿠바 애국자들을 배신했습니다." 그는 비탄에 잠겨 나직하게 말했다. "그들은 도살장으로 간 겁니다. 백악관은 그들에게 약속했던 공중 엄호와 포격 지원을 금지시켰습니다. 공산주의자들은 그들을 과녁 삼아 사격 연습을 했던 것입니다. 하지만 각하, 제가 이런 말을 해도 될지 모르겠지만, 개인적으로는 오히려 잘된 일이라고 생각합니다. 케네디에게 좋은 교훈이 되었을 겁니다. 지금 그의 정부에는 공산주의 동조자들이 침투해 있습니다. 아마도 그들을 제거하겠다고 결심할지도 모릅니다. 백악관은 결코 제2의 피그스만 사태를 겪고 싶지 않을 겁니다. 따라서 도미니카 공화국에 해병대를 파견할 위험도 적어지는 겁니다."

마지막 대목에서 전 해병대 교관은 감격에 젖었고, 냉정을 유지하려고 애쓰는 모습이 눈에 띄었다. 트루히요는 깜짝 놀랐다. 도미니카 체제를 전복시키기 위해 무장한 동료들이 상륙할지도 모른다고 생각하면서, 아이나의 옛 교관이 눈물을 흘리고 있었던 것이다.

"약한 모습을 보여주어 미안합니다, 각하." 사이먼 지틀맨이 평정을 되찾으며 조그만 소리로 말했다. "이 나라를 내 조국처럼 사랑한다는 것은 각하도 알고 계실 겁니다."

"이 나라는 당신의 나라입니다, 사이먼." 트루히요가 말했다.

"좌익분자들의 영향을 받아 워싱턴이 해병대를 파견하여 미국의 가장 오랜 우방인 나라와 싸우게 할지도 모른다는 생각만 해도 저는 온몸이 부르르 떨립니다. 그래서 저는 개인적인 시간과 돈을 투자하면서 미국인들에게 알리고자 노력하는 겁니다. 그래서 도로시와 함께 트루히요 시로 온 것입니다. 만일 해병대가 상륙하면, 도미니카인들과 함께 맞서 싸우기 위해서입니다."

갑자기 박수가 터지면서 전 해병대원의 감동적인 말에 화답했다. 박수 소리에 그릇과 유리컵과 은제 식기 세트가 흔들렸다. 도로시는 남편의 말에 고개를 끄덕이며 웃었다.

"사이먼 지틀맨 씨, 당신의 목소리는 미국의 진정한 목소리입니다." 주정뱅이 입헌의원이 침을 튀기면서 격찬했다. "신의를 존중하는 우리 친구를 위해 건배합시다. 사이먼 지틀맨을 위해!"

"잠깐만." 트루히요의 가냘프고 부드러운 목소리가 뜨거운 분위기에 찬물을 끼얹었다. 다른 초대 손님들이 당황하는 표정으로 그를 쳐다보았고, 치리노스는 자기 술잔을 높이 든 채 그대로 있었다. "우리의 친구이자 형제인 도로시와 사이먼 지틀맨을 위하여!"

너무나 감격한 지틀맨 부부는 미소를 지으며 참석자들에게 목례를 하면서 감사의 뜻을 표했다.

"케네디는 우리에게 해병대를 파견하지 않을 겁니다." 축배의 메아리가 꺼지자 총통이 말했다. "난 그가 그토록 우매한 짓을 하지는 않으리라고 생각합니다. 하지만 그렇게 한다면, 미국은 제2의 피그스만 사태를 겪게 될 겁니다. 우리는 쿠바 게릴라보다 더 현대화된 군사력을 갖추고 있습니다. 내가 직접 최전선에 나설 것이고, 마지막 도미니카 사람이 죽을 때까지 우리는 싸울 겁니다."

그는 눈을 감고서, 인용문을 정확하게 기억할 수 있을지 생각했다. 그랬다. 그의 첫 선거 29주년을 기념하는 식장에서 말했던 대목이 완벽하게 머릿속에 떠올랐다. 그는 그 말을 읊었고, 참석자들은 엄숙하게 침묵을 지키며 귀를 기울였다.

"미래가 우리에게 어떤 놀라운 사건을 보여줄지는 몰라도, 트루히요가 죽더라도 결코 바티스타처럼 망명하거나 페레스 히메네스처럼 도피하거나 혹은 로하스 피니야처럼 재판정에 앉아 있지 않을 것이라는 사실은 확신해도 좋습니다. 이 도미니카 정치인은 그들과 도덕관도 다르고 혈통도 다릅니다."

그는 눈을 떴고, 식탁 주위에 둘러앉은 손님들을 흐뭇한 눈으로 바라보았다. 참석자들은 정신을 집중하여 그 인용문을 듣고는 동의한다는 듯 고개를 끄덕였다.

"내가 방금 인용한 글을 누가 썼지요?" 자선가가 물었다.

참석자들은 서로 쳐다보면서 호기심과 불안과 공포를 동시에 지닌 시선으로 주위를 둘러보았다. 마침내 그들의 시선은 겸손해하면서 당혹해하는 상냥하고 둥근 얼굴에 집중되었다. 트루히요가 미주기구의 제재를 피하려는 헛된 희망을 가지고 자기 동생 '검둥이'를 사임하게 한 후 공화국 최초의 민간인 대통령이 된 키 작은 작가였다.

"각하의 기억력에 감탄을 금치 못하는 바입니다." 호아킨 발라게르는 조그만 목소리로 속삭이면서 그런 영광을 얻자 어안이 벙벙한 것처럼 과도하게 겸손한 태도를 취했다. "각하께서 지난 8월 3일에 연설했던 저의 보잘것없는 글을 기억해주셔서 몸 둘 바를 모르겠습니다."

속눈썹 뒤로 총통은 비르힐리오 알바레스 피나, '걸어 다니는 오물', 파이노 피차르도를 비롯한 군 장성들의 얼굴이 질투로 어떻게 일그러지는지 관찰했다. 그들은 괴로워하고 있었다. 그들은 신중한 시인이자 소심한 교수이며 법학자가 총통의 총애를 받기 위한 영원한 경쟁에서 자기들을 제치고 선택되었으며, 점수를 땄다고 생각했다. 그는 30년 동안 영원한 불안의 상태에서 살게 했던 자신의 근면한 신하들에게 애정을 느꼈다.

"사이먼, 이건 단순한 말이 아닙니다." 자선가가 확신을 가지고 말했다. "트루히요는 총소리가 나면 정권을 버리고 도망치는 위정자가 아닙니다. 나는 해병대에서, 당신 곁에서 명예가 무엇인지 배웠습니다. 명예를 존중하는 남자는 도망치지 않습니다. 그들은 싸웁니다. 만일 죽어야만 한다면 싸우면서 죽습니다. 케네디나 미주기구, 역겹고 계집애 같은 깜둥이 베탕쿠르나 공산주의자 피델 카스트로도 이 나라에서 트루히요를 도망치게 만들지는 못할 겁니다. 트루히요에게 이 나라는 그의 모든 것입니다."

주정뱅이 입헌의원이 박수를 치기 시작했고, 그를 따라 수많은 손이 올라오려는 순간, 트루히요는 그들을 쳐다보면서 박수를 멈추게 했다.

"그 겁쟁이들과 나의 차이점이 무언지 아십니까, 사이먼?" 그는 옛 교관의 눈을 쳐다보면서 말을 이었다. "그건 내가 미국 해병대에서 교육을 받았다는 겁니다. 난 그걸 결코 잊지 않았습니다. 당신이 아이나와 산페드로 데 마코리스에서 내게 그걸 가르쳤습니다. 기억하십니까? 도미니카 국립경찰 1기생들은 강철 같은 의지를 지닌 사람들입니다. 악의를 품은 사람들은 도미니카 국립경찰이 '도미니카의 가난한 검둥이들'을 의미한다고 말합니다. 하지만 나는 국립경찰 1기생들이 이 나라를 바꾸었다고 생각합니다. 나는 당신이 이 나라를 위해서 하고 있는 일에 그리 놀라지 않습니다. 그것은 당신이 나처럼 진정한 해병대원이기 때문입니다. 한마디로 충신이기 때문입니다. 고개를 숙이지 않고 죽는 사람, 아랍의 말들처럼 하늘을 쳐다보며 죽을 수 있는 사람입니다. 사이먼, 당신 나라가 지금 예의에 어긋나게 처신하고 있지만, 나는 그 어떤 앙심이나 원한도 가지고 있지 않습니다. 지금의 나를 만들어준 것이 바로 미국 해병대이기 때문입니다."

"언젠가 미국은 카리브해의 동지이자 친구에게 배은망덕하게 처신했다는 것을 후회하게 될 겁니다."

트루히요는 물을 몇 모금 마셨다. 그리고 대화가 다시 재개되었다. 웨이터들은 커피를 따라주었고, 코냑과 술과 시가를 제공했다. 총통은 다시 사이먼 지틀맨의 말을 경청했다.

"레일리 주교 문제는 어떻게 끝날 것 같습니까, 각하?"

그는 오만무례한 제스처를 지었다.

"그건 아무 문제도 아닙니다, 사이먼. 그 주교는 우리의 적들을 편들었습니다. 그러자 국민들이 분노했고, 그는 놀라서 산토도밍고 학교의 수녀들에게 달려가 숨은 것입니다. 거기서 여자들과 무슨 짓을 하고 있든, 그건 내가 알 바 아닙니다. 우리는 국민들이 그에게 린치를 가하지 못하도록 경비병을 배치했습니다."

"그 문제가 빠른 시일 내에 해결되기를 바랍니다." 전 해병대 교관이 강조했다. "미국에서는 레일리 주교의 성명서만 믿고 잘못 알고 있는 가톨릭 신자들이 많습니다. 그가 신변의 위협을 받고 있으며, 그 때문에 은신처로 도피한 줄로 압니다."

"그건 중요하지 않습니다, 사이먼. 모든 게 해결될 겁니다. 그리고 교회와 정부는 좋은 관계를 유지하게 될 겁니다. 우리 정부는 항상 독실한 가톨릭 신자로 가득했으며, 저 또한 로마 교황청의 피우스 12세로부터 성 그레고리우스 대십자 훈장을 받은 사람이라는 걸 잊지 마십시오." 그러더니 갑자기 대화 주제를 바꾸었다. "페탄이 당신을 〈도미니카의 목소리〉로 데려갔습니까?"

"물론입니다." 사이먼 지틀맨이 대답했다. 도로시는 환한 미소를 지으며 고개를 끄덕였다.

그의 동생인 페탄, 즉 호세 아리스멘디 트루히요 장군이 소유한 그 방송국은 20년 전에 작은 라디오 방송국으로 시작했다. 이후 〈유나의 목소리〉는 괄목할 만한 성장을 거듭해서 지금은 엄청나게 큰 기업인 〈도미니카의 목소리〉가 되었다. 최초의 텔레비전 방송국이자 가장 큰 라디오 방송국, 이스파니올라 섬에서 최고급 시설을 자랑하는 카바레이자 극장을 소유한 그룹이었다(페탄은 그 극장이 카리브해에서 가

장 훌륭하다고 자랑했지만, 총통은 아바나에 있는 '트로피카나'보다
는 못하다는 것을 알고 있었다). 지틀맨 부부는 굉장한 시설을 갖춘
극장을 보고 감탄을 금치 못했다. 페탄이 손수 그들을 안내했고, 오늘
밤 카바레에서 공연할 예정인 멕시코 발레의 리허설을 관람하도록 해
주었다. 꼼꼼히 따져보면, 페탄은 그리 쓸모없는 사람이 아니었다. 자
선가가 그를 필요로 할 때면, 항상 그와 그의 울긋불긋한 사조직 부대
'산맥의 딱정벌레'의 도움을 받을 수 있었다. 하지만 다른 형제들과
마찬가지로 그에게 도움이 되기보다는 골치를 썩이는 사람이었다. 항
상 일의 발단은 그의 잘못으로 벌인 멍청한 싸움이었다. 총통은 그 싸
움에 개입해야만 했고, 권위와 위신의 원칙을 지키기 위해 '거인'이자
아이나의 군사학교 동료였던 바스케스 리베라 장군을 제거해야만 했
던 적도 있었다. 훌륭한 장교이자 — 게다가 해병대였다, 빌어먹을! —
항상 충성스러운 부하였다. 그러나 기생충과 쓸모없는 인간, 멍청이
와 불한당들로 이루어진 가족이긴 했지만, 가족은 우정이나 정치적
이익보다 우선이었다. 이것이 그의 명예 목록에서 그 누구도 범할 수
없는 계율이었다. 그런 생각에서 벗어나지 못한 채, 총통은 사이먼 지
틀맨의 말을 듣고 있었다. 지틀맨은 〈도미니카의 목소리〉를 찾아왔던
아메리카 전역의 영화와 연예계와 라디오 스타들의 사진을 보고 놀라
움을 금치 못했다고 말했다. 페탄은 그 사진들을 자기 사무실 벽에 붙
여놓았다. 로스 판초스, 리베르타드 라마르케, 페드로 바르가스, 이마
수막, 페드로 인판테, 셀리아 크루스, 토냐 라 네그라, 올가 기요트,
마리아 루이사 란딘, 보비 카포, 틴탄과 그의 동생 마르셀로 등의 사
진이 붙어 있었다.[*] 트루히요는 빙긋이 웃었다. 사이먼은 페탄이 그가

데려온 스타들로 도미니카의 밤을 환하게 밝혔을 뿐만 아니라 그의 조그만 보나오**제국에서 기혼이든 미혼이든 가리지 않고 온갖 여자들과 잠자리를 했다는 사실은 모르고 있었다. 총통은 페탄이 트루히요 시에서 약간 떨어진 곳에서 문제를 일으키지 않겠다는 조건으로, 그가 원하는 대로 하도록 해주었다. 하지만 페탄은 〈도미니카의 목소리〉 출연자들에게 잠자리를 요구했고, 트루히요 시에서도 스캔들을 일으켰다. 어떤 때는 성공했지만, 그렇지 않은 경우는 추문이 들끓었다. 그러면 총통은―항상 총통의 몫이었다―여자에 대한 예의라고는 조금도 없는 망나니 페탄에게 모욕을 당한 예술가들에게 수백만 페소의 선물을 안겨주면서 그들의 분노를 달래야만 했다. 가령 미국 여권을 가진 잉카의 공주인 이마 수막이 그랬다. 페탄의 무모하고 뻔뻔스러운 행동 때문에 미국 대사까지 개입하게 된 사건이었다. 자선가는 마지못해 잉카의 공주에게 손해배상을 해주고는 자기 동생에게 사과할 것을 지시했다. 자선가는 한숨을 내쉬었다. 가족들이 그의 앞길에 여기저기 파놓은 깊은 구멍을 메워주느라 허비한 시간을 계산한다면, 두번째 나라를 건설하고도 남을 것 같았다.

그랬다. 페탄이 저지르고 다닌 사고 중에서도 결코 용서할 수 없었던 것은 군 총사령관과 벌인 바보 같은 싸움이었다. '거인' 바스케스 리베라는 아이나에서 함께 훈련을 받은 동료였고, 줄곧 좋은 친구로 지내왔다. 그는 힘이 엄청나게 셌고, 모든 종류의 스포츠를 즐기면서 그 힘을 연마하고 있었다. 그는 트루히요의 꿈을 현실로 만들어준 군

---

* 여기에 언급된 인물들은 모두 라틴아메리카의 가수 또는 배우들이다.
** 도미니카 공화국 중심부에 위치한 도시.

인 중 하나였다. 보잘것없는 국립경찰에서 탄생한 군대를 전문적이고 체계적이며 효율적인 병력으로 만든 사람이었다. 미국 군대의 축소판으로 재탄생시킨 주역이었다. 그런 작업이 완료되었던 시기에 페탄이 멍청한 싸움을 벌인 것이었다. 페탄은 당시 소령 계급장을 달고 있었고, 참모본부 사령관실에서 근무하고 있었다. 그런데 술에 취해 명령에 불복종했다. 바스케스 리베라 장군이 그를 질책하자 그는 오만무례하게 행동했다. 그러자 '거인'은 그의 계급장을 떼어버리고 연병장을 가리키면서, 계급을 잊고서 주먹으로 그 문제를 해결하자고 제안했다. 그때 페탄은 평생 동안 가장 심한 매를 맞았다. 그가 수많은 불쌍한 불한당들에게 가했던 매를 그때 모두 맞은 셈이었다. 트루히요는 가족의 명예를 위해서 어쩔 수 없이 자기 친구를 총사령관직에서 쫓아내고는 상징적인 임무를 부여하여 유럽으로 보냈다. 1년 후 첩보부대가 분개한 장군이 반란 음모를 꾸미고 있다는 정보를 그에게 보고했다. 그는 병영을 방문하고 부하들과 만나면서 시바오에 있는 그의 작은 농장으로 무기를 빼돌리고 있었다. 트루히요는 그를 체포하여 니구아 강 하구에 있는 군사감옥에 수감하라고 지시했고, 얼마 후에는 군사법정에서 비밀리에 사형을 선고하도록 명령했다. 그를 교수대로 끌고 가기 위해 요새 사령관은 일반 범죄로 형을 선고받은 열두 명의 죄수를 이용해야만 했다. 트루히요는 바스케스 리베라 장군의 최후를 지켜본 증인들을 없애기 위해 열두 명의 죄수를 총살시키라고 명령했다. 시간이 흘렀지만 그는 페탄의 망나니짓 때문에 희생시켜야만 했던 영웅적 시절의 동료에 대해 종종 향수를 느꼈다.

사이먼 지틀맨은 미국에 그가 설립한 위원회들이 더 적극적으로 활동하기 위해 모금운동을 시작했다고 설명했다. 바로 그날 〈뉴욕 타임스〉 〈워싱턴 포스트〉 〈타임〉 〈로스앤젤레스 타임스〉를 비롯해 트루히요를 비난하고 미주기구의 제재를 지지하던 모든 신문에 전면광고가 게재될 예정이었다. 그 광고에는 앞서 언급한 신문들의 비난을 반박하고, 도미니카 정부와 외교를 재개하라는 주장이 실릴 것이었다.

그런데 사이먼 지틀맨은 왜 아구스틴 카브랄에 대해 물어본 것일까? 그는 지식인을 떠올리자마자 자기를 휩싼 분노를 억제하려고 애썼다. 나쁜 의도가 있을 리는 없었다. 트루히요를 존경하고 칭찬을 아끼지 않은 사람이 있다면, 그는 바로 전 해병대 교관이었다. 그는 진심으로 그의 체제를 수호하려는 사람이었다. 아마도 일종의 연상 작용에 의해 그 이름을 언급했던 게 분명했다. 주정뱅이 입헌의원을 보고 치리노스와 떼려야 뗄 수 없는 동료였던 카브랄을—정권에 내밀히 관여하지 않은 사람의 눈에는 충분히 그렇게 보였을 것이다—떠올렸을 것이다. 그랬다. 실제로 그들은 그런 관계였다. 트루히요는 두 사람에게 공동 임무를 수없이 부여했다. 가령 1937년에 그는 두 사람을 각각 통계청장과 이민청장으로 임명하면서, 아이티의 국경을 돌아보도록 파견했고 아이티인들의 침범 상황에 관해 보고하도록 했다. 그러나 두 사람의 우정은 항상 상대적이었다. 즉 수령님이 한 사람을 칭찬하거나 중요시할 때면, 그 우정은 중단되었다. 트루히요는 그런 절묘하고 비밀스러운 게임을 즐겼다. 그는 서로 상대방을 해치기 위해 만들어내는 교묘한 조치와 은밀한 찌르기와 음모를 주시하면서 즐거움을 만끽했다. 그것은 '걸어 다니는 오물'과 지식인에만 한정되지 않았다. 비르힐리오 알바레스 피나와 파이노 피차르도, 호아킨 발라

게르와 페요 보네이, 모데스토 디아스와 비센테 톨렌티노 로하스를
비롯해 측근 모두가 마찬가지였다. 그들은 서로 동료를 제거하고, 동
료보다 앞서 나가고, 수령의 관심을 더 많이 받고, 수령의 농담을 더
가까운 곳에서 들으려고 안달했다. '사랑받기 위해 안달하는 후궁 계
집년들 같아'라고 그는 생각했다. 그들이 한순간도 방심하지 못하도
록, 시대에 뒤떨어지지 않도록, 상투성과 지루함에 빠지지 않도록 그
는 번갈아 한 사람씩 승진시키면서 다른 한 사람을 망신시켰다. 카브
랄에게도 그렇게 했다. 그를 멀리하면서 그의 모든 것, 그가 소중하게
생각하는 모든 것, 그가 가진 모든 것이 트루히요 덕분이며, 자선가
없이 그는 아무런 존재도 아니라는 의식을 각인시켜주었다. 측근이건
아니건 간에 모든 협력자들이 통과해야만 하는 시험이었다. 지식인은
그런 조치를 잘못 받아들였고, 사랑하는 남자에게 버림받은 여자처럼
절망했다. 제시간이 되기도 전에 문제를 해결하려고 했다가 치명적인
실수를 저지른 것이었다. 그는 수많은 똥을 삼킨 후에야 존재감을 되
찾을 수 있을 것이었다.

혹시 카브랄은 트루히요가 전 해병대 교관에게 훈장을 수여할 것을
알고서 지틀맨에게 좋게 말해달라고 애원했던 것은 아닐까? '여론광
장'을 읽는 도미니카인이라면 그가 이미 권력자의 눈 밖에 났다는 사
실을 알고 있고, 바로 그런 이유 때문에 전 해병대 교관이 갑자기 그
의 이름을 언급한 것이 아닐까? 하지만 사이먼 지틀맨은 〈엘카리베〉
를 읽지 않을 수도 있었다.

오싹 소름이 끼쳤다. 오줌이 새어나오고 있었다. 그는 그걸 느꼈다.
노란 액체가 고장난 밸브, 즉 오줌을 담아둘 수 없는 죽어버린 전립선

의 통제를 받지 못하고 방광에서부터 흘러나와 요도를 향해 움직이고, 요도를 통해 거침없이 달리면서 공기와 빛을 찾아 밖으로 나와 팬티와 바지와 양다리를 적시는 것이 보이는 것 같았다. 그는 분노와 무기력에 몸을 부들부들 떨면서 잠시 눈을 감았다. 불행하게도 비르힐리오 알바레스 피나 대신에 그를 도와줄 수 없는 도로시 지틀맨이 오른쪽에, 그리고 사이먼이 왼쪽에 앉아 있었다. 그래, 비르힐리오는 도와줄 수 있었다. 그는 도미니카 당의 당수였지만, 그의 중요한 임무와 역할은 바르셀로나에서 비밀리에 데려온 푸이치베르트 박사가 빌어먹을 전립선염을 진단한 후부터 요실금 현상이 발생하면 급히 대응하는 것이었다. 가령 컵에 담긴 물이나 잔에 담긴 포도주를 자선가에게 실수로 쏟은 척한 후 사과를 하거나, 연단에 서 있거나 사열식을 한 경우에는 축축하게 젖은 바지를 가리기 위해 앞에 차폐물처럼 자리를 잡는 것이었다. 그러나 의전을 책임진 바보들이 비르힐리오 알바레스를 네 자리나 떨어진 곳에 앉혔다. 아무도 그를 도와줄 수 없었다. 그가 일어서면 지틀맨 부부와 몇몇 초대 손님들은 그가 아무짝에도 쓸모없는 늙은이처럼 바지에 오줌을 지렸다는 사실을 알 것이고, 그것은 끔찍스러운 수모였다. 그는 분노가 치밀어 순간적으로 꼼짝할 수 없었다. 물을 마시는 척하거나 아니면 앞에 있는 컵이나 주전자를 엎지르는 척할 엄두도 나지 않았다.

한눈파는 척하며 그는 아주 천천히 주변을 둘러보면서, 오른손을 물이 가득 담긴 컵으로 옮겼다. 그리고 마찬가지로 아주 느리게 식탁 끝자락으로 끌어당겼다. 조금만 움직여도 물이 쏟아질 수 있었다. 그때 갑자기 첫째 아내 아민타 레데스마와의 사이에 낳은 첫째 딸 플로르 데 오로가 떠올랐다. 근사한 몸매를 지녔지만 남자와 같은 정신을 지닌 미친년이었다. 그녀는 마치 신발을 바꿔 신듯이 남편을 바꿨으며, 고등학교 다닐 때까지 침대에 오줌을 싸곤 했다. 그는 다시 용기를 내서 바지를 슬쩍 쳐다보았다. 굴욕적인 장면 대신, 즉 그가 두려워하던 얼룩 대신, 그의 눈은 ─ 그의 시력은 기억력처럼 굉장했다 ─ 바지 지퍼와 바짓가랑이가 멀쩡하다는 것을 확인했다. 완전히 말라 있었다. 분만 중인 임산부에게 말하는 것처럼, '오줌을 지릴지도 모른다'는 두려움과 공포 때문에 야기된 잘못된 느낌이었다. 그는 행복감과 기쁨에 사로잡혔다. 기분 나쁘게, 그리고 불길한 징조를 느끼며 시작했던 그날이 마치 소나기가 내린 후에 햇볕이 내리쬐는 해변 풍경처럼 아름답게 바뀌어 있었다.

그는 일어났다. 그러자 명령에 복종하는 병사들처럼 모든 참석자들이 그를 따라 일어났다. 상체를 굽혀 도로시 지틀맨이 일어나도록 도와주는 동안 그는 굳게 다짐했다. '오늘 밤 마호가니의 집에서 20년 전에 그랬듯이 계집애를 울게 만들고 말 거야.' 그는 자기 고환이 끓기 시작하고, 음경이 딱딱해지고 있다고 느꼈다.

12

 살바도르 에스트레야 사드알라는 자기가 결코 레바논을 보지 못할 것이라고 생각했다. 그러자 기운이 쭉 빠졌다. 어릴 때부터 그는 언젠가 레바논 산간 지역, 도시인지 마을인지 모르는 바스킨타에 가보는 게 꿈이었다. 그곳은 바로 사드알라 가족의 고향이었고, 세기말에 그의 어머니 선조들이 가톨릭이라는 이유로 추방된 곳이었다. 살바도르는 어머니 파울리나에게서 사드알라 가족이 그곳 레바논에서 부유한 상인들이었으며, 그들이 어떤 모험을 했고 어떤 불행을 겪었는지 들으면서 자랐다. 그리고 어떻게 모든 것을 잃었으며, 아브라함 사드알라와 그의 가족이 소수의 기독교인에 대한 이슬람교도의 박해를 피해 도망치면서 얼마나 심한 고생을 했는지도 들었다. 그들은 그리스도와 그의 십자가에 헌신하면서 지구의 반을 방황하다가 마침내 아이티에 도착했고, 도미니카 공화국으로 이주했다. 그들은 산티아고 델로스 카바예로스에 정착했다. 성실과 근면으로 이름난 가족답게 부지런히 일해 돈을 모았고, 그들을 받아들인 땅에서 존경받게 되었다. 비록 외가 쪽 친척은 거의 보지 못했지만, 살바도르는 어머니의 이야기에 매료되어 항상 사드알라 가족의 일원으로 느끼고 있었다. 그래서 그는 중동 지방의 지도에서도 본 적이 없는 미지의 바스킨타에 가보겠다고 꿈꾸고 있었다. 그런데 왜 이국적인 조상의 나라에 결코 가지 못할 것이라는 확신을 갖게 되었을까?

"내가 깜박 잠들었었나봐." 그는 앞좌석에서 안토니오 델라 마사가 말하는 소리를 들었다. 그는 눈을 비비고 있었다.

"모두 졸았어." 살바도르가 대답했다. "하지만 걱정하지 마. 내가 트루히요 시에서 오는 차들을 주의 깊게 살펴보고 있으니까."

"나도 마찬가지예요." 그의 옆에 있는 아마디토 가르시아 게레로 중위가 말했다. "근육 하나도 움직이지 않고 정신이 멍해져서 잠자고 있는 느낌을 받은 것 같아요. 그게 내가 군대에서 배운 긴장 완화 기술이지요."

"그가 오는 건 맞지, 아마디토?" 운전석에서 안토니오 임베르트가 도전적으로 물었다. 터키인은 그의 목소리에 비난의 어조가 담겨 있는 것을 알아챘다. 너무 부당한 일 아닌가! 만일 트루히요가 산크리스토발 방문을 취소했다면, 그게 마치 아마디토의 잘못이라는 말투였다.

"그래요, 토니." 중위는 미친 사람처럼 자신 있게 툴툴대며 대답했다. "올 겁니다."

터키인은 더 이상 확신하지 못하고 있었다. 이미 한 시간 15분을 기다렸기 때문이다. 그는 열정과 번민과 희망으로 가득했던 하루가 또다시 허무하게 지나간다고 느낀 것 같았다. 마흔두 살인 살바도르는 산크리스토발로 향하는 길목에서 트루히요를 기다리고 있던 세 대의 차량에 탑승한 일곱 명 중에서 가장 나이가 많았다. 그러나 그는 자신이 나이가 많다고 생각하지 않았다. 그는 아직도 기운이 넘쳤고 힘이 서른 살 먹은 사람과 견줄 만했다. 그가 서른 살 때, 로스 알마시고스 농장 사람들은 그의 주먹은 가히 당나귀도 죽일 수 있다고 말하곤 했다. 그의 기운은 전설적이었다. 산티아고 소년원에서 그와 권투를 하기 위해 글러브를 끼고 링에 오른 사람들이라면, 그가 얼마나 힘이 센지 잘 알고 있었다. 그는 산티아고 소년원에 링을 만들어 범죄를 저질렀거나 가정이 없는 아이들에게 권투를 가르쳤고, 그의 노력은 놀라운 성과를 이루었다. 그곳에서 그는 '키드 다이너마이트'라는 별명을 얻었다. 그는 골든 글러브를 수상했고, 카리브해 전역에서 가장 유명한 권투 선수가 되었다.

살바도르는 사드알라 가족을 좋아했고, 그의 아랍계 레바논 혈통에 자부심을 느꼈다. 그러나 사드알라 가족은 그가 태어나는 것을 바라지 않았다. 그들은 그의 어머니 파울리나가 흑인이며 군인이고 정치인인 피로 에스트레야에게 청혼을 받았다고 말하자 맹렬하게 반대했다. 그 세 가지가 사드알라 가족들을 벌벌 떨게 만들었지, 라고 터키인은 빙긋 웃으면서 생각했다. 파울리나 가족의 반대에 부딪히자 피로 에스트레야는 파울리나와 함께 도망쳐서 모카로 데려간 후, 그 마을의 사제에게 권총을 들이댔다. 그렇게 해서 두 사람은 교회에 들어가 결혼식을 올릴 수 있었다. 1936년에 파울리나가 죽었을 때, 에스트레야 사드알라의 형제와 누이들은 모두 열 명이었다. 피로 에스트레야 장군은 두번째 결혼에서 일곱 명을 더 낳았다. 그렇게 해서 터키인의 합법적인 형제는 열여섯 명이 되었다. 오늘 밤 그들이 실패한다면, 그 열여섯 명의 형제들에게 무슨 일이 일어날까? 특히 아무것도 모르고 있는 구아로는 어떻게 될까? 구아리오넥스 에스트레야 사드알라는 트루히요 경호부대장을 역임했고, 현재는 라베가 지역의 제2여단 사령관이었다. 만일 음모가 실패로 돌아간다면, 무자비한 보복이 자행될 것이다. 그런데 왜 실패할 것이라고 생각하는 것일까? 이 음모는 아주 조심스럽고 치밀하게 준비되었다. 일이 성공하면 그의 상관인 호세 레네 로만 장군이 트루히요의 사망 소식과 함께 군과 시민의 합동 평의회가 권력을 장악했다는 소식을 전할 것이고, 그러면 구아리오넥스는 새 정부에 봉사하기 위해 북부의 모든 군사력을 동원하게 될 것이다. 그런데 성공할까? 너무 오래 기다린 탓에 실망과 낙담이 다시 살바도르를 사로잡았다.

눈을 지그시 감고서 입을 꾹 다문 채 그는 기도했다. 그는 하루에도 몇 번씩 기도했다. 잠에서 깨어날 때와 잠자리에 들 때에는 큰 소리로, 나머지 시간에는 지금처럼 조용히 마음속으로 기도했다. 주님의 기도와 성모송, 상황에 따라 그가 임시로 만든 기도문을 읊조리기도 했다. 젊었을 때부터 그는 크고 작은 모든 문제에 하느님을 개입시키는 버릇이 있었으며, 하느님에게 자신의 비밀을 털어놓고 조언을 구하기도 했다. 그는 트루히요가 오게 해달라고, 그들이 주님의 무한한 은총으로 도미니카인들의 사형 집행인이며 이제는 그리스도 교회와 그들의 목자들에게 사납고 모진 분노를 터뜨리는 야수를 죽일 수 있게 해달라고 기도했다. 얼마 전까지만 해도 그는 자신의 결정에 대해 확신하지 못했다. 그러나 신호를 받은 이후부터 그는 깨끗한 양심을 가지고 독재자를 살해하는 일에 대해 하느님에게 말할 수 있었다. 그 신호는 교황 대사가 그에게 읽어준 말이었다.

산티아고에 거주하는 캐나다 사제 포르틴 신부는 살바도르가 몬시뇨르 리노 사니니와 그 대화를 가질 수 있도록 주선해주었고, 그 대화가 지금 그를 이곳에 있게 했다. 시프리아노 포르틴 신부는 그의 고해 신부였다. 한 달에 한두 번 두 사람은 오랫동안 진솔한 대화를 나누었다. 사제는 그의 말을 귀 기울여 들었고 그의 질문에 대답해주었으며, 그에게 자기가 갖고 있던 의문점도 설명했다. 두 사람이 감지하지 못하는 사이에 정치적인 문제가 개인적인 문제를 대체하기 시작했다. 왜 그리스도 교회는 피로 얼룩진 체제를 지지하는 것일까? 교회가 어떻게 가증스러운 죄를 일삼는 독재자를 도덕적으로 엄연하게 보호해줄 수 있는 것일까?

터키인은 포르틴 신부가 난처해하면서 쩔쩔맸다는 것을 떠올렸다. 그는 과감하게 설명을 하려고 애썼지만, 그 자신도 그런 설명을 납득하지 못하고 있었다. 그것은 바로 '하느님의 것은 하느님에게, 카이사르의 것은 카이사르에게'라는 말이었다. 트루히요에게도 그런 분류가 존재합니까, 신부님? 그는 미사에 참석하지도 않으며, 축복을 받지도 않으며, 신성한 성체를 받아 모시지도 않습니다. 모든 정부 행사에서 성가도 부르지 않고, 미사도 거행하지 않으며, 성체강복식도 하지 않습니다. 그럼에도 주교들과 사제들은 독재 행위를 정당화하고 있지 않습니까?

오래전부터 살바도르는 가톨릭교회의 계명에 따라 행동하는 게 어렵고 종종 불가능하다는 것을 익히 알고 있었다. 그는 굳은 원칙과 신앙을 가지고 있었지만, 음주가무를 즐겼고 여자 꽁무니를 쫓아다녔다. 현재의 아내 우라니아 미에세스와 결혼하기 전에 이미 두 명의 사생아를 낳았다. 그것은 그가 아무리 뉘우치고 속죄해도 용서받을 수 없는 죄였다. 그는 이런 실수에 창피해했고, 잘못을 바로잡으려고 했지만, 결코 양심을 달랠 수는 없었다. 그랬다. 그리스도를 욕되게 하지 않고 산다는 것은 힘든 일이었다. 가련하고 불쌍한 인간이며 원죄의 흔적을 안고 있는 그는, 사람이 선천적으로 지니고 있는 약점이 무엇인지를 보여주는 증거였다. 그러나 어떻게 하느님의 계시를 받은 교회가 잔인하고 무자비한 독재자를 지지하는 잘못을 범할 수 있을까?

16개월 전인 1960년 1월 24일 일요일이었다. 그는 그날을 결코 잊을 수 없었다. 바로 그날 기적이 일어났기 때문이다. 도미니카의 하늘에 무지개가 뜬 날이었다. 며칠 전인 21일은 도미니카의 수호성녀인 알타그라시아 성모의 축일이었으며, '6월 14일 운동'의 투사들에 대한 최대 검거 작전이 벌어졌다. 화창한 햇살이 내리쬐던 산티아고의 그날 아침, 알타그라시아 교회는 사람들로 발 디딜 틈이 없었다. 그런데 갑자기 설교단에서 단호한 목소리로 시프리아노 포르틴 신부가 공화국을 전율에 떨게 한 교서를 낭독하기 시작했다. 게다가 그 교회만 그런 게 아니었다. 도미니카의 모든 교회에서 일제히 똑같은 교서를 읽었다. 그건 일종의 허리케인이었다. 아니 그것은 트루히요 정권 초기였던 1930년에 수도를 초토화시킨 그 유명한 산세논 허리케인보다도 더욱 강력했다.

자동차의 어둠 속에서 살바도르 에스트레야 사드알라는 그 영광의 날을 기억하면서 미소 지었다. 그는 포르틴 신부가 프랑스어 억양이 약간 묻어나는 스페인어로 낭독하는 교서를 듣고 있었다. 교서의 한 마디 한 마디가 야수를 분노로 미치게 만들었다. 그 교서는 바로 그의 번민과 의심에 대한 대답이었다. 얼마 후 그는 비밀리에 인쇄되어 전국에 배포된 그 편지를 읽었다. 그는 그 편지를 거의 외우다시피 했다. '슬픔의 그림자' 하나가 도미니카 성모 축제에 오점을 남기고 있었다. '우리는 수많은 도미니카 가정을 슬픔에 빠뜨리는 깊은 고통을 무시한 채 그냥 있을 수 없다'고 주교들은 말했다. 성 베드로처럼 그들은 '우는 이들과 함께 울고' 싶어 했다. 그들은 '모든 권리의 뿌리와 기초는 인간의 신성한 존엄성에 있다'는 것을 기억하고 있었다. 피우스 12세의 말을 인용해 '계속해서 독재의 억압 아래서 살고 있는 수백만 명의 사람'들을 떠올리면서 그들에게는 '그 어느 것도 확실하지 않다. 가정도, 재산도, 자유도, 그리고 명예도 확실하지 않다'고 적고 있었다.

글을 읽어 내려가면서 살바도르의 심장은 더욱 빨리 뛰었다. '생명에 대한 권리를 누가 가지고 있단 말인가? 그 권리는 생명을 창조하신 하느님에게만 있는 것이다.' 주교들은 '근본적인 권리'에서 다른 권리가 태어난다는 것을 강조하고 있었다. 가족을 이룰 권리, 일을 할 권리, 사업할 권리, 이주할 권리(이것은 외국으로 나갈 때마다 허가를 받아야 하는 그런 형편없는 체제를 비난하는 것이 아니겠는가?), 좋은 명성을 누릴 권리와 '야비하고 비열한 동기로…… 사소한 구실이나 익명의 고발 아래서' 중상모략을 당하지 않을 권리 등이 그것이었다.

교서는 '모든 사람이 양심의 자유, 언론의 자유, 생각의 자유를 가지고 있다'고 재확인했다. 주교들은 '화합과 평화'가 이 땅을 지배하고 이 나라에 '인간적인 형제애의 성스러운 권리'가 확립될 수 있게 해달라면서 '슬픔과 불확실로 가득한 이 순간'에 소리 높여 기도하고 있었다.

살바도르는 너무나 감동한 나머지, 교회에서 나온 후에도 아내나 친구들에게 아무 말을 하지 못했다. 그의 아내나 친구들은 방금 들은 것에 놀라고 감격했지만, 동시에 두려움을 느껴 교회 문 앞에서 모여 말을 더듬고 있었다. 혼란스러운 것은 하나도 없었다. 대주교 리카르도 피티니를 시작으로 도미니카의 다섯 주교가 서명한 교서였기 때문이다.

웅얼거리는 말로 핑계를 대고서, 그는 가족에게서 떠나 마치 몽유병자처럼 교회로 되돌아갔다. 그는 성물실로 갔다. 포르틴 신부는 제의를 벗고 있었다. 그는 웃었다. "이제 우리 교회가 자랑스럽지 않나, 살바도르?" 하지만 그의 입에서는 아무 말도 나오지 않았다. 그는 한참 동안 사제를 포옹했다. 그랬다. 그리스도 교회는 마침내 희생자들의 편에 서게 된 것이었다.

"가공할 보복이 따를 겁니다, 포르틴 신부님." 그는 조그만 소리로 중얼거렸다.

그건 사실이었다. 이 정권은 음모를 꾸미는 데는 천재적이었다. 복수는 외국의 두 주교에게 집중되었고, 도미니카 땅에서 태어난 사제들에게는 아무 일도 일어나지 않았다. 산후안 델라 마구아나 지역을 담당하는 미국인 몬시뇨르 토머스 F. 레일리 주교와 라베가 지역의 주교인 스페인 출신의 몬시뇨르 프란시스코 파날이 바로 비열한 복수

전의 표적이 되었다.

1960년 1월 24일의 감격이 있고 나서 몇 주 동안 살바도르는 처음으로 트루히요 암살에 대해 생각했다. 처음에는 그런 생각을 하면서 전율했다. 가톨릭 신자는 다섯번째 계명을 지켜야만 했기 때문이다. 그러나 〈엘카리베〉나 〈라나시온〉을 읽거나 〈도미니카의 목소리〉 방송을 들을 때마다 귀결되는 결론이었다. 그 방송매체들은 두 주교가 외국 열강의 첩자들이며 공산주의에 매수된 자들이고 식민주의자들이며 배신자들이고 독사 같은 인간들이라면서 무차별적 공격을 퍼부었다. 불쌍한 몬시뇨르 파냘! 라베가에서 목회 사업을 하며 30년을 보냈으며 반교회 세력조차도 존경하는 사제를 외국인이라고 고발하며 비난하다니! 터키인은 포르틴 신부와 사람들의 입소문을 통해 조니 아베스가 꾸민 중상모략—그런 비열하고 혐오스러운 일을 날조할 수 있는 사람이 그자 말고 누가 있겠는가?—을 알게 되면서 망설임과 양심의 가책을 떨쳐버렸다. 도저히 참을 수 없었던 것은 라베가의 성당에서 몬시뇨르 파냘에게 저지른 신성 모독적인 행위였다. 당시 주교는 열두시 미사를 집전하고 있었다. 성당 안은 교구민들로 가득 차 있었다. 몬시뇨르 파냘이 그날의 독서를 읽고 있는데, 짙게 화장하고 반쯤 벌거벗은 매춘부 패거리가 들이닥쳤다. 신자들이 놀라고 어안이 벙벙한 틈을 이용해 여자들은 설교단으로 다가가서 자신들이 늙은 주교의 아이를 낳았으며 그는 변태 성욕자라고 욕설을 퍼붓고 비난했다. 한 매춘부는 마이크를 빼앗고서 이렇게 울부짖었다. "당신이 우리에게서 낳은 아이들을 인정하고 그들이 배고파 죽지 않게 해주세요." 마침내 몇몇 신자들이 역습을 감행해 매춘부들을 교회에서 몰아내고서 날벼락을 맞고 멍하니 앞만 바라보고 있던 주교를 보호하려는 순간, 칼리에들이 —곤봉과 쇠사슬로 무장한 20여 명의 깡패들— 몰려와서 교구민들을 인정사정없이 두들겨 팼다. 불쌍한 주교들! 그들은 주교들이 사는 사제관에 페인트로 욕설을 써놓았다. 산후안 델라 마구아나에서는 어떤 일이 벌어졌던가? 그들은 몬시뇨르 레일리가 관할 구역을 돌아다니기 위해 타고 다니던 왜건에 다이너마이트를 터뜨렸고, 밤마다 죽은 동물과 오줌, 살아 있는 쥐를 사제관에 마구 던졌다. 결국 주교는 트루히요 시에 있는 산토도밍고 학교로 피신해야 했다. 몬시뇨르 파날은 라베가에서 위협과 중상모략과 욕설을 꿋꿋이 참고 견뎠다. 순교자들의 작품이라고 말할 수 있는 노신부였다.

그즈음 터키인은 포르틴 신부의 집으로 찾아갔다. 그의 두툼하고 커다란 얼굴은 일그러져 있었다.

"무슨 일인가, 살바도르?"

"신부님, 트루히요를 죽여야겠어요. 그러면 내가 지옥으로 가는지 알고 싶어요." 그는 마구 울었다. "이런 일이 계속되어서는 안 돼요. 그들이 주교님들과 교회에 하는 더러운 짓들, 텔레비전과 라디오와 신문에서 벌이는 저 역겨운 운동들, 이제 그런 것들을 종식시켜야만 해요. 히드라의 머리를 자르는 게 유일한 방법이에요. 그러면 내가 천벌을 받을까요?"

포르틴 신부는 그를 진정시켰다. 갓 뽑은 커피 한 잔을 주고는 월계수가 줄지어 서 있는 산티아고의 거리로 데리고 나가 한참 동안 산책했다. 일주일 후 포르틴 신부는 교황 대사인 몬시뇨르 리노 사니니가 트루히요 시에서 그를 개인적으로 만날 것이라고 알려주었다. 터키인은 막시모 고메스 거리에 있는 우아한 교황 대사관에 다소 겁먹은 표정으로 출두했다. 교황의 대표자를 알현하기 위해 그는 꼭 끼는 셔츠를 입고 넥타이를 매고 갔다. 처음 본 순간부터 이 교회의 왕자는 겁먹은 거인을 편안하게 대해주었다.

몬시뇨르 사니니, 얼마나 우아하고 얼마나 근사하게 말했던가! 의심의 여지 없이 진정한 왕자였다. 살바도르는 교황 대사에 관해 많은 이야기를 들었고 그를 좋아했다. 사람들 말에 따르면, 트루히요는 그를 미워한다고 했다. 교황의 새 대사가 도착할 것이라는 소식을 듣고 페론이 망명자 신분으로 7개월을 보냈던 이 나라를 떠났다는 게 사실일까? 사람들은 그가 대통령궁으로 달려가서 이렇게 충고했다고 말한다. "각하, 조심하십시오. 교회와 싸워서는 이길 수 없습니다. 내게 무슨 일이 일어났는지 기억하십시오. 군인들이 나를 무너뜨린 게 아니라, 신부들이 무너뜨린 겁니다. 지금 바티칸에서 오는 이 교황 대사는 내가 사제들과 문제가 생겼을 때 파견된 바로 그 사람입니다. 그러니 교황 대사를 조심하십시오!" 그러고 나서 아르헨티나의 전 독재자는 짐을 꾸려 스페인으로 도망쳤다.

그 만남 이후 터키인은 몬시뇨르 사니니에 관한 좋은 말들을 모두 믿기로 했다. 교황 대사는 그를 집무실로 들어오게 하고는 그에게 시원한 음료를 주었다. 그리고 그가 안에 담고 있는 모든 것을 말하도록 용기를 북돋우고는, 이탈리아 억양이 곁든 다정한 스페인어로 자기 의견을 말했다. 살바도르는 마치 천사의 멜로디를 듣고 있는 듯했다. 터키인은 교황 대사에게 지금 이 나라에 일어나고 있는 일을 더 이상 참고 방관할 수 없으며, 현 체제가 교회와 주교들에게 하는 행동을 보면 미쳐버릴 것 같다고 말했다. 그런 다음 긴 침묵을 지킨 후 교황 대사의 반지 낀 손을 잡았다.

"신부님, 난 트루히요를 죽일 겁니다. 그래도 내 영혼이 용서를 받을 수 있을까요?"

그의 목소리가 갑자기 멈추었다. 가쁜 숨을 몰아쉬며 눈을 아래로 떨어뜨렸다. 그는 등에서 몬시뇨르 사니니의 아버지 같은 손길을 느꼈다. 마침내 그가 눈을 들었을 때 교황 대사는 손에 성 토마스 아퀴나스의 책을 들고 있었다. 그의 생기 있고 기운찬 얼굴이 약간 짓궂은 표정을 지으며 웃고 있었다. 그의 손가락 하나가 펼쳐진 페이지의 한 대목을 가리켰다. 살바도르는 책 쪽으로 몸을 기울여 읽었다. '만일 야수를 죽임으로써 백성이 해방된다면, 하느님은 그런 야수의 물리적 제거를 호의적인 눈으로 보실 것이다.'

그는 황홀경의 상태로 교황 대사관을 나왔다. 해변을 따라 펼쳐진 조지 워싱턴 거리를 한참 동안 걸으면서, 오랜만에 찾아온 마음의 평온을 느꼈다. 그는 야수를 죽일 것이고, 하느님과 교회는 그를 용서할 것이다. 그는 자기 손을 피로 더럽히면서, 조국을 피 흘리게 했던 야수의 피를 씻어버릴 작정이었다.

그런데 그가 올까? 그의 동료들은 기다림 때문에 엄청난 긴장을 느끼고 있었다. 그도 마찬가지였다. 아무도 입을 열지 않았고 움직이지도 않았다. 운전대를 단단히 붙잡고 있는 안토니오 임베르트는 차분하게 긴 숨을 들이마셨다. 한편 안토니오 델라 마사는 숨을 헐떡거리면서 길에서 한시도 눈을 떼지 않았다. 옆에 있는 아마디토는 차분하고 깊게 숨 쉬며 트루히요 시에서 오는 길을 쳐다보고 있었다. 세 친구는 터키인처럼 손에 무기를 들고 있음이 분명했다. 터키인은 오래 전에 산티아고에 사는 어느 친구의 철물점에서 구입한 스미스 & 웨슨 38구경의 개머리판을 손에서 느끼고 있었다. 아마디토는 45구경 권총 외에도 미국이 반란군에게 지급한 바보 같은 무기인 M1 소총과 안토니오와 함께 두 정의 12구경 브라우닝 엽총을 하나씩 소지하고 있었다. 안토니오 델라 마사의 스페인 친구인 미겔 앙헬 비시에가 작업장에서 총신을 잘라준 엽총이었다. 그들은 또한 안토니오의 친한 친구이자 마찬가지로 스페인 사람이며 예전에 포병 장교를 지냈던 마누엘 데 오빈 필포가 특별히 제작해준 탄알도 지니고 있었다. 그는 각각의 탄알이 코끼리도 가루로 만들어버릴 살상력을 발휘할 거라고 확신하면서 그들에게 탄알을 건네주었다. 제발 하느님의 가호가 있기를. CIA로부터 제공받은 카빈총을 가르시아 게레로 중위와 안토니오 델라 마사가 사용하도록 하고 두 사람을 오른쪽에 앉히자고 제안했던 사람은 살바도르였다. 그들은 최고의 명사수였고, 그래서 가까운 거리에서 가장 먼저 총을 쏠 임무가 주어졌다. 모두가 그 제안을 수락했다. 그런데 그가 올까? 정말 올까?

교황 대사관에서 대화를 나눈 지 몇 주 후, 살바도르 에스트레야 사드알라는 몬시뇨르 사니니를 더욱 존경하고 고맙게 여기게 되었다. 자선수녀회가 그의 여동생 파울리나 수녀를 산티아고에서 푸에르토리코로 보내기로 결정했던 것이다. 히셀라는 살바도르가 가장 좋아했고 가장 응석받이로 자란 여동생이었다. 종교인의 삶을 걷게 된 이후로는 더욱 좋아했던 여동생이었다. 그녀가 서원을 하고 어머니와 똑같은 파울리나라는 이름을 채택하던 날, 터키인의 뺨에서는 굵은 눈물이 뚝뚝 떨어졌다. 파울리나 수녀와 함께 있으면 그는 속죄했다는 느낌을 받았다. 마음이 평안해졌으며 더욱 종교적이 되었고, 사랑하는 여동생에게서 우러나오는 평온과 기쁨에, 그리고 주님에게 봉사하면서 평생을 사는 사람만이 보여줄 수 있는 평화로운 확신에 전염되는 것을 느꼈다. 혹시 포르틴 신부가 그의 음모가 발각될 경우 여동생에게 어떤 일이 일어날지 걱정해 교황 대사에게 말한 것이 아닐까? 그는 파울리나 수녀가 푸에르토리코로 파견된 것이 결코 우연이 아니라고 항상 생각했다. 그것은 그리스도 교회의 현명하고 자비로운 결정이었다. 그렇게 순수하고 죄 없는 젊은 여자를 야수의 손길이 미치지 않는 곳에, 조니 아베스의 살인마들이 먹어치울 수 없는 곳에 보냈던 것이다. 그것은 바로 살바도르를 가장 치떨리게 하는 이 정권의 관례였다. 즉 그들이 처벌하고자 하는 사람의 가족이나 친척, 혹은 자식들이나 형제자매들에 대한 탄압이 시작되었다. 그들이 가진 것을 몰수하고 그들을 감옥에 가두거나 직장에서 쫓아냈던 것이다. 만일 이 계획이 실패한다면, 그의 형제자매들도 무자비한 보복을 피하지 못할 것이다. 그의 아버지이고 자선가의 친한 친구이며 라스 라바스 농장에서 트루히요를 기리는 만찬을 베풀었던 피로 에스트레야 장군도 용서받지 못할 것이다. 그는 이 모든 걸 심사숙고했다. 그러나 그의 결심은 확고했다. 범죄자들의 손이 푸에르토리코의 수녀원에 있는 파울리나 수녀에게 미칠 수 없다는 것을 알고, 그는 안심했다. 여동생은 종종 그에게 단정한 필체로 사랑과 쾌활함으로 가득한 편지를 보내곤 했다.

신앙심이 강했지만, 살바도르는 히셀라처럼 수도회에 들어가겠다고 생각해본 적은 한 번도 없었다. 그것은 그가 존경하고 부러워했던 하느님의 부르심이었지만, 주님은 그를 그런 일에서 제외시켰다. 그는 결코 종교적 서원, 특히 순수의 서원은 지킬 수 없었을 것이다. 주님은 그를 너무나 세속적으로, 사명을 지닌 그리스도의 목자라면 무시해야 하는 그런 본능에 굴복하도록 만드셨다. 그는 여자를 좋아했고, 심지어 결혼 생활을 하는 지금도 이따금 바람을 피우곤 했지만, 그런 일을 범할 때면 오랫동안 양심의 가책에 시달렸다. 가느다란 허리에 동그란 엉덩이와 관능적인 입술과 반짝이는 눈을 지닌 까무잡잡한 여자―시선과 걸음걸이 그리고 말하는 모습과 손이 움직일 때 장난기와 짓궂음이 배어 있는 전형적인 도미니카의 아름다움을 지닌 여자―를 보면 살바도르는 흥분했고, 환상과 욕망으로 달아오르곤 했다.

그는 항상 이런 유혹에 저항했다. 친구들은 종종 그를 비웃었다. 특히 타비토가 죽은 이후 난봉꾼이 되어버린 안토니오 델라 마사가 그랬다. 터키인이 사창가에서 밤을 지새우거나 혹은 여자 포주가 어린 처녀들을 데리고 있다고 말하던 술집에 그들과 함께 가는 것을 거부했기 때문이다. 물론 몇 번은 그런 제안에 굴복하기도 했다. 하지만 그런 다음에는 씁쓸한 뒷맛이 오래갔다. 얼마 전부터 그는 자기가 그런 유혹에 굴복한 것이 모두 트루히요 탓이라고 돌렸다. 도미니카 남자들이 매춘부들이나 떠들썩한 술자리 혹은 다른 방탕한 삶을 찾는 것은 모두 야수의 잘못 때문이었다. 인간의 존엄성과 자유를 빼앗긴 나라에서 살아가야만 하는 불안감을 잠재우기 위해서 그런 삶을 살고 있는 것이다. 트루히요는 악마의 가장 유능한 동맹자였다.

"저거야!" 안토니오 델라 마사가 소리쳤다.

아마디토와 토니 임베르트도 외쳤다.

"그 작자야! 그자란 말이야!"

"어서 출발해, 빌어먹을 놈아!"

안토니오 임베르트는 이미 시동을 걸어놓고 있었고, 트루히요 시를 향해 주차해 있던 시보레 자동차는 찢어질 듯한 타이어 소리를 내며 뒤로 빙글 돌았다. 그때 살바도르는 탐정 영화를 생각했다. 자동차는 산크리스토발로 향하면서 어둡고 황량한 도로를 따라 트루히요의 자동차를 뒤쫓았다. 그런데 그가 탄 자동차였을까? 살바도르는 그를 보지 못했지만, 그의 동료들은 그가 틀림없다고, 분명히 그라고 확신하는 것 같았다. 심장이 마구 뛰었다. 안토니오와 아마디토는 창문을 내렸다. 마치 말을 더 빨리 뛰게 하려는 기수처럼 운전대 위로 몸을 기울인 임베르트가 속도를 높임에 따라 바람이 강하게 밀려들어와 살바도르는 제대로 눈을 뜰 수 없었다. 한 손에는 권총을 들고 있었기에, 다른 손으로 눈을 가려야만 했다. 앞서 가는 빨간 미등과의 거리가 점점 줄어들었다.

"틀림없이 염소의 시보레지, 아마디토?" 그가 소리쳤다.

"분명해요, 틀림없어요." 중위가 고함쳤다. "운전사가 누구인지도 보았어요. 사카리아스 델라 크루스였어요. 틀림없이 올 거라고 내가 말했잖아요!"

"더 세게 밟아!" 안토니오 델라 마사는 서너 번 똑같은 말을 반복했다. 그는 이미 머리를 차창 밖으로 내놓았고, 총신이 짧게 잘린 카빈총도 차 밖으로 나와 있었다.

"그래, 네 말이 맞아, 아마디토." 살바도르가 소리쳤다. "네가 말한 대로 경호원도 대동하지 않고 왔어."

중위는 양손으로 총을 잡고 있었다. 그는 한쪽으로 몸을 기울이면서 살바도르에게 등을 돌렸다. 그의 손가락 하나가 방아쇠에 가 있었고, M1 소총의 개머리판은 그의 어깨에 놓여 있었다. '고맙습니다, 하느님. 당신의 도미니카 아들들의 이름으로 감사드립니다.' 살바도르가 기도했다.

안토니오 델라 마사의 시보레 비스케인은 도로를 따라 질주하면서 아마디토 가르시아 게레로가 그들에게 수없이 설명했던 하늘색 시보레 벨에어와의 거리를 좁혀갔다. 터키인은 관용차량이 사용하는 하얀 바탕에 검은색 글씨로 쓰인 0-1823이라는 번호와 차창에 드리워진 커튼을 확인했다. 그랬다, 바로 그 차량이었다. 염소가 산크리스토발에 있는 '마호가니의 집'에 갈 때 사용하던 바로 그 차였다. 살바도르는 토니 임베르트가 운전하는 이 시보레 비스케인에 관한 악몽을 자주 꾸었다. 꿈에서 그들은 지금처럼 달과 별이 빛나는 하늘 아래를 달리고 있었다. 그런데 추적용으로 개조된 이 자동차가 곧 속력을 늦추더니 아주 천천히 달렸고, 마침내는 차에 타고 있는 사람들이 다들 욕을 퍼붓는 가운데 멈춰버렸다. 자선가의 자동차가 어둠 속으로 유유히 사라졌다.

시보레 벨에어는 계속해서 빠른 속도로 달려 나갔다. 시속 100킬로미터는 족히 되는 것 같았다. 앞서 가는 자동차는 임베르트가 켠 상향등 속에서 선명하게 보였다. 살바도르는 이 자동차의 이야기를 아주 자세히 알고 있었다. 가르시아 게레로 중위의 제안에 따라 그들은 트루히요가 매주 산크리스토발을 찾아가는 것을 노려 고속도로에서 매복하기로 합의했다. 계획이 성공하느냐 실패하느냐는 자동차의 속도에 달려 있었다. 안토니오 델라 마사는 자동차 마니아였다. 산토도밍고 자동차 회사 사람들은 아이티 국경 근처에서 일하는 그가 매주 수백 킬로미터를 운전해야만 해서 아주 특별한 차를 원한다고 했을 때, 전혀 놀라거나 의심하지 않았다. 그들은 시보레 비스케인을 추천했고, 차를 미국에 주문했다. 그 차는 석 달 전에 트루히요 시에 도착했다. 살바도르는 시운전을 하기 위해 그들과 함께 그 차에 올라탔던 날을 떠올렸다. 그날 그들은 팸플릿에서 뉴욕 경찰이 범죄자를 추적하기 위해 사용하는 바로 그 자동차라는 내용을 읽으면서 웃음을 터뜨렸다. 에어컨과 자동 변속기, 유압 브레이크, 그리고 350시시 8기통 엔진을 구비한 자동차였다. 7천 달러나 들었지만 안토니오는 이렇게 말했다. "이렇게 값진 투자는 없을 거야." 그들은 모카 근교에서 그 자동차를 시운전했고, 팸플릿 내용이 과장이 아니라는 것을 실감했다. 시속 160킬로미터까지 낼 수 있는 차였던 것이다.

"조심해, 토니." 움푹 팬 곳에서 차가 덜컹거리자 그는 혼잣말로 중얼거렸다. 안토니오나 아마디토는 그런 사실도 눈치채지 못한 것 같았다. 그들은 손에 무기를 들고 고개를 밖으로 내민 채, 임베르트가 트루히요의 자동차를 추월하기를 기다리고 있었다. 그 자동차에서 불과 20미터도 떨어져 있지 않았고, 바람 때문에 숨조차 제대로 쉴 수 없었다. 살바도르는 뒷좌석 창에 드리워진 커튼에서 눈을 떼지 않았다. 총을 마구 발사해서 뒷좌석 전체를 벌집을 만들어야만 할 것 같았다. 그는 염소가 불행한 여자와 함께 있지 않게 해달라고 기도했다.

염소는 종종 여자를 차에 태워 '마호가니의 집'으로 데려가곤 했기 때문이다.

갑자기 그들이 뒤쫓고 있다는 사실을 깨달았는지, 아니면 추월당할수 없다는 경주 본능 때문인지, 시보레 벨에어가 몇 미터 더 앞으로 달아났다.

"더 세게 밟아!" 안토니오 델라 마사가 지시했다. "더 빨리 가란 말이야!"

몇 초도 지나지 않아 시보레 비스케인은 다시 거리를 좁히면서 점점 더 가까이 다가갔다. 그런데 다른 사람들은 어떻게 된 것일까? 페드로 리비오와 우아스카르 테헤다는 왜 보이지 않는 걸까? 그들은 불과 2킬로미터 앞에서 역시 안토니오 델라 마사의 자동차인 올즈모빌에 타고 있었다. 이미 트루히요의 자동차를 가로막았어야만 했다. 임베르트가 헤드라이트를 세 번 연속 껐다 켰다 하는 걸 잊어버린 것일까? 올즈모빌보다 2킬로미터 앞에 위치하여 매복하고 있던 살바도르의 낡은 머큐리 자동차에 타고 있는 피피 파스토리사의 모습도 보이지 않았다. 이미 2킬로미터, 3킬로미터, 4킬로미터, 아니 더 많은 거리를 달려온 상태였다. 그들은 어디에 있는 것일까?

"신호 보내는 걸 잊어버렸어, 토니!" 터키인이 소리쳤다. "페드로 리비오와 피피를 이미 지나쳤어."

그들은 트루히요의 자동차에서 8미터 정도 떨어져 있었고, 토니는 헤드라이트를 번쩍이고 경적을 울리면서 비켜달라는 신호를 보냈다.

"더 가까이 가!" 안토니오 델라 마사가 고함쳤다.

그들은 더욱 가까이 다가갔지만, 시보레 벨에어는 토니의 신호에

아랑곳하지 않은 채 1차선과 2차선 중앙을 포기하지 않았다. 제기랄,
페드로 리비오와 우아스카르가 타고 있는 올즈모빌은 어디에 있는 것
일까? 피피 파스토리사가 타고 있는 머큐리는 또 어떻게 된 것일까?
마침내 트루히요의 자동차가 오른쪽으로 움직였다. 이제 추월할 공간
이 생겼다.

"더 밟아줘, 조금만 더 밟아줘." 안토니오 델라 마사가 흥분한 목소
리로 애원했다.

토니 임베르트는 속도를 높였고, 몇 초도 지나지 않아 그들은 시보
레 벨에어와 나란히 달리게 되었다. 옆 창문에도 커튼이 쳐져 있었기
때문에 살바도르는 트루히요를 볼 수 없었다. 그러나 그는 운전석 창
문을 통해 사카리아스 델라 크루스의 거칠고 험상궂은 얼굴을 분명히
볼 수 있었다. 바로 그 순간 고막이 찢어지는 듯한 충격이 있었다. 안
토니오와 아마디토 중위가 동시에 총을 발사한 것이었다. 두 자동차
는 너무나 가까이 붙어 있었기 때문에 다른 자동차의 뒤 창문 유리가
박살나면서 유리 조각이 그들에게까지 튀었고, 살바도르는 얼굴이 약
간 찔렸다고 느꼈다. 마치 꿈을 꾸듯이, 아니 마치 환각 상태에서 그
는 사카리아스가 머리를 이상하게 움직이는 것을 보았고, 거의 즉시
그도 안토니오의 어깨 위로 총을 쏘았다.

몇 초가 흘렀다. 끽 하는 타이어 소리에 온몸이 진저리쳤다. 트루히
요의 자동차가 갑작스럽게 브레이크를 밟은 탓에 이제 그 차는 그들
뒤에 있었다. 그는 머리를 돌려 시보레 벨에어가 출렁거리는 것을 보
았다. 멈추기 전에 전복될 것 같았다. 그 자동차는 뒤로 돌지도 않았
고, 도망치려고 시도하지도 않았다.

"멈춰, 멈춰!" 안토니오 델라 마사가 소리쳤다. "후진해, 후진하란 말이야!"

토니는 이미 자기가 할 일을 하고 있었다. 총탄으로 구멍투성이가 된 트루히요의 자동차와 거의 동시에 급브레이크를 밟았지만, 급히 브레이크에서 발을 뗐다. 자동차가 전복될 것처럼 심하게 요동쳤기 때문이다. 그런 다음 그는 다시 브레이크를 밟았고, 이내 시보레 비스케인은 멈추었다. 1초도 허비하지 않고, 그는 차를 반대 방향으로 돌렸다. 반대편 차선에는 차가 하나도 없었다. 그는 완전히 멈춰버린 트루히요의 자동차를 향해 운전했다. 그 차는 헤드라이트를 켠 채, 마치 그들을 기다리고 있다는 듯이 100미터도 안 되는 거리에 우스꽝스럽게 정차해 있었다. 그들이 50미터 정도 다가갔을 때, 정차한 자동차의 헤드라이트가 꺼졌다. 그러나 터키인은 토니 임베르트가 밝혀놓은 상향등 때문에 그를 볼 수 없었다.

"머리 숙여, 엎드려." 아마디토가 말했다. "우리에게 총을 쏠지도 몰라."

그의 왼쪽 차창 유리가 박살났다. 살바도르는 얼굴과 목에서 바늘에 찔린 듯 따끔한 느낌을 받았고, 급브레이크로 인해 앞으로 넘어졌다. 시보레 비스케인은 끽 소리를 내면서 비틀거리더니 완전히 한쪽으로 쏠린 다음 멈췄다. 임베르트는 헤드라이트를 껐다. 모든 게 어둠 속에 잠겨 있었다. 살바도르는 주변에서 총소리를 느꼈다. 그런데 어느 순간에 그와 아마디토, 토니와 안토니오가 도로로 뛰쳐나갔던 것일까? 네 사람은 차 문을 열어둔 채 범퍼 뒤에 몸을 숨기고서 트루히요가 있는 곳을 향해, 아니 트루히요의 자동차가 있어야만 하는 곳을

향해 사격하고 있었다. 그런데 누가 그들에게 총을 쏘고 있는 것일
까? 운전사 말고 또 다른 사람이 염소와 함께 있었던 것일까? 의심의
여지가 없었다. 누군가가 그들에게 사격을 하고 있었다. 탄환 소리가
주변에 울렸고, 시보레의 범퍼를 뚫고 들어오면서 땡그랑 소리를 냈
으며, 막 그의 친구 중 한 명에게 상처를 입혔다.

"터키인, 아마디토, 우리를 엄호해줘." 안토니오 델라 마사가 말했
다. "토니, 우리가 이 계획을 마무리 짓겠어."

그 말과 거의 동시에 터키인의 눈은 희미한 파란 불빛 속에서 그림
자와 사람의 윤곽을 구별할 수 있었다. 그리고 두 사람이 몸을 웅크리
고서 트루히요의 자동차를 향해 뛰어가는 모습을 보았다.

"쏘지 마요, 터키인." 아마디토가 말했다. 한쪽 무릎을 땅에 대고서
그는 자신의 소총을 겨누고 있었다. "이미 우리 손아귀에 들어와 있어
요. 눈을 크게 뜨고 지켜봐요. 여기서 도망치려고 한다 해도 그럴 수
없을 거예요."

5초, 8초, 10초가 흘렀다. 쥐새끼 소리 하나 들리지 않았다. 마치
악몽을 꾸고 있는 것처럼 살바도르는 자기의 오른쪽 차선으로 두 대
의 자동차가 전속력으로 트루히요 시를 향해 지나가고 있다는 것을
알았다. 잠시 후 다시 소총과 권총의 굉음이 울렸다. 약 10초 정도 지
속되었다. 이윽고 안토니오 델라 마사의 커다란 목소리가 밤하늘을
가득 채웠다.

"죽었어! 죽었단 말이야!"

그와 아마디토는 달려가기 시작했다. 몇 초 후 살바도르는 걸음을
멈추고, 토니 임베르트와 안토니오의 어깨 위로 고개를 내밀었다. 한

사람은 라이터를, 다른 한 사람은 성냥개비를 가지고 피에 물든 시체를 살펴보았다. 황록색 옷을 입고 있는 시체는 총탄을 맞아 얼굴이 완전히 일그러져 있었고, 피 웅덩이를 이룬 아스팔트에 누워 있었다. 야수는 죽어 있었다. 그는 하느님에게 감사를 드릴 시간도 없었다. 자동차가 달려오는 소리를 들었고, 트루히요의 자동차 뒤에서 총소리를 들었다고 확신했기 때문이다. 총통을 구하기 위해 달려오는 칼리에들이나 군 경호원들이라고 확신한 그는 더 생각할 겨를도 없이 권총을 들어 발사했다. 그리고 아주 가까운 곳에서 그의 총알을 맞은 페드로 리비오 세데뇨의 신음 소리를 들었다. 마치 땅바닥이 열린 것처럼, 깊은 심연에서 사악한 존재가 그를 비웃는 소리 같았다.

(2권으로 이어집니다)

　세계문학은 국민문학 혹은 지역문학을 떠나 존재하는 문학이 아니지만 그것
들의 총합도 아니다. 세계문학이라는 용어에는 그 나름의 언어와 전통을 갖고
있는 국민문학이나 지역문학의 존재를 인정하면서 그것을 넘어서는 문학의 보
편적 질서에 대한 관념이 새겨져 있다. 그 용어를 처음 고안한 19세기 유럽인들
은 유럽문학을 중심으로 그 질서를 구축했지만 풍부한 국민문학의 전통을 가지
고 있는 현대의 문학 강국들은 나름의 방식으로 세계문학을 이해하면서 정전
(正典)의 목록을 작성하고 또 수정한다.
　한국에서도 세계문학 관념은 우리 사회와 문화의 변화 속에서 거듭 수정돼왔
다. 어느 시기에는 제국 일본의 교양주의를 반영한 세계문학 관념이, 어느 시기
에는 제3세계 민족주의에 동조한 세계문학 관념이 출현했고, 그러한 관념을 실
천한 전집물이 출판됐다. 21세기 한국에 새로운 세계문학전집이 필요하다는 것
은 명백하다. 우리의 지성과 감성의 기준에 부합하는 세계문학을 다시 구상할
때가 되었다.
　문학동네 세계문학전집은 범세계적으로 통용되는 고전에 대한 상식을 존중하
면서도 지난 반세기 동안 해외 주요 언어권에서 창작과 연구의 진전에 따라 일어
난 정전의 변동을 고려하여 편성되어 있다. 그래서 불멸의 명작은 물론 동시대 세
계의 중요한 정치·문화적 실천에 영감을 준 새로운 작품들을 두루 포함시켰다.
　창립 이후 지금까지 한국문학 및 번역문학 출판에서 가장 전문적이고 생산적
인 그룹을 대표해온 문학동네가 그간 축적한 문학 출판 경험을 바탕으로 새로운
세계문학전집을 펴낸다. 인류가 무지와 몽매의 어둠 속을 방황하면서도 끝내 길
을 잃지 않은 것은 세계문학사의 하늘에 떠 있는 빛나는 별들이 길잡이가 되어
주었기 때문이다. 우리가 자부심과 사명감 속에서 그리게 될 이 새로운 별자리
가 독자들의 관심과 애정에 힘입어 우리 모두의 뿌듯한 자산이 되기를 소망한다.

문학동네 세계문학전집 편집위원
민은경, 박유하, 변현태, 송병선, 이재룡, 홍길표, 남진우, 황종연

세계문학전집 051
염소의 축제 1

1판 1쇄 2010년 12월 10일
1판 8쇄 2026년 1월 15일

지은이 마리오 바르가스 요사 | 옮긴이 송병선

책임편집 이은현 | 편집 오효순 오동규 | 독자모니터 김형철 양은희
디자인 이경란 송윤형 한충현 김민하 | 저작권 박지영 형소진 주은수 오서영 조경은
마케팅 정민호 서지화 한민아 이민경 왕지경 정유진 정경주 김혜원 김예진 이서진
브랜딩 함유지 박민재 이송이 박다솔 조다현 김하연 이준희
제작 강신은 김동욱 이순호 | 제작처 영신사

펴낸곳 (주)문학동네 | 펴낸이 김소영
출판등록 1993년 10월 22일 제2003-000045호
주소 10881 경기도 파주시 회동길 210
전자우편 editor@munhak.com
대표전화 031) 955-8888 | 팩스 031) 955-8855
문학동네카페 http://cafe.naver.com/mhdn
인스타그램 @munhakdongne | 트위터 @munhakdongne
북클럽문학동네 http://bookclubmunhak.com

ISBN 978-89-546-1307-1 04870
     978-89-546-0901-2 (세트)

www.munhak.com

1, 2, 3 안나 카레니나 레프 톨스토이 | 박형규 옮김

4 판탈레온과 특별봉사대 마리오 바르가스 요사 | 송병선 옮김

5 황금 물고기 J. M. G. 르 클레지오 | 최수철 옮김

6 템페스트 윌리엄 셰익스피어 | 이경식 옮김

7 위대한 개츠비 F. 스콧 피츠제럴드 | 김영하 옮김

8 아름다운 애너벨 리 싸늘하게 죽다 오에 겐자부로 | 박유하 옮김

9, 10 파우스트 요한 볼프강 폰 괴테 | 이인웅 옮김

11 가면의 고백 미시마 유키오 | 양윤옥 옮김

12 킴 러디어드 키플링 | 하창수 옮김

13 나귀 가죽 오노레 드 발자크 | 이철의 옮김

14 피아노 치는 여자 엘프리데 옐리네크 | 이병애 옮김

15 1984 조지 오웰 | 김기혁 옮김

16 벤야멘타 하인학교 - 야콥 폰 군텐 이야기 로베르트 발저 | 홍길표 옮김

17, 18 적과 흑 스탕달 | 이규식 옮김

19, 20 휴먼 스테인 필립 로스 | 박범수 옮김

21 체스 이야기·낯선 여인의 편지 슈테판 츠바이크 | 김연수 옮김

22 왼손잡이 니콜라이 레스코프 | 이상훈 옮김

23 소송 프란츠 카프카 | 권혁준 옮김

24 마크롤 가비에로의 모험 알바로 무티스 | 송병선 옮김

25 파계 시마자키 도손 | 노영희 옮김

26 내 생명 앗아가주오 앙헬레스 마스트레타 | 강성식 옮김

27 여명 시도니가브리엘 콜레트 | 송기정 옮김

28 한때 흑인이었던 남자의 자서전 제임스 웰든 존슨 | 천승걸 옮김

29 슬픈 짐승 모니카 마론 | 김미선 옮김

30 피로 물든 방 앤절라 카터 | 이귀우 옮김

31 숨그네 헤르타 뮐러 | 박경희 옮김

32 우리 시대의 영웅 미하일 레르몬토프 | 김연경 옮김

33, 34 실낙원 존 밀턴 | 조신권 옮김

35 복낙원 존 밀턴 | 조신권 옮김

36 포로기 오오카 쇼헤이 | 허호 옮김

37 동물농장·파리와 런던의 따라지 인생 조지 오웰 | 김기혁 옮김

38 루이 랑베르 오노레 드 발자크 | 송기정 옮김

39 코틀로반 안드레이 플라토노프 | 김철균 옮김

40 어두운 상점들의 거리 파트릭 모디아노 | 김화영 옮김

41 순교자 김은국 | 도정일 옮김

42 젊은 베르테르의 슬픔 요한 볼프강 폰 괴테 | 안장혁 옮김

43 더블린 사람들 제임스 조이스 | 진선주 옮김

44 설득 제인 오스틴 | 원영선, 전신화 옮김

45 인공호흡 리카르도 피글리아 | 엄지영 옮김

46 정글북 러디어드 키플링 | 손향숙 옮김

47 외로운 남자 외젠 이오네스코 | 이재룡 옮김

48 에피 브리스트 테오도어 폰타네 | 한미희 옮김

49 둔황 이노우에 야스시 | 임용택 옮김

50 미크로메가스·캉디드 혹은 낙관주의 볼테르 | 이병애 옮김

51, 52 염소의 축제 마리오 바르가스 요사 | 송병선 옮김

53 고야산 스님·초롱불 노래 이즈미 교카 | 임태균 옮김

54 다니엘서 E. L. 닥터로 | 정상준 옮김

55 이날을 위한 우산 빌헬름 게나치노 | 박교진 옮김

56 톰 소여의 모험 마크 트웨인 | 강미경 옮김

57 카사노바의 귀향·꿈의 노벨레 아르투어 슈니츨러 | 모명숙 옮김

58 바보들을 위한 학교 사샤 소콜로프 | 권정임 옮김

59 어느 어릿광대의 견해 하인리히 뵐 | 신동도 옮김

60 웃는 늑대 쓰시마 유코 | 김훈아 옮김

61 팔코너 존 치버 | 박영원 옮김

62 한눈팔기 나쓰메 소세키 | 조영석 옮김

63, 64 톰 아저씨의 오두막 해리엇 비처 스토 | 이종인 옮김

65 아버지와 아들 이반 투르게네프 | 이항재 옮김

66 베니스의 상인 윌리엄 셰익스피어 | 이경식 옮김

67 해부학자 페데리코 안다아시 | 조구호 옮김

68 긴 이별을 위한 짧은 편지 페터 한트케 | 안장혁 옮김

69 호텔 뒤락 애니타 브루크너 | 김정 옮김

70 잔해 쥘리앵 그린 | 김종우 옮김

71 절망 블라디미르 나보코프 | 최종술 옮김

72 더버빌가의 테스 토머스 하디 | 유명숙 옮김

73 감상소설 미하일 조셴코 | 백용식 옮김

74 빙하와 어둠의 공포 크리스토프 란스마이어 | 진일상 옮김

75 쓰가루·석별·옛날이야기 다자이 오사무 | 서재곤 옮김

76 이인 알베르 카뮈 | 이기언 옮김

77 달려라, 토끼 존 업다이크 | 정영목 옮김

78 몰락하는 자 토마스 베른하르트 | 박인원 옮김

79, 80 한밤의 아이들 살만 루슈디 | 김진준 옮김

81 죽은 군대의 장군 이스마일 카다레 | 이창실 옮김

82 페레이라가 주장하다 안토니오 타부키 | 이승수 옮김

83, 84 목로주점 에밀 졸라 | 박명숙 옮김

85 아베 일족 모리 오가이 | 권태민 옮김

86 폭풍의 언덕 에밀리 브론테 | 김정아 옮김

87, 88 늦여름 아달베르트 슈티프터 | 박종대 옮김

89 클레브 공작부인 라파예트 부인 | 류재화 옮김

90 P세대 빅토르 펠레빈 | 박혜경 옮김

91 노인과 바다 어니스트 헤밍웨이 | 이인규 옮김

92 물방울 메도루마 슌 | 유은경 옮김

93 도깨비불 피에르 드리외라로셸 | 이재룡 옮김

94 프랑켄슈타인 메리 셸리 | 김선형 옮김

95 래그타임 E. L. 닥터로 | 최용준 옮김

96 캔터빌의 유령 오스카 와일드 | 김미나 옮김

97 만(卍)·시게모토 소장의 어머니 다니자키 준이치로 | 김춘미, 이호철 옮김

98 맨해튼 트랜스퍼 존 더스패서스 | 박경희 옮김

99 단순한 열정 아니 에르노 | 최정수 옮김

100 열세 걸음 모옌 | 임홍빈 옮김

101 데미안 헤르만 헤세 | 안인희 옮김

102 수레바퀴 아래서 헤르만 헤세 | 한미희 옮김

103 소리와 분노 윌리엄 포크너 | 공진호 옮김

104 곰 윌리엄 포크너 | 민은영 옮김

105 롤리타 블라디미르 나보코프 | 김진준 옮김

106, 107 부활 레프 톨스토이 | 박형규 옮김

108, 109 모래그릇 마쓰모토 세이초 | 이병진 옮김

110 은둔자 막심 고리키 | 이강은 옮김

111 불타버린 지도 아베 고보 | 이영미 옮김

112 말라볼리아가의 사람들 조반니 베르가 | 김운찬 옮김

113 디어 라이프 앨리스 먼로 | 정연희 옮김

114 돈 카를로스 프리드리히 실러 | 안인희 옮김

115 인간 짐승 에밀 졸라 | 이철의 옮김

116 빌러비드 토니 모리슨 | 최인자 옮김

117, 118 미국의 목가 필립 로스 | 정영목 옮김

119 대성당 레이먼드 카버 | 김연수 옮김

120 나나 에밀 졸라 | 김치수 옮김

121, 122 제르미날 에밀 졸라 | 박명숙 옮김

123 현기증. 감정들 W. G. 제발트 | 배수아 옮김

124 강 동쪽의 기담 나가이 가후 | 정병호 옮김

125 붉은 밤의 도시들 윌리엄 버로스 | 박인찬 옮김

126 수고양이 무어의 인생관 E. T. A. 호프만 | 박은경 옮김

127 맘브루 R. H. 모레노 두란 | 송병선 옮김

128 익사 오에 겐자부로 | 박유하 옮김

129 땅의 혜택 크누트 함순 | 안미란 옮김

130 불안의 책 페르난두 페소아 | 오진영 옮김

131, 132 사랑과 어둠의 이야기 아모스 오즈 | 최창모 옮김

133 페스트 알베르 카뮈 | 유호식 옮김

134 다마세누 몬테이루의 잃어버린 머리 안토니오 타부키 | 이현경 옮김

135 작은 것들의 신 아룬다티 로이 | 박찬원 옮김

136 시스터 캐리 시어도어 드라이저 | 송은주 옮김

137 고독한 산책자의 몽상 장자크 루소 | 문경자 옮김

138 용의자의 야간열차 다와다 요코 | 이영미 옮김

139 세기아의 고백 알프레드 드 뮈세 | 김미성 옮김

140 햄릿 윌리엄 셰익스피어 | 이경식 옮김

141 카산드라 크리스타 볼프 | 한미희 옮김

142 이 글을 읽는 사람에게 영원한 저주를 마누엘 푸익 | 송병선 옮김

143 마음 나쓰메 소세키 | 유은경 옮김

144 바다 존 밴빌 | 정영목 옮김

145, 146, 147, 148 전쟁과 평화 레프 톨스토이 | 박형규 옮김

149 세 가지 이야기 귀스타브 플로베르 | 고봉만 옮김

150 제5도살장 커트 보니것 | 정영목 옮김

151 알렉시 · 은총의 일격 마르그리트 유르스나르 | 윤진 옮김

152 말라 온다 알베르토 푸겟 | 엄지영 옮김

153 아르세니예프의 인생 이반 부닌 | 이항재 옮김

154 오만과 편견 제인 오스틴 | 류경희 옮김

155 돈 에밀 졸라 | 유기환 옮김

156 젊은 예술가의 초상 제임스 조이스 | 진선주 옮김

157, 158, 159 카라마조프가의 형제들 표도르 도스토옙스키 | 김희숙 옮김

160 진 브로디 선생의 전성기 뮤리얼 스파크 | 서정은 옮김

161 13인당 이야기 오노레 드 발자크 | 송기정 옮김

162 하지 무라트 레프 톨스토이 | 박형규 옮김

163 희망 앙드레 말로 | 김웅권 옮김

164 임멘 호수·백마의 기사·프시케 테오도어 슈토름 | 배정희 옮김

165 밤은 부드러워라 F. 스콧 피츠제럴드 | 정영목 옮김

166 야간비행 앙투안 드 생텍쥐페리 | 용경식 옮김

167 나이트우드 주나 반스 | 이예원 옮김

168 소년들 앙리 드 몽테를랑 | 유정애 옮김

169, 170 독립기념일 리처드 포드 | 박영원 옮김

171, 172 닥터 지바고 보리스 파스테르나크 | 박형규 옮김

173 싯다르타 헤르만 헤세 | 권혁준 옮김

174 야만인을 기다리며 J. M. 쿳시 | 왕은철 옮김

175 철학편지 볼테르 | 이봉지 옮김

176 거지 소녀 앨리스 먼로 | 민은영 옮김

177 창백한 불꽃 블라디미르 나보코프 | 김윤하 옮김

178 슈틸러 막스 프리슈 | 김인순 옮김

179 시핑 뉴스 애니 프루 | 민승남 옮김

180 이 세상의 왕국 알레호 카르펜티에르 | 조구호 옮김

181 철의 시대 J. M. 쿳시 | 왕은철 옮김

182 카시지 조이스 캐럴 오츠 | 공경희 옮김

183, 184 모비 딕 허먼 멜빌 | 황유원 옮김

185 솔로몬의 노래 토니 모리슨 | 김선형 옮김

186 무기여 잘 있거라 어니스트 헤밍웨이 | 권진아 옮김

187 컬러 퍼플 앨리스 워커 | 고정아 옮김

188, 189 죄와 벌 표도르 도스토옙스키 | 이문영 옮김

190 사랑 광기 그리고 죽음의 이야기 오라시오 키로가 | 엄지영 옮김

191 빅 슬립 레이먼드 챈들러 | 김진준 옮김

192 시간은 밤 류드밀라 페트루솁스카야 | 김혜란 옮김

193 타타르인의 사막 디노 부차티 | 한리나 옮김

194 고양이와 쥐 귄터 그라스 | 박경희 옮김

195 펠리시아의 여정 윌리엄 트레버 | 박찬원 옮김

196 마이클 K의 삶과 시대 J. M. 쿳시 | 왕은철 옮김

197, 198 오스카와 루신다 피터 케리 | 김시현 옮김

199 패싱 넬라 라슨 | 박경희 옮김

200 마담 보바리 귀스타브 플로베르 | 김남주 옮김

201 패주 에밀 졸라 | 유기환 옮김

202 도시와 개들 마리오 바르가스 요사 | 송병선 옮김

203 루시 저메이카 킨케이드 | 정소영 옮김

204 대지 에밀 졸라 | 조성애 옮김

205, 206 백치 표도르 도스토옙스키 | 김희숙 옮김

207 백야 표도르 도스토옙스키 | 박은정 옮김

208 순수의 시대 이디스 워턴 | 손영미 옮김

209 단순한 이야기 엘리자베스 인치볼드 | 이혜수 옮김

210 바닷가에서 압둘라자크 구르나 | 황유원 옮김

211 낙원 압둘라자크 구르나 | 왕은철 옮김

212 피라미드 이스마일 카다레 | 이창실 옮김

213 애니 존 저메이카 킨케이드 | 정소영 옮김

214 지고 말 것을 가와바타 야스나리 | 박혜성 옮김

215 부서진 사월 이스마일 카다레 | 유정희 옮김

216 사람은 무엇으로 사는가 레프 톨스토이 | 이항재 옮김

217, 218 악마의 시 살만 루슈디 | 김진준 옮김

219 오늘을 잡아라 솔 벨로 | 김진준 옮김

220 배반 압둘라자크 구르나 | 황가한 옮김

221 어두운 밤 나는 적막한 집을 나섰다 페터 한트케 | 윤시향 옮김

222 무어의 마지막 한숨 살만 루슈디 | 김진준 옮김

223 속죄 이언 매큐언 | 한정아 옮김

224 암스테르담 이언 매큐언 | 박경희 옮김

225, 226, 227 특성 없는 남자 로베르트 무질 | 박종대 옮김

228 앨프리드와 에밀리 도리스 레싱 | 민은영 옮김

229 북과 남 엘리자베스 개스켈 | 민승남 옮김

230 마지막 이야기들 윌리엄 트레버 | 민승남 옮김

231 벤저민 프랭클린 자서전 벤저민 프랭클린 | 이종인 옮김

232 만년양식집 오에 겐자부로 | 박유하 옮김

233 이상한 나라의 앨리스 루이스 캐럴 | 존 테니얼 그림 | 김희진 옮김

234 소네치카·스페이드의 여왕 류드밀라 울리츠카야 | 박종소 옮김

235 메데아와 그녀의 아이들 류드밀라 울리츠카야 | 최종술 옮김

236 실종자 프란츠 카프카 | 이재황 옮김

237 진 알랭 로브그리예 | 성귀수 옮김

238 말테의 수기 라이너 마리아 릴케 | 홍사현 옮김

239, 240 율리시스 제임스 조이스 | 이종일 옮김

241 지도와 영토 미셸 우엘벡 | 장소미 옮김

242 사막 J. M. G. 르 클레지오 | 홍상희 옮김

243 사냥꾼의 수기 이반 투르게네프 | 이종현 옮김

244 훔볼트의 선물 솔 벨로 | 전수용 옮김

245 바베트의 만찬 이자크 디네센 | 추미옥 옮김

246 나르치스와 골드문트 헤르만 헤세 | 안인희 옮김

247 변신·단식 광대 프란츠 카프카 | 이재황 옮김

248 상자 속의 사나이 안톤 체호프 | 박현섭 옮김

249 가장 파란 눈 토니 모리슨 | 정소영 옮김

250 꽃피는 노트르담 장 주네 | 성귀수 옮김

251, 252 울프 홀 힐러리 맨틀 | 강아름 옮김

253 시체들을 끌어내라 힐러리 맨틀 | 김선형 옮김

254 샌프란시스코에서 온 신사 이반 부닌 | 최진희 옮김

255 포화 앙리 바르뷔스 | 김웅권 옮김

256 추락 J. M. 쿳시 | 왕은철 옮김

257 킬리만자로의 눈 어니스트 헤밍웨이 | 정영목 옮김

258 오래된 빛 존 밴빌 | 정영목 옮김

259 고리오 영감 오노레 드 발자크 | 이철의 옮김

260 동네 공원 마르그리트 뒤라스 | 김정아 옮김

261 앨리스 B. 토클러스의 자서전 거트루드 스타인 | 윤희기 옮김

262 댈러웨이 부인 버지니아 울프 | 민은영 옮김

263 인간 실격 다자이 오사무 | 홍은주 옮김

264 감정의 혼란 슈테판 츠바이크 | 황종민 옮김

265 돌아온 토끼 존 업다이크 | 정영목 옮김

266 토끼는 부자다 존 업다이크 | 김승욱 옮김

267 토끼 잠들다 존 업다이크 | 김승욱 옮김

268 노인을 위한 나라는 없다 코맥 매카시 | 황유원 옮김

269 허조그 솔 벨로 | 김진준 옮김

270 보스턴 사람들 헨리 제임스 | 윤조원 옮김

271 추억을 완성하기 위하여 파트릭 모디아노 | 김화영 옮김

● 문학동네 세계문학전집은 계속 출간됩니다